A LOBA VERMELHA

LIZA MARKLUND

A LOBA VERMELHA

Tradução

Roberto Muggiati

BERTRAND BRASIL

Rio de Janeiro | 2014

Título original: *Den Röda Vargen*

Capa: Oporto design

Editoração eletrônica: Imagem Virtual Editoração Ltda.

Texto segundo o novo
Acordo Ortográfico da Língua Portuguesa

2014
Impresso no Brasil
Printed in Brazil

CIP-Brasil. Catalogação na fonte
Sindicato Nacional dos Editores de Livros, RJ

M195L Marklund, Liza, 1962-
A loba vermelha / Liza Marklund; tradução Roberto Muggiati. - 1. ed. - Rio de Janeiro: Bertrand Brasil, 2014.
476p.; 23 cm.

Tradução do inglês de: The Red Wolf
ISBN 978-85-286-1947-8

1. Ficção sueca. I. Muggiati, Roberto. II. Título.

13-08083 CDD: 839.73
CDU: 821.113.6-3

EDITORA BERTRAND BRASIL LTDA.
Rua Argentina, 171 — 2º andar — São Cristóvão
20921-380 — Rio de Janeiro — RJ
Tel.: (0xx21) 2585-2070 Fax: (0xx21) 2585-2087

Atendimento e venda direta ao leitor:
mdireto@record.com.br ou (0xx21) 2585-2002

PRÓLOGO

Nunca pudera suportar a visão do sangue. Havia algo em sua consistência, espessa e pulsante. Sabia que era irracional, especialmente para alguém como ele. Recentemente essa repulsa se insinuara em seus sonhos, exprimindo-se de um jeito que não conseguia controlar.

Olhou para as mãos e viu que estavam cobertas de sangue humano vermelho-escuro. Pingava sobre sua calça, ainda quente e pegajoso. O cheiro lhe atingiu o nariz. Em pânico, deu um passo repentino para trás e balançou as mãos.

— Ei, chegamos.

A voz atravessou a fina membrana do sono, fazendo o sangue desaparecer subitamente. A sensação intensa de náusea permanecia, e o frio cortante se infiltrava pela porta do ônibus. O motorista se curvou, numa tentativa inútil de escapar da friagem.

— A não ser que queira saltar na garagem.

Todos os outros passageiros já haviam descido do ônibus que partira do aeroporto. Levantou-se com esforço, tomado de dor. Recolheu sua sacola do assento, balbuciando *merci beaucoup*.

O solavanco no instante em que seus pés tocaram o chão fez com que soltasse um gemido. Por um momento, apoiou-se na lateral congelada do ônibus, massageando a testa.

Uma mulher com chapéu de crochê, a caminho da parada de ônibus um pouco mais à frente, parou diante de sua sacola. Havia preocupação genuína em seus olhos. Curvou as costas ao se inclinar na direção dele.

— Você está bem? Precisa de ajuda?

Ele reagiu com firmeza e imediatamente, balançando a mão diante do rosto dela.

— *Laissez-moi!* — disse, em voz alta, ofegante após o esforço.

A mulher não se moveu, apenas piscou os olhos algumas vezes, de boca aberta.

— *Êtes-vous sourde? J'ai déjà dit laissez-moi.*

O rosto da mulher se endureceu diante da grosseria, e ela se afastou com um olhar ofendido. Ele a observou partir, nervosa e atarracada, arrastando-se rumo ao número 3 com suas sacolas de supermercado cheias.

Gostaria de saber se é assim que soo quando falo sueco, pensou ele.

Percebeu que seus pensamentos estavam na verdade sendo formulados em sua língua nativa.

Indépendance, pensou, forçando o cérebro a voltar ao francês. *Je suis mon propre maître.*

A mulher olhou para ele antes de subir no ônibus.

Ele permaneceu ali em meio à fumaça dos ônibus enquanto a rua se esvaziava de pessoas. Ouvindo o silêncio do frio, absorvendo a luz sem sombra.

Em nenhum lugar do planeta o espaço sideral estava mais próximo do que no Círculo Polar. Subestimara o isolamento enquanto crescia, sem perceber a importância de viver no teto do mundo. Mas agora podia enxergá-los, claros como se tivessem sido gravados nas ruas, nos prédios, nas coníferas congeladas: isolamento e exposição, uma distância infinita. Tão familiares e ainda assim tão estranhos.

Este é um lugar impiedoso, pensou, novamente em sueco. Uma cidade congelada que só sobrevive de subsídios estatais e de aço.

E em seguida:

Exatamente como eu.

Com cuidado, colocou a alça da sacola sobre o ombro e começou a caminhar em direção ao City Hotel. A fachada, datada da virada do século passado, era bem como recordava, mas não tinha como saber se o interior havia mudado. Durante o tempo que passou em Luleå, nunca tivera motivo para adentrar aquela cidadela da burguesia.

A recepcionista saudou o velho francês com um ar de educação indiferente. Deu-lhe um quarto no segundo andar, disse quando o café da manhã seria servido, entregou o cartão de plástico com a faixa magnética que abriria a porta e prontamente esqueceu tudo sobre ele.

Você fica menos visível em meio a um mar de gente, pensou ele, agradecendo num inglês roufenho e dirigindo-se aos elevadores.

O quarto era atraente de um modo incerto e desavergonhado. A ambição e o custo sugeriam luxo e tradição, indicados pelos azulejos e réplicas de móveis elegantes. Por trás da fachada, conseguia enxergar janelas sujas e paredes sebentas de fibra de vidro.

Sentou-se na cama por um momento, observando o crepúsculo. Ou será que ainda era madrugada?

A vista para o mar da qual a página na Internet se vangloriava consistia de uma água cinzenta, alguns edifícios de madeira próximos ao porto, um letreiro em néon e um enorme telhado negro.

Estava prestes a cair no sono novamente e deu uma sacudidela para clarear a mente, sentindo mais uma vez o odor que emanava de seu corpo. Levantou-se, abriu a sacola e dirigiu-se então à mesa, onde perfilou seus remédios, a começar pelos analgésicos. Depois, ele se deitou na cama enquanto o enjoo ia gradualmente passando.

Então, finalmente ele estava aqui.

La mort est ici.

A morte está aqui.

TERÇA-FEIRA, 10 DE NOVEMBRO

Annika Bengtzon parou na entrada da redação, piscando os olhos sob a iluminação forte das lâmpadas de néon. O barulho vinha ao seu encontro, impressoras tagarelando, scanners que zumbiam, a batida leve de unhas aparadas sobre teclados. Pessoas alimentando máquinas com textos, imagens, letras, comandos, sinais, preenchendo estômagos digitais sem qualquer esperança de um dia terminarem o trabalho.

Respirou fundo algumas vezes e navegou pela sala. A única atividade na mesa de edição era do tipo absolutamente silenciosa e concentrada. Spike, o chefe, lia algumas páginas com os pés sobre a mesa. O diretor temporário da redação espiava de relance a tela cintilante do computador, com olhos cada vez mais vermelhos, Reuters e a francesa AFP, Associated Press e TTA e TTB, nacionais e internacionais, esportes e economia, notícias e telegramas de todas as partes do mundo, num fluxo sem fim. A gritaria exultante ainda não havia começado, nada de rumores de entusiasmo ou decepção por matérias que renderam ou que foram um estrago, discussões acaloradas defendendo uma abordagem particular em detrimento de outra.

Ela passou por eles sem desviar o olhar e sem ser vista.

De repente, um ruído, uma interrupção, uma voz quebrando o silêncio eletrônico.

— Então você está partindo mais uma vez?

Ela se deteve, dando um passo involuntário para o lado. Deixou o olhar flutuar na direção da voz de Spike, e uma lâmpada fluorescente a cegou.

— Li que pegaria um voo para Luleå esta tarde.

Ela sentiu a quina da mesa da equipe da manhã atingir sua coxa ao tentar chegar à sua própria mesa o mais rápido possível. Parou, fechou os olhos por um momento e sentiu a bolsa escorregar pelo braço ao se virar.

— Talvez. Por quê?

Mas o editor já desviara sua atenção, deixando-a a ver navios, em meio ao olhar das pessoas e aos suspiros digitais. Annika passou a língua pelos lábios e ergueu novamente a bolsa sobre o ombro, sentindo o ceticismo dos outros grudar no náilon de sua jaqueta acolchoada.

Zarpe, vá para longe, para casa. O aquário com que se parecia seu escritório estava cada vez mais próximo. Aliviada, abriu a porta de correr e entrou apressada. Ao fechá-la, repousou a parte de trás da cabeça contra o vidro frio.

Ao menos permitiram que mantivesse sua sala.

Estabilidade era algo que se tornava cada vez mais essencial, tanto para ela quanto para a sociedade como um todo. Na medida em que o caos se instalava e a natureza da guerra mudava, era mais importante do que nunca olhar para trás e aprender com a história.

Largou a bolsa e o casaco no sofá de visitantes e ligou o computador. Reportar as notícias era algo cada vez mais distante, embora estivesse sentada bem no meio do coração pulsante e eletrônico de uma redação. As manchetes da primeira página de hoje eram esquecidas no dia seguinte. Não tinha mais energia para acompanhar o ritmo do sistema ENPS, da A-Press, a besta das notícias na era digital.

Passou os dedos pelos cabelos.

Talvez estivesse apenas cansada.

Sentou-se pacientemente apoiando o queixo nas mãos enquanto os programas carregavam, depois examinou seu material. Ela achou que já estava bastante interessante, mas os engravatados no comando não se mostraram tão entusiasmados.

Lembrou-se de Spike ali fora, sua voz sobressaindo entre as demais.

Reuniu suas anotações e preparou a apresentação.

A escadaria estava escura. O garoto fechou a porta do apartamento e ficou ouvindo atentamente. A janela solta lá em cima, na casa do velho Andersson, sibilava como sempre; o rádio estava ligado, mas fora isso só havia silêncio, um silêncio absoluto.

Você é um inútil, pensou. Não há coisa alguma aqui. Seu covarde.

Permaneceu ali por alguns instantes, depois partiu, decidido, rumo à porta da frente.

Um guerreiro de verdade nunca agiria daquela forma. Ele sabia que era quase um mestre; o Diabo Cruel estava prestes a se tornar um Deus do Teslatron; sabia o que realmente era importante: nunca se deve hesitar numa batalha. Aprendera com seus video games.

Abriu a porta e ouviu o mesmo chiado lamentoso. A neve infindável do inverno fazia com que a porta só abrisse parcialmente, porque ninguém limpara os degraus naquela manhã. Forçou a saída, espremendo-se entre a brecha. Sua mochila ficou presa na maçaneta, e o solavanco inesperado quase o fez chorar de irritação. Puxou e puxou até uma parte da costura ceder, mas ele não se importava.

Cambaleou pelos degraus, movendo os braços agitadamente para manter o equilíbrio. Na rua, espiou por entre a neve que caía sobre a cerca e ficou parado.

O céu estava iluminado por uma luz azul que rodopiava contra o fundo negro, indo e vindo, indo e vindo.

Agora estão aqui, pensou, sentindo um nó na garganta. É para valer.

Começou a andar, mas parou próximo a um aparador de grama que mal podia ser visto sob a neve, ouvindo seu coração martelar novamente, cada vez mais rápido, tum-dum, tum-dum, tum-dum. Fechou bem os olhos.

Não queria ver, não ousava ir até lá e espiar.

Permaneceu ali, com os ouvidos formigando, sentindo o gel para cabelos endurecer no frio. Flocos pesados aterrissaram em seu nariz. Cada som era embalado pelas bolas de algodão formadas pela neve. Mal se podia ouvir o ruído da siderúrgica.

Depois, ouviu vozes. Pessoas conversavam. Um motor de carro, talvez dois.

Abriu os olhos o máximo que pôde, olhando além da cerca, na direção do campo de futebol.

A polícia, pensou. Nenhum perigo.

Aguardou até que se acalmasse antes de rastejar na direção da estrada e se inclinar com cuidado.

Dois carros de polícia e uma ambulância, pessoas de postura confiante e ombros largos, com cintos e uniformes.

Armas, pensou o garoto. Pistolas. Bangue-bangue, você morreu.

Estavam ali conversando, circulando e apontando: um homem carregava uma fita e a desenrolava; uma garota fechou as portas de trás da ambulância antes de tomar seu lugar no banco do carona.

Esperou pelas sirenes, mas estas não soaram.

Não tinha por que correr para o hospital.

Porque ele já está morto, pensou o garoto. Não há nada que eu pudesse ter feito.

O som de um ônibus acelerando foi aumentando rua abaixo; viu o número 1 passar pela cerca, chateado por tê-lo perdido. Sua mãe ficava muito brava quando ele se atrasava.

Tinha de se apressar. Tinha de correr.

Mas permaneceu onde estava. Suas pernas se recusavam a se mover, porque ele não conseguia ir até a rua. Poderia haver carros. Carros dourados.

Ajoelhou-se, com as mãos tremendo, e começou a chorar. Seu covarde. Covarde. Mas não conseguia parar.

— Mãe — sussurrou —, eu não queria ver nada.

Anders Schyman, o editor-chefe, abriu o gráfico com os números de circulação na mesa de reuniões. Suas mãos estavam nervosas, suando um pouco. Já sabia o que indicavam as colunas, mas as conclusões e análises o afetavam a ponto de fazê-lo enrubescer.

Estava funcionando. Tudo ficaria bem.

Respirou fundo, pousou as palmas das mãos sobre a mesa, inclinou-se para a frente e deixou a informação ser absorvida.

A nova direção da equipe de jornalismo estava claramente fazendo diferença, tanto nos números de circulação como nas finanças. Ali estava, preto no branco. Estava dando certo, e toda a amargura da última leva de cortes vinha se atenuando. O processo de reorganização terminara, as pessoas estavam motivadas, trabalhando em busca de um objetivo comum, apesar das reduções de gastos.

Contornou a mesa de nogueira reluzente, passando os dedos pela madeira. Era uma bela mobília. Merecera. Seu comando autocrático sobre a equipe se mostrara a coisa certa a ser feita.

Imagino se mais alguém poderia ter feito isso, pensou ele, embora soubesse que não havia ninguém. Finalmente mostrara seu valor.

O acordo que conseguira com os tipógrafos reduzira os custos de impressão em oito por cento. Aquilo representava uma economia de milhões por ano para os donos da empresa. Com a recessão, o preço do papel diminuíra, o que obviamente não era crédito seu, mas, de maneira geral, contribuía para o desenvolvimento bem-sucedido da empreitada. A contratação de um novo gerente de vendas ajudara a atrair anunciantes e, nos últimos três trimestres, conseguiram arrancar fatias de mercado tanto dos jornais matutinos como das redes de comunicação.

E quem havia demitido o coroa antiquado que ainda vendia os espaços publicitários como se estivesse trabalhando num jornaleco de uma cidadezinha do interior?

Schyman sorriu.

Mas o mais importante provavelmente era o aumento contínuo de vendas na primeira página e nos folhetos publicitários. Não estava contando com o ovo dentro da galinha, mas, dedos cruzados, parecia que alcançariam a Concorrência no próximo ano fiscal ou possivelmente no que viria depois.

O editor-chefe esticou-se, massageando a região lombar. Pela primeira vez desde que chegara ao *Evening Post* sentia uma satisfação verdadeira. Era assim que imaginara o seu novo emprego.

A única merda é que levara quase dez anos.

— Posso entrar? — perguntou Annika Bengtzon pelo interfone.

Ele sentiu o coração apertar, a magia desaparecer. Inspirou e expirou algumas vezes antes de voltar à sua mesa para apertar o botão de resposta e dizer "claro".

Contemplava a embaixada russa enquanto aguardava os passos nervosos da repórter do outro lado da porta. O sucesso do jornal significava que finalmente começara a conquistar um pouco de respeito na sala de redação, o que era mais perceptível pelo fato de o tráfego em seu escritório ter diminuído. Isso podia ser parcialmente explicado pela maneira como a redação estava organizada. Quatro editores todo-poderosos se dividiam em turnos, comandando os diversos departamentos, e aquilo vinha funcionando exatamente como ele planejara. Em vez de enfraquecê-lo, a delegação de poderes o deixara mais forte. Transferira a responsabilidade para outros e, em vez de ter que discutir constantemente com toda a equipe, impunha sua autoridade por meio de seus cardeais.

Annika Bengtzon, ex-chefe da editoria policial, fora convidada para ser um dos quatro. Ela não aceitou. Os dois romperam relações. Schyman já havia revelado seus planos em relação a ela, vendo-a como uma possível sucessora, e desejava envolvê-la num plano maior de desenvolvimento. Tornar-se editora era o primeiro passo, mas ela recusara a oferta.

— Posso puni-la severamente — dissera ele, ouvindo como aquilo soava.

— Claro que pode — respondeu ela, com o olhar indecifrável flutuando em direção ao dele. — Vá em frente.

Bengtzon era uma das poucas pessoas que acreditavam ainda ter acesso livre a Schyman e a seu escritório. Não ter feito nada em relação a isso o incomodava. Em parte, seu tratamento especial vinha da grande tormenta midiática no Natal anterior, quando Annika foi tomada como refém num túnel por um serial killer insano. Aquilo certamente ajudara a romper a espiral descendente do jornal; a pesquisa de mercado provara isso. Os leitores retornaram ao *Evening Post* após lerem sobre a noite em que a mãe de duas crianças passara ao lado do Bombardeiro. Assim, havia motivo suficiente para tratar Bengtzon com luvas de pelica por um tempo. Sua maneira de lidar com a situação e a atenção pública que se seguiu à sua libertação chegaram a impressionar o conselho. Talvez não por ela própria, mas pelo fato de ter insistido que a coletiva de imprensa fosse realizada na redação do *Post*. O presidente do conselho, Herman Wennergren, praticamente deu piruetas quando viu o logotipo do jornal ao vivo na CNN. Schyman tinha lembranças confusas da coletiva, em parte porque passara a transmissão inteira de pé atrás de Annika, sob os holofotes, em parte por causa das inúmeras vezes em que a história foi retransmitida em todos os canais.

Schyman ficara o tempo todo olhando para os cabelos despenteados na parte de trás da cabeça de Bengtzon, percebendo a tensão em seus ombros. Na televisão ela parecia pálida e desorientada, respondendo às perguntas de maneira clara, porém seca, num inglês colegial decente.

— Nenhuma crise emocional embaraçosa, graças a Deus — dissera mais tarde Wennergren pelo celular a um dos donos da empresa, no escritório de Schyman.

Recordava bem do medo que sentira à boca do túnel quando o tiro ecoou. Nada de repórter morta, pensou ele, qualquer coisa menos uma repórter morta, por favor.

Parou de olhar para a embaixada e se sentou na cadeira.

— Um dia ainda vai desabar debaixo de você — disse Annika Bengtzon, fechando a porta ao entrar.

Ele não fez nenhum esforço para sorrir.

— Posso comprar outra. O jornal está indo muito bem — respondeu.

A repórter lançou um olhar rápido, quase furtivo, na direção dos gráficos sobre a mesa. Schyman inclinou-se para trás, estudando-a enquanto ela se sentava numa das pesadas cadeiras para visitantes.

— Quero escrever uma nova série de artigos — disse ela, olhando suas anotações. — Semana que vem é o aniversário do ataque à base aérea F21 em Luleå, então faria sentido começarmos por ali. Acho que está na hora de publicarmos uma boa síntese do que aconteceu, todos os fatos conhecidos. Não são muitos, para dizer a verdade, mas posso fazer novas pesquisas. Já faz mais de trinta anos, mas alguns dos empregados daquela época ainda estão na Força Aérea. Talvez tenha chegado a hora de alguém abrir a boca. Não conseguimos respostas sem fazer perguntas...

Schyman acenou com a cabeça, repousando as mãos sobre a barriga. Depois que todo o rebuliço do Natal passado assentara, Annika passou três meses em casa. Um período sabático, como concordaram em chamá-lo. Ao voltar ao trabalho no início de abril, insistiu em atuar como repórter investigativa independente. Desde então, ela mesma decidira se concentrar em terrorismo, sua história e suas consequências. Nada de especial, nenhuma revelação, apenas relatos de rotina do Marco Zero e do 11 de Setembro, alguns textos sobre o Bombardeio daquele shopping center na Finlândia e entrevistas com os sobreviventes dos Bombardeios em Bali.

O fato é que não vinha fazendo muita coisa ultimamente. Agora queria ir ainda mais fundo em sua retrospectiva de atos de terrorismo. A questão era saber se isso era relevante e se fazia sentido entrar na batalha àquela altura.

— OK — disse ele lentamente —, talvez seja uma boa. Tirar do baú os traumas de nosso país, o sequestro do avião em Bulltofta, o cerco à embaixada da Alemanha Ocidental, a crise com reféns em Norrmalmstorg...

— ... e o assassinato de Palme, eu sei. E, de todos eles, o ataque à F21 foi o que recebeu menos cobertura.

Ela deixou as anotações caírem sobre o colo e inclinou-se para a frente.

— O Departamento de Defesa manteve tudo sob controle, valendo-se de um verdadeiro arsenal de leis de sigilo. Naquela época não existia na Defesa um profissional de relações públicas treinado para atender à mídia, então o pobre coitado responsável pela base teve de aparecer ali em pessoa para gritar aos repórteres que respeitassem a segurança da nação.

Vamos deixá-la prosseguir mais um pouco, pensou ele.

— Então, o que sabemos? — perguntou ele. — De verdade?

Ela examinou obedientemente suas anotações, embora ele tivesse a forte impressão de que ela soubesse tudo de cor.

— Na noite de 17 para 18 de novembro de 1969, um avião de combate Draken explodiu no meio da base F21 em Kallax Heath, nos arredores de Luleå — disse ela, rapidamente. — Um homem sofreu queimaduras tão sérias que acabou morrendo.

— Um recruta, certo?

— Sim, mas isso só foi descoberto depois. Ele foi levado por uma ambulância aérea ao Hospital Universitário em Uppsala e ficou entre a vida e a morte por uma semana, antes de finalmente falecer. Calaram a família, que causou um rebuliço alguns anos depois por nunca ter recebido nenhuma compensação por parte da Força Aérea.

— E ninguém foi preso?

— A polícia interrogou mil pessoas ou mais, e a segurança interna, provavelmente um número ainda maior. Todo e qualquer grupo de esquerda em Norrbotten foi checado, até seus membros menos importantes, mas nada foi descoberto. Não era tão simples assim, entretanto. A verdadeira esquerda se manteve bem fechada. Ninguém conhecia suas identidades e todos usavam codinomes.

Schyman sorriu nostalgicamente; ele próprio atendera pelo nome de "Per" durante um curto período.

— Mas não dá para manter coisas desse tipo em segredo.

— Não completamente, é claro. Afinal, todos tinham amigos próximos nos grupos. Mas, pelo que sei, ainda há pessoas em Luleå que só conhecem uns aos outros pelos codinomes que usavam nos grupos de esquerda do fim dos anos 1960.

Naquela época ela nem era nascida, pensou ele.

— Então, quem foi?

— O quê?

— Quem explodiu o avião?

— Os russos, provavelmente. Ao menos essa foi a conclusão a que chegaram as Forças Armadas. A situação era completamente diferente naquele tempo, é claro. Estamos falando sobre o auge da corrida armamentista, o ápice da Guerra Fria.

Ele fechou os olhos por um instante, invocando as imagens e o espírito da época.

— Havia um enorme debate sobre o nível de segurança das bases militares — recordou ele subitamente.

— Exato. Repentinamente, o público, ou melhor, a mídia, passou a exigir que toda base na Suécia fosse ainda mais protegida que a própria Cortina de Ferro. O que, obviamente, estava fora da realidade; seria necessário todo o orçamento destinado às forças militares para que aquilo fosse implementado. No entanto, a segurança certamente foi reforçada por um período e, eventualmente, zonas seguras foram estabelecidas dentro das bases. Cercas gigantescas com câmeras, alarmes e coisas do tipo ao redor de hangares e assim por diante.

— É este o caminho que quer seguir? Com qual dos editores você conversou?

Ela olhou para o relógio.

— Jansson. Olhe, eu tenho um bilhete aéreo em aberto para esta tarde. Quero encontrar um jornalista do *Norrland News* lá no norte, um cara que conseguiu novas informações. Ele viaja para o sudeste asiático na sexta e ficará fora até o Natal, então estou com um pouco de pressa. Só preciso que me dê o OK.

Schyman sentiu sua irritação crescer novamente, talvez por ela estar se desculpando tão afobadamente.

— E Jansson não poderia fazê-lo?

As bochechas de Annika enrubesceram.

— Em princípio, sim — disse ela, encontrando seu olhar. — Mas você sabe como são as coisas. Ele só quer saber que você não se opõe.

Ele assentiu.

Annika fechou a porta cuidadosamente ao sair. Ele contemplou o vazio deixado por ela, sabendo exatamente sobre o que estava falando. Não havia limites em seu trabalho, pensou ele. Sempre soubera disso. Ela não possuía nenhum instinto de autopreservação. Colocava-se em todo tipo de situação, coisas que pessoas normais nunca sonhariam em fazer, pois existia uma lacuna ali. Algo se perdera muito tempo atrás, havia sido arrancado, com raízes e tudo, e a cicatriz foi sumindo ao longo dos anos, deixando-a exposta ao mundo e a si mesma. Tudo o que lhe restara fora seu senso de justiça: a verdade atuando como um farol numa mente tomada pela escuridão. Não há mais nada que ela possa fazer.

Aquilo poderia ficar bastante complicado.

A euforia da equipe editorial com as vendagens para o período do Natal chegou abruptamente a um fim quando foi descoberto que Bengtzon conseguira uma entrevista exclusiva com o assassino enquanto era mantida refém. Fora digitada no computador do representante do comitê olímpico assassinado. Schyman a lera, era sensacional. O problema era que Annika, como uma verdadeira peste, se recusara a deixar o jornal publicá-la.

— É exatamente isso que o desgraçado quer — dissera ela. — Como tenho os direitos autorais, posso dizer não.

Ela vencera. Se publicassem sem seu consentimento, ela os processaria. Mesmo que Annika viesse a perder a causa, ele não estava disposto a desafiá-la, considerando a notoriedade que a história já lhes rendera.

Ela não é estúpida, pensou Anders Schyman, mas talvez tenha perdido o jeito.

Ele se levantou, voltando aos gráficos.

Bem, haveria novos cortes no futuro.

O pôr do sol irradiava um brilho flamejante na cabine do avião, ainda que fossem apenas duas da tarde. Annika procurou por espaços entre as nuvens de algodão-doce abaixo dela, mas nada encontrou. O senhor gordo a seu lado dava cotoveladas em suas costelas ao abrir o exemplar do *Norrland News* com um suspiro.

Ela fechou os olhos, esquecendo tudo. Afastou sua mente do sibilo do ar-condicionado, da dor em suas costelas e da voz do piloto, que informava a temperatura no exterior da cabine e o tempo em Luleå. Deixou-se ser carregada a mil quilômetros por hora, concentrando-se na pressão das roupas sobre seu corpo. Sentiu-se atordoada, enfraquecida. Ruídos em alto volume começaram a atemorizá-la de um modo como nunca lhe ocorrera antes. Lugares abertos tornaram-se inacreditavelmente amplos; espaços apertados a faziam se sentir sufocada. Seu senso de espaço era distorcido, o que lhe causava dificuldade para estimar distâncias; estava sempre cheia de hematomas provocados por encontrões, fossem contra móveis, paredes, carros ou à beira da calçada. Às vezes, o ar parecia desaparecer ao seu redor. Outras pessoas o utilizavam, e parecia não sobrar nada para ela.

Mas Annika sabia que não havia perigo. Apenas tinha de esperar que aquilo terminasse, e os sons voltassem, as cores retornassem ao normal; não havia perigo, nenhum perigo.

Reprimiu aquele pensamento, deixando-se flutuar para longe, sentindo seu queixo cair, e logo os anjos estavam ali.

Cabelos como a chuva, cantavam eles, *seres de luz e brisa de verão, total segurança e cerejeiras...*

O medo fez com que ela enrijecesse na poltrona, batendo na mesinha dobrável e derramando suco de laranja na parede da cabine. A batida acelerada do seu coração preencheu-lhe a mente, repelindo qualquer outro som. O homem gordo lhe dizia algo, mas ela não conseguia entender.

Nada a assustava mais do que a canção que os anjos cantavam.

Não se importava, porém, que permanecessem em seus sonhos. As vozes cantavam para ela à noite, palavras insignificantes e reconfortantes de uma beleza indefinível. Nos últimos tempos, às vezes continuavam mesmo depois de ela despertar, o que a enlouquecia de aflição.

Balançou a cabeça, limpou a garganta e esfregou os olhos.

Verificou se não havia suco de laranja em seu laptop.

* * *

Ao atravessar as nuvens em seu procedimento de descida, o tubo de aço foi cercado por um turbilhão de gelo. Em meio à tempestade de neve, Annika vislumbrou a palidez gélida do golfo de Bothnia, interrompida por ilhas cinza-escuras.

A aterrissagem foi desconfortavelmente turbulenta, com o vento arrastando o avião.

Ela foi a última a deixar a aeronave, mexendo inquietamente os pés enquanto o homem gordo se erguia da poltrona, recolhia a bagagem do compartimento e se esforçava para vestir seu casaco. Passou correndo por ele na saída e percebeu, com um quê de satisfação, que o homem acabara ficando atrás dela na fila para alugar um carro.

Com a chave na mão, passou apressadamente pela multidão de motoristas de táxi junto à saída, um grupo em uniformes escuros que sorria e fazia julgamentos desavergonhados dos outros.

O frio a surpreendeu quando deixou o terminal. Respirou com dificuldade em busca de ar, ajeitando a bolsa ainda mais alto sobre o ombro. A fila de táxis azul-escuros a fez recordar uma visita anterior àquele lugar, ao lado de Anne Snapphane, a caminho de Piteå. Isso deve ter sido há dez anos, pensou ela. Nossa, como o tempo voa.

O estacionamento ficava à direita, depois das paradas de ônibus. A mão sem luva que segurava o laptop logo congelou. O som de seus passos lembrava o de vidro quebrado, tornando-a mais cautelosa. Enquanto avançava, deixava dúvidas e medos para trás; estava no caminho certo, tinha um propósito; havia um motivo para estar ali.

O carro estava no fim da fileira. Teve de limpar a neve que cobria a placa para ter certeza.

O anoitecer caía de maneira incrivelmente lenta, tomando o lugar de um sol que nunca chegara realmente a aparecer. A neve ofuscava a visão dos pinheiros atrofiados que delineavam os limites do estacionamento; inclinou-se para a frente, espiando através do para-brisa.

Luleå, Luleå, para que lado ficava Luleå?

No meio de uma ponte a caminho da cidade, a neve subitamente amenizou, permitindo-lhe a visão do rio logo abaixo, congelado e branco. A estrutura da ponte elevava e abaixava sob seu corpo em pequenas ondas à medida que o carro avançava. A cidade gradualmente se erguia além da tempestade de neve e, à direita, esqueletos industriais escuros subiam na direção do céu.

A siderúrgica e o porto de minérios, pensou.

Sua reação ao se aproximar das construções foi imediata e violenta, um déjà-vu da infância. Luleå era como uma versão ártica de Katrineholm, mais fria, mais cinzenta, mais solitária. Os prédios eram baixos, em cores variadas, construídos com blocos de cimento, aço e tijolos. As ruas eram largas e o tráfego, escasso.

O City Hotel era fácil de encontrar, na rua principal, próximo à prefeitura. Havia estacionamento grátis diante da entrada, notou Annika, com surpresa.

Seu quarto dava para o Teatro Norrbotten e para a baía de Stadsviken, uma gravura estranhamente incolor na qual as águas escuras do rio engoliam toda a luz. Deu as costas para a janela e apoiou o laptop na porta do banheiro, colocando a escova de dentes e suas roupas adicionais sobre a cama de modo que não tivesse de carregá-las na bolsa.

Sentou-se então diante da mesa de trabalho e usou o telefone do hotel para ligar para o *Norrbotten News*. Levou quase dois minutos até que alguém atendesse. Estava prestes a desligar quando ouviu uma voz feminina taciturna do outro lado da linha.

— Posso falar com Benny Ekland, por favor? — disse Annika, olhando pela janela. Estava completamente escuro. Ouviu o zumbido da linha por alguns segundos.

— Alô? — disse ela. — Benny Ekland está? Alô?

— Alô — respondeu a mulher, calmamente.

— Vou me encontrar com ele esta semana, meu nome é Annika Bengtzon — disse ela, levantando-se e caçando uma caneta na bolsa.

— Então você não soube? — perguntou a mulher.

— O quê? — respondeu Annika, sacando suas anotações.

— Não sabemos ao certo o que aconteceu — soluçou a mulher. — Houve uma espécie de acidente. Todos no jornal estão perplexos.

Annika ficou paralisada, com as anotações em uma das mãos, o telefone e a caneta na outra, olhando fixamente para seu reflexo na janela; por um instante, flutuava no ar.

— Alô? Gostaria de falar com outra pessoa?

— Eu... sinto muito — disse Annika, engolindo em seco. — Como foi que ele morreu?

— Não sei — respondeu a mulher, agora quase às lágrimas. — Tenho de atender a outro telefonema agora e depois encerro o expediente. Foi um dia terrível. Terrível...

Silêncio novamente do outro lado da linha. Annika desligou, sentou-se na cama e lutou contra uma sensação repentina de náusea. Viu que havia um catálogo telefônico local sob uma das mesas de cabeceira. Pegou o volume, encontrou o número da polícia e telefonou, acabando por falar com a delegacia.

— Ah, o jornalista — disse o oficial de plantão quando ela perguntou o que ocorrera com Benny Ekland. — Foi em algum lugar em Svartöstaden. Você pode falar com Suup, na divisão de crimes.

Ela aguardou, com a mão sobre os olhos, enquanto a ligação era transferida. Ouvia os ruídos orgânicos do hotel: a água que passava pelo encanamento na parede, o ventilador ribombando do lado de fora, gemidos eróticos da TV a cabo no quarto ao lado.

O inspetor Suup, do departamento de investigações criminais, parecia ter idade e experiência suficientes para que poucas coisas o surpreendessem.

— Foi algo terrível — disse ele, suspirando. — Devo ter conversado com Ekland todos os dias durante os últimos vinte anos. Ele estava sempre ao telefone, como um cão que não larga seu osso. Sempre precisava de mais informações sobre algo, queria saber de algum assunto do qual nada podíamos revelar. Ele, obviamente, sabia disso. *Ouça, Suup,* ele costumava dizer, *não consigo achar nenhum sentido nisso, o que acha disso e daquilo, que diabos vocês fazem esse tempo todo, a não ser que estejam com os dedos enfiados no traseiro...*

O inspetor Suup soltou uma risadinha triste e abafada. Annika coçou a testa, ouvindo as estrelas pornô alemãs simularem um orgasmo do outro lado da parede, enquanto esperava o policial prosseguir.

— Vai ficar uma sensação de vazio sem ele por aqui — disse Suup finalmente.

— Eu tinha marcado com ele... — disse Annika. — Combinamos de nos encontrar e comparar nossas anotações. Como foi que ele morreu?

— A autópsia ainda não está pronta, então prefiro não fazer especulações sobre a causa da morte.

A precaução do inspetor a deixou perturbada.

— Mas o que aconteceu? Ele levou um tiro? Foi espancado? Esfaqueado?

O policial suspirou novamente.

— Bem, todos vão acabar sabendo, de qualquer jeito. Achamos que ele foi atropelado.

— Um acidente de carro? Atropelado?

— Atingido por um veículo em alta velocidade, provavelmente um carro de motor possante. Encontramos um Volvo roubado no porto de minérios com algumas avarias na carroceria, talvez seja esse.

Annika deu alguns passos, tentando alcançar sua bolsa, de onde tirou um caderno.

— Quando saberá ao certo?

— O carro foi trazido ontem à tarde. Os especialistas o estão examinando nesse momento. Saberemos amanhã ou na quinta-feira.

Annika sentou-se na cama com o caderno no colo, que dobrava e deslizava enquanto ela tentava escrever.

— Saberia dizer a que horas isso aconteceu?

— Em algum momento na noite de domingo ou na manhã de segunda, bem cedo. Ele foi visto no pub no domingo, e parece que depois pegou um ônibus para casa.

— Ele morava em...

— Svartöstaden. Acho que foi criado lá.

A caneta de Annika não funcionava. Ela rabiscou círculos enormes até que voltasse a escrever.

— Onde ele foi encontrado? E por quem?

— O corpo estava ao lado de uma cerca em Malmvallen, do outro lado da siderúrgica. Deve ter sido arremessado a uma boa distância. Um sujeito que saía do trabalho telefonou ontem de manhã cedo.

— E não há sinal do culpado?

— O carro foi roubado em Bergnäset no sábado. Obviamente, encontramos algumas coisas no local...

O inspetor Suup parou de falar; Annika ficou ouvindo o silêncio por alguns instantes. O homem no quarto ao lado mudara o canal para a MTV.

— O que acha que aconteceu? — finalmente perguntou ela.

— Viciados — prosseguiu o policial no mesmo tom. — Não me cite como fonte, mas eles estavam chapados. A pista estava escorregadia, eles o atingiram e escaparam. Morte por direção irresponsável. Vamos pegá-los. Não há dúvidas.

Annika ouviu vozes ao fundo. Eram pessoas que trabalhavam na delegacia, exigindo a atenção do inspetor.

— Só mais uma coisa — disse ela. — Você trabalhava em Luleå em novembro de 1969?

O homem soltou uma gargalhada curta.

— Bem, tenho idade para isso — disse ele —, então é possível. Não, eu cheguei alguns meses depois da explosão na F21. Estava em Estocolmo na época, só vim para cá em maio de 1970.

Assim que vestiu o casaco e encontrou suas luvas na bolsa, Annika ouviu o celular tocar. O visor dizia "número desconhecido", o que só poderia significar três coisas: o jornal, Thomas ou Anne Snapphane.

Ela hesitou por um instante e então atendeu a ligação, fechando os olhos.

— Estou sentada em minha cadeira executiva Operativ, da IKEA — disse Anne — e estou prestes a colocar os pés sobre minha mesa Prioritet. Onde está você?

Annika relaxou os ombros, aliviada. Nada de culpa ou qualquer exigência.

— Em Luleå. Você quer dizer que está de fato em seu novo escritório?

— Com o nome na porta e tudo mais. Esta é a primeira ligação que faço em meu novo telefone Doro. Qual o meu número?

— Confidencial — respondeu Annika, largando o casaco e as luvas no chão. — O que o médico disse?

A amiga soltou um suspiro profundo.

— Ele parecia mais cansado do que eu, mas talvez seja compreensível. Afinal, faz quase dez anos que nos vemos. Isso cansa qualquer um. Pelo menos estou em sintonia com minha saúde: agora sei que sou hipocondríaca.

— Tudo bem, mas mesmo hipocondríacos podem ter um tumor no cérebro — respondeu Annika.

O silêncio na linha telefônica se solidificou em medo.

— Merda — disse Anne Snapphane. — Nunca pensei por esse ângulo.

Annika sorriu, tomada pela vivacidade que apenas Anne lhe transmitia.

— O que diabos devo fazer, então? — perguntou Anne. — Como fico menos estressada? A coletiva de imprensa é amanhã e ainda tenho de fazer todo o perfil de propriedade e aquela besteirada técnica sobre licenças e coisas do gênero.

— Por quê? — perguntou Annika. — Você é a diretora de programação. Deixe o gerente de administração cuidar disso.

— Ele está em Nova York. O que acha disto? A TV da Escandinávia é propriedade de um consórcio de investidores americanos, todos com muitos anos de experiência na posse e no gerenciamento de canais de televisão. Nossas transmissões irão abranger a rede digital terrestre na Finlândia, na Dinamarca, na Noruega e na Suécia, tendo como sede e estúdio as instalações em Estocolmo. Os proprietários acreditam que os países escandinavos e a Finlândia, com uma audiência combinada equivalente a um décimo da americana, representam um mercado televisivo ainda não explorado. Na proposta do Ministério da Cultura a ser feita em janeiro, a ministra Karina Björnlund indicará que o mercado de TV digital terrestre deve obedecer às mesmas regras de competição que o resto do mercado, de modo que os Correios e o Comitê Televisivo dispensarão licenças às companhias que preencham os requisitos de transmissão... O que acha?

— Parei em "consórcio" — disse Annika. — Não dá para colocar um pouco mais de vida nesse assunto?

Anne soltou um suspiro profundo.

— Se você soubesse a confusão que isso vai criar... Estamos afrontando as transmissoras já estabelecidas de um modo completamente diferente, utilizando a rede terrestre para alcançar todas as casas na região nórdica. Todos irão nos odiar.

— Então não diga nada a eles — respondeu Annika, olhando para o relógio. — Fale sobre os programas a que seus filhos assistem e como vocês irão dar prioridade a transmissões educacionais e culturais, telejornais sérios e documentários subvencionados sobre as pessoas no Terceiro Mundo.

— Ha, ha — disse Anne, amargamente. — Muito engraçado.

— Tenho de ir agora — disse Annika.

— E eu tenho de me controlar — devolveu Anne.

O escritório principal do *Norrland News* ficava num prédio de três andares entre a prefeitura e a residência do governador do condado. Annika olhou para a fachada de tijolos amarelos, estimando a época de construção em meados dos anos 1950.

Veio-lhe à mente que aquele poderia ter sido o *Katrineholm Post*, eles eram muito parecidos. A impressão foi ainda maior depois de se aproximar da porta de vidro, protegendo os olhos da lâmpada acima com as mãos para enxergar melhor a recepção.

Sombria e deserta, apenas uma placa iluminada de saída de emergência projetava uma luz monótona sobre as prateleiras de jornais e cadeiras.

O interfone sobre a campainha crepitou.

— Sim?

— Meu nome é Annika Bengtzon, trabalho no *Evening Post*. Deveria me encontrar com Benny Ekland hoje à noite, mas acabei de descobrir que está morto.

O silêncio se disseminou pela escuridão invernal, acompanhado por alguns ruídos de estática. Ela olhou para o céu. As nuvens haviam desaparecido e as estrelas surgiram. A temperatura caía rapidamente; mesmo com luvas, esfregou as mãos.

— Ah, sim? — disse a voz da sala de redação. Era possível ouvir o tom de suspeita em meio à conexão claudicante.

— Queria dar a Benny um material; tínhamos alguns assuntos a discutir.

Dessa vez a resposta veio prontamente.

— Em troca de quê?

— Deixe-me entrar e podemos conversar — respondeu ela.

Após três segundos de hesitação estática, o trinco clicou e Annika abriu a porta. O ar quente cheirando a poeira de papel a envolveu. Deixou a porta fechar atrás de si e piscou tentando se acostumar com a tênue luz verde.

A escada rumo à redação ficava à esquerda da porta, com seus degraus gastos de linóleo cinza e bordas de borracha.

Um homem grande, vestindo uma camisa branca para fora da calça, a encontrou junto à fotocopiadora. Seu rosto estava corado, os olhos dolorosamente rubros.

— Sinto muitíssimo — disse Annika, estendendo a mão. — Benny Ekland era um mito até mesmo em Estocolmo.

O homem apertou a mão dela e assentiu com a cabeça. Apresentou-se como Pekkari, o editor do turno da noite.

— Ele poderia conseguir trabalho em qualquer jornal de Estocolmo, na hora em que quisesse; recusou suas propostas inúmeras vezes, preferia estar aqui.

Annika tentou sorrir para compensar sua mentirinha.

— Eu entendo — respondeu ela.

— Quer um café?

Seguiu Pekkari à sala dos funcionários, um cubículo sem janelas entre o suplemento dominical e a seção de cartas, onde se encontrava uma pequena cozinha.

— Você é aquela do túnel, não é? — perguntou, confiante dos fatos.

Annika acenou rapidamente com a cabeça, retirando o casaco enquanto ele despejava o líquido espesso e escuro em duas canecas mal-lavadas.

— Sobre o que vocês dois conversariam? — perguntou Pekkari, passando-lhe o açúcar.

Ela recusou com um gesto.

— Tenho escrito bastante sobre terrorismo. Na semana passada, conversei com Benny sobre o ataque à F21 e ele me disse que estava na trilha de novas informações. Algo grande, um relato do que de fato ocorreu.

O editor colocou o pote de açúcar sobre a mesa, passando os dedos manchados de nicotina sobre os torrões.

— Publicamos essa história na última sexta-feira — disse ele.

Annika ficou surpresa, já que nada ouvira sobre qualquer tipo de novas revelações na mídia.

Pekkari colocou três torrões em sua caneca.

— Sei o que está pensando — disse ele. — Mas você está numa das grandes. Não sabe como é para as publicações locais.

As agências só se importam com Estocolmo. No que diz respeito a elas, nossos furos não valem um centavo.

Não é verdade, pensou consigo mesma; depende da qualidade do material. Suprimiu aquele pensamento e olhou para seu colo.

— Comecei no *Katrineholm Post* — disse ela —, então sei bem como é.

O homem a encarou, abrindo bem os olhos.

— Então você deve conhecer Macke...

— Da seção de esportes? Claro que conheço. Ele é uma instituição.

Já era descontrolado e alcoólatra quando eu ainda estava lá, pensou Annika, sorrindo para Pekkari.

— O que você tinha para mostrar a Ekland? — perguntou o homem, sorvendo o café.

— Alguns sumários históricos — respondeu ela rapidamente. — Na maior parte, material de arquivo dos anos 1970, tanto texto como fotos.

— Deve ter na Internet — disse Pekkari.

— Não este material.

— Então você não estava tentando pegar a história dele?

Os olhos do homem a fitavam intensamente além da borda da caneca, e ela calmamente encontrou seu olhar.

— Tenho muitas qualidades — disse ela —, mas a capacidade de ler mentes não se inclui entre elas. Benny me telefonou. De que outra maneira poderia saber no que ele estava trabalhando?

O editor pegou outro torrão, saboreando-o, pensativo, enquanto bebia o café.

— Tem razão — disse ele, depois de engolir o líquido com um gole ruidoso. — Do que você precisa?

— De ajuda para acessar os artigos de Benny sobre terrorismo.

— Desça aos arquivos e fale com Hasse.

Todos os arquivos de jornais na Suécia se parecem com esse, pensou ela, e Hans Blomberg tem a mesma aparência de todos os arquivistas. Um homenzinho cafona vestindo um cardigã cinza, óculos e um penteado ralo cobrindo a careca. Até seu quadro de avisos tinha os pré-requisitos esperados: um desenho de criança retratando um dinossauro amarelo, uma placa espalhafatosa em que se lia "Por que não sou RICO em vez de BONITO?" e um calendário com uma contagem regressiva rumo a um objetivo desconhecido e as palavras "QUASE LÁ!".

— Benny era um idiota teimoso — disse o arquivista, despencando na cadeira em frente ao computador. — Era pior que uma mula, nunca desistia. Escrevia mais que qualquer outro que conheci, às vezes à custa da qualidade. Conhece o tipo?

Ele olhou para Annika através da moldura dos óculos e ela sorriu.

— Não que eu queira falar mal dos mortos — continuou o homem, conduzindo uma valsa lenta nos teclados com seu dedo indicador —, mas temos de ser honestos.

Ele piscou despudoradamente para ela.

— A morte de Benny parece ter abalado bastante algumas pessoas por aqui — disse Annika, hesitantemente.

Hans Blomberg suspirou.

— Ele era a estrela, o queridinho da equipe editorial, o objeto de ódio do sindicato. Você sabe, o rapaz que dança em meio à redação depois de um trabalho e grita: publiquem minha foto no jornal, pois essa noite sou imortal.

Annika caiu na gargalhada; já vira alguém fazer exatamente aquilo.

— Diga, minha jovem, o que você está procurando especificamente?

— As reportagens de Benny sobre terrorismo, especialmente o artigo sobre a F21 que foi publicado outro dia.

O arquivista ergueu a cabeça, piscando os olhos.

— A-ha — disse ele —, então uma moça bonita como você se interessa pelo perigo?

— Caro tio Blomberg, sou casada e tenho dois filhos — replicou Annika.

— Sim, sim — respondeu. — Feministas... Cópias impressas ou recortes?

— De preferência uma olhada nas coleções, se não for pedir demais — disse Annika.

O homem resmungou e se levantou.

— Todo esse papo de computadores — disse ele. — As coisas deveriam ficar mais fáceis, mas não foi o que aconteceu. O dobro do trabalho, é isso o que eles significam.

O arquivista desapareceu, então, em meio aos gabinetes, balbuciando "T... T... Terrorismo", abrindo gavetas, arfando e bufando.

— Aqui está — disse, alguns instantes depois, estendendo triunfalmente um envelope pardo. Os cabelos haviam caído para trás, revelando sua calvície. — Terrorismo à la Ekland. Você pode sentar ali. Estarei aqui até as seis.

Annika pegou o envelope, abrindo-o com dedos ansiosos a caminho da mesa que lhe fora indicada. Recortes eram infinitamente superiores a cópias impressas tiradas do computador. Na tela, todas as manchetes tinham o mesmo tamanho, todos os artigos pareciam iguais, todas as fotos eram igualmente pequenas.

No papel, os artigos podiam viver e respirar sob manchetes espalhafatosas ou sutis: a própria escolha da fonte era capaz de lhe dizer o que os editores estavam tentando alcançar, que sinais estavam enviando. O número de fotos, o layout e a qualidade técnica lhe diziam ainda mais: não só quão importante consideravam o artigo, mas também quão importante a fotografia ou o texto eram em meio à torrente de notícias daquele dia. As capacidades de uma classe inteira de editores foram aniquiladas pelo arquivamento eletrônico.

Mas ela tinha um assunto sério a estudar ali.

Os arquivos foram organizados em ordem cronológica, com os mais antigos à frente. O primeiro texto fora publicado no fim de abril e continha detalhes apetitosos da história do terrorismo na Suécia, incluindo a narrativa do inventor, o dr. Martin Ekenberg, de Töreboda, que na verdade só obtivera sucesso com uma criação: a carta-bomba. Annika fez uma pausa ao reconhecer inúmeras expressões que ela mesma utilizara em artigos sobre o mesmo tema publicados apenas algumas semanas antes. Chegou à conclusão de que Ekland evidentemente deixava seus colegas o influenciarem de modo bem direto.

Folheou a pilha de recortes. Muita coisa ali lhe era familiar, mas havia também informações que desconhecia. Leu atentamente sobre a agitação que tomou o arquipélago de Norrbotten na primavera de 1987, quando os militares passaram dias procurando por submarinos e brigadas Spetsnaz que ocuparam as ilhotas. Um rumor insistente, que começara quinze anos atrás, dizia que um homem-rã russo fora alvejado na perna por um oficial sueco. O cão do oficial sentiu algum cheiro no ar e começou a latir; o militar atirou então contra alguns arbustos, onde mais tarde seriam encontradas marcas de sangue, numa trilha que levava à água. Benny Ekland se mostrara mais interessado em recontar aquele rumor da maneira mais divertida possível do que em se concentrar no que de fato ocorrera. Havia uma citação curta do comando militar em Boden, relatando que o clima era completamente diferente no fim dos anos 1980, dizendo que todos podem cometer erros de julgamento às vezes, até mesmo os oficiais suecos, e que nunca foi confirmado que houvera qualquer invasão de submarinos em águas setentrionais suecas.

No fim da pilha estava o artigo no qual Annika estava interessada, contendo informações completamente novas para ela.

Benny Ekland escreveu que, durante o fim dos anos 1960, os velhos aviões Lansen que constituíam a defesa aérea de Norrbotten estavam sendo substituídos por Drakens, mais modernos, que seriam usados para busca e reconhecimento. A base aérea passou por numerosos atos de sabotagem contra as novas aeronaves, principalmente a inserção de palitos de fósforo nos tubos de pitot do avião. Esses tubos ficavam localizados como pequenas lanças na parte dianteira da aeronave e eram utilizados para medir velocidade, pressão e assim por diante.

Ficou bastante óbvio que grupos esquerdistas de Luleå, provavelmente maoistas, eram os responsáveis pela sabotagem. Nenhum dano foi causado e nem tampouco qualquer pessoa carregando palitos de fósforo foi descoberta, mas o artigo citava fontes anônimas na F21 afirmando que tais atos foram a base para os ataques mais sérios que se seguiram. Acreditava-se que os maoistas haviam descoberto algo que teria consequências catastróficas.

Após cada voo, quando o avião chegava à pista, era necessário espalhar material absorvente pelo chão ou um receptáculo de aço inoxidável tinha de ser colocado atrás da aeronave. Nem todo o combustível era utilizado, fazendo necessária sua drenagem uma vez que o motor fosse desligado.

Na noite do ataque, no dia 18 de novembro de 1969, toda a base participara de um longo procedimento de exercícios noturnos. Encerradas as atividades, as aeronaves permaneceram na pista. Foi então que os terroristas entraram em ação.

Em vez de colocarem o palito de fósforo no tubo de pitot como de hábito, daquela vez o acenderam e o lançaram no recipiente de combustível adicional posicionado atrás do avião. A explosão foi instantânea. E gigantesca.

Ekland escreveu que, considerando a história lamentável do agrupamento aéreo, ficava fácil concluir que os esquerdistas locais também estavam por trás daquele ato de sabotagem, ainda que daquela vez as consequências fossem fatais.

Ele escreve feito um idiota, pensou Annika, mas sua teoria era bastante interessante.

— Poderia fazer uma cópia para mim deste aqui? — perguntou ela, estendendo o artigo.

O arquivista manteve os olhos voltados para a tela, não desejando interromper a lenta valsa de seus dedos sobre as teclas.

— Ah, achou algo legível, hein?

— É claro — respondeu ela. — Nunca soube dessas informações. Talvez valha a pena ir mais a fundo.

— A fotocopiadora fica ali fora, ao lado da escada. Se lhe der um tranco, talvez funcione.

O homem deslizava silenciosamente entre as ruas negras. A dor estava sob controle; seu corpo vibrava com energia. Seus pensamentos ecoavam entre os muros congelados, oferecendo respostas que lhe eram completamente estranhas.

Luleå encolhera ao longo dos anos.

Em suas lembranças, a cidade era grande e imponente, cheia de autoconfiança, tomada de brilho e comercialismo.

Naquela noite, porém, a autoconfiança não mais existia, tinha se perdido de vista — provavelmente nunca existira. O lugar parecia impotente. A rua principal fora fechada ao tráfego e transformada num playground longo e varrido pelo vento, ladeado por pequenas e melancólicas bétulas. Era ali que as pessoas deviam lutar por seu ganha-pão; era ali que deveriam encontrar um jeito de fugir da depressão.

A maldição da liberdade, pensou. O bastardo renascentista que acordou certo dia na Florença do século XII e inventou o capitalismo, sentado em sua cama e se dando conta das possibilidades para massagear seu próprio ego, percebendo que o Estado era um organismo que poderia ser controlado e manipulado.

Sentou-se num banco do lado de fora da biblioteca para deixar a pior parte da onda da morfina sair de seu corpo. Sabia que não era prudente ficar parado naquele frio, mas não se importava.

Queria sentar ali e olhar para sua catedral, a construção onde encontrara sua dinastia. A extensão tenebrosa na esquina da Namnlösa Gatan, "rua sem nome", era um de seus lugares preferidos.

As luzes ainda estavam acesas. Provavelmente reuniões estavam acontecendo naquele exato momento, assim como outras ocorreram tantos anos atrás.

Nenhuma como as nossas, pensou; nunca farão algo como as nossas.

Duas moças estavam de saída; ele as viu parar no lobby para ler os avisos de eventos culturais no quadro.

Talvez não esteja trancado, pensou vagamente. Talvez eu consiga entrar.

As garotas olharam para ele quando passaram, a alguns metros da porta. Era aquele tipo de olhar descomprometido típico de lugares pequenos e de mentalidade tacanha: não o conhecemos, então o ignoramos. Nas cidades grandes, ninguém prestava atenção em ninguém. Aquilo lhe era muito mais conveniente.

A biblioteca ainda estava aberta. Parou em meio ao lobby para deixar as lembranças emergirem. E elas vieram com força, o sobrecarregaram e o deixaram sem fôlego. O tempo foi esquecido; tinha vinte anos outra vez; era verão, fazia calor; sua garota estava ao seu lado, sua amada Loba Vermelha, que chegaria mais longe do que qualquer um ousava imaginar. Ele a abraçou e sentiu o aroma de hena em seus cabelos cor de cobre. Teve vontade de cheirá-los mais algumas vezes.

Um puxão repentino em suas pernas o levou de volta ao presente.

— Você está bem? Precisa de ajuda?

Um idoso o olhava de maneira amigável.

A pergunta de sempre, pensou, balançando a cabeça e engolindo sua resposta em francês.

O saguão voltou a tomar foco; o idoso retornou ao calor e o deixou com os avisos no quadro: uma sessão de contos, uma missa com canções natalinas, um concerto de Håkan Hagegård e um festival sobre feminismo.

Esperou até que sua respiração voltasse ao normal e passou a mão pelos cabelos. Deu um passo cauteloso em direção à porta interna, olhando discretamente através do vidro. Então, cruzou rapidamente pelo corredor e desceu pelas escadas dos fundos.

Caramba, pensou ele. Estou aqui. Estou realmente aqui.

Olhou para as portas fechadas, uma após a outra, invocando as imagens atrás delas. Conhecia todas. Os painéis baratos de madeira compensada cor de carvalho, os degraus de pedra, as mesas dobráveis, a iluminação tênue — sorriu para sua sombra —, o jovem que reservava quartos sob o nome da Associação de Pesca com Mosca e então promovia encontros maoistas até tarde da noite.

Tinha acertado em vir

QUARTA-FEIRA, 11 DE NOVEMBRO

Anders Schyman ajeitou o paletó e bebeu os resíduos de café. A escuridão transformava as janelas em espelhos; ajustou o colarinho contra o reflexo da embaixada russa. Parou e encarou os buracos onde deveriam estar seus olhos.

Finalmente, pensou. Não apenas um idiota de serventia, mas a força motriz. Na reunião do conselho que começaria em quinze minutos ele não apenas seria aceito, mas respeitado.

Onde estava a euforia? Onde estava a felicidade aflita que sentira ao examinar os gráficos e diagramas?

Seus olhos não responderam.

— Anders? — disse uma voz pelo intercomunicador. Sua secretária parecia nervosa. — Herman Wennergren está subindo.

Não se mexeu; a luz do dia se aproximava lentamente enquanto esperava pelo presidente do conselho do jornal.

— Estou impressionado — disse Wennergren com sua voz caracteristicamente grave ao entrar no escritório e tomar a mão de Schyman nas suas. — Encontrou alguma varinha de condão?

Ao longo dos anos, o presidente raramente fizera qualquer comentário sobre jornalismo. No entanto, quando o relatório trimestral estava catorze por cento acima do orçamento, os números oficiais de circulação demonstravam um crescimento constante e a distância entre eles e a Concorrência diminuía, ele presumia que só poderia se tratar de mágica.

Anders sorriu, oferecendo-lhe uma das cadeiras e sentando-se à sua frente.

— As mudanças estruturais foram totalmente implementadas e começaram a surtir efeito — respondeu simplesmente, com o cuidado de não mencionar o nome de Torstensson, seu predecessor e amigo próximo de Wennergren.

— Quer café? Alguma coisa para o desjejum, talvez?

O presidente recusou a oferta com um gesto.

— A reunião de hoje será curta, pois tenho outros negócios para tratar logo em seguida — disse, espiando o relógio. — Mas tenho um plano que gostaria de discutir com você e é bastante urgente.

Schyman ajeitou-se na cadeira, certificando-se de que o estofamento apoiasse a região lombar. Estampou uma expressão neutra no rosto.

— Quanto você tem atuado na Associação dos Editores de Jornais? — perguntou Wennergren, olhando para as unhas.

Schyman foi pego de surpresa. Nunca tinha feito qualquer coisa naquele sentido.

— Sou um dos membros do comitê, nada além disso.

— Mas sabe como aquilo funciona? Sondando o clima nos corredores, esse tipo de coisa? A maneira como os diferentes grupos de interesse se encaixam?

Wennergren esfregou as unhas na perna direita da calça, olhando para ele sob suas sobrancelhas espessas.

— Não tenho qualquer tipo de experiência prática — disse Schyman, sentindo que estava pisando em ovos. — Minha impressão é de que a organização é um pouco... complicada. Os proprietários que passam a maior parte do tempo competindo uns com os outros deveriam estar de acordo e trabalhar para alcançarem objetivos comuns. Isso é um pouco difícil.

Wennergren acenou lentamente com a cabeça, cutucando uma unha após a outra.

— Uma avaliação correta — disse ele. — A A-Press, o grupo Bonnier, Schibsted, os grandes jornais regionais, como o Hjörnes em Gotemburgo, o *Nerikes Allehanda*, o grupo Jönköping e, obviamente, nós; são muitas prioridades diferentes a conciliar.

— Mas certas vezes funciona, como quando exigiram que o governo reduzisse os impostos sobre publicidade — disse Schyman.

— Sim — respondeu Wennergren —, esse é um exemplo. Há um grupo na Associação de Imprensa ainda tratando disso, mas a pessoa responsável por forçar a aprovação é o presidente do comitê.

Anders permaneceu imóvel, sentindo os pelos da nuca lentamente se arrepiarem.

— Como você provavelmente sabe, sou o presidente do conselho eleitoral da Associação dos Editores — disse Wennergren, finalmente relaxando os dedos sobre o assento da cadeira. — No meio de dezembro, a junta terá de apresentar suas propostas para o novo conselho e estou pensando em indicá-lo como presidente. O que acha?

Os pensamentos zumbiam na mente do editor como vespas enfurecidas, chocando-se contra suas têmporas e seu cérebro.

— Geralmente não é um dos diretores quem ocupa tal posição?

— Não totalmente. Já tivemos editores anteriormente. Não estou lhe dizendo para deixar o jornal de lado e se tornar apenas presidente do conselho, o que vimos ocorrer previamente, mas o considero a pessoa certa para o cargo.

Um sinal de alerta começou a soar entre as vespas.

— Por quê? — perguntou Schyman. — Acha que posso ser facilmente controlado? Que podem me administrar?

Wennergren suspirou alto e inclinou-se para a frente com as mãos nos joelhos, pronto para se levantar.

— Schyman — disse ele —, se estivesse pensando em colocar um bundão como presidente da Associação dos Editores, não indicaria você.

Levantou-se, visivelmente irritado.

— Não vê que é justamente o contrário? — disse ele. — Se conseguir encaixá-lo naquele posto, o que talvez não consiga fazer, nosso grupo passará a ter uma pessoa obstinada e com a mente voltada para o mercado publicitário no topo da AE. É assim que o vejo, Schyman.

Virou-se em direção à porta.

— Não atrasemos a reunião — disse, com as costas voltadas para o editor.

Annika passou pela saída em direção ao aeroporto de Luleå e continuou a dirigir rumo a Kallax. A paisagem era completamente desprovida de cor: os pinheiros eram fantasmas sombrios, o chão era branco e preto, e o céu de um azul cor de chumbo. Véus brancos de neve dançavam sobre o asfalto cinza-escuro, acompanhando o ritmo das sinalizações da estrada principal. O termômetro do carro alugado marcava onze graus dentro do veículo e menos quatro do lado de fora.

Passou por um posto de gasolina e por cerca de três milhões de pinheiros antes de alcançar a saída para a base aérea de Norrbotten.

A estrada sem curvas rumo à base era infinita e tediosa. O solo em ambos os lados era plano e não tinha qualquer sinal de vegetação. Os pinheiros eram atarracados e frágeis. Após uma curva suave à direita, portões e barreiras surgiram repentinamente em seu campo de visão, além de um enorme bloqueio de segurança. Por trás de um dos altos cercados, conseguia distinguir prédios e estacionamentos. De repente, Annika se viu tomada pela sensação de ver algo que não lhe era permitido, de ser uma espiã cheia de más intenções. Logo depois do portão estavam duas aeronaves; uma delas parecia um Draken.

A estrada seguia ao longo da cerca; Annika se inclinou para enxergar melhor através do painel. Lentamente atravessou o estacionamento dos recrutas e chegou a um enorme campo de tiro. Dez homens vestidos com uniformes verdes camuflados, e, com ramos de pinheiro nos capacetes, corriam pelo campo com armas automáticas nas mãos. As carabinas se chocavam contra o peito dos soldados. Uma placa de trânsito indicava que a estrada continuava na direção de Lulnäsudden, mas outro cartaz mais adiante, onde se lia PROIBIDA A ENTRADA, a fez parar e dar meia-volta. Não conseguia mais enxergar os homens de verde.

Parou próximo ao controle de segurança, hesitando por alguns instantes antes de desligar o motor e deixar o veículo. Caminhou ao longo do prédio de painéis lisos com suas janelas refletoras, incapaz de enxergar qualquer entrada, pessoa ou mesmo uma campainha. Estava só. Subitamente, um alto-falante em algum ponto à sua esquerda lhe dirigiu a voz.

— O que quer?

Apanhada de surpresa, olhou para o ponto de onde viera a voz, mas nada viu além de painéis e cromo.

— Estou aqui para me encontrar com, hum, Pettersson — disse ela à própria imagem refletida. — O assessor de imprensa.

— Capitão Pettersson. Só um momento — disse a voz de um iovem recruta.

Deu as costas para o prédio e espiou através do portão. As árvores prosseguiam lá dentro, mas por entre os troncos conseguiu enxergar hangares verde-acinzentados e fileiras de veículos militares. Do lado de fora, era difícil calcular o tamanho da base.

— Atravesse o portão e entre pela primeira porta à direita — disse a voz sem identidade.

Annika seguiu as ordens, como uma boa cidadã e espiã.

O oficial que a recebeu era o arquétipo do militar bem-sucedido: costas rígidas, cabelos grisalhos e boa forma.

— Sou Annika Bengtzon — disse ela, estendendo a mão. — Conversamos por telefone na semana passada. Sobre o aniversário do ataque...

O homem segurou a mão da jornalista por alguns segundos a mais que o habitual. Ela tentou evitar seu olhar aberto e seu sorriso amigável.

— Como lhe disse ao telefone, não há muito a ser dito que já não seja de conhecimento público. O que podemos lhe oferecer são resumos da situação na época, as conclusões a que chegamos e uma visita ao museu. O encarregado desta parte, Gustaf, não veio hoje, pois está doente, mas provavelmente estará melhor amanhã, caso a senhora queira retornar.

— Não existe qualquer possibilidade de dar uma olhada no local do ataque?

O oficial abriu ainda mais o sorriso.

— Pensei que tinha deixado isso claro ao telefone. O acesso nunca foi liberado.

Ela sorriu de volta, hesitante.

— O senhor viu o artigo escrito por Benny Ekland e publicado pelo *Norrland News* na semana passada?

O oficial a convidou a sentar-se à mesa; ela tirou o casaco e sacou seu caderninho de dentro da bolsa.

— Tenho uma cópia aqui, se quiser...

— Estou a par deste artigo — disse ele, olhando para o recruta que entrara na sala com uma prancheta nas mãos. — A senhora se incomodaria de assinar o livro de registros?

Annika tornou oficial sua visita à base por meio de um garrancho ilegível.

— Há alguma verdade naquilo que ele escreveu? — perguntou ela, recusando o café que lhe foi oferecido.

O assessor despejou o líquido em sua caneca, que tinha uma foto de Bruce Springsteen estampada.

— Não muita — respondeu ele. Annika sentiu um aperto no coração.

— Há alguns detalhes ali que são novidade — disse ela —, ao menos para mim. Poderíamos examinar o texto, declaração por declaração, de modo que eu possa ter uma ideia mais clara de quais trechos contêm informações corretas?

Tirou a cópia do artigo de sua bolsa.

O capitão Pettersson soprou o café e cautelosamente deu o primeiro gole.

— O Lansen foi gradualmente substituído pelo Draken J35 no final nos anos 1960 — disse ele. — Isso é bem verdade. A aeronave de vigilância chegou em 1967 e o caça em 1969.

Annika lia o artigo com atenção.

— É verdade que houve tentativas de sabotagem, com palitos de fósforo sendo introduzidos nos tubos?

— Naquela época, os grupos esquerdistas andavam muito por estas bandas — disse o assessor de imprensa. — A cerca ao redor da base é, em grande parte, simbólica. Não é difícil para alguém que realmente queira entrar aqui passar por cima ou através dela. Está ali como um sinal para que mantenham distância, mas é relativamente simples entrar na base caso se esteja determinado a fazê-lo. Os rapazes com as caixas de fósforo provavelmente pensavam que poderiam danificar os aviões ao colocar os palitos nos tubos de pitot, mas não há qualquer indício de que estivessem ligados de alguma forma ao ataque em 1969.

Annika fazia suas anotações.

— E o combustível excedente? É correta a versão que diz que baldes eram utilizados para recolher o líquido?

— Sim — disse Pettersson. — Suponho que sim, mas não seria possível fazer com que combustível de aviação pegasse fogo apenas com um palito de fósforo. A octanagem é baixa demais. Para colocá-lo em chamas, é necessário que tenha sido previamente aquecido, o que torna tal informação equivocada. Ou, pelo menos, essa estratégia não teria funcionado em Luleå no mês de novembro.

Ele sorriu, desinteressado.

— Mas naquela noite houve um exercício de simulação, certo? E todas as aeronaves estavam do lado de fora?

— Era uma noite de terça-feira — disse o oficial. — Sempre voamos às terças, como fazem e vêm fazendo por décadas todas as bases no país. Três surtidas, com a última aterrissagem marcada para as dez da noite. Depois disso, as aeronaves ficam na pista por cerca de uma hora antes de serem rebocadas para os hangares. O ataque aconteceu à uma e trinta e cinco, horário em que não havia aviões do lado de fora.

Annika engoliu em seco, colocando o artigo sobre o colo.

— Achei que finalmente poderíamos chegar a uma conclusão para tudo isso — disse ela, tentando sorrir para o assessor.

Ele sorriu de volta, com olhos azuis penetrantes, e ela inclinou-se para a frente.

— Mas já se passaram mais de trinta anos. Não pode ao menos dizer o que causou a explosão?

O silêncio tomou conta do ambiente, embora ela não achasse nada de errado nisso. A pressão estava sobre ele, não sobre ela. Infelizmente, o capitão Pettersson parecia completamente indiferente ao fato de Annika ter viajado mil quilômetros para nada. Ela foi obrigada a deixar o assunto de lado.

— Por que chegaram à conclusão de que os russos estavam por trás de tudo?

— Foi um processo de eliminação — disse ele, reclinando as costas na cadeira e batendo com a ponta da caneta sobre a caneca. — Os grupos locais foram logo excluídos, e a polícia de segurança sabia que não existiam ativistas externos na área naquela época, nem de esquerda, nem de direita.

— Como pode ter certeza?

Pela primeira vez, o oficial ficou completamente sério, silenciando a caneta.

— Os grupos locais foram bastante pressionados após o ataque. Um monte de informações começou a aparecer: sabemos, por exemplo, exatamente quem estava andando para cima e para baixo com aqueles palitos de fósforo. No entanto, ninguém disse sequer uma palavra sobre o ataque. Nossa conclusão foi simplesmente que ninguém sabia de coisa alguma. Se soubessem, teríamos descoberto.

— As entrevistas foram conduzidas por vocês ou pela polícia?

Voltou a sorrir levemente.

— Digamos que um ajudou o outro.

Annika refletiu sobre os fatos, olhando fixamente para suas anotações sem realmente lhes dar atenção.

— Mas — disse ela — o grau de silêncio em um grupo depende de quanto ele é fundamentalista, certo? Como podem ter certeza de que não havia um núcleo de terroristas que nunca foram identificados pelo simples fato de que não queriam ser vistos?

O homem ficou em silêncio por um longo tempo e depois sorriu.

— Onde? — disse ele, se levantando. — Aqui em Luleå? Baader-Meinhof em Mjolkudden? Foram os russos, só podem ter sido eles.

— Então por que se contentaram com apenas um Draken? — perguntou Annika, recolhendo suas coisas. — Por que não explodiram a base inteira?

O capitão Pettersson balançou a cabeça e suspirou.

— Provavelmente para mostrar que poderiam fazê-lo. Para nos desequilibrar. Todos gostaríamos de poder ler suas mentes, compreender o modo como pensam. Por que enviaram negociantes de arte poloneses para visitar todos os nossos oficiais? Por que naufragar aquele submarino, o U-137, nas rochas próximo a Karlskrona? Lamento, mas tenho de fazer uma apresentação dentro de alguns minutos.

Annika fechou o zíper da bolsa e se levantou, vestindo o casaco.

— Bem, obrigada — disse ela. — E agradeça a Gustaf pelo convite, mas não sei se terei tempo para visitar o museu amanhã. Ainda tenho algumas coisas a fazer e meu voo sairá logo depois do almoço.

— Tente encontrar um pouco de tempo — disse o assessor de imprensa, apertando a mão dela. — Gustaf fez um belo trabalho ali.

* * *

Aquilo não serviu para nada, pensou ela já no carro enquanto dirigia rumo à estrada principal. Não posso voltar ao jornal e dizer que a viagem toda foi uma perda de tempo.

Irritada e frustrada, pisou fundo no acelerador; o carro começou a derrapar e então ela reduziu, horrorizada.

Naquele momento, seu celular tocou: "chamada não identificada". Sabia antes mesmo de atender que era Spike.

— Encontrou os responsáveis pelo ataque? — perguntou ele, educadamente.

Annika freou com cautela e ligou a seta à direita, ajustando melhor o fone no ouvido.

— O jornalista com quem deveria me encontrar está morto — disse ela. — Foi atropelado anteontem por um carro que fugiu.

— Ai — disse Spike. — Vi algo assim numa das agências de notícias esta manhã, creditado a algum tabloide. Era ele?

Annika esperou um caminhão madeireiro ultrapassar, fazendo seu Ford chacoalhar. Suas mãos agarraram o volante com mais força.

— Pode ter sido — respondeu ela. — A equipe do jornal foi avisada ontem, então seria estranho se nem eles publicassem algo.

Cautelosamente, Annika entrou na estrada principal.

— Já encontraram o motorista?

— Não que eu saiba — disse ela, prosseguindo: — Estava pensando em averiguar um pouco melhor sua morte hoje.

— Por quê? — perguntou Spike. — Provavelmente estava voltando bêbado para casa.

— Talvez — respondeu Annika. — Mas ele estava envolvido com uma grande revelação. Um texto dele bastante controverso tinha sido publicado na sexta-feira.

Embora eu saiba que isso não faz sentido algum, pensou ela, mordendo o lábio.

Spike deu um suspiro.

— Apenas confirme a história, isso é tudo — disse, desligando.

Annika estacionou próximo à entrada do hotel, dirigiu-se ao quarto e mergulhou na cama. A camareira arrumara todo o cômodo, apagando os vestígios de sua noite tenebrosa. Dormira mal e acordara suando frio, tomada por uma dor de cabeça. Os anjos cantaram para ela num coro de notas ascendentes e descendentes durante boa parte da noite: quase sempre eram mais obstinados quando Annika estava longe de casa.

Apalpou o travesseiro sob a cabeça, estendeu a mão para pegar o telefone na mesa de cabeceira e o colocou sobre a barriga, ligando então para a linha direta de Thomas na Associação de Autoridades Locais.

— Ele está no almoço — disse a secretária, mal-humorada.

Annika se esgueirou sob a coberta e apagou.

Luz do sol lírios doces flores, diamantes melancólicos, ó, ó, minha amada...

Não posso resistir mais, pensou ela, deixando-se levar pelas palavras.

Acordou sobressaltada, sem saber onde estava por um momento. Colocou a mão no queixo e descobriu que estava molhado, assim como o seu pescoço, e percebeu com nojo que era sua própria saliva. Sua roupas grudavam desagradavelmente no corpo e havia um incômodo som sibilante no seu ouvido esquerdo. Levantou-se trôpega, foi ao banheiro e fez xixi.

Quando voltou ao quarto, notou que já estava completamente escuro. Olhou em pânico para o relógio, mas viu que eram apenas três e quinze.

Enxugou o pescoço com uma toalha, confirmou que tinha tudo de que precisava em sua bolsa e deixou o quarto.

Pegou um mapa de Luleå na recepção e viu que Svartöstaden não estava nele, mas a recepcionista acrescentou com entusiasmo a estrada que a levaria até lá.

— Então está trabalhando numa reportagem? — perguntou a jovem.

Annika, já a caminho da porta, parou e olhou para ela, confusa.

— Ah — explicou a recepcionista, ruborizando —, eu vi que a conta seria debitada ao *Evening Post*.

Annika deu alguns passos de costas, batendo o salto do sapato contra a porta. Um momento depois ela estava do lado de fora, nenhuma multa por estacionamento irregular. Entrou no carro gelado e seguiu para Södra Varvsleden. O volante estava gélido; procurou as luvas na bolsa e quase atropelou uma mulher gorda que empurrava um carrinho de criança. Ligando a toda potência o barulhento exaustor, o coração galopando, dirigiu rumo a Malmudden.

No sinal vermelho de um viaduto sobre trilhos ferroviários, ela verificou de novo o mapa e viu que já estava no canto inferior da direita.

Poucos minutos depois, estava na rotatória onde Hertsövägen abria caminho para uma placa do centro de reciclagem do Conselho de Luleå. A partir de agora, ela dependia das placas de indicação. Ergueu a vista: Skurholmen à esquerda, Hertsön em frente, Svartöstaden à direita. Ela viu um anúncio dos Hambúrgueres Frasse ao seu lado e sentiu sua taxa de açúcar no sangue afundar. Quando o sinal ficou verde, ela saiu da estrada, estacionou no posto de gasolina e entrou. Comprou um cheese-búrguer com molho e cebola e comeu vorazmente, absorvendo o cheiro da fritura, as paredes pintadas de fibra de vidro, a fábrica de plásticos na esquina, o fliperama de Guerra nas Estrelas Episódio I, os móveis baratos de madeira e ferro cromado.

Isto é a Suécia, pensou. O centro de Estocolmo é uma pequena reserva natural. Não temos a menor ideia do que se passa aqui no interior bravio.

Sentindo-se ligeiramente enjoada do queijo derretido e cebola crua, seguiu adiante. Uma neve seca e poeirenta rodopiava em frente aos faróis, dificultando a visão, embora ela estivesse sozinha na estrada. Dirigiu alguns quilômetros até que subitamente, surgindo do manto de neve, a siderúrgica apareceu bem acima dela. Esqueletos iluminados de aço negro que soltavam vapor e pareciam vivos. Ela deu um pequeno grito de surpresa. Era bonito! Tão estranhamente... vivo.

Um viaduto a levou através de um pátio de carga, vinte ou mais pares de trilhos se entrecruzando.

O ponto final da Malmbanan, "a ferrovia do minério", claro. O conteúdo das montanhas evisceradas nas jazidas de ferro era trazido à costa por esses intermináveis trens de minério, ela os vira na televisão por ocasião de uma greve de condutores.

Atônita, ela dirigiu até uma placa iluminada ao lado da entrada principal e estacionou no que parecia o posto de controle oeste.

O monstro imenso imediatamente acima dela era o alto-forno número dois, um gigante que grunhia e resmungava enquanto em suas entranhas o minério se transformava em aço. Mais adiante ficavam o laminador, a siderúrgica, os fornos de coque e a usina geradora. Todo o conjunto estava embrulhado num som retumbante e ondulado que subia e descia, sussurrando e cantando.

Que lugar, pensou, sentindo o frio. Os anjos ficaram quietos. Agora estava completamente escuro.

Anne Snapphane deixou a entrevista coletiva com os joelhos trêmulos e as palmas das mãos suando. Queria chorar, ou gritar. A dor de cabeça galopante só aumentava sua raiva pelo diretor executivo que decolara para os Estados Unidos e deixara toda a apresentação para ela. Não fora empregada para ser responsável por toda a TV da Escandinávia, apenas para cuidar da programação.

Seguiu para seu quarto, discou o número de Annika e procurou desesperadamente um copo de vinho.

— Estou aqui na siderúrgica de Svartöstaden — gritou Annika do território natal de Anne. — É um verdadeiro monstro, absolutamente assombroso. Como foi a entrevista coletiva?

— Uma merda — disse Anne Snapphane numa voz morna. — Acabaram comigo, e os rapazes do seu jornal foram os piores.

— Aguenta aí — disse Annika. — Preciso tirar o carro, estou bloqueando um caminhão. Sim, eu sei! Já estou saindo!

As últimas frases eram destinadas a outro motorista.

O som do motor de um carro. Anne procurou suas pílulas de dor de cabeça na gaveta da escrivaninha, mas a caixa estava vazia.

— Certo, conte para mim o que aconteceu — disse Annika, voltando à linha.

Anne forçou suas mãos a se acalmarem, então colocou a mão direita na testa.

— Querem que eu personifique toda corporação multinacional americana supercapitalista, belicista e sanguessuga, tudo num só golpe — disse.

— É a primeira regra da dramaturgia — disse Annika. — Você tem de dar um rosto ao vilão. O seu por acaso se encaixa. Embora eu ache estranho que estejam tão zangados.

Anne fechou cuidadosamente a gaveta da escrivaninha e colocou o telefone no chão e deitou-se ao lado dele.

— Não muito — disse, olhando para as luzes no teto, suspirando e sentindo a sala balançar. — Estamos desafiando os canais estabelecidos no único mercado publicitário que eles ainda não conquistaram, o mercado de marcas global. Mas não é tudo. Não apenas estamos tirando o seu dinheiro, mas vamos tirar seus espectadores com nossos programas cientificamente comercializados que compramos a preço de banana.

— E os proprietários do *Evening Post* serão os mais atingidos, não é isso? — perguntou Annika.

— Porque nós usaremos a rede digital terrestre, sim — disse Anne.

— Como vai sua dor de cabeça?

Anne fechou os olhos, vendo a fileira de luzes do teto como listras azuis através de suas pálpebras.

— Na mesma — disse ela. — Comecei a ficar bastante zonza também.

— Não acha que isso pode ser estresse? Não podia tocar as coisas um pouco mais devagar?

Annika parecia genuinamente preocupada.

— Estou tentando — resmungou Anne, suspirando fundo.

— Você está com Miranda nesse fim de semana?

Ela sacudiu a cabeça, com a mão sobre os olhos.

— Ela vai ficar com Mehmet.

— Isso é bom ou ruim?

— Não sei — sussurrou. — Não sei se posso continuar com isso.

— Claro que pode — disse Annika. — Venha à minha casa amanhã. Thomas vai jogar tênis. Vou comprar *macaroons*.

Anne Snapphane soltou uma risada e secou os olhos.

Quando desligaram, Annika dirigiu com uma ansiedade incômoda no estômago. Pela primeira vez começava a achar que havia algo errado fisicamente com Anne. Ao longo dos anos, sua amiga consultara o doutor Olsson com cada sintoma conhecido da medicina moderna e até agora precisara de antibióticos somente duas vezes. Uma vez usou xarope para tosse e, quando descobriu que continha morfina, telefonou horrorizada para Annika imaginando que se tornara uma drogada.

Annika não pôde deixar de sorrir com a lembrança.

Lentamente afastou-se da estrada e entrou na área residencial de Svartöstaden.

Era realmente outro país, ou pelo menos outra cidade. Não Luleå e não realmente a Suécia. Annika deixou o carro vagar pela cidade de barracos de madeira, espantada com sua atmosfera.

O interior da Estônia, pensou. Subúrbios da Polônia.

Os faróis passearam sobre fachadas de madeira decrépitas de alpendres, cercados e galpões, telhados abaulados e cercas em ruínas. As edificações eram pequenas e deformadas, podiam ter sido construídas de caixas de laranja. A pintura descascava na maioria delas; o vidro artesanal tosco das janelas cintilava. Passou por uma loja de caridade que vendia roupas em prol da luta pela liberdade, embora não estivesse claro de quem seria essa liberdade.

Estacionou atrás de um canteiro de reciclagem em Bältesgatan, deixou a bolsa no carro e saiu. O ruído da siderúrgica era audível como uma leve canção a distância. Deu alguns passos, olhando por cima da cerca para os pátios.

— Está procurando alguém?

Um homem com um chapéu de lã e botas de operário vinha na sua direção de uma das casas de bolo de gengibre, olhando para o carro da locadora.

Annika sorriu.

— Estava só passando e tive de parar — disse ela com as mãos nos bolsos. — Que lugar incrível.

O homem parou, empertigando-se.

— Sim — disse ele —, é um tanto fora do comum. Um antigo bairro operário da virada do século passado. Um forte sentido de coesão; existe um verdadeiro espírito comunitário aqui. As pessoas dificilmente querem sair.

Annika acenou polidamente com a cabeça.

— Posso entender por que as pessoas acabam ficando.

O homem puxou um cigarro de um bolso interno, acendeu-o com um isqueiro Bic, mordeu a isca da conversa e começou a falar.

— Temos uma creche agora — disse ele —, três classes, Villekulla, Moomin Valley e Bullerby. Tivemos de brigar durante anos até que o conselho cedesse. A escola recebe crianças de até 13 anos e tem um clube da juventude. Banda larga. Vamos ter de lutar para manter a velha casa do gerente da siderúrgica... parece que não conseguimos nos livrar dessa obsessão de demolir as coisas.

Exalou uma nuvem de fumaça, olhando para ela por baixo da aba do chapéu.

— E o que está fazendo por aqui?

— Eu ia me encontrar com Benny Ekland, mas quando cheguei aqui soube que ele foi atropelado.

O homem sacudiu a cabeça, batendo os pés.

— História horrível — disse. — Está indo para casa e é atropelado daquele jeito. Todo mundo acha que foi terrível.

— Todo mundo aqui conhece todo mundo? — perguntou, não querendo parecer inquisitiva.

— Para o bem ou para o mal — disse ele —, mas muito mais para o bem. Assumimos responsabilidade um pelo outro; existe muito pouco disso no mundo de hoje...

— Sabe onde foi que aconteceu?

— Em Skeppargatan, a caminho da estrada principal — disse ele, apontando. — Bem perto de Blackis: é aquele edifício grande à beira da floresta. As crianças foram lá com uma flor mais cedo. Bem, eu realmente preciso...

O homem caminhou na direção da água.

Annika ficou parada e o observou ir embora.

Eu gostaria de uma vida assim, pensou. Pertencer a algum lugar.

Voltou ao carro e partiu na direção que o homem havia indicado.

O lugar onde Benny Ekland foi atropelado ficava a poucas centenas de metros do posto de controle oeste, mas não era visível dali. Na verdade, não era visível de lugar algum, exceto de um decrépito conjunto habitacional e da oficina de blindagem, a uma centena de metros de distância. Uma fileira estreita de lâmpadas de rua amareladas, algumas delas quebradas, espalhava uma luz poeirenta sobre os cordões de isolamento, a neve e a lama. À esquerda havia uma área de arbustos desiguais, à direita um aterro encimado por uma cerca.

Malmvallen, pensou. O campo de futebol.

Desligou o motor e se sentou em meio à escuridão, escutando.

Ekland tinha acabado de escrever uma longa série de artigos sobre terrorismo. A última coisa que publicou foi sobre o ataque à base F21. Depois disso, foi atropelado aqui, no lugar mais desolado de Luleå.

Ela não gostava de coincidências.

Depois de alguns minutos, um adolescente saiu de um dos prédios próximos e caminhou lentamente até a fita plástica de isolamento que balançava ao vento e cercava a cena do crime, cabeça descoberta, mãos nos bolsos. Seus cabelos estavam duros de gel, fazendo Annika sorrir. Kalle tinha acabado de descobrir as alegrias do gel para cabelos.

O garoto parou a poucos metros do carro dela, olhando inexpressivamente para uma pequena pilha de flores e velas dentro do cordão de isolamento.

O sorriso dela foi embora quando se deu conta de como a morte de Benny Ekland havia afetado as pessoas que viviam aqui. Todos lamentavam a sua morte. Algum de seus vizinhos choraria por ela?

Dificilmente.

Deu partida no carro, com a intenção de dirigir até Malmhamnen. No momento em que girou a chave, o garoto deu um salto como se tivesse sido atingido, e sua reação a sobressaltou. Com um grito que penetrou no carro, o rapaz correu de volta para casa. Ela esperou até que ele desaparecesse atrás da cerca e depois rodou até o porto onde o carro roubado fora encontrado.

A estrada estava escura como breu e era traiçoeira, levando a um beco sem saída e a um grande portão com a marca do LKAB, o grupo mineral Luossavaara-Kirunavaara Aktiebolag. Grandes guindastes, pesados molhes de concreto.

Ela decidiu voltar ao local do acidente, arrastando-se num passo de lesma.

Ao passar por Svartöstaden Plate, observou o bloco de apartamentos vizinho. Viu os cabelos ouriçados do garoto em silhueta na janela esquerda do térreo.

— Não queria assustá-lo — disse para si mesma. — O que o deixou tão amedrontado?

Parou o carro junto à fita de isolamento e desceu, levando sua bolsa. Olhou para o alto-forno número 2, ainda impressionada. Virou-se e olhou para o outro lado, no vento. A estrada era um dos caminhos para entrar no bairro residencial.

Annika tirou a lanterna da bolsa e direcionou a luz para além da fita de isolamento da polícia. A neve dos últimos dias havia coberto todos os traços que poderiam ser visíveis para um leigo. O gelo no asfalto não mostrava sinais de freada de emergência, mas qualquer marca que houvesse ali já estaria apagada a essa altura.

Ela apontou a lanterna para a cerca a dez metros de distância. Foi lá que o encontraram. O inspetor Suup estava certo: os últimos movimentos de Benny Ekland foram um voo através dos ares.

Ficou com a lanterna na mão escutando o ruído distante da siderúrgica. Virou-se para encarar a oficina de laminação e viu de novo a cabeça do garoto, desta vez na janela da direita.

Bem que podia ir lá e bater à porta, já que estava aqui.

O pátio de entrada estava escuro, teve de usar a lanterna para achar o caminho. Parecia um canteiro de ferro-velho e a casa estava aos pedaços. As vigas do telhado estavam enferrujadas, a pintura descascando.

Apagou a lanterna, colocou-a na bolsa e aproximou-se da porta da frente. Abria para um corredor totalmente escuro.

— O que está fazendo aqui?

Ela deu um pulo para trás, procurando na bolsa a lanterna de novo. A voz viera da direita, uma voz de menino em pânico.

— Tem... alguém... aí? — perguntou ela.

Houve um clique e o corredor se iluminou. Ela pestanejou, momentaneamente confusa. Estava cercada por paredes forradas de madeira marrom-escura que pareciam se avolumar diante dela; parecia que o teto a pressionava — colocou as mãos sobre a cabeça e gritou.

— Qual é o seu problema? Fique calma.

O garoto era alto e magrelo e usava meias grossas. Estava colado a uma porta que tinha o nome de Gustafsson pendurado, seus olhos escuros, atentos.

— Jesus — disse Annika. — Você me assustou.

— Não sou o filho de Deus — disse o menino.

— O quê? — disse Annika, e os anjos subitamente começaram a cantar *verão-inverno ânsia desolada*. — Pare, cale a boca! — gritou ela.

— Você é meio doida? — perguntou o menino.

Ela organizou os pensamentos, encontrou o seu olhar. Era um olhar inquisitivo e ligeiramente assustado. As vozes silenciaram, o teto voltou ao lugar, as paredes pararam de palpitar.

— Às vezes fico meio tonta — disse ela.

— O que fazia fuçando aqui?

— Meu nome é Annika Bengtzon, sou jornalista — disse ela. — Vim ver o lugar onde meu colega morreu.

Ela estendeu a mão. O menino hesitou e então a apertou timidamente.

— Você conhecia Benny? — perguntou ele, recolhendo seus dedos finos.

Annika fez que não com a cabeça.

— Mas escrevíamos sobre as mesmas coisas — disse ela. — Ia me encontrar com ele ontem.

O corredor escureceu de novo.

— Então você não é da polícia? — perguntou o menino.

— Pode acender a luz de novo, por favor? — disse Annika, sentindo uma ponta de pânico em sua voz.

— Você é meio doida — disse o menino, mais severo agora. — Ou só tem medo do escuro?

— Doida — disse Annika. — Acenda as luzes!

O menino apertou o interruptor e a lâmpada acendeu por mais um minuto.

— Ouça aqui — disse Annika. — Posso usar o seu banheiro?

O menino hesitou.

— Não posso deixar mulheres malucas entrarem em meu apartamento — disse ele. — Você entende isso, não?

Annika não conseguiu conter uma risada.

— Tudo bem — disse ela. — Vou fazer xixi no corredor então.

Ele ergueu as sobrancelhas e abriu a porta com a mão que repousava sobre a maçaneta.

— Mas não conte a minha mãe — disse ele.

— Prometo — disse Annika.

O banheiro tinha papel de parede de vinis dos anos 1970, decorados com girassóis estilizados. Ela passou água no rosto, lavou as mãos e correu os dedos pelos cabelos.

— Você conhecia Benny? — perguntou ao sair.

O menino assentiu com a cabeça.

— Qual é o seu nome, a propósito? — perguntou Annika.

Ele olhou para o chão.

— Linus — falou, sua voz dando cambalhotas no espaço de apenas cinco letras.

— Linus — disse Annika —, sabe se alguém no prédio viu o que aconteceu com Benny?

Os olhos do menino se arregalaram e ele deu dois passos para trás.

— Então você é da polícia?

— Algum problema com seu ouvido? — disse Annika. — Sou uma repórter como Benny. Escrevíamos sobre as mesmas coisas. A polícia diz que alguém o atropelou e fugiu do local. Não sei se isso é verdade. Sabe se alguém ouviu alguma coisa naquela noite?

— A polícia já esteve aqui. Perguntou a mesma coisa.

— E o que você contou para eles, Linus?

Sua voz entrou em falsete quando ele respondeu.

— Que eu não tinha visto nada, é claro. Cheguei em casa na hora devida. Não sei de nada. Você deveria ir embora agora.

Deu um passo na direção dela, erguendo os braços como se pensasse em empurrá-la porta afora. Annika não se mexeu.

— Existe uma diferença entre falar com a imprensa e falar com a polícia — disse ela lentamente.

— Eu sei — disse Linus. — Quando você fala com a imprensa, acaba na primeira página.

— Qualquer um que nos fale alguma coisa pode permanecer anônimo, se desejar. Nenhuma autoridade pode exigir saber com quem nós falamos, isso é contra a lei. Liberdade de expressão; Benny chegou a falar sobre isso?

O menino ficou em silêncio, os olhos arregalados, profundamente cético.

— Se você viu alguma coisa, Linus, ou conhece alguém que viu, essa pessoa pode me contar e ninguém descobriria que foi ela quem falou.

— E você acreditaria nessa pessoa?

— Não sei, depende do que ela disser, naturalmente.

— Mas você escreveria sobre isso no jornal?

— Apenas a informação, não quem a contou, se a pessoa não quiser.

Ela olhou para o menino e sabia que sua intuição estava certa.

— Você não voltou para casa na hora devida, não foi, Linus?

O menino trocou o peso do corpo de uma perna magrela para a outra e engoliu em seco, fazendo seu pomo de adão subir e descer.

— A que horas você devia ter voltado para casa?

— No último ônibus; o número 1 para às nove e trinta e seis da noite.

— E o que foi que fez?

— Tem um ônibus noturno também, o 51, que vai até Mefos; é para os caras que trabalham nos turnos da siderúrgica... Eu o pego às vezes quando fico até mais tarde na rua.

— E então você tem de caminhar?

— Não é longe, é só atravessar a passarela sobre a linha do trem e atravessar Skeppargatan...

Desviou o olhar e caminhou pelo corredor até seu quarto. Annika o seguiu e o encontrou sentado na cama, bem-arrumada com uma colcha e almofadas. Alguns livros escolares estavam abertos na escrivaninha e havia um computador antigo, mas todo o resto estava arrumado em estantes ou empilhado em caixas.

— Onde foi que você esteve?

Puxou os pés para cima e ficou sentado de pernas cruzadas, olhando para as mãos.

— Alex tem banda larga; ficamos jogando Teslatron na Internet.

— Onde estão seus pais...

— Minha mãe — interrompeu ele, olhando para ela zangado. — Moro sozinho com minha mãe.

Olhou para baixo de novo.

— Ela trabalha à noite. Eu prometi não ficar na rua até muito tarde. Os vizinhos ficam de olho, por isso preciso entrar escondido, se for tarde.

Annika olhou para o pequeno grandalhão na cama, momentaneamente tomada por uma sensação forte e inflexível de perda dos seus próprios filhos. Vieram-lhe lágrimas aos olhos; respirou fundo várias vezes enquanto se esforçava para prender o choro.

É assim que Kalle vai ser em poucos anos, pensou. Sensível, inteligente, esperto.

— Então você pegou o outro ônibus, o ônibus noturno? — perguntou ela, sua voz ligeiramente trêmula.

— O ônibus da meia-noite e meia da rodoviária. Benny estava nele também. Ele conhece minha mãe, todo mundo conhece todo mundo em Svartöstaden, por isso me escondi bem no fundo.

— Ele não viu você?

O menino olhou para ela como se estivesse louca.

— Ele estava caindo de bêbado, não estava? Caso contrário teria dirigido, não é?

Claro, pensou ela, esperando em silêncio que ele continuasse.

— Dormiu no ônibus — disse o menino. — O motorista teve de acordá-lo em Mefos. Escapei pela porta dos fundos enquanto estavam distraídos.

— Onde Benny morava?

— Em Laxgatan.

Fez um gesto vago numa direção que Annika não pôde distinguir.

— E você o viu caminhar para casa a partir do ponto de ônibus?

— Sim, mas ele não me viu. Fiz questão de ficar atrás dele, e a neve era muito forte.

Ficou em silêncio. Annika começou a sentir calor em sua jaqueta acolchoada. Sem dizer nada, deixou-a deslizar por seus braços, apanhou-a e a colocou na cadeira ao lado da mesa do menino.

— O que foi que você viu, Linus?

O menino baixou a cabeça ainda mais, retorcendo os dedos.

— Havia um carro — disse ele.

Annika esperou.

— Um carro?

Ele assentiu freneticamente com a cabeça.

— Um Volvo V70, mas eu não sabia disso ainda.

— Quando descobriu?

Ele fungou.

— Tinha feito o retorno no campo de futebol. Dava para ver apenas uma parte da frente do carro, atrás de uma árvore.

— Então você o notou?

Ele não respondeu, ficou apenas futucando os próprios dedos.

— Como foi que notou?

O menino ergueu o olhar, o queixo tremendo.

— Alguém estava sentado no banco do motorista. Tinha uma lâmpada de rua amarela no cruzamento e a luz batia no carro. Você podia ver a mão do homem apoiada no volante, mais ou menos assim.

O menino ergueu uma mão à sua frente, deixando-a pender no ar sobre um volante imaginário, seus olhos bem abertos.

— E, então, o que você fez?

— Esperei. Eu não sabia quem era, sabia?

— Mas podia ver que era um Volvo V70?

Ele sacudiu a cabeça incisivamente, negando.

— Não no começo. Só depois que começou a andar. Então eu pude ver os faróis traseiros.

— O que têm os faróis traseiros?

— Subiam até o teto. Eu gosto do visual. Estou bem seguro de que era um V70, dourado...

— E o homem no carro deu a partida e seguiu em frente?

Linus assentiu com a cabeça, sacudindo o corpo para ordenar seus pensamentos.

— Ele deu a partida no carro e seguiu devagar, depois pisou no acelerador.

Annika esperou.

— Benny estava bêbado — disse o menino —, mas ainda chegou a ouvir o carro e escapou para o lado, mas o carro o perseguiu, então

Benny fugiu para o outro lado, mas o carro o perseguiu de novo e ele ficou bem no meio da rua quando o carro...

Respirou fundo...

— O que aconteceu?

— Houve duas pancadas e então ele voou pelo ar.

— Duas pancadas e então Benny voou pelo ar? E caiu na cerca do campo de futebol?

O menino ficou sentado em silêncio por alguns segundos, depois baixou a cabeça. Annika teve de reprimir o impulso de abraçá-lo.

— Ele não caiu no campo de futebol?

Linus sacudiu a cabeça, limpou o nariz com as costas da mão.

— No meio da rua — disse ele, quase inaudível. — E então o carro freou e todos os faróis traseiros acenderam... foi quando eu vi que modelo de Volvo era. Ele deu ré lentamente, com Benny deitado lá, e o carro passou por cima dele de novo e... mirou sua cabeça e passou por cima do seu rosto...

Annika sentiu o estômago revirar e abriu a boca para respirar.

— Tem certeza? — sussurrou.

O menino confirmou com a cabeça; ela olhou para o branco do couro cabeludo, entre os tufos de cabelos cheios de gel.

— Em seguida, ele saiu e arrastou Benny pelos pés até Malmvallen... e o abandonou longe... então voltou para o carro e seguiu para Sjöfartsgatan, na direção do porto...

Annika olhou para o menino com novos olhos, através de um filtro de suspeita, repulsa e simpatia. Verdade? Revoltante! E coitado do menino.

— O que você fez depois disso?

O menino começou a tremer, primeiro as mãos, depois as pernas.

— Eu fui... fui até o Benny, ele estava caído lá na cerca... morto.

Envolveu o corpo com os braços magros, balançando suavemente.

— Parte de sua cabeça e de seu rosto estavam destruídos. O chão estava molhado, suas costas estavam dobradas, de um jeito errado, tipo... então eu sabia que... simplesmente fui para casa, mas não consegui dormir.

— E você não contou nada disso à polícia?

O menino sacudiu a cabeça de novo, enxugou as lágrimas com as mãos trêmulas.

— Eu disse a minha mãe que estaria de volta quinze para as dez.

Annika inclinou-se para a frente colocando desajeitadamente a mão no joelho dele.

— Linus — disse ela —, o que você acabou de me contar é terrível. Deve ter sido horrendo. Acho realmente que você deveria contar a outro adulto, porque não é bom para você andar por aí com esse tipo de segredo.

Ele se afastou da mão dela, apoiando-se contra a parede.

— Você prometeu — disse ele. — Falou que eu ficaria anônimo.

Annika ergueu as mãos, impotente.

— Espere aí — disse. — Não vou contar nada, só estou preocupada com você. Essa é uma das piores coisas que já ouvi.

Deixou as mãos caírem e levantou-se.

— É realmente importante que a polícia ouça a sua história. É um garoto esperto. Sabe que a morte de Benny não foi nenhum acidente, e você é o único que viu como ela ocorreu. Acha que o assassino devia ficar impune?

O menino olhava teimosamente para baixo novamente.

Um pensamento subitamente ocorreu a Annika.

— Você... você reconheceu o homem no carro, não?

O menino hesitou, torcendo os dedos.

— Talvez — disse, baixinho, e subitamente olhou para ela e perguntou: — Que horas são?

— Cinco para as seis — disse Annika.

— Merda — disse ele. — É a minha vez de cozinhar e eu nem comecei.

Então ele apareceu na porta de novo.

— Minha mãe vai chegar a qualquer momento — disse, ansioso. — Você precisa ir embora. Agora!

Ela apanhou o casaco e deu um passo até ele.

— Pense no que eu disse — falou, tentando sorrir.

Sentindo-se totalmente inadequada, ela deixou o menino em paz.

Thomas sentia-se cada vez mais irritado enquanto tentava uma senha após a outra na porta da creche. A mesma coisa acontecera no dia anterior, deixando-o parado ali como um idiota, incapaz de entrar.

— Sabe a senha? — perguntou ao filho.

O menino sacudiu a cabeça.

— É a mamãe que sempre faz isso — disse ele.

Um momento depois a porta foi aberta por dentro. Uma mulher na casa dos 40 com um garotinho ranhoso de 3 anos pisou na entrada. Ele balbuciou um agradecimento, segurou a porta para Kalle e entrou no vestíbulo.

— Foi divertido vir à creche — disse o menino.

Thomas acenou com a cabeça distraidamente, organizando seus pensamentos. Cada vez que ele entrava na creche se sentia um estranho; sua jaqueta forrada, a pasta e a gravata pareciam de certo modo em choque com os sapatos moles e os suéteres confortáveis do pessoal. Entre as botinhas e os móveis em miniatura ele era um gigante desajeitado, suarento e deslocado. Mas o mais provável é que fosse um problema de comunicação. Ele nunca conseguira ter o tipo de contato que o pessoal tinha com seus filhos. Era incapaz de sentar-se e ficar conversando sobre o mesmo desenho por dez minutos: a tensão em suas veias começava a puxá-lo e a coçar depois de alguns segundos; sim, ficou uma beleza, Ellen, é um gato? Depois disso ele se levantava e partia para o pensamento seguinte, para a ação seguinte.

Ellen fazia recortes quando Thomas chegou e mostrou-lhe entusiasmada o peixe e as plantas que fizera para o seu pequeno mar.

— Posso ajudá-la com seu macacão? — prontificou-se.

Ela olhou para ele com surpresa.

— Posso fazer isso sozinha — disse, largando a tesoura e o papel nos respectivos lugares e indo até o vestiário, uma figurinha severa com pernas estreitas e braços balançantes.

Pegaram o ônibus de Fleminggatan, mas, antes mesmo de subirem, Thomas percebeu que era um erro.

— Quero começar a jogar hóquei — disse Kalle enquanto Thomas tentava evitar que um aposentado com um andador atropelasse Ellen.

A simples ideia de levar o filho de carro ao centro da cidade várias vezes na semana o fez tremer.

— Não acha que é muito cedo para isso? — disse, esperando demovê-lo da ideia.

— William começou a treinar em Djurgården. Disseram que ele já era quase velho demais.

Ai meu Deus, pensou Thomas.

— Vamos, Ellen — disse ele. — É bom levantar, estamos quase lá.

— Estou soando — disse a garotinha.

— É suando — disse o menino com desdém. — Você nunca aprende.

— Vamos, vamos — disse Thomas.

O meio quilômetro até sua casa em Hantverkargatan levou quinze minutos. Kalle caiu duas vezes quando o motorista acelerou forte e então freou subitamente para passar pelos cruzamentos congestionados em Scheelegatan.

Enquanto o suor escorria por suas costas e o ar se espessava com monóxido de carbono e emitia partículas de vírus, Thomas jurou que a partir de então ignoraria a política partidária e só votaria no partido que prometesse uma solução para o trânsito em Estocolmo.

— Mamãe está em casa? — perguntou Ellen assim que chegaram finalmente ao segundo andar do número 32.

— Ela está em Norrland — falou Kalle. — Foi o que ela disse ontem.

— Mamãe está em casa? — perguntou a menina de novo, desta vez virando-se para Thomas no mesmo tom esperançoso.

Ele viu seus olhos, tão completamente confiantes, as bochechinhas gorduchas, a mochila. Por um momento o mundo rodou: O que fizemos? Que tipo de responsabilidade é essa? Como é que vamos conseguir lidar com isso? Como essas crianças vão sobreviver nesse mundo miserável?

Engoliu em seco, inclinou-se para a criança e tirou-lhe o chapéu úmido.

— Não, querida, mamãe está trabalhando. Vai voltar para casa amanhã. Segure aqui o seu chapéu enquanto abro a porta.

— O que vamos ter para o jantar? — perguntou o menino.

— Almôndegas de alce com alho e legumes.

— Hum — disse Ellen.

— Delícia — disse Kalle.

O ar no apartamento estava viciado e um pouco azedo. As luzes da rua lançavam sombras azuis tremeluzentes sobre o gesso do teto.

— Pode acender as luzes, Kalle?

As crianças começaram a tirar a roupa de rua enquanto ele ia para a cozinha e acendia as lâmpadas e o forno. Annika tinha preparado refeições congeladas em potes plásticos para que pudessem aquecê-las no micro-ondas, mas Thomas preferia fazer a coisa da maneira antiga.

— Podemos jogar no computador, papai?

— Se puderem ligá-lo sozinhos.

— Oba! — disse Kalle, e correu para a biblioteca.

Thomas sentou-se com vários cadernos do jornal da manhã que não tivera tempo de ler: novo ataque terrorista no Oriente Médio, quedas no mercado financeiro, alerta de lucros excessivos na indústria farmacêutica. Subitamente ele notou que o mau cheiro estava muito mais intenso.

Largou o jornal, levantou-se e foi dar uma olhada na cozinha. Quando abriu o armário debaixo da pia, o cheiro quase o derrubou.

Restos de peixe.

Imediatamente lembrou que Annika lhe chamara a atenção para jogar fora o lixo antes de sair na manhã anterior.

Estava agachado, pronto para vomitar, quando seu telefone celular tocou no hall. Fechou rapidamente a porta do armário, empurrando-a com força para garantir, depois foi atender a chamada.

Era uma colega da Associação dos Conselhos Locais.

— Recebi as brochuras dos impressores — disse Sophia Grenborg. — Sei que você foi para casa, mas tenho o palpite de que quer vê-las imediatamente.

Era como uma rolha de champanhe estourando em seu cérebro.

— Muitíssimo obrigado por ter ligado — disse Thomas. — Adoraria ver. Pode mandar alguns para mim por um mensageiro, em Hantverkargatan?

Voltou à cozinha e abriu a janela para arejar o ambiente e livrar-se do cheiro de peixe.

— Ahã — disse Sophia distraidamente, como se estivesse anotando algo. — Em Kungsholmen, não é?

Disse a ela a senha da porta para que o mensageiro pudesse entrar.

— Acabaram de telefonar do departamento — disse ela. — Cramne quer saber se podemos adiar o encontro noturno e marcá-lo para amanhã.

Thomas parou, olhando para o quintal. Iria perder seu jogo de tênis.

— Hum — disse ele. — Minha mulher viajou, volta amanhã de tarde. Na próxima segunda-feira seria bem melhor.

— Cramne insistiu muito que segunda-feira não dava para ele — disse Sophia. — Quer que a gente vá em frente sem você?

A ideia de ser deixado de fora o deixou sem fala inicialmente, depois afrontado.

— Não — disse rapidamente —, posso dar um jeito. Annika volta logo depois das cinco, portanto sete horas está legal...

— Certo, vou confirmar. Vejo você amanhã à noite...

Sentou-se, ainda agarrando o celular, o zumbido do exaustor no quintal filtrando suavemente através da fenda na janela.

O departamento, de novo. Esse novo projeto era um verdadeiro golpe de sorte. Depois da investigação na questão regional, que fora um enorme sucesso, ele se vira com força para escolher entre os novos trabalhos na Associação.

Foi Annika quem sugeriu que ele examinasse as ameaças aos políticos. Havia outras áreas mais prestigiosas que ele podia ter assumido, mas ela enxergara o quadro mais amplo.

— Você quer ir em frente — dissera à sua maneira nada sentimental de sempre. — Por que se aporrinhar com um projeto pretensioso para a Associação se você tem a oportunidade de fazer uma porção de contatos no mundo mais amplo?

Então ele optou pela abertura social e pelo acesso aos políticos, e a ameaça implícita nessa proposta.

Um sopro de friagem varreu-lhe os pés. Levantou e fechou a janela.

O motivo por trás do projeto era um levantamento que mostrava que um em cada quatro chefes da autoridade local e um em cada cinco titulares das comissões tinham sofrido violência ou ameaça de violência no curso de sua atividade política. As ameaças eram feitas principalmente por indivíduos, mas ameaças de grupos racistas ou xenofóbicos também eram relativamente comuns.

Os resultados do levantamento levaram à formação de um grupo de trabalho para investigar as ameaças e a violência cujo alvo eram os políticos. Além da Associação dos Conselhos Locais, o grupo incluía representantes da Federação dos Conselhos de Condados, o Conselho Nacional para a Prevenção do Crime, o Ministério da Justiça, a Junta Nacional de Polícia, o Escritório do Promotor Geral, a polícia de segurança e vários membros eleitos dos conselhos locais.

Thomas sentou-se pesadamente na cadeira, pensou em pegar o jornal de novo, mas desistiu da ideia.

O projeto não tinha grande status dentro da Associação, e várias sobrancelhas se levantaram quando ele escolheu o tema.

A tarefa do grupo de trabalho era promover uma sociedade aberta e democrática e contribuir com sugestões de medidas concretas sobre como os representantes eleitos deveriam se comportar em situações expostas. Entre outras coisas, deveriam desenvolver um curso de treinamento e manter conferências regionais em associação com o Escritório de Integração e o Fórum da História Viva.

Ele e Sophia, por parte da Federação dos Conselhos de Condados, eram os convocadores, e embora o projeto só estivesse em vigor havia poucos meses, ele sabia que haviam feito a escolha certa. O apoio que tinham recebido do Ministério da Justiça até agora fora fantástico.

Seu sonho de conseguir um emprego no governo antes de chegar aos 40 não parecia mais impossível.

Subitamente o telefone celular começou a vibrar em sua mão de novo. Ele respondeu antes que o aparelho tocasse.

— Você devia estar aqui — disse Annika. — Estou passando de carro pelo posto de controle oeste da siderúrgica de Svartöstaden nos arredores de Luleå e é tão bonito. Vou abrir a janela agora, pode ouvir o barulho?

Thomas recostou-se e fechou os olhos, mas nada ouviu além do ruído de uma linha ruim instalada por um grupo supercapitalista sueco-americano.

— Papai — disse Kalle —, o computador pifou.

Seu filho estava de pé na porta, com os olhos arregalados e preocupado.

— Espere aí, Annika — disse ele, tirando o telefone do ouvido e virando-se para o menino. — Eu disse para vocês se virarem sozinhos. Aperte o botão de vinte segundos e espere até a luz apagar. Então conte até dez e ligue de novo.

O menino saiu correndo.

— A siderúrgica? — disse ele. — Pensei que você estava indo à base aérea.

— Sim, estive lá, mas encontrei um garoto que...

— Mas você vai conseguir?

— Conseguir o quê?

Ele não teve resposta. No silêncio entre eles, podia realmente ouvir o barulho ao fundo, uma espécie de murmúrio grave. Sentiu a distância entre eles como um peso morto.

— Sinto falta de você — disse ele em voz baixa.

— O que foi que você disse? — gritou ela acima do ruído.

Ele tomou fôlego, rápida e silenciosamente.

— Como vai você, Annika? — perguntou.

— Muito bem — respondeu ela, rápido demais e firme demais. — Já comeu?

— As almôndegas estão no forno.

— Por que não as esquenta no micro-ondas? Eu as coloquei...

— Eu sei — interrompeu ele. — Posso ligar depois? Estou no meio das coisas aqui...

E lá estava ele de novo segurando o celular, sentindo uma ansiedade irracional que ameaçava transformar-se em raiva.

Não gostava que Annika viajasse, era simplesmente isso. Ele não lidava bem com as viagens dela. Tinha consciência disso, mas, quando levantava o assunto, ela ficava fria e evasiva. Queria-a ali ao seu lado para que pudesse ter a certeza de que tudo estava bem, que ela estava segura e feliz.

Depois daquele Natal terrível, assim que o pior da preocupação tinha amainado, tudo parecia numa boa. Annika andara quieta e pálida, mas estava bem. Passou muito tempo brincando com as crianças, cantando e dançando com elas, cortando e colando. Passou muito tempo na associação de novos moradores e na pequena extensão da cozinha que podiam fazer agora que tinham comprado o apartamento. O pensamento da pechincha que fizeram, comprando o apartamento por menos da metade do preço de mercado, a deixara infantilmente excitada, mas ela sempre sofrera com a falta de dinheiro. Ele tentou encarar a aquisição mais sobriamente, consciente de que o dinheiro ia e vinha. Annika nunca o deixou esquecer que ele tinha perdido suas últimas economias com ações da Ericsson.

Olhou no forno, para saber se a comida já estava quente, mas não fez nenhuma menção de retirá-la.

Quando Annika começou a trabalhar de novo, ela pareceu ficar cada vez mais fora do seu alcance, tornando-se distante, desconhecida. Parava no meio de uma conversa, a boca aberta, os olhos arregalados em horror. Se ele perguntasse qual era o problema, ela o encarava como se nunca o tivesse visto antes. Aquilo lhe dava arrepios.

— Papai, eu não consigo.

— Tente outra vez. Se não conseguir, eu vou dar uma olhada.

De repente ele se sentia impotente. Passou os olhos no jornal uma última vez, percebendo que mais um dia de esforço jornalístico estava indo direto para a reciclagem.

Com as pernas pesadas como chumbo ele colocou a mesa, jogou os macacões sujos das crianças na máquina de lavar, fez uma salada e mostrou a Kalle como reiniciar o computador.

Estavam se sentando para comer quando chegou o mensageiro com as brochuras que o pessoal da Associação iria discutir e avaliar na noite seguinte.

Enquanto as crianças tagarelavam e aprontavam, ele leu a advertência de como políticos ameaçados deveriam comportar-se. De cabo a rabo, e depois tudo de novo.

Foi então que pensou em Sophia.

Annika desligou o motor do carro diante da porta escurecida do *Norrland News* e as luzes da rua lançaram raios oblíquos sobre o painel.

O tempo que ela havia passado em casa dera a Thomas um espaço que ele logo anexou e tornou seu. Em três meses ele se acostumara a ter serviço total, com as crianças como acessórios, suas noites livres para jogar tênis e reuniões de trabalho, fins de semana para caça e excursões de hóquei. Desde que ela voltara a trabalhar, a mesma divisão de tarefas persistiu. Ele a criticou por trabalhar, alegando que precisava de repouso.

Na verdade, ele só queria evitar ter de esquentar as refeições que ela preparava, pensou ela, surpresa diante da raiva que a ideia lhe causou.

Abriu com força a porta do carro e pisou na rua nevada. Inclinou-se no assento traseiro e pegou a bolsa e o laptop.

— Pekkari? — disse no interfone. — É Bengtzon. Tem uma coisa que preciso falar com você.

Deixaram que ela entrasse e tateou seu caminho pelo hall de entrada.

O editor da noite a esperava no alto das escadas.

— O que está havendo?

Ela recuou diante do seu bafo azedo de álcool, mas ficou o mais próximo possível e disse baixinho:

— Benny pode ter topado com algo que ele não deveria.

Os olhos do homem se arregalaram, suas veias rompidas uma prova de genuíno pesar.

— A F21?

Ela encolheu os ombros.

— Não estou certa ainda — disse ela. — Preciso checar com Suup.

— Ele sempre vai para casa às cinco em ponto.

— Ele não está morto também, está? — disse Annika.

Foi conduzida à mesa do editor de cartas, onde tirou da capa seu laptop, assim que arranjou um espaço entre as pilhas bem-ordenadas de correspondência raivosa escrita a mão. Abriu o computador enquanto ligava para a delegacia de polícia. O inspetor Suup havia saído precisamente às cinco da tarde.

— Qual é o primeiro nome dele? — perguntou ela.

O oficial de plantão pareceu surpreso com sua própria resposta.

— Na verdade, eu não sei.

Ela o ouviu gritar:

— Ei, qual é o nome do superintendente Suup, tirando o Suup?

Resmungos, ruído de cadeiras se arrastando.

— Ele consta como LG nos arquivos.

Ela discou 118 118 pelo telefone na mesa, só para descobrir que o número estava bloqueado. Acontecia o mesmo no *Katrinenholm-Kuriren*; uma ligação para um número de serviço era cara demais. Ela tirou o cabo do fone e plugou o seu laptop. Teve de mudar as configurações para conseguir uma linha, então buscou o servidor do *Evening Post*.

No site da companhia telefônica, ela descobriu que não havia nenhum Suup com as iniciais LG listado em Luleå, Piteå,

Boden, Kalix ou Älvsbyn. Ele não poderia viajar mais longe do que isso todos os dias, ela raciocinou. Procurou então os resultados do recenseamento nacional, que, graças a Deus, estavam agora na Internet.

Tinha um Suup, Lars-Gunnar, nascido em 1941, em Kronvägen, em Luleå.

De volta ao site da companhia telefônica, procura no catálogo de Kronvägen e voilà! Um tal de Aino Suup tinha duas linhas no número 19. Ela desligou, desplugou o cabo e colocou-o de volta no telefone.

Mal tinha feito isso, o celular tocou, e ela colocou a mão na testa.

— Estou tão enrolada — disse a Anne Snapphane. — Por que diabo eu não ligo deste telefone aqui?

— Quê? — disse Anne.

Os ruídos atrás dela sugeriam álcool e uma decoração minimalista.

— Onde está você? — perguntou Annika.

A linha estalou e assobiou.

— O quê? — respondeu. — Alô? Está no meio de algo?

Annika falou lenta e claramente.

— Descobri tudo sobre o assassinato de um repórter. Ligue para mim à meia-noite, se ainda estiver acordada.

Annika desligou e discou o primeiro número de Aino Suup, mas era uma linha de fax. Tentou o segundo, e o tema de abertura do noticiário local pôde ser ouvido através do telefone.

— Então você é o tipo de pessoa que perturba os outros em casa? — disse o inspetor Suup, sem soar particularmente aborrecido.

Como Benny Ekland, pensou Annika, fechando os olhos enquanto perguntava:

— O Volvo encontrado em Malmhamnem era um V70? Dourado?

Os tons confiáveis do noticiarista encheram a linha por alguns segundos, e então o volume da televisão foi diminuído subitamente.

— Está bem, você agora me deixou realmente curioso — disse o inspetor, deixando a questão em aberto.

— Não existe vazamento — disse Annika. — Eu falei com uma testemunha potencial. A informação está correta?

— Não posso comentar sobre isso.

— Extraoficialmente?

— Posso trocar de telefone?

Ele desligou. Annika esperou uma eternidade antes que ele ligasse, desta vez sem televisão ao fundo.

— Você poderia ter feito o oficial de plantão ler os detalhes dos carros roubados de Bergnäset na noite de sábado — disse ele.

— Então a informação é correta?

O silêncio dele foi toda a confirmação de que ela necessitava.

— Agora eu gostaria que me contasse alguma coisa — disse ele.

Ela hesitou, mas só por conveniência. Sem o inspetor ela não teria uma reportagem.

— Falei com alguém — disse ela — que disse ter visto Benny Ekland ser atropelado na Skeppargatan em Svartöstaden, entre Mefos e Sandgatan. Havia um Volvo V70 estacionado na entrada do campo de futebol, de frente para a rua, com um homem ao volante. Quando Benny Ekland se aproximou, trôpego, o motor foi acionado, o carro partiu e correu na direção de Ekland em plena velocidade. Minha testemunha diz que Ekland tentou se esquivar, correndo de um lado para outro da rua, mas o carro o perseguiu. A colisão aconteceu mais ou menos no meio da rua.

— Que diabos — resmungou o inspetor.

— A coisa fica pior — disse Annika. — Ekland foi atingido pelo carro duas vezes e jogado no ar, caindo no meio da rua. O carro parou, deu ré, e passou por cima dele e depois sobre sua cabeça. Depois de passar por cima do seu crânio o motorista parou, definitivamente um homem, saiu do carro e arrastou o corpo para a ribanceira que dá no campo de futebol. Ali ele deu uma ajeitada no corpo e então seguiu em frente na direção de... como se chama... Sjöfartsgatan, até o terminal de minério da LKAB. Qual foi o dano do carro?

— Na frente e no para-brisa — disse o inspetor Suup, hesitante.

— Vocês devem ter verificado que esse não foi um acidente comum: o crânio foi esmagado e suas costas foram quebradas, todos os órgãos internos macerados.

— Você está certa, os resultados da autópsia chegaram esta tarde. Então houve alguém que viu a coisa toda?

— A testemunha quer permanecer em completo anonimato.

— Você não pode persuadir a pessoa em questão a nos contatar?

— Já fiz o que posso, mas ficarei feliz em tentar de novo. O que acha?

— Se a informação da testemunha estiver correta, o que é bem provável, então teremos um crime premeditado em nossas mãos.

Annika digitou a citação diretamente em seu laptop.

— Por acaso lhe ocorre alguma ideia de algo que Benny tivesse escrito que explicasse por que alguém o queria morto?

— Ekland não tinha medo de controvérsia ou de desagrados, por isso a suspeita não é impossível. Mas eu não estaria fazendo o meu trabalho se fizesse especulações a essa altura. Se a informação da testemunha está correta, e eu insisto neste "se", então estamos abertos para qualquer motivo possível.

— O senhor está encarregado da investigação?

— Não, sou apenas o cara das relações públicas atualmente, mas sou a pessoa certa para conversar com você. A investigação preliminar foi atribuída a Andersson, no escritório do promotor, eu acho, mas ela esteve no tribunal o dia todo, então não acredito que ela saiba a respeito disso ainda.

Quando desligaram, Annika se dirigiu até a redação. Numa sala estreita cheia de mesas compridas e eletricidade estática, ela encontrou um grupo de editores letárgicos, todos com rostos brancos e olhos evasivos.

— Precisamos conversar — disse ela ao editor da noite.

Com surpreendente agilidade, o gordo se levantou e caminhou à frente dela através da sala, passando a seção de esportes, e abriu a porta para um pequeno espaço que funcionava como a sala dos fumantes.

Annika parou na entrada; apesar de uma unidade de ventilação estrondosa num canto da sala, o fedor era terrível. O homem acendeu um cigarro e tossiu violentamente.

— Desisti há nove anos — disse ele —, mas ontem de manhã comecei de novo.

Ela deu um passo para dentro da sala e olhou para o teto, deixando a porta entreaberta. As paredes se fecharam sobre ela, tinha dificuldade de respirar.

— Do que se trata? — perguntou Pekkari, lançando uma triste nuvem de fumaça na direção da unidade de ventilação.

— Benny foi assassinado — disse Annika, o coração aos pulos. — Tenho uma testemunha que viu como ele morreu. A polícia confirmou que a história da testemunha coincide com o que ela sabe até agora. Temos de ficar aqui?

O editor olhou para ela como se tivesse visto um fantasma, segurando seu cigarro, imóvel, a meio caminho da boca.

— Por favor? — disse Annika, incapaz de esperar, abrindo a porta e saindo.

Ela foi até o outro canto da quase deserta seção de esportes. Um repórter solitário ergueu o olhar ansioso da grande tela de seu computador.

— Oi — disse Annika.

— Oi — disse o homem, e baixou o olhar de novo.

— Assassinado? — Pekkari sussurrou no ouvido dela. — Está brincando?

— De jeito nenhum. Vou escrever a matéria e você pode publicá-la na íntegra, mas não a libere para as agências. Nós é que vamos fazer isso.

— Por que liberaria uma coisa dessas?

— Chame isso de solidariedade — disse Annika, concentrando-se em se manter calma. — Além do mais, nós não compartilhamos os mesmos leitores. Não somos concorrentes, nós nos complementamos.

— Vou colocar o nosso cara nessa — disse o editor.

— Não — disse Annika. — O crédito é meu. É a minha reportagem, mas você pode publicá-la.

Olhou para ela espantado.

— Fico lhe devendo essa — disse.

— Eu sei — disse Annika, e voltou ao seu laptop.

QUINTA-FEIRA, 12 DE NOVEMBRO

Anne Snapphane acordou com uma vaga dor de cabeça e luzes brancas nos olhos. Sentia um gosto horrendo na boca e havia um barulho terrível debaixo da cama. Depois de uma longa sequência de conexões perdidas, seu cérebro finalmente se deu conta de que era um telefone tocando. Sua mão tateou desajeitada ao lado da cama e acabou pegando o cabo em espiral do receptor; levou-o à boca com um gemido.

— Viu o jornal? — disse Annika do outro lado da linha. — Fodeu. Se eu não tivesse uma hipoteca, eu me demitia hoje mesmo. Hoje não, ontem.

Sua voz tinha um eco estranho, como se batesse numa parede de vidro entre o ouvido de Anne e seu cérebro.

— O quê? — disse Anne, um grasnido que rebatia no teto.

— "*Paula da Pop Factory forçada a praticar sexo oral*" — leu Annika com sua voz em eco.

Anne tentou erguer-se na cama.

— Quem?

— Não sei se tem algum sentido continuar nisso — disse Annika. — Resolvi o assassinato de um repórter, provavelmente com ligações terroristas, somos os únicos a ter essa história, e o que acontece? Os noticiários do rádio e da televisão falaram a manhã toda sobre Benny Ekland, dando o crédito a nós, e o que decidimos colocar na porra da primeira página? Uma merda de um boquete!

Anne desistiu, voltando a recostar-se nos travesseiros, e colocou um braço sobre os olhos. Seu coração martelava como uma britadeira, fazendo-a suar por todos os poros. Uma vaga sensação de ansiedade revirava-lhe o estômago.

Não devia ter tomado aquela saideira, pensou vagamente.

— Anne?

Limpou a garganta.

— Que horas são?

— Dez horas, por aí. Fui de novo naquele miserável museu na base aérea, e você acha que o imbecil que dirige aquilo lá voltou ao trabalho? Óbvio que não! Então fiquei sentada lá como uma idiota.

Ela não fez esforço para entender e apenas aceitou que tinha perdido o fio da meada. De novo.

— Isso é ruim — concordou.

— Você vem esta noite?

Anne esfregou a testa várias vezes, tentando lembrar o que elas tinham combinado. E não conseguiu.

— Não podemos conversar depois? Eu ia...

— Estou em casa depois das cinco.

Deixou cair o receptor no chão, onde ele ficou emitindo um zumbido. Abriu cuidadosamente os olhos de novo e se forçou a fitar o espaço vazio ao seu lado.

Ele não estava lá. Não estava mais.

Olhou para o teto e depois através da janela. Lembrando o seu cheiro, a sua risada.

A percepção gradual de que ele não estaria mais com ela a havia deixado tensa, estúpida e com frio.

Eles tinham um trato. Tinham um acordo.

Uma criança maravilhosa, uma vida compartilhada, a mistura perfeita de liberdade e responsabilidade. Nenhuma culpa, nenhuma cobrança, apenas dedicação e apoio. Casas separadas, sua filha passando uma semana numa delas, depois na outra, com algumas noites e fins de semana compartilhados, Natais e aniversários.

Ela mantivera sua parte do acordo, nunca deixara outro cara chegar perto demais.

Mas então ele saiu e foi morar com uma mulher radicalmente monógama da Televisão Sueca que acreditava na união e no verdadeiro amor.

Se apenas a outra mulher fosse diferente, Anne pensou vagamente. Se ela apenas fosse legal, elegante, loura, bonitinha e inofensiva. Se ele tivesse pelo menos escolhido alguém com algo que eu não tinha, mas ela era igual. O mesmo tipo de beleza, até o mesmo tipo de trabalho.

A sensação de ser traída era de certa forma ampliada.

Não porque houvesse algo superficialmente errado com ela, Anne. Não, ela era errada como pessoa, sua atitude para com a vida era errada, seus afetos e suas lealdades.

Lágrimas de autopiedade começaram a se formar — ela as recolheu graças a sua obstinada força de vontade.

Ele não as merecia.

Annika apertava o maxilar com tanta força que ele doía.

Não ia chorar, não por causa disso, não por causa das estúpidas prioridades do turno da noite. Sentia-se como uma estagiária de novo, só que pior. Naquela época, mais de nove anos atrás, ela não tinha ideia de contexto, era capaz de desculpar erros de julgamento e ser pisoteada pela chefia por achar que ela obviamente não havia compreendido. Orgulhava-se de ser aberta e disposta a aprender, não presunçosa, ignorante e crítica como uma porção de novatos.

Agora ela sabia, e o conhecimento a deixara paralisada pela impotência.

Às vezes, tinha a impressão de que se tratava apenas de dinheiro.

Se fosse mais lucrativo vender drogas, os donos teriam escolhido fazer isso. Outros dias as coisas pareciam melhores, ela podia ver as conexões do modo como fora ensinada: o comercialismo garantia liberdade de expressão e democracia; o jornal era produzido segundo os desejos dos leitores; e a renda assegurava a continuidade da publicação.

Relaxou as mãos no volante, forçando-se a se acalmar. A base F21 desapareceu atrás dela quando pegou a longa reta que levava à estrada principal. Discou para a delegacia policial, mas a linha do inspetor Suup estava ocupada e ele já tinha chamadas em espera.

Não importa quanto eu seja boa, ela pensou, não conseguindo sufocar sua amargura. O pensamento cresceu e desabrochou numa frase antes que ela pudesse interrompê-lo: a verdade não é interessante, apenas a quimera que ela pode construir.

Para impedir-se de chafurdar na autopiedade e continuar na linha, ela começou a fazer à coitada da telefonista, cada vez mais estressada, uma série inútil de perguntas sobre a organização da delegacia policial. O truque consistia em ficar falando com a recepcionista até que a linha ficasse livre.

— Posso colocá-la na fila agora — disse a recepcionista quando Suup terminou uma de suas chamadas.

Ela foi encaminhada a um vácuo qualquer no espaço digital, mas pelo menos era um espaço silencioso. Uma versão eletrônica de *Für Elise* a teria dado um ataque de nervos.

Já havia passado a rotatória de Bergnäset quando houve um clique na linha e chegou a sua vez.

— Ora, eu lhe devo muitos agradecimentos — disse o inspetor Suup. — A mãe de Linus Gustafsson ligou para nós às sete dessa manhã para dizer que seu filho é a testemunha secreta no *Norrland News* de hoje. Ela disse que você tinha tentado persuadir o menino a falar à polícia e a um adulto sobre o que ele tinha visto; ela gostou daquilo. Disse que ele não andava normal desde domingo à noite, não vinha dormindo nem comendo bem, não queria ir à escola...

Ela teve uma leve sensação de calma.

— É bom ouvir isso — disse. — O que acha dessa história?

— Não falei com ele pessoalmente. Fiquei preso ao telefone desde as cinco e meia, quando você liberou a história para as agências, mas nossos agentes estiveram no local com ele e o menino parece digno de crédito.

— Trabalho rápido — disse Annika, tentando parecer impressionada.

— Quiseram agir enquanto ainda estava escuro, para obter as mesmas condições da ocasião do crime e antes que a tempestade da mídia rompesse. Parece que conseguiram.

— E? — disse ela, freando num sinal vermelho pouco antes da ponte Bergnäs.

— Vamos dizer que a investigação evoluiu de atropelamento e fuga para assassinato premeditado.

— Vai chamar a unidade nacional de crime?

A resposta foi ambígua.

— Vamos ter de ver o que acontece depois de um ou dois dias...

O sinal abriu; ela rodou até a junção com Granuddsvägen.

— Benny havia escrito uma série de artigos sobre terrorismo nos últimos meses — disse Annika. — Estou voltando da F21 agora. Você acha que a morte dele poderia ter algo a ver com o artigo que escreveu sobre aquele ataque, ou qualquer outra coisa que tenha escrito?

— Não quero especular. Pode esperar um pouquinho?

Não esperou que ela respondesse; houve um baque surdo no ouvido dela enquanto o inspetor largava o fone e atravessava a sala, e então o som de uma porta fechando.

— Mas, por outro lado — disse ele, de volta à linha —, existe algo que comentei com o capitão Pettersson esta manhã e tem a ver com você.

Ela tirou o pé do acelerador por puro choque.

— Não quero discutir isso pelo telefone — continuou o inspetor. — Tem tempo para vir aqui esta tarde?

Ela sacudiu o braço com vigor para que o relógio descesse para fora da manga do casaco.

— Não, não tenho tempo, meu avião sai às 14:55 e tenho de passar pelo *Norrland News* antes disso.

— OK, vejo você lá — disse ele. — Temos uma equipe no jornal e prometi que iria até lá falar com eles sobre o que estamos procurando.

A mulher na recepção do jornal tinha o rosto inchado de tanto chorar. Annika aproximou-se com cautela e respeito, consciente de que a perturbava.

— O jornal está fechado para visitantes — falou a mulher com rispidez. — Volte amanhã.

— Meu nome é Annika Bengtzon — disse gentilmente. — Fui eu quem...

— Tem algum problema de audição? — disse a mulher, levantando-se, visivelmente trêmula. — Estamos de luto hoje, de luto porque um de nossos repórteres... nos deixou. Por isso estamos fechados. O dia inteiro. Vá embora.

A nuvem vermelha sobre a testa de Annika forçou a entrada até o seu cérebro e gerou um curto-circuito.

— Pelo amor de Deus — disse ela. — Todo mundo ficou maluco?

Virou as costas para a mulher e dirigiu-se para as escadas que levavam à redação.

— Ei! — gritou a recepcionista. — Esta é uma empresa particular. Volte.

Annika continuou caminhando, olhou por cima do ombro e disse, incisivamente:

— Então me dê um tiro.

Depois de alguns passos pôde ouvir algum tipo de cerimônia memorial em andamento na redação. No alto da escada, do lado de fora do escritório principal, podia ver os participantes, uma massa incolor de cabelos grisalhos, paletós cinza-escuros, suéteres marrons. Costas dobradas, pescoços suados, o tipo de raiva confusa que deixa as pessoas pálidas e mudas. Seus suspiros pareciam sugar todo o ar, esvaziando o edifício de oxigênio.

Tomou fôlego e esgueirou-se até os fundos da sala, tornando-se invisível enquanto simultaneamente esticava o pescoço para ver quem estava falando lá na frente.

— Benny não tinha família — disse o homem, um tipo de jornalista de meia-idade num terno escuro e sapatos lustrosos. — Nós éramos sua família. Ele tinha a nós e tinha o *Norrland News*.

As pessoas na sala não reagiram às palavras, cada uma delas consumida por sua própria descrença e choque, a impossibilidade da morte. Remexendo as mãos, olhos grudados ao chão ou vagando a esmo, cada um deles uma ilha.

Repórteres e vários fotógrafos recostavam-se ao longo das paredes, pessoas de outros veículos da mídia. Ela podia distingui-los por sua curiosidade voraz; estavam se lixando. Seu interesse focava no homem que falava e naqueles que velavam.

— Benny era o tipo de jornalista que não existe mais — discursou o homem dos sapatos lustrosos. — Era um repórter que nunca desistia; tinha sempre que saber a verdade, a qualquer custo. Nós que tivemos o privilégio de trabalhar com Benny todos esses anos recebemos uma grande dádiva, a de conhecer um profissional tão devotado e responsável. Para Benny, não existiam horas extras, porque levava seu trabalho a sério...

— Hum — alguém sussurrou no ouvido dela —, agora estamos chegando à verdade.

Ela virou a cabeça e viu Hans Blomberg, o arquivista, de pé atrás dela, acenando com a cabeça e sorrindo. Inclinou-se para a frente e continuou num sussurro:

— Benny era popular com a chefia porque nunca pediu pagamento de horas extras nem aumento de salário. E porque ganhava tão pouco que lhes dava a argumentação perfeita: se sua estrela ganhava uma mixaria, certamente era justificável que os outros também ganhassem pouco.

Annika ouviu, atônita.

— Ele rompeu o acordo salarial? — sussurrou em resposta. — Por quê?

— Férias pagas de cinco semanas com as putas da Tailândia todo ano e uma conta aberta no City Pub. O que mais um homem podia querer?

Duas mulheres mais velhas à frente deles, com suéteres combinando e olhos inchados, viraram-se e chiaram para que se calassem.

— Onde ficava a mesa de Benny? — sussurrou ela ao arquivista.

— Venha comigo — disse ele e saiu da sala.

Deixaram o mar cinzento e rarefeito de pessoas e subiram ao andar seguinte, abaixo do telhado.

— Era o único, além do editor, que tinha seu próprio escritório — disse Hans Blomberg, apontando para um corredor curto e estreito.

Annika caminhou ao longo do corredor, sentindo as paredes apertarem-na imediatamente, crescendo para cima dela. Parou, respirou fundo e viu as paredes como realmente eram.

Não se mexiam.

Os painéis pintados na verdade se inflavam onde haviam se soltado, de um amarelo-marrom medonho.

Ela caminhou até a porta pintada de marrom de Benny Ekland e bateu com força. Para sua surpresa, a porta se escancarou imediatamente.

— Sim, o que é? — um policial à paisana falou de uma posição ajoelhada, soprando os cabelos dos olhos e olhando-a de cima a baixo com irritação.

Atrás dele, dois outros agentes ergueram o olhar de armários e gavetas. Annika deu um passo para trás, sentindo que ruborizava.

— Desculpem — disse ela —, estou à procura... estava pensando...

— Esta é a sala de Benny Ekland — disse o agente à paisana, e então adotou um tom mais amistoso: — Você é Annika Bengtzon, não é? Aquela que ficou presa com o Bombardeiro no túnel?

Ela ficou olhando para ele por alguns segundos, pensando em escapar, mas assentiu com a cabeça. Podia ouvir os anjos aparecendo no fundo da sua cabeça. Não!, pensou. Agora não.

— Suup ligou e disse que ia encontrá-la aqui, mas não chegou ainda. Forsberg — disse ele, levantando-se e estendendo a mão para ela, dando-lhe um sorriso insinuante debaixo da cabeleira loura.

Annika olhou para baixo, confusa, e percebeu que suas mãos estavam frias e suadas.

— Como vão as coisas? — perguntou, só para ter algo a dizer, esfregando a cabeça ligeiramente com uma das mãos para que as vozes dentro dela se calassem.

— Suup disse que você achou o menino Gustafsson — disse Forsberg enquanto colocava uma pilha de papéis numa estante.

O policial suspirou.

— Isso aqui está uma tremenda bagunça.

— Ele recebeu muita correspondência hoje — disse Hans Blomberg atrás de Annika. — Já a examinaram?

Os agentes se entreolharam e sacudiram a cabeça.

— Onde está? — perguntou Forsberg.

— Coloquei no escaninho, como sempre faço. Quer que vá apanhá-la?

Annika foi com o arquivista até a sala de correio, em vez de ficar no caminho da polícia.

— Você não parece ter sido o maior fã de Benny — disse ela enquanto Blomberg pegava a correspondência do morto.

— Não há necessidade — ofegou o gordo. — Existem muitos outros lutando por esse título. Tenho uma visão mais matizada do nosso repórter-estrela.

Ele se dirigiu às escadas de novo. Annika seguiu o cardigã balançante.

— Que tipo de visão seria essa?

O homem arquejou ao subir as escadas.

— Não importa quem tivesse uma pista aqui; se havia algo digno de cobrir, então Big Ben botava as mãos na história. Era sempre o último a sair de noite, então podia sempre mudar uma frase ou duas no texto de alguém e dividir os créditos.

— Seu apelido era Big Ben?

— Fique sabendo que ele era brilhante em desencavar assuntos — admitiu Hans Blomberg. — Você tem de reconhecer isso.

— Annika Bengtzon? — gritou uma voz do andar de baixo.

Ela voltou alguns degraus, inclinou-se e olhou para baixo.

— Suup — disse um homem magro com cabelos grisalhos. — Podemos conversar?

Ela desceu e apertou a mão do homem mais velho; encarou um par de olhos que, por um momento, pareciam pertencer a uma criança, tão brilhantes e translúcidos.

— Prometi falar com o pessoal daqui a pouco, mas isso não vai levar muito tempo — disse ele. As rugas em seu rosto enfatizavam a impressão de estabilidade e honestidade.

— Está me deixando muito curiosa — disse Annika, indo até a sala do editor de cartas, onde ela havia escrito seu artigo na noite anterior.

Veio-lhe à mente que ele não era amargo. Servia à humanidade de uma maneira que sabia ser correta, e em troca recebia respeito e confiança, que confirmavam que suas referências estavam certas. Era uma pessoa sólida.

Ela puxou uma cadeira para o inspetor e sentou-se na quina da mesa.

— Apreciamos o fato de que você veio a nós com a sua informação na noite passada — disse o homem em voz baixa.

— E devo dizer que foi uma surpresa você ter aberto mão da história. O *Norrland News* sai muito mais cedo do que o *Evening Post* aqui, por isso você não foi a primeira, nem foi uma exclusiva.

Annika sorriu, notando que os anjos haviam acalmado.

— Você passou muito tempo lidando com a imprensa — disse ela. — Posso notar.

— Motivo pelo qual falei com Pettersson na F21 sobre alguma informação que tínhamos fazia anos e estávamos na dúvida de liberar.

Ela sentiu a adrenalina subir lentamente da base da espinha até o peito.

— Há anos que temos um principal suspeito do ataque — disse ele, em voz baixa. — Um jovem que veio do sul para Luleå no fim dos anos 1960, mas era originalmente de algum lugar no vale do Torne. Era ativo em um ou dois grupos da esquerda, sob o codinome de Ragnwald. Tivemos algumas diferentes sugestões de sua identidade real, mas não sabemos ao certo.

Annika ficou sentada em silêncio, olhando para o inspetor. A informação surpreendente a deixou de cabelos em pé.

— Posso fazer anotações?

— Sem problema.

Ela puxou uma caderneta e uma caneta e rabiscou o que o inspetor havia lhe contado, tremendo tanto que ficou quase ilegível.

— O que o faz suspeitar desse homem em particular? — perguntou.

— Ragnwald desapareceu — disse Suup. — Acreditamos que foi para a Espanha e se tornou membro do ETA. Tornou-se um terrorista em tempo integral e o ataque na F21 foi a sua qualificação.

Ouviu-se uma batida na porta. O inspetor Forsberg enfiou a cara.

— Desculpe, chefe, encontramos algo realmente esquisito.

— O quê?

— Uma carta não assinada: conteúdo bombástico, pouco claro.

Lançou um olhar para Annika e silenciou.

Ela pensava furiosamente, mas tentava parecer indiferente.

— Parece o tipo de carta comum de maluco — disse ela. — Tenho dezoito sacos de lixo cheios delas.

— Leia — disse o inspetor Suup.

Forsberg hesitou por apenas um segundo. Pegou então a folha arrancada de um bloco de papel A4 e dobrada em quatro, que segurava cuidadosamente com mãos enluvadas.

— *"Não existe construção sem destruição"* — leu. — *"Destruição significa crítica e rejeição, significa revolução. Envolve repensar as coisas, o que significa construção. Se você se concentrar na destruição primeiro, terá a construção como parte do processo."*

Annika rabiscava furiosamente e anotou metade das palavras. Pelo canto do olho viu Forsberg abaixar a carta.

— Isso lhes diz alguma coisa? — perguntou ele.

Annika viu o inspetor Suup balançar a cabeça em negativa e, mecanicamente, imitou o seu movimento.

— Estaremos no andar de cima — disse Forsberg, e desapareceu de novo.

— Posso publicar sobre Ragnwald? — perguntou Annika.

O inspetor assentiu com a cabeça.

— Não vai atrapalhar nenhuma investigação se eu escrever a respeito?

— Muito pelo contrário — disse Suup.

Annika olhou silenciosamente para o policial, ciente de que sua honestidade não significava que os fins não justificavam os meios. Ele podia sem dúvida ser muito furtivo se precisasse, mas aquilo era apenas parte do trabalho.

— Então, por que está me contando? — disse ela.

O homem levantou-se com uma rapidez surpreendente.

— A informação é correta na medida em que casa com nossas suspeitas — disse ele. — Não sabemos se ele na verdade fez aquilo, mas acreditamos que esteve envolvido; pode ter até planejado a coisa toda. Deve ter tido cúmplices; pegadas foram encontradas no local. Não existem muitos homens que calcem 34.

Esse último detalhe era novo. Ele a deixou sentada em meio às cartas dos leitores sobre coleta de lixo e cocô de cachorro, com a distinta suspeita de que recebera mais do que um simples furo.

Lentamente ela preencheu as letras que havia deixado escapar em suas anotações.

Não existe construção sem destruição.

É verdade, pensou ela.

Se você se concentrar na destruição primeiro, terá a construção como parte do processo.

Só Deus sabe.

As vozes dos motoristas de táxi na entrada cascatearam atrás dela enquanto caminhava pelo pequeno aeroporto, fazendo-a sentir-se ligeiramente caçada. Será que eles trabalhavam algum dia? Talvez ficassem simplesmente junto ao ar quente que vinha das portas, protegidos contra o frio ártico em seus uniformes azul-escuros e botões dourados.

Ela pegou um assento no fundo do avião, ao lado de uma mulher com duas crianças pequenas. A mulher segurava uma no colo enquanto a outra zanzava pela cabine.

Annika sentiu o estresse elevar-se além de qualquer nível de tolerância: era sua única chance de escrever alguma coisa.

— Com licença — disse à comissária de bordo assim que estavam no ar. — Preciso trabalhar. Posso passar um pouco para a frente?

Levantou-se e apontou para algumas fileiras à frente na cabine semivazia. O fedelho no colo da mãe começou a berrar no seu ouvido.

— Sua reserva foi para esse assento, por isso receio que não possa trocar de lugar. Deveria ter reservado na classe executiva — disse a comissária secamente, e voltou para seu carrinho de bebidas.

— Desculpe — disse Annika, mais alto desta vez —, mas eu fiz isso. Ou meu patrão fez. Posso trocar de lugar, por favor?

Ela se esgueirou pela mãe e bloqueou o corredor. A comissária passou o carrinho com passinhos irritados.

— Ouviu o que eu disse. Depois do 11 de Setembro, não é mais permitido trocar de assento.

Annika caminhou a passos largos na direção da comissária, falando bem na sua cara.

— Então me jogue para fora — sussurrou, pegando seu laptop no compartimento de bagagens mais à frente e sentando cinco fileiras adiante.

Com o estresse correndo pelas veias, escreveu três artigos antes que o avião pousasse no aeroporto de Arlanda, em Estocolmo: Luleå no dia depois do anúncio do assassinato, a tristeza de seus companheiros de trabalho e a polícia interrogando as testemunhas na cena do crime. A equipe da noite teria de editar o texto geral e os boxes factuais. Ela guardou os detalhes sobre Rangwald e o ataque na F21 — não ia soltá-los tão rapidamente assim.

Apressou-se ao longo do piso de ardósia do terminal 4 e desapareceu no subsolo com o coração disparado. Do Arlanda Express ligou para Spike e o deixou atualizado; então ele a transferiu para Pelle na editoria fotográfica para que pudessem falar sobre as ilustrações. A recém-firmada colaboração com o *Norrland News* dava ao *Evening Post* pleno acesso ao arquivo de imagens, antigas e novas, o que os poupava de ter de mandar alguém ou usar um freelancer.

— Hum, você não vai achar a foto do ano nessa remessa — disse o editor de fotos, enquanto Annika o ouvia clicando no material transferido —, mas ela vai quebrar o galho para a edição de amanhã. Pelo menos algumas fotos têm uma resolução decente e estão até em foco.

Com o casaco agitando ao vento, ela caminhou da estação Central para o local onde seu filho de seis anos passava os dias. O vento estava úmido e cheio de odores, terra, folhas e fumaça de carros, a grama ainda estava verde, e folhas semimortas ainda se agarravam a uns poucos galhos. A luz de um milhão de lâmpadas dominava a noitinha de outono nórdica, dando a ilusão de que a realidade podia ser controlada, domada.

Não se veem mais estrelas na cidade, pensou.

O filho de Annika jogou-se sobre ela como se estivesse fora havia seis meses. Apertou seu rosto pegajoso contra o dela e correu seus dedos entre os cabelos da sua nuca.

— Senti sua falta, mamãe — disse no seu ouvido.

Ela balançou o menino em seus braços, acariciando as pequenas costas duras, beijando seus cabelos.

De mãos dadas, caminharam até a creche de Ellen até que o menino se desvencilhou e correu os últimos dez metros até a porta, cumprimentando alegremente Lennart e Helena, que estavam a caminho de casa.

Ellen estava cansada e reservada quando apareceu. Não queria ir para casa, não queria um abraço. Queria continuar recortando figuras, papai a pegaria depois.

Annika enrijeceu o maxilar para se impedir de estourar, notando que seus limites tinham evaporado.

— Ellen — disse ela com firmeza —, Kalle e eu estamos indo.

A menina retesou-se, seu rosto contorceu-se, os olhos esbugalhados, e soltou um grito desesperado.

— Meu maçacão — gritou. — Não peguei meu maçacão.

Deixou cair a tesoura e correu até onde as roupas de rua estavam penduradas, debaixo de uma foto sua tirada no verão, no chalé de campo dos avós em Gällnö, e procurou freneticamente entre as roupas, tentando puxar seu macacão.

Annika podia sentir o olhar de reprovação de duas outras mães no corredor.

— Bom, vamos lá — disse ela, aproximando-se da filha. — Vou ajudar você, mas pare de ficar zangada.

— O nome certo é macacão — disse Kalle.

A caminho de casa, Ellen soluçava de vez em quando.

— Vamos de ônibus quando voltamos com o papai — disse o menino enquanto estavam apinhados numa ilha de trânsito nos sinais luminosos de Kungsholmsgatan.

— Está muito cheio e quente no ônibus — disse Annika, sentindo-se sufocar com a simples ideia.

Teve de carregar Ellen desde Bergsgatan. Assim que chegaram em casa, rapidamente acendeu o fogo na estufa para expulsar o frio das janelas úmidas e correu até o quintal com o saco de lixo fedorento, mãos e pernas movendo-se automaticamente. Colocou então o arroz para esquentar enquanto pescava o laptop de sua bolsa, acionava a linha do telefone na cozinha e colocava uma porção de bacalhau no micro-ondas para descongelar.

— A gente pode brincar no computador, mamãe?

— O computador é do papai.

— Mas papai deixou. Sei como ligar.

— Vão ver televisão, o programa que vocês gostam já vai começar — disse ela, conectando-se com o servidor do jornal.

O menino afastou-se, de ombros caídos. Enquanto seu laptop iniciava, Annika cortou o bacalhau em fatias, envolveu-as em sal e farinha e colocou-as numa frigideira pesada com um pouco de manteiga derretida no fundo. Ouviu o som do frigir enquanto enviava os três artigos, salpicou algumas gotas de limão sobre o peixe, pegou um pouco de aneto congelado e espalhou-o em cima de tudo, depois adicionou um pouco de creme, água quente, caldo de peixe e um punhado de camarões congelados.

— O que é que a gente vai jantar, mamãe? — perguntou Ellen, olhando para ela por baixo da franja.

— Querida — disse Annika, inclinando-se para pegar a filha. — Venha cá, sente-se aqui comigo.

Ellen enroscou-se no colo de Annika e colocou os braços em volta do seu pescoço.

— Ah, querida — disse Annika, balançando-a, soprando em seus cabelos. — Está com fome?

A menina acenou com a cabeça, hesitante.

— Vamos comer peixe com molho cremoso, arroz e camarões; você gosta disso, não é?

Ela acenou de novo com a cabeça.

— Quer me ajudar a fazer a salada?

Um terceiro aceno.

— OK — disse Annika, colocando-a no chão e puxando uma cadeira para perto da bancada ao lado do fogão. — Lavou as mãos?

A garotinha correu ao banheiro: ouviu-se o som de água correndo e Annika subitamente se sentiu tonta.

Pegou um avental e uma faca de frutas, amarrou os laços atrás das costas de Ellen e mostrou-lhe como segurar a faca. Deixou-a cortar um pouco do pepino enquanto ela cuidava da alface e de um punhado de tomates. Colocou um pouco de azeite de oliva, vinagre balsâmico e ervas italianas e deixou Ellen misturar a salada.

— Brilhante! — disse, colocando a saladeira sobre a mesa. — Pode preparar a mesa? Sabe como a gente faz, não sabe?

— Você está perdendo Björne — gritou Kalle do quarto de televisão, e a garota largou os talheres e saiu correndo. Annika notou como suas meias estavam sujas enquanto ela corria.

Ouviu o som da chave abrindo a porta da frente; ouviu os gritos jubilosos das crianças e o ruído da pasta de Thomas ao pousar no banco do hall.

— Olá — disse ele ao entrar na cozinha e beijá-la na testa. — Com quem estava falando?

Ela ficou na ponta dos pés para beijá-lo nos lábios, abraçando-o pelo pescoço e apertando-o contra seu corpo. Por alguma razão, a imagem de Forsberg, o agente de polícia, lhe veio à cabeça.

— Não estava falando com ninguém — disse ao pescoço do marido.

— A linha esteve ocupada durante meia hora.

Ela o largou abruptamente.

— Merda — disse. — Ainda estou on-line.

Correu até o laptop, puxou todos os fios e enfiou o telefone de novo na tomada.

— Podemos comer agora mesmo — disse.

— Não vou querer nada — disse Thomas. — Vai haver uma reunião do departamento esta noite e eu vou jantar com o grupo de trabalho.

Annika parou, a frigideira de peixe ainda em sua mão.

— Pensei que você fosse jogar tênis esta noite — disse ela, espantada.

Seus dedos estavam queimando, apesar das luvas antitérmicas, e rapidamente apoiou a frigideira.

— O cara da Justiça quer uma rápida recapitulação enquanto a gente come alguma coisa.

— Você podia comer alguma coisa com a gente antes — disse Annika, puxando uma cadeira para Ellen.

Ergueu o olhar para o marido, viu-o suspirar silenciosamente, e colocou o arroz na mesa.

— Kalle — gritou para o quarto de televisão. — Está pronto!

— Mas eu quero ver isso aqui — respondeu o menino.

Serviu arroz e peixe para Ellen e colocou a salada do seu lado.

— Ellen fez a salada — anunciou para a sala em geral. — Pode se servir sozinha, não pode?

Então foi ao quarto de televisão e desligou o aparelho, fazendo seu filho uivar em protesto.

— Pare com isso — disse Annika. — A comida vem antes da televisão, você sabe disso. Venha e sente-se.

— O que é que a gente vai comer?

— Peixe ensopado com arroz e camarões.

O menino fez uma careta.

— Camarões, eca.

— Você pode tirá-los. Coma, antes que esfrie.

Thomas comia contentemente quando ela voltou à cozinha.

— Como está? — perguntou, sentando-se à frente dele.

— Os camarões estão um pouco duros — disse ele. — Você sempre os coloca cedo demais.

Ela nada disse, apenas se serviu da comida, percebendo que seria incapaz de ingerir uma garfada agora.

* * *

Thomas puxou seu chapéu de lã para baixo das orelhas ao deixar o prédio e respirou fundo o ar frio. Estava cheio a ponto de explodir, uma sensação que viera a apreciar cada vez mais.

A boa vida, pensou vagamente. Prazer e amor, em cada nível.

Esticou as pernas, confiante, calmo.

Era bom ter Annika de volta. Tudo era tão bom e confortável quando ela estava em casa, e ela era tão melhor com as crianças.

Eles tinham tudo de bom.

Pisou fora de casa com a pasta, sem saber ao certo se deveria usar o carro. Iam encontrar-se no Södermalm, um bar na Hornsgatan onde podiam conseguir uma sala reservada. Provavelmente tomariam vinho e ele ou teria de ficar sóbrio ou correr o risco ao dirigir de volta para casa. Por outro lado, era quinta-feira, a noite em que limpavam a rua, portanto teria de tirar o carro.

Virou à esquerda e então de novo à esquerda em Agnegatan.

Espero que o filho da mãe pegue, pensou, abrindo a porta do Toyota com um movimento bruto.

Estava puto com o carro. Já era velho quando conheceu Annika, mas ela se recusou a hipotecar o apartamento para que pudessem comprar um carro novo.

— Eu uso o transporte público — disse ela. — Você deveria fazer o mesmo. Só idiotas insistem em dirigir nessa cidade.

Ela estava certa em relação a isso, embora a culpa não fosse dos motoristas, mas dos políticos.

Dirigiu ao longo da Hornsgatan. A rua era fechada para carros, mas foi em frente mesmo assim.

Naturalmente, as ruas ao redor de Zinkensdamm deviam ser limpas naquela noite também. Com um coração receoso e o pulso acelerado, dirigiu por ali tentando encontrar uma rua que não fosse passar pela operação de limpeza e na qual houvesse lugar para estacionar. Nada.

Parou bem na frente do bar. Annika ficaria furiosa se descobrisse a multa cobrada de sua conta conjunta, por isso teria de lembrar-se de pagá-la em dinheiro.

Ficou parado um momento, olhando para o bar.

Um inferninho, pensou. Apenas um bar barato e vagabundo.

Suspirou, tirou o chapéu e enfiou-o no bolso do casaco, pegou a pasta e entrou.

O bar estava esfumaçado e barulhento, com um tipo de rock pesado nos alto-falantes e alvos com dardos nas paredes. Anúncios antigos de cerveja tencionavam criar um clima cultural. Uma jukebox brilhava silenciosamente num canto.

— Thomas, aqui!

Sophia Grenborg estava sentada numa cabine à direita do bar e ele caminhou agradecido até ela. Cumprimentou calorosamente a colega, sentindo apenas uma pequena pontada de culpa. Três anos atrás tinham se candidatado ao mesmo emprego. Ele conquistou o posto, embora ela fosse mais qualificada. Sempre que se encontravam ao longo dos anos desde então, ele se sentia ligeiramente culpado, o que o fazia agir com uma cordialidade fora do comum.

— Onde está Cramne? — perguntou ele, tirando sua jaqueta acolchoada.

— Ainda não chegou — disse Sophia, abrindo espaço no banco. — Queria saber o que ele estava pensando quando inventou um encontro num lugar desses.

Ele explodiu numa risada; estava pensando exatamente a mesma coisa. Acomodou-se ao lado dela, notando que bebia cerveja. Ela seguiu seu olhar, encolheu os ombros e sorriu.

— Parecia fazer sentido aqui — disse ela.

Ele ergueu a mão para um garçom jovem e pediu uma caneca de cerveja.

— O que acha da brochura? — perguntou ela.

Thomas apanhou sua pasta, abriu-a e colocou uma pilha de papéis na mesa, o folheto em cima de tudo.

— Está bom — disse ele, colocando a pasta de novo no chão. — Mas tem umas coisinhas que ficaram meio confusas na última versão. Temos de deixar bem claro o que os políticos devem fazer caso sejam ameaçados, não assustá-los, para que levem a coisa a sério e pensem a respeito. Talvez dar algumas estatísticas sobre como costumam se comportar e alguns indicadores do Conselho Nacional para Prevenção Criminal.

Era basicamente o que Annika havia dito quando examinou a brochura pouco antes de ele sair. Sophia piscou, pareceu bastante impressionada. Ele encheu o peito.

— Isso faz muito sentido — disse ela. — Posso anotar?

Ele deu um pequeno aceno positivo de cabeça, olhando ao seu redor em busca do homem do departamento, depois voltou sua atenção para a cerveja.

— Outra coisa que eu estava pensando... — prosseguiu Sophia, enquanto escrevia em seu caderno de notas. — O que acha de um levantamento mais geral? Descobrir o que o público pensa sobre a violência contra seus representantes democraticamente eleitos?

Ele olhou para ela, ciente de que não a estava escutando direito.

Ela colocou a caneta e o caderno na bolsa.

— Quero dizer — falou —, quanta importância atribuímos a tentativas de silenciar políticos? Não deveríamos verificar?

Thomas franziu a testa, disfarçando seu entusiasmo.

— Você quer dizer que deveríamos ver como as pessoas se relacionam com o fenômeno?

— Sim — disse ela, inclinando-se para a frente —, e ao mesmo tempo ver como podemos mudar essas opiniões através de uma campanha de conscientização.

Ele assentiu lentamente com a cabeça.

— Talvez pudéssemos conseguir algum apoio da imprensa — disse ele. — Criar um debate, influenciar as opiniões das pessoas à maneira antiga.

— Sim! — disse ela com entusiasmo. — Fazer com que o departamento de RP se envolva, acelerar os releases para a imprensa.

— Uma série de artigos sobre nossos novos heróis — disse Thomas, vendo a manchete na sua cabeça. — O político local combatendo extremistas de direita e anarquistas em sua pequena cidade.

— Mas sem exagerar a ameaça e assustar as pessoas que estão começando na política — disse Sophia.

— Vocês são o pessoal do encontro sobre democracia? — O jovem garçom perguntou ao colocar o copo de cerveja em cima dos papéis de Thomas.

Rápido como um relâmpago, Thomas ergueu o copo, mas foi lento demais para impedir que um círculo de bolhas molhasse a proposta para diretrizes mais claras.

— Cramne telefonou — continuou o garçom — e pediu que lhes dissesse que não pode vir esta noite. São trinta e dois kronor.

Ficou parado na expectativa, esperando ser pago pela cerveja.

Thomas ficou zangado por várias razões ao mesmo tempo, borbulhando como o colarinho da cerveja que lhe gotejava nas mãos e na calça.

— Que porra é essa? — falou. — Ele disse por quê?

Sophia empertigou-se e inclinou-se para o garçom.

— Cramne explicou por quê?

O jovem garçom encolheu os ombros, balançando impacientemente enquanto esperava ser pago.

— Disse só que não podia vir e que eu devia comunicar aos senhores. E disse que vocês eram seus convidados para descer e comer, que ele pagaria a conta da próxima vez que viesse aqui.

Thomas e Sophia se entreolharam.

— Per Cramne mora aqui em cima — disse o garçom, apontando com sua caneta. — Quinto andar. E ele vem aqui várias vezes por semana. Temos uma mesa reservada no restaurante, descendo a escada estreita atrás dos toaletes.

Thomas tirou exatamente trinta e dois kronor de sua carteira e colocou todos os seus papéis de volta na pasta.

— Não tenho tempo para isso — disse, aprontando-se para levantar.

O garçom desapareceu.

— Nós podíamos discutir como esse tipo de levantamento poderia funcionar — disse Sophia. — Já que estamos aqui. E ver se poderíamos simplificar a advertência sobre as ameaças. Afinal de contas, isso é a coisa mais importante. Aqueles políticos se sentirão mais seguros em seus postos e saberão como lidar com ameaças e violência.

— E eu cancelei meu tênis por causa disso — Thomas se ouviu dizer, com o ar de uma criança desapontada.

— E eu cancelei minha aula de salsa. Podíamos pelo menos deixar o governo pagar o jantar como uma compensação.

Relaxou e retribuiu o sorriso dela.

Anne Snapphane respirava com dificuldade na escadaria, olhando para cima e vendo suas formas curvilíneas, lentamente acalmada pelos contornos suaves da parede. Ainda faltava muito para chegar ao segundo andar e ela se sentia muito instável.

Parou no lance seguinte, espiando o pátio através do vitral colorido. Havia uma luz na velha janela de Annika, na pequena casa lá embaixo.

Pitoresca e, no entanto, tão apertada. Não suportaria viver de novo na cidade, se deu conta, assim como percebeu que sua ressaca não era nada divertida.

As portas do apartamento de Annika eram altas como portas de igreja, pesadas como pedra. Bateu com cautela, consciente de que as crianças tinham acabado de ir para a cama.

— Entre — disse Annika baixinho, recuando no hall. — Só tenho que dar boa-noite a Kalle e logo estarei com você.

Anne desabou no banco do hall e tirou os sapatos apertados. Podia ouvir o riso de Annika e as risadinhas do menino. Ficou sentada ali com suas roupas de rua até que a testa começou a coçar debaixo do chapéu.

Foi então até a sala de estar com todos os detalhes ornados de gesso, afundou no sofá e recostou a cabeça para trás.

— Quer café? — perguntou Annika, ao entrar na sala com um prato de *macaroons*.

A ideia bastou para fazer o estômago de Anne revirar.

— Você tem vinho?

Annika largou o prato.

— Thomas tem — disse —, mas é muito ciumento. Não pegue nada de muito raro, fica...

Gesticulou na direção da cristaleira.

De repente foi fácil levantar-se; os pés de Anne mal tocavam o chão enquanto ela deslizava na direção da estante de vinhos. Girou as garrafas, leu os rótulos.

— Villa Puccini — disse. — Custa oitenta e dois kronor a garrafa e é simplesmente maravilhoso. Podemos tomar?

— Por que não? — gritou Annika do hall.

Com a mão treinada, Anne logo retirou a lâmina protetora e puxou a rolha com tamanha força que o vinho espirrou em seu top. Suas mãos tremiam ligeiramente ao apanhar uma taça de cristal da prateleira inferior e servir o líquido vermelho escuro. O gosto era divino, encorpado, redondo e saudável ao mesmo tempo; tomou vários goles generosos. Encheu a taça de novo e colocou a garrafa de volta no armário. Então se acomodou num canto do sofá, puxando uma das mesinhas ocasionais para pousar sua taça. Subitamente, a vida parecia muito mais simples.

Annika entrou na sala de estar suspirando fundo. Assim que as crianças iam para a cama, ela sempre se sentia como que liberada de um grande peso. Não tinha mais que correr como uma louca, mas relaxar significava que tudo voltava a assediá-la. Seus pensamentos voltaram. Começou a sentir-se vazia de novo. O apartamento tornou-se um deserto a ser percorrido a esmo, uma prisão elaboradamente ornada de estuque e painéis de madeira.

Ela afundou no outro canto do sofá, seu corpo leve e a cabeça vazia, consciente de que estava com frio. Puxou os joelhos para cima, formando uma bola rija, e olhou para a amiga. Podia ver que Anne era um feixe de ansiedade, por causa de suas feições tensas e da busca febril de algo que pudesse recolocar o mundo no seu lugar.

Anne sorvia o vinho de Thomas em goles longos.

— Posso entender sua frustração — disse, colocando a taça na mesinha. — Nem eu me lembro da Paula da Pop Factory.

Annika apontou para os docinhos, empurrou algumas migalhas perdidas com o dedo, pensando se seria capaz de comer um pouquinho. Desistiu, recostou-se de novo no sofá e fechou os olhos.

— Tenho de escolher minhas batalhas — disse —, caso contrário fico sem energia. Aprontar uma confusão na frente de Schyman seria o mesmo que dar um tiro no pé. Não, obrigada, não desta vez.

— Vai por mim, você com certeza não ia querer meu trabalho — disse Anne. — Posso garantir-lhe isso.

Ficaram sentadas ouvindo o som ambiente por um momento. Enquanto ouviam o ruído do ônibus número 3 na rua lá embaixo, sombras escuras esgueiravam-se pelas paredes, subindo e descendo.

— Eu só preciso dar uma olhada no noticiário — disse Annika, pegando o controle remoto. As sombras retiraram-se com um silvo.

A televisão tremeluziu para a vida e Anne ficou tensa.

— A nova trepada monógama de Mehmet é a editora de notícias lá — disse ela.

Annika concordou com a cabeça sem tirar os olhos da tela.

— Foi o que você falou — disse ela. — Espere um momento.

Aumentou o volume. Por cima do ritmado prefixo musical, o apresentador leu as manchetes em picotes sonoros sem verbo: "Assassinato suspeito de um jornalista em Luleå, quatro mil demitidos na Ericsson, novas propostas de bibliotecas para o Ministério da Cultura, boa-noite, mas primeiro o Oriente Médio, onde um homem-bomba esta noite matou nove jovens no terraço de um café em Tel Aviv..."

Annika abaixou o volume até um murmúrio.

— Acha que é sério, então, Mehmet e essa garota?

Anne tomou um gole de vinho, engolindo audivelmente.

— Ela já está até buscando a Miranda na creche — disse Anne, em sua voz rasa e peculiar.

Annika pensou um momento, tentando imaginar como seria aquilo.

— Eu não poderia lidar com isso — disse —, outra mulher tomando conta de meus filhos.

Anne fez uma careta.

— Não tenho muita escolha, tenho?

— Quer ter mais filhos?

Annika ouviu o subtexto carregado de sua pergunta, como se estivesse se blindando para fazê-la. Anne ergueu o olhar com surpresa e sacudiu a cabeça.

— Quero ser um indivíduo — disse. — Não uma função.

Annika ergueu as sobrancelhas.

— É justamente esse o problema — disse ela. — Tornar-se parte de algo maior do que suas costumeiras inadequações humanas, algo mais importante. Abrir mão voluntariamente de sua liberdade por outra pessoa, isso nunca acontece em nenhum outro espaço em nossa cultura.

— Nunca pensei nisso dessa maneira — disse Anne, tomando outro trago. — Mas quando você coloca a coisa assim, essa foi uma das razões por que eu não quis viver com Mehmet. Ficar a sós com meus pensamentos é vital, caso contrário eu enlouqueceria.

Annika sabia que Anne achava que ela nunca entendera o modo como ela e Mehmet viviam, nunca percebera como funcionava tão bem até que subitamente entrou em colapso.

— Mas ser uma egoísta não a torna necessariamente mais verdadeira consigo mesma — disse Annika, e então percebeu como suas palavras soavam duras. — Quero dizer, temos de lidar com um monte de coisas todos os dias. Não só filhos, mas empregos, esportes, uma porção de coisas. Quantas pessoas conseguem preservar a individualidade em seus empregos, quanto de Annika Bengtzon eu poderia ser se pertencesse à equipe nacional de hóquei?

— Eu sabia que existia uma razão para eu odiar jornalistas esportivos — resmungou Anne.

— Mas, falando sério — disse Annika, inclinando-se para a frente. — Ser parte de um contexto é vital, ter uma função que é maior do que nós mesmos individualmente. Por que outro motivo as pessoas seriam atraídas por seitas e outros grupos de malucos se não houvesse algo realmente atraente neles?

— Também não gosto de seitas — disse Anne, tomando outro gole de vinho.

A conversa morreu. O zumbido baixo da televisão fazia a cabeça de Annika coçar. Recostou-se de novo no sofá, seu silêncio deixando o ar frio.

— Qual foi a reação à entrevista coletiva? — perguntou para quebrar o gelo.

Anne colocou a taça sobre a mesa e esfregou as têmporas com os dedos.

— Os chefões em Nova York estão se lixando para as críticas locais, como as chamam, por isso decidi não ligar também. As pessoas podem latir para nós o quanto quiserem, mas não podem calar nossa boca.

Uma imagem de Svartöstaden encheu a tela por trás do locutor e Annika aumentou o volume de novo.

"A polícia confirmou que a morte do jornalista Benny Ekland está sendo tratada como suspeita de assassinato e que ele foi morto por um Volvo V70 roubado."

— Ainda não descobriram nada de novo — disse Annika, abaixando o volume outra vez.

— Foi assassinado por um Volvo? — perguntou Anne, retirando as mãos das têmporas.

— Não leu o meu artigo?

Anne sorriu brevemente.

— Foi tanta coisa...

— Não posso entender por que todo mundo está tão preocupado com o seu canal — disse Annika. — Por que os outros não podem usar a mesma rede digital?

— Bem — disse Anne, pegando a taça vazia —, eles podem, mas já investiram bilhões em satélites e em suas próprias redes a cabo. Somos uma tremenda ameaça à sua renda geral. Farão tudo o que puderem para nos esmagar.

Annika sacudiu a cabeça, levantou-se e caminhou para a cozinha.

— Quer um pouco de água?

— Não, gostaria de um pouco mais de vinho — gritou Anne atrás dela.

A passagem para a cozinha estava escura e silenciosa. Na cozinha, a luz mortiça do exaustor parecia uma fogueira de acampamento vista a distância. A água chacoalhava no lava-louça, jogando cascatas contra as paredes de aço inoxidável.

Serviu dois grandes copos de água, embora Anne não quisesse.

Quando voltou, sua amiga ainda estava sentada no sofá com a taça de vinho vazia na mão. O álcool havia relaxado seu rosto.

— Acho que você está errada — disse Annika, colocando os copos na mesa entre elas. — Os proprietários do *Evening Post* são famosos por proteger a liberdade de expressão e já vêm promovendo esse tipo de questão de interesse público há um século.

— Graças à bondade dos seus corações? — disse Anne Snapphane, com a fala ligeiramente pastosa. — Ficaram ricos com isso, não? E são mais numerosos a cada ano que passa. Precisam da renda dos seus investimentos na TV, acredite em mim.

— Mas eles têm tantos outros negócios — disse Annika. — O que a faz pensar que se importam tanto com os canais de televisão?

— Veja seus interesses editoriais — disse Anne. — Publicam milhares de livros todos os anos e nunca saem do topo da lista dos mais vendidos. Todos os seus jornais, fora o *Evening Post*, estão sofrendo hemorragia de dinheiro. E estão vendendo ou fechando suas estações de rádio.

Seus olhos foram atraídos pela televisão silenciosa. Annika acompanhou o olhar dela e subitamente viu a figura ampla da ministra da Cultura encher a tela. Aumentou o som.

— A partir de julho, cada conselho distrital será obrigado a ter pelo menos uma biblioteca pública — anunciou a ministra Karina Björnlund, com o olhar esvoaçante. — Essa lei das novas bibliotecas é um grande passo no sentido da igualdade.

Acenou com a cabeça enfaticamente na tela, e o repórter invisível evidentemente esperava que ela continuasse. Karina Björnlund limpou a garganta, inclinou-se para o microfone e disse:

— Pelo conhecimento. Igualdade. Potencial. Pelo conhecimento.

O repórter puxou o microfone com sua mão enluvada e perguntou:

— Essa iniciativa não passa por cima da contabilidade local?

O microfone voltou ao campo de visão, enquanto Karina Björnlund mordia o lábio.

— Bem — disse ela —, é uma questão que foi debatida ao longo de anos, mas estamos propondo novos subsídios estatais de vinte e cinco milhões de kronor para a compra de livros para bibliotecas públicas e escolares.

— Meu Deus, ela está louca, não está? — disse Annika, abaixando o volume mais uma vez.

Anne ergueu as sobrancelhas, aparentemente desligada.

— Não entendo por que você é tão contra isso — disse ela. — A proposta de que ela está falando é o que está tornando meu canal possível.

— Ela nunca deveria ter sido nomeada ministra — disse Annika. — Algo saiu errado depois de todo aquele negócio do Estúdio Seis. Ela era apenas a secretária de imprensa do ministro do Comércio, Christer Lundgren, você se lembra dele...?

Anne franziu a testa, fazendo um esforço para pensar.

— ... e também não era uma grande secretária de imprensa, mas acabou virando ministra da Cultura depois das eleições.

— Ah... — disse Anne — Christer Lundgren, o ministro que todo mundo achava que tinha matado aquela stripper.

— Josefin Liljeberg, exatamente. Embora não a tivesse matado.

Ficaram sentadas em silêncio de novo, vendo Karina Björnlund falar, sem escutar nenhum som. Annika tinha uma noção do motivo por que a secretária de imprensa havia se tornado ministra e suspeitava que ela mesma, de modo inteiramente inocente, fora um fator que contribuíra para sua indicação.

— Importa-se que eu desligue? — perguntou.

Anne encolheu os ombros. Annika pensou em levantar-se e buscar outra coisa, qualquer coisa, para comer, beber ou olhar, algo para consumir, mas se refreou, juntou os pensamentos, permitiu que a ansiedade cinzenta passasse por ela como uma enxurrada e fosse embora.

— Recebi informações importantes de um policial de Luleå hoje — disse ela. — Sobre um cara do vale do Torne que provavelmente explodiu aquele avião na base F21 e acabou se tornando um terrorista internacional. O que levaria alguém a vazar isso depois de trinta anos?

Anne pensou por um instante.

— Depende do que o policial disse — replicou. — Não suponho que ele fosse estúpido, portanto existe uma razão por trás do vazamento. O que você acha que ele queria?

Annika brincou com seu copo de água, esperando que a nuvem cinzenta passasse.

— Pensei nisso o dia inteiro — disse ela. — Acho que o terrorista voltou e o policial quer que ele saiba que as autoridades estão cientes disso.

Anne franziu a testa e então seu olhar clareou, a intoxicação desaparecendo.

— Não é uma jogada elaborada demais? — disse ela. — Talvez eles queiram assustar alguém que o conhece. Seus velhos amigos. Advertir grupos políticos, da esquerda e da direita, contra sabe Deus o quê. Você não tem como saber quais são os motivos da polícia.

Annika tomou um gole de água, engoliu com dificuldade, depois colocou o copo na mesa. Decidiu romper as sombras ela mesma.

— O agente disse que verificou com o oficial de imprensa na base aérea, o que significa que os militares discutiram a questão, portanto isso é algo que eles vêm planejando há algum tempo. Mas por que agora e por que comigo?

— Bem, não sei por que agora — disse Anne. — Mas por que você é bastante óbvio, não é? Quantos repórteres policiais famosos existem nos jornais suecos?

Annika pensou em silêncio por alguns segundos, enquanto um veículo de emergência passou lá fora.

— E se isso tiver a ver com o assassinato daquele jornalista? Tudo se encaixa tão bem.

— Isso é possível — disse Anne. — Você vai publicar a história?

Annika suspirou, ecoando o carro de bombeiros.

— Acho que sim — disse ela —, embora caiba a Schyman decidir. Acho que ele está começando a se cansar de mim.

— Talvez você é quem esteja se cansando dele — disse Anne, pegando um *macaroon*.

O rosto de Annika estava impassível; puxou os joelhos até o queixo e envolveu as pernas com os braços.

— Só quero que me deixem continuar meu trabalho.

O jovem garçom colocou dois copos de gim-tônica na mesa e recolheu as xícaras de café e as taças de conhaque, trocou uma vela quase acabada e esvaziou o cinzeiro.

— A cozinha fecha às dez, mas o bar fica aberto até uma hora, por isso me digam se quiserem mais alguma coisa.

E então desapareceu silenciosamente pela escadaria de tapetes espessos.

— Quem imaginaria que havia isso aqui! — Sophia sorriu, jogando os braços para os lados.

Thomas não pôde deixar de rir. A atmosfera na adega do bar era quase surrealmente oriental, as paredes e o chão cobertos por várias camadas de grossos e empoeirados tapetes, luzidios pratos de bronze empilhados nos cantos, lamparinas de azeite sobre mesas de pedra baixas. Estavam sozinhos, de frente um para o outro, separados por uma grande mesa de carvalho e sentados em pesadas poltronas de couro. O teto era composto de tijolos abobadados que pareciam do século XVII.

— Estes velhos edifícios de alvenaria guardam muitos segredos — disse, envergonhado por estar arrastando as palavras.

— Você mora em Kungsholmen? — perguntou Sophia, olhando para ele por cima da borda do copo de gim.

Ele assentiu com a cabeça, bebericando seu drinque.

— Fogão antigo — disse ele —, um monte de gessaria rococó, assoalhos de tacos rangentes, todo esse tipo de coisa.

— Próprio ou alugado?

— Compramos há um ano. E você?

Sophia acendeu um cigarro mentolado, sugando a nicotina, e exalou a fumaça em pequenos anéis.

— Östermalm — disse ela. — Minha família é dona de um prédio lá.

Ele ergueu as sobrancelhas, impressionado, mas abaixou os olhos e sorriu.

— É nosso há gerações — disse ela. — O meu é pequeno, só três quartos; existem outros membros da família que precisam dos espaços vistosos mais do que eu.

Ele pegou um punhado dos amendoins que já estavam na mesa antes de eles se sentarem.

— Mora sozinha?

— Com Socks, meu gato. Batizado em homenagem ao gato de Clinton, se é que você lembra...

Ele riu, claro. Socks na Casa Branca.

— E você tem uma família? — disse ela, largando o cigarro.

Thomas empurrou sua cadeira um pouco para trás.

— Sim — disse feliz, cruzando as mãos sobre a barriga. — Mulher, dois filhos. Nenhum gato...

Riram.

— Sua mulher trabalha? — perguntou Sophia, sorvendo o drinque.

Ele soltou um suspiro.

— Trabalha até demais.

Ela sorriu e acendeu outro cigarro. O silêncio entre eles cresceu como uma suave árvore cheia de promessas, folhas trêmulas e luz do sol. O verão, todo seu calor e paz, estava bem vivo naquela adega oriental.

— Ela passou um tempo em casa no último inverno — disse ele, mais sombrio agora. — Foi ótimo, era bom para as crianças e conveniente para mim. Foi bom até para o apartamento, renovamos a cozinha e até conseguimos mantê-la limpa.

Sophia tinha se recostado na cadeira e cruzado os braços. Ele podia ver o brilho em seus olhos e perceber o efeito de suas palavras.

— Quero dizer — falou, engolindo mais um pouco de gim —, não estou insinuando que as mulheres deveriam ser donas de casa e simplesmente ficar no fogão e ter bebês, nada disso. Claro, as mulheres deveriam ter as mesmas oportunidades de educação e carreira que os homens, mas existem muitos empregos agradáveis no jornalismo. Não entendo por que ela insiste em escrever sobre violência e morte para um tabloide.

Então ele praticamente pôde ouvir a voz de sua mãe, palavras que ela nunca havia dito mas ele sabia que ela estava pensando: "Porque ela é isso. Uma pessoa de tabloide que atrai encrenca. Você é bom demais para ela, Thomas, você podia ter encontrado uma boa mulher."

— Ela é uma boa mulher — disse ele em voz alta. — Inteligente, mas não muito intelectualizada.

Sophia olhou para ele, a cabeça inclinada para o lado.

— As duas coisas não precisam andar juntas — disse ela. — É possível ser talentosa sem ser culta.

— Exatamente — disse Thomas, tomando um gole fundo de gim. — É exatamente isso. Annika é incrivelmente esperta. O problema é que ela é grossa. Às vezes, ela atropela as coisas como um trator.

Sophia cobriu a boca com as mãos e deu uma risadinha. Thomas olhou para ela surpreso e começou a rir também.

— Mas é verdade! — disse ele, e então ficou sério de novo. — Ela é muito fora do comum, sob vários aspectos. Nunca desiste, quando decide fazer alguma coisa.

Sophia tinha parado de rir e olhava para ele com simpatia.

— Deve ser difícil conviver com esse tipo de teimosia — disse ela.

Thomas sacudiu a cabeça lentamente, terminando de tomar sua bebida.

— Minha mãe não a suporta — disse, pousando o copo. — Acha que me casei com alguém inferior, que deveria ter ficado com Eleonor.

Sophia olhou intrigada para ele.

— Minha primeira mulher — disse ele. — É diretora de banco. Está casada de novo, com o único guru da TI que deu certo. A última notícia que tive foi que compraram uma ilha nas imediações de Vaxholm.

A árvore de silêncio espalhou seus galhos acima deles, madura, calma. Ficaram sentados, entreolhando-se enquanto seus cigarros queimavam no cinzeiro.

— Bem que poderíamos dividir um táxi — disse Sophia. — Vamos mais ou menos na mesma direção.

O garoto parou na porta do ônibus e engoliu em seco. Inclinou-se para a frente a fim de ver a rua, o vento soprando cortantes cristais de gelo em seu rosto. Havia no ar um cheiro de fumaça e ferro.

— Vai descer ou não?

Ele olhou constrangido para o motorista do ônibus, respirou fundo, saltou os dois degraus e pisou no chão. A porta fechou atrás dele com um assobio, o ônibus afastou-se com um rumor abafado causado pelo frio e pela neve.

Desapareceu em Laxgatan, o som apagando-se atrás de pilhas de neve e de cercas. Ficou parado ali na calçada, olhando cuidadosamente ao seu redor, apurando o ouvido. Não podia ouvir sequer a siderúrgica.

Forçou-se a respirar com calma. Não havia razão para ter medo.

Cuspiu na neve.

Merda, logo estaria tão nervoso como aquela repórter de Estocolmo. Ela estava realmente nervosa. Tinham lido seu artigo no *Norrland News* e ele mostrara a Alex como ela se comportara no corredor de entrada.

— É ela — disse Alex. — Aquela que foi refém do Bombardeiro, você sabe. Provavelmente ficou meio ruim da cabeça depois.

Ele não se saíra tão bem no jogo esta noite, não estava exatamente em forma. Era realmente bom naquilo, muito melhor do que Alex, mas esta noite ele fora pulverizado por vários outros jogadores. Estava chateado por ter estourado suas estatísticas; chutou um pedaço de gelo tão forte que ficou com o pé doendo. Bem que podia começar de novo com outro personagem. Diabo Cruel nunca seria um Deus do Teslatron com resultados desastrosos como esses. Mestre Ninja talvez, mas ele estava visando ao topo.

Caminhou lentamente para fora do círculo amarelo da luz da rua, na direção da casa. Havia luzes acesas no apartamento de Andersson, luz azul penetrando na escuridão, o velho provavelmente assistia ao noticiário esportivo.

Subitamente, uma sombra caiu sobre a fachada do edifício, um demônio que relampejou e desapareceu. O garoto lutou para respirar, tão forte que o sopro congelou em sua garganta. Sentiu os músculos tensos, as pernas prontas para correr. Olhos e ouvidos abertos para a escuridão, absorvendo cada nuance trêmula.

Ainda nenhum som. Luzes azuis da janela de Andersson. Um sopro gélido do chão que subia lentamente através das solas de seus sapatos.

Nada. Alguém passou à frente de uma janela em algum lugar.

Forçou os ombros para baixo de novo, dando-se conta de que havia um minuto ou mais que não respirava. Começou a ofegar ruidosamente, sentindo as lágrimas assomarem.

Mas que porra, pensou o garoto, que merda.

Sem pensar mais, cedeu ao medo e correu às cegas para a porta. Estava escuro como sempre no pátio, mas sabia onde Andersson deixava seu lixo e atravessou com facilidade o caminho acidentado.

Escancarou a porta externa e apertou o botão com luvas úmidas para acender o hall. Seu corpo todo tremia enquanto procurava a chave da porta no bolso da jaqueta.

A porta se abriu justamente quando ele percebeu que ia mijar nas calças. Soltando um pequeno ganido, correu para o banheiro e ergueu a tampa do vaso.

Fechou os olhos e soluçou enquanto a urina quente caía mais ou menos no vaso. Depois simplesmente levantou a cueca e sentou-se no vaso, deixando a calça e a ceroula numa poça a seus pés. Os girassóis sorriam para ele do papel de parede.

Por que ficara tão amedrontado, como uma criancinha? Bufou contra seu próprio comportamento, nunca tivera medo do escuro antes.

Levantou-se lentamente, apertou a descarga, lavou as mãos e enxaguou a boca. Não podia se dar ao trabalho de escovar os dentes esta noite. Chutou a calça, juntou suas roupas e foi para seu quarto.

Havia alguém sentado na cama.

O pensamento veio do nada e ele não podia acreditar naquilo, embora pudesse ver com seus olhos.

Havia uma sombra sentada na sua cama.

Os braços desabaram e as roupas caíram numa pilha no chão. Tentou gritar, mas provavelmente não fez nenhum som porque a sombra se moveu muito lentamente, levantou-se e veio na sua direção, enchendo o quarto até o teto.

Um uivo emergiu, ecoando das paredes; o garoto virou-se e tentou correr, e então todo som foi cortado, toda cor desapareceu, a imagem ficou desfocada. Voltou os olhos para a luz ofuscante no corredor, viu sua própria mão voar diante do seu rosto, sentiu seu peso deslocar-se de um pé para o outro, não conseguia respirar, a porta se aproximou, então deslizou para o lado, uma luva pegajosa contra sua testa, outra em seu braço esquerdo. Um lampejo refletido da luz do corredor em algo brilhante.

Caos, um som uivante em seu cérebro, líquido quente no seu peito.

Então um pensamento, um pensamento final, radiante, claro:

Mamãe.

SEXTA-FEIRA, 13 DE NOVEMBRO

O trem roncou hipnoticamente através da noite com um estertor febril e um canto monótono. O homem recostado na cabine de primeira classe olhava pela janela, tentando divisar a silhueta da copa das árvores contra o céu escuro estrelado. A dor se insinuava através da morfina e o fazia ofegar.

Com esforço, tirou outro comprimido da caixa debaixo do travesseiro, engolindo-o sem água. Sentiu seus efeitos antes mesmo de bater no estômago, suavizando-o até a paz, finalmente.

De repente, se viu num dos vastos encontros da sua juventude, em um imenso acampamento nos arredores de Pajala, milhares de pessoas em bancos duros de madeira, o cheiro de lã úmida e serragem. Os homens no palanque faziam discursos, primeiro um em finlandês, depois o outro traduzindo para o sueco, suas vozes intermináveis rolando, subindo, descendo.

Com um solavanco, o trem entrou numa estação. Ele olhou ao longo da plataforma. Långsele.

Långsele?

O pânico o pegou em cheio, implacável. Deus do céu, estava indo na direção errada! Seus braços se ergueram para o alto, sua cabeça subiu do travesseiro sintético, a respiração ofegante.

Dans quelle direction est Långsele?

Sul, pensou. É sul, pouco acima de Ånge.

Afundou de novo no travesseiro, tentando ignorar seu próprio cheiro, verificando que a sacola ainda estava no pé da cama, e tossiu fracamente. Ouviu uma porta bater e um tranco enquanto o trem se preparava para partir. Olhou para o relógio: 5:16 da manhã.

Não havia motivo para preocupação. Tudo estava saindo como planejado. Estava a caminho, invisível, intocável, como uma sombra tremeluzente, livre para voltar ou desaparecer.

E escolheu voltar para o encontro no acampamento, evocar imagens que haviam ficado empoeiradas e enferrujadas, desbotadas com o tempo, mas ainda claras.

Um par de oradores seguia o outro, a apresentação estritamente arranjada sempre começava com uma leitura da Bíblia, metade em finlandês, depois em sueco; então as interpretações, variações, análises e, ocasionalmente, a confissão pessoal: eu estava encrencado, buscando uma saída em minha juventude, algo que faltava em minha vida e então encontrei o caminho do pecado, das mulheres e da bebida e roubei um relógio de um amigo, mas então conheci um companheiro crente no serviço militar e Jesus Cristo trouxe luz à minha vida, porque meu irmão plantou uma semente em meu coração.

Deitado em seu compartimento ele sorriu, ouvindo as histórias, cheio de dor e angústia, jubiloso e agradecido.

Mas a coisa nunca chegou a decolar, ele se interrompeu. Nunca havia gritaria ou vozes elevadas. Nunca havia êxtase.

Lembrou o tédio da juventude.

Frequentemente deixara as vozes se desvanecerem e escaparem da barraca, com os pensamentos, as esperanças e as inquietações. A cidade de barracas e de trailers no prado lá fora era mais atraente, um oceano de possibilidades escondido atrás de carroças puxadas a cavalo e Volvos. Seus olhares de soslaio para garotas desconhecidas no banco à sua frente, com seus lenços de cabeça e saias compridas, sua consciência do calor delas, o brilho de suas madeixas soltas.

A consciência de que seus pensamentos e o pênis duro eram pecaminosos.

Foi embalado até o sono com o cheiro de estrume de cavalo nas narinas.

Annika caminhava através do Kronoberg Park, ofegante e com passos pesados. Fazia frio, e havia a ameaça da chegada de um tempo ártico. O macadame estava escorregadio, com gelo, as árvores cobertas por lençóis de geada. A grama, ontem úmida e verde, agora estava congelada e dura, varrida de prata. O vento não a alcançava através das árvores, deixando os vapores do trânsito pairando como véus cinzentos ao longo das trilhas.

Essa claridade era o máximo a que se chegara. A luz do dia estava tênue e sem sombras; ergueu a cabeça e forçou os olhos para o céu. Era feito de porcelana cor de pastel, tons de azul diluindo-se em chumaços de nuvem cinza, brancos, ligeiramente rosados, empurrados pelo vento norte bem lá no alto.

Ela correu para a área de repouso dos cães, as folhas da grama estalando ao serem esmagadas debaixo de seus pés. Aproximou-se do cemitério judaico pelos fundos, perto do local onde Josefin fora encontrada. Parou junto à grade de ferro preta, sua luva acariciando as curvas e estrelas, a geada polvilhando seus sapatos como açúcar de confeiteiro.

O cemitério fora renovado havia uns dois anos. Pedaços de arenito caídos e erodidos tinham sido substituídos em suas bases; a mata de ervas daninhas fora cortada, as árvores podadas. E, de certo modo, a magia desaparecera; a sensação de experimentar uma brecha no tempo que Annika sempre sentia ali. Os sons da cidade invadiam o local como nunca antes o fizeram, os espíritos que dominavam o lugar haviam partido.

Só restara o de Josefin.

Ajoelhou-se e olhou através da grade da mesma maneira que o fizera alguns verões atrás, naquele verão quente em que o número de vespas batera todos os recordes e a campanha eleitoral prosseguira interminavelmente. Josefin estava caída ali, a boca aberta num grito mudo, os olhos opacos e foscos, a jovem com todos os seus sonhos mortos. Um galho congelado farfalhou, uma sirene soou dos edifícios da Hantverkargatan.

Ele teve seu castigo, afinal, pensou Annika. Não pelo que fizera a você, mas pelo menos não saíra impune.

E Karina Björnlund juntou munição suficiente para conseguir um posto ministerial.

Esticou as pernas, conferiu a hora e deixou Josefin com um suave toque na grade. Atravessou correndo Fridhemsplan, o vento fustigando seu rosto em Rålambshov Park, chegando com as bochechas coradas à entrada da redação do *Evening Post*.

Percorreu o caminho até seu aquário sem tropeçar em qualquer detonador de mina terrestre e jogou seu casaco no canto.

Ragnwald, pensou enquanto o computador pulsava para a vida, deixando o passado para trás e superando sua inquietação ao se forçar a concentrar-se no presente.

O que significa isso? Quem é você?

Assim que a Internet começou a funcionar ela digitou um nome no Google, conseguindo apenas um número limitado de resultados.

Um resumo de detalhes sobre um Folke Ragnwald morto em 1963, um site genealógico de Malta, um candidato democrata cristão, nenhuma indicação da zona eleitoral.

Leu rapidamente e verificou mais alguns resultados.

Um site genealógico francês, um site alemão sobre realeza, uma *newsletter* sobre uma estrela pop dinamarquesa.

Verificou ragnwald.com e recebeu uma massa de fotos amadoras de uma feira de TI cheia de Jolt Cola.

Fechou a busca e telefonou para Suup em Luleå.

— Estamos um pouco enrolados no momento — disse o inspetor, parecendo muito perturbado.

— O que aconteceu?

Annika pegou uma caneta num gesto de puro reflexo, imediatamente se sentindo culpada do que quer que fosse.

— Ainda não sabemos — disse o policial. — Pode telefonar depois do almoço? Até lá teremos mais informações.

Sua voz tangeu um ponto dentro de Annika, fazendo-a retesar todos os músculos do rosto.

— É Ragnwald — disse ela. — Algo a ver com o terrorista.

A rejeição dessa ideia a surpreendeu tanto que a aceitou imediatamente.

— Nada feito — disse Suup. — Ligue depois das duas da tarde. Não vai arrancar nada de mim antes disso.

Ela olhou para o relógio, percebendo que não havia sentido em pressioná-lo agora, dezoito horas antes do seu prazo de fechamento. Agradeceu, desligou e colocou suas anotações do último encontro à sua frente. Precisava de outro copo de café antes de continuar.

Atravessou os corredores com a cabeça baixa, em direção à máquina de café atrás da seção de esportes, evitando os olhares das pessoas, e pegou dois cafés de uma vez. Sentou-se diante do teclado com os dois copos de plástico e organizou seu material, tentando compor uma imagem do seu terrorista.

O jovem do vale do Torne, que viajou para o sul, mas acabou voltando para Luleå.

Recostou-se, tomou um pouco de café.

Por que um jovem viajaria para o sul nos anos 1960?

Trabalho ou universidade, pensou.

Por que ele voltaria?

Porque o que quer que tivesse acontecido já estava resolvido e acabado.

Por que Luleå?

Se o lugar de onde você vem parece restritivo demais, mas você ainda quer voltar para casa, você escolhe uma das cidades maiores na área.

Mas por que a maior?

Deve ter morado numa cidade grande. Talvez dotada de uma universidade. Estocolmo, Uppsala, Gotemburgo ou Lund.

Ela digitou as cidades no computador e então percebeu o seu erro.

O jovem não precisava ter ficado na Suécia; poderia ter trabalhado ou estudado em qualquer lugar.

Embora isso fosse bem antes da UE, lembrou a si mesma.

Abandonou aquela pista e pegou a seguinte.

Aonde ele foi, afinal?

ETA? Espanha? Por quê?

Convicção política, pensou, mas havia um filtro de dúvida diante da tela do computador.

Os separatistas bascos eram, naturalmente, um dos poucos grupos terroristas que conseguiram conquistar algumas de suas metas, incluindo democracia e autonomia política extensa para o País Basco. Se o ETA não tivesse explodido o sucessor de Franco em dezembro de 1973, a transição da Espanha para a democracia teria sido mais difícil e, até onde ela sabia, o País Basco hoje tinha sua própria polícia e seu próprio sistema fiscal e estava bem encaminhado para se tornar um paraíso para os negócios internacionais.

Mas o ETA tinha também, mais do que qualquer outro grupo, sido assolado pela natureza autoperpetuadora do terrorismo. Depois das eleições livres de 1977, havia toda uma geração de bascos de meia-idade que nada fizera ao longo de sua vida adulta a não ser conduzir atividades terroristas contra o Estado. A vida cotidiana pacífica tornou-se monótona demais, então eles decidiram que o governo democrático era tão ruim quanto a ditadura e saíram matando de novo. E o Estado espanhol vingou-se criando o GAL, o Grupo Antiterrorista de Libertação...

Ela precisava ler mais sobre o ETA, mas sabia que eles figuravam entre os grupos terroristas mais difíceis de contatar, assassinos pelo prazer de matar. Como representantes autonomeados de uma pátria que jamais existira, eles exigiam compensação por injustiças que nunca foram cometidas.

Ela escreveu "ler mais Björn Kumm" como lembrete e prosseguiu.

Por que Ragnwald? Teria o codinome um significado mais profundo? Simbolizava algo que ela deveria saber?

Procurou o nome na *National Encyclopaedia* e descobriu que, em islandês arcaico, era uma combinação de *ragn*, poder divino, e *vald*, soberano.

O soberano com o poder divino, nada mau como codinome. Significaria algo mais além de delírios de grandeza?

Mas o que era o terrorismo senão aquilo?

Ela suspirou, lutando contra uma onda de cansaço que lhe pesava as pálpebras. O café estava frio e com um gosto horrível, então ela jogou o conteúdo dos copos quase cheios no vaso, estirou as costas, ofuscada pelas luzes frias do banheiro.

Deu uma olhada na mesa de Berit, mas ela não tinha chegado ainda.

Fechou a porta do aquário cuidadosamente atrás de si e continuou.

E os sapatos? As pegadas tinham sido do conhecimento geral durante anos, um dos poucos indícios que os criminosos haviam deixado, mas o tamanho do pé nunca fora tornado público.

Trinta e quatro. Só podia ser uma mulher pequena, ou um jovem, na verdade um menino. Mas seria isso provável? Que um menino de 12 anos pudesse explodir um avião, ou que uma mulher adulta o fizesse?

Então provavelmente havia uma mulher com ele, observou ela.

Mas quem iria querer fazer algo assim? Suup nada dissera sobre uma mulher. Ela incluiu a pergunta em suas anotações, mas resolveu especular.

Que mulheres ela sabia que haviam se tornado terroristas?

Gudrun Ensslin fora a parceira de Andreas Baader, com quem fundou o extremista Fração do Exército Vermelho. Ulrika Meinhof tornara-se mundialmente famosa quando libertou Baader. Francesca Mambro foi condenada por explodir a estação ferroviária em Bolonha com seu namorado Valerio Fioravanti.

A namorada de Ragnwald, Annika escreveu, e resumiu:

O jovem do vale do Torne partiu, trabalhou ou estudou numa grande cidade do sul e depois voltou para Norrboten. Ingressou num grupo de esquerda sob o nome de Ragnwald, o soberano com poder divino, o que sugeria certa megalomania. Arranjou uma namorada e a persuadiu a explodir um avião de caça. Então fugiu do país e prosseguiu sua carreira como assassino do ETA.

Suspirou e releu suas anotações.

Se pretendia colocar algo disso no jornal, precisava ser consideravelmente mais articulado e factual. Conferiu o relógio; logo seria hora de ligar para Suup de novo.

Miranda tocou a campainha com sua habitual insistência. Anne Snapphane desceu correndo as escadas para que o velho chato do andar de baixo não ficasse louco; uma das mãos segurava uma toalha em torno do corpo, a outra equilibrava uma toalha na cabeça.

A porta emperrou, como sempre fazia quando a temperatura estava tão baixa.

A menina correu para ela sem uma palavra, e Anne inclinou-se e abraçou-a com força. Pelo canto do olho, viu Mehmet se aproximar com a mochila da menina, neutro, mas contido.

— Tem bolinhos na cozinha — sussurrou Anne no ouvido da menina, e a criança deu um grito e correu para o andar de cima.

Num momento de provocação e orgulho, ela ficou parada sem envolver a toalha ao redor do corpo, não se importando se os vizinhos a viam. Apenas com a toalha nos cabelos, encarou Mehmet nos olhos e pegou a pequena mochila. Ele baixou o olhar.

— Anne — falou —, você não precisa…

— Queria falar comigo — disse ela, forçando a voz a parecer calma. — Imagino que seja sobre Miranda.

Deu as costas para ele, as nádegas dançando diante do rosto dele enquanto subia as escadas. Foi até o banheiro e colocou seu roupão, parando diante do espelho, tentando se ver através dos olhos dele.

— Quer café? — perguntou, encarando seu reflexo.

— Não, obrigado. Tenho de voltar ao trabalho.

Ela engoliu em seco, percebendo que a coisa ia ser desagradável. Ele queria uma linha de retirada rápida, não uma caneca escaldante de café a ser bebida em apressado constrangimento.

— Vou tomar um, de qualquer maneira — disse ela, tirando a toalha da cabeça. Correndo os dedos pelos cabelos molhados, foi até a cozinha e serviu uma caneca grande de café.

Ele estava de pé junto à janela, olhando para o jardim do vizinho.

— O que é? — disse ela, sentando-se no sofá.

— Vamos nos casar — disse Mehmet, sem se virar.

Ela sentiu a flecha atingi-la sem tentar detê-la.

— Isso não tem nada a ver comigo ou com Miranda — disse, soprando o café.

Sentou-se de frente para ela, as pernas bem abertas, inclinando-se para a frente com os cotovelos sobre os joelhos.

— Estamos esperando um bebê — disse. — Miranda vai ganhar um irmãozinho ou uma irmãzinha.

Sua cabeça começou a girar e, contrariando seu instinto, olhou para o chão.

— Entendo — disse, segurando com força a caneca. — Parabéns.

Ele suspirou.

— Anne — falou. — Sei como isso deve ser duro para você...

Ela se levantou e respirou fundo.

— Não — disse. — Não quero sua compaixão. O que vai representar isso, em termos puramente práticos, para Miranda?

Mehmet comprimiu os lábios daquele jeito que Anne conhecia tão bem, e ela foi tomada por um desejo quente e intenso pelo homem à sua frente; seu coração e seu ventre doíam. Para sua própria irritação, soltou um pequeno soluço.

Ele estendeu a mão até o rosto dela; ela fechou os olhos e deixou que a acariciasse.

— Gostaria que ela viesse morar conosco — disse Mehmet. — Em tempo integral. Mas não vou brigar por isso se você não quiser assim.

Ela deu uma risada forçada.

— Você pode tirar quase tudo de mim — disse —, mas não a minha filha. Saia.

— Anne...

— Saia!

Sua voz vibrava de raiva.

Sua filha apareceu à porta, olhando de um para outro surpresa.

— Estão bravos? — perguntou, um bolinho comido pela metade na mão.

Mehmet levantou-se, forte e esguio como um caçador, foi até a criança e beijou-lhe os cabelos.

— Vejo você na sexta, querida.

— Por que mamãe está triste? Você foi horrível com ela?

Anne fechou os olhos e ouviu os passos dele desaparecerem escada abaixo. Esperou que a porta da frente tivesse fechado antes de correr à janela para vê-lo ir embora.

Ele caminhou até o carro sem olhar para cima, tirando o celular do bolso interno e discando um número.

Para ela, sabia Anne. Estava ligando para a noiva a fim de contar o que tinha acontecido, que havia sido desagradável, que ela ficara perturbada e agressiva. Não creio que ela abra mão de Miranda sem briga.

Berit Hamrin bateu na porta de vidro, abrindo uma fresta e enfiando a cabeça.

— Com fome?

Annika afastou as mãos do teclado e refletiu por um momento.

— Na verdade, não.

Berit abriu a porta toda e entrou na sala.

— Você precisa comer — disse com firmeza. — Deus, como pode trabalhar nessa bagunça?

— O quê? — perguntou Annika surpresa, olhando ao redor com um ar genuinamente encabulado. — Qual é o problema?

— Você tem um lugar para pendurar as roupas, sabe disso — disse Berit, pendurando os agasalhos de Annika. — Assim fica melhor. Tem lasanha na cantina hoje; já pedi duas porções.

Annika fechou o computador para que ninguém lesse suas anotações ou mandasse e-mails falsos por sua conta.

— O que você está fazendo hoje? — perguntou, para desviar a colega do caos de que havia se cercado.

Berit fora transferida temporariamente da seção policial para a equipe política em função da proximidade das eleições da UE.

— Cobrindo os últimos campeonatos de mijo a distância — disse ela com um suspiro. — Não tem nada acontecendo, mas as pessoas estão tomando posições, conversando através das fronteiras partidárias, procurando diferenças de opinião onde elas não existem.

Annika riu, seguindo Berit para a sala da redação.

— Posso ver a manchete: o jogo secreto da UE e um jorro de luzes de baixa resolução na janela de um edifício do governo.

— Você trabalha há tempo demais aqui — disse Berit.

Annika fechou a porta atrás de si e partiu para a cantina. Ao seguir Berit, o mundo parecia controlável, seguro, o chão parecia estável, não havia necessidade de dúvidas.

A cantina estava com poucos clientes, a iluminação mortiça. Um pouco de sol se esparramava pela fileira de janelas na extremidade da sala. Os rostos não eram visíveis, apenas silhuetas escuras contra a meia-luz tristonha do céu de porcelana.

Sentaram-se a uma mesa que dava para o estacionamento com seus pratos fumegantes de lasanha aquecida no micro-ondas.

— Está trabalhando em quê? — perguntou Berit assim que chegou ao fundo do prato de plástico.

Annika cortou desconfiadamente as camadas de massa.

— No assassinato daquele jornalista — disse — e no ataque a um avião na F21. A polícia tem um suspeito, já tinha há anos.

Berit ergueu as sobrancelhas, ajeitando um pedaço de carne que tentava escapar pelo canto de sua boca, e acenou com o garfo no ar encorajando Annika.

— Seu nome é Ragnwald, alguém que se mandou do vale do Torne para o sul, voltou para se tornar um terrorista, depois foi para a Espanha e entrou no ETA.

Berit pareceu cética.

— E quando isso teria acontecido?

Annika recostou-se na cadeira e cruzou os braços.

— Final dos anos 1960, começo dos 1970.

— Hum — disse Berit. — A deliciosa era da revolução. Havia um monte de gente que se achava capaz de libertar as massas através do terrorismo, e não apenas em nosso círculo.

— Qual era o seu círculo?

— *O Boletim do Vietnã* — disse Berit, raspando o azeite no fundo do prato. — Foi assim que comecei como jornalista, acho que já lhe contei, não?

Annika checou rapidamente em sua memória mais do que falível.

— Que círculos queriam o terrorismo então?

Berit olhava para o prato que Annika comera pela metade.

— Já terminou com isso?

Annika assentiu com a cabeça, Berit suspirou e pôs garfo e faca na mesa.

— Vou pegar café — disse, e levantou-se.

Annika ficou onde estava, vendo sua colega entrar na fila do café, seus cabelos curtos eriçando-se na nuca, irradiando paciência. Sorriu quando Berit voltou deslizando com dois copos de café e alguns biscoitos.

— Você está me acostumando mal — disse Annika.

— Conte-me do seu terrorista — disse Berit.

— Conte-me sobre os anos 1960 — contrapôs Annika.

Berit colocou os copos cuidadosamente sobre a mesa e encarou Annika com firmeza.

— Certo — disse ao sentar-se e mexer dois torrões de açúcar no seu café. — Foi assim: Em 1963, veio o rompimento oficial entre o Partido Comunista da União Soviética e o Partido Comunista Chinês. O racha afetou todo o movimento comunista ao redor do mundo, incluindo a nós. O Partido Comunista Sueco dividiu-se em três grupos.

Acenou com o indicador esquerdo.

— O grupo da direita — disse ela —, liderado por C.-H. Hermansson. Eles se distanciaram tanto dos stalinistas como dos maoistas e terminaram num revisionismo antiquado que poderíamos chamar de social-democracia. São hoje o Partido da Esquerda, com quase dez por cento dos assentos no Parlamento.

Berit tomou um gole de café e levantou o dedo médio.

— Veio então o centro — disse —, liderado pelo editor-chefe do *Norrskensflamman*, Alf Löwenborg, que se alinhou com o lado soviético.

Mudou de dedo.

— E então veio o grupo de esquerda, liderado por Nils Holberg, que favorecia a China.

— Quando foi que tudo isso aconteceu? — perguntou Annika.

— O Partido Comunista Sueco se desfez depois do seu 21º congresso, em maio de 1967 — disse Berit. — Mudou o nome para Partido da Esquerda Comunista e o grupo da ala esquerda rompeu para formar a Associação Comunista de Marxistas-Leninistas. Depois disso as coisas evoluíram com rapidez. O movimento do Vietnã, Clarté, os Rs — os revolucionários —, tudo irrompeu ao mesmo tempo. Na primavera de 1968, culminou com a ocupação da união estudantil e o movimento rebelde em Uppsala. Os rebeldes de Uppsala eram os piores de todos. Passaram toda aquela primavera fazendo ameaças contra nós.

Ergueu a mão direita ao ouvido simulando uma conversa ao telefone.

— Se você não comparecer ao encontro revolucionário para ouvir as queixas das massas, alguns camaradas vão te buscar.

— Simpático — disse Annika. — Eles eram maoistas?

— Não, os verdadeiros maoistas não eram um problema. Sempre perguntavam: o que o Mestre faria? Cometeria ele mesmo esses atos em nome da revolução? Se a resposta era negativa, eles não agiam. Os caronas é que eram os piores, aqueles que estavam à caça de emoções, com sua psicose de massa e comportamento sectário.

Conferiu a hora.

— Preciso ir — disse. — O Partido Verde prometeu uma declaração sobre as cotas de pescaria no Báltico à uma hora.

Annika deu um bocejo teatral.

— Ha ha — disse Berit, levantando-se e pegando a gordurosa bandeja de plástico para levá-la à lixeira. — É legal para você escrever sobre seus jornalistas mortos. Na minha área, estamos cuidando de assuntos realmente importantes, como todos aqueles bacalhaus assassinados...

Annika riu e então o silêncio debruçou-se friamente ao seu redor. Um odor de lasanha velha subiu ao seu nariz, grudento e gorduroso, e ela afastou o prato. Atentou então para os colegas à sua volta, alguns deles conversando baixinho, mas a maioria era de solitários, inclinados sobre jornais e segurando firme seus talheres plásticos. Em algum lugar detrás do balcão, um micro-ondas apitou, e dois homens da seção de esportes compravam oito doces.

Bebeu o café lentamente, uma das muitas silhuetas escuras recortadas contra a luz fria, um dos operários na fábrica de jornal.

Uma função. Não um indivíduo.

Thomas não chegava realmente a gostar de reuniões nos escritórios da Federação dos Conselhos de Condados. Ainda que fosse amplamente a favor de investigar quão extensamente as duas associações se fundiriam, sempre se sentia ligeiramente em desvantagem quando se encontravam no território de Sophia Grenborg. Eram principalmente miudezas, como não encontrar o caminho com facilidade, pegar o elevador errado, não saber os nomes dos outros funcionários. Na verdade, ele também não guardava o nome das pessoas da Associação dos Conselhos Locais.

Respirou fundo e abriu a porta para a Hornsgatan, sentindo o frio morder suas orelhas imediatamente. Nos últimos anos, suas orelhas tinham se tornado extremamente sensíveis, em consequência de muitos jogos de hóquei no gelo ao ar livre quando era jovem. Mas a Federação dos Conselhos de Condados ficava no prédio em frente, e seria estúpido colocar um gorro de lã só para atravessar a rua.

Encontrou seu caminho através do labirinto do quinto andar, sentindo-se ligeiramente estressado. Sophia veio ao seu encontro, seus cabelos louros com corte chanel balançando, sedosos e arrumados, enquanto ela caminhava, sua jaqueta desabotoada, seus saltos tinindo no assoalho de madeira.

— Seja bem-vindo — disse ela, pegando a mão dele entre as suas, pequenas e macias, quentes e secas. — Os outros já estão aqui.

Ele começou a se desvencilhar do casaco, subitamente ansioso porque estavam à sua espera.

Ela se aproximou mais um pouco, ele podia sentir seu perfume. Leve, fresco, esportivo.

— Você não está atrasado — sussurrou. — Estão tomando café na sala de reuniões.

Ele soltou o fôlego, sorriu, surpreso de que ela houvesse percebido o que ele pensava.

— Que bom — disse ele, encarando-a nos olhos. Eram de um azul intensamente brilhante.

— Como se sente hoje? — sussurrou ela em resposta. — Um pouquinho de ressaca?

Ele sorriu.

— Uma coisa é certa — disse baixinho. — Você não deve estar de ressaca. Está maravilhosa.

Sophia baixou os olhos; podia jurar que ela havia corado. Então, ouviu suas próprias palavras como um eco, percebendo seu significado, e também começou a corar.

— Quero dizer... — disse, recuando um passo.

Ela ergueu o olhar, deu um passo à frente para ficar ao alcance dele, e colocou o braço no seu casaco.

— Tudo bem, Thomas — murmurou, tão perto que ele podia sentir seu hálito.

Fitou-a nos olhos por alguns segundos e então se afastou, tirando o cachecol e colocando sua pasta num banco, abrindo-a e pondo o cachecol dentro dela. Pensando se suas orelhas ainda estariam vermelhas.

— Distribuí as brochuras — disse ela. — Espero que tenha feito certo.

Ele se retesou um pouco, olhando para o pacote de brochuras que planejara distribuir. Agora toda a iniciativa, que era em parte sua responsabilidade, parecia ter vindo de Sophia e da Federação dos Conselhos de Condados.

Fechou a pasta.

— Claro — disse ele, sentindo seu sorriso endurecer. — Você pode dizer ao seu *webmaster* para entrar em contato com o nosso porque nós temos o conteúdo on-line, e faria sentido que vocês também o tivessem.

Ela torceu os dedos nervosamente e o encaminhou à sala de reuniões.

— Sim — disse ela —, eu sei.

Per Cramne, o representante do Ministério da Justiça, levantou-se quando ele entrou na sala e correu para cumprimentá-lo.

— Devo-lhe desculpas por ontem — disse. — São essas desgraçadas eleições da UE...

Thomas colocou a pasta sobre a mesa e ergueu as mãos.

— Nenhum problema — disse. — Tínhamos outras coisas para discutir, de qualquer modo. A Associação dos Conselhos Locais e a Federação dos Conselhos de Condados têm um congresso na primavera; estamos discutindo uma possível fusão e estou no grupo de planejamento, por isso...

Percebeu seu erro tarde demais; Cramne já parara de prestar atenção à conversa e não dava a mínima para uma fusão.

— Está todo mundo aqui? — disse Cramne, afastando-se. — Vamos começar, então. É sexta-feira, afinal.

Thomas tirou seus documentos da pasta, recusando-se a olhar em torno para ver se alguém tinha reparado no embaraçoso incidente.

Cramne começou, naturalmente; o Ministério da Justiça estava sempre no topo da hierarquia. Os representantes da Junta Nacional de Polícia, o Escritório da Promotoria Pública e a polícia de segurança declinaram falar. Thomas tomou a iniciativa e apresentou o *folder* que haviam preparado, especificando os argumentos segundo os quais ameaças anônimas a representantes eleitos eram um perigo real à democracia, delineando as diretrizes propostas e a direção do trabalho a seguir. Falou a respeito do seu contato com o Conselho Nacional para Prevenção Criminal naquela manhã, acenando com a cabeça para o delegado do conselho e descrevendo a proposta que haviam esboçado.

— Acredito que precisamos fazer um levantamento da opinião pública, — concluiu. — Esse é um problema que concerne a todo mundo. Não só a cada político, mas a cada cidadão. Temos de deixar claro que este é um tema bem mais amplo. Como a sociedade encara ameaças e violência contra nossos representantes democraticamente eleitos? Que importância atribuímos a tentativas de silenciar políticos? E podemos modificar a opinião pública através de uma campanha de informação?

Virou uma folha de papel, ciente de que tinha a atenção completa do grupo.

— Acho que deveríamos tentar instigar um debate na imprensa — disse —, tentar influenciar a opinião pública da maneira antiga. Artigos mostrando os políticos locais como heróis do nosso tempo, exemplos de pessoas batalhando contra extremistas de direita e anarquistas em pequenas cidades, mas sem exagerar a ameaça e criar pânico em pessoas que estão começando na política...

A decisão de criar um grupo de pesquisa para estudar essa questão, sob a liderança de Thomas, foi rapidamente tomada. Material de imprensa seria produzido para acompanhar a divulgação das descobertas do grupo de trabalho pelo departamento de imprensa da Federação dos Conselhos de Condados.

Thomas concluiu o encontro com uma piada sobre um conselheiro de Jämtland que sempre despertava risadas, e então eles arrumaram suas pastas; a reunião foi encerrada, e dentro de um minuto todos tinham desaparecido.

Afinal, era tarde de sexta-feira.

Ele foi deixado de pé com seus papéis, juntando suas anotações, enquanto Sophia recolhia o material que os delegados tinham deixado para trás. Ele não estava seguro de como lidar com o fato de que praticamente a atropelara, tomando crédito por toda a iniciativa. O *folder* era um trabalho tanto dela como dele, assim como a discussão de um levantamento.

— Tenho que dizer — falou Sophia, de pé junto dele — que você foi realmente fantástico hoje.

Ele ergueu os olhos surpreso, ciente de que gotas de suor escorriam por sua testa.

Ela não parecia chateada, muito pelo contrário. Seus olhos brilhavam.

— Obrigado — disse ele.

— Você realmente sabe apresentar as coisas e conseguir que as decisões corretas sejam tomadas — disse ela, aproximando-se mais um passo dele. — Conseguiu o apoio de todo mundo, até da Justiça.

Ele baixou os olhos, envergonhado.

— É um projeto importante.

— Eu sei — disse ela —, e está claro que você pensa assim. Você realmente acredita no que está fazendo e parece muito certo trabalhar com você nisso...

Ele respirou fundo, estonteado pelo perfume dela.

— Um bom fim de semana para você — disse, pegando sua pasta e encaminhando-se para a porta.

Annika discou para a linha direta do inspetor Suup, depois de pressionar a recepcionista para que lhe desse o número, com uma sensação de agouro no estômago. Quanto mais pensava a respeito, mais ele lhe parecera estranho na sua conversa daquela manhã. Teria se arrependido de ter-lhe passado a informação sobre Ragnwald? Será que achava que seria publicada no jornal do dia seguinte? Estaria desapontado?

Suas mãos estavam úmidas de suor enquanto ouvia o telefone tocar.

— O que aconteceu? — perguntou quando ele atendeu.

— Algo muito ruim — disse ele. — Linus Gustafsson está morto.

Sua primeira reação foi de alívio, o nome nada significava para ela.

— Quem? — perguntou.

— A testemunha — disse Suup, e as persianas se levantaram em seu cérebro, acendendo um raio laser alvíssimo e ofuscante em suas sinapses, derrubando paredes e defesas como um tornado, a culpa estabelecendo-se suprema sobre o resto dos seus pensamentos turbulentos. Ela prendeu a respiração.

— Como?

— Sua garganta foi cortada em seu quarto. Sua mãe o encontrou numa poça de sangue quando chegou em casa esta manhã.

Ela sacudia a cabeça violentamente.

— Não pode ser verdade — sussurrou.

— Acreditamos que os assassinatos estão de certa forma ligados, mas ainda não sabemos. O único denominador comum até agora é que o menino foi testemunha do primeiro assassinato. Os métodos são completamente diferentes.

Annika ficou sentada, a mão direita sobre os olhos, sentindo o peso morto no seu peito palpitando, dificultando sua respiração.

— Isso foi culpa minha? — conseguiu dizer.

— Que foi que disse?

Ela limpou a garganta.

— Linus me disse que achava que reconhecia o assassino, mas então cortou nossa conversa — disse ela. — Ele lhe contou de quem suspeitava?

O inspetor não sabia fingir; sua surpresa foi genuína e extrema.

— Isso é novo para mim — disse. — Tem certeza?

Ela se forçou a pensar logicamente e assumir sua responsabilidade como jornalista.

— Prometi a ele anonimato completo — pensou em voz alta. — Isso vale agora que está morto?

— Não importa mais; ele nos procurou voluntariamente, o que a libera de sua responsabilidade — disse o agente de polícia, e Annika sabia que ele estava certo. Soltou o fôlego.

— Quando conversamos, ele me disse que poderia ter reconhecido o assassino, mas eu não coloquei a informação no meu artigo. Não achei que fazia sentido destacar aquilo, especialmente porque não tínhamos acabado de conversar.

— Você agiu corretamente — disse o policial. — É uma vergonha que não tenha sido o bastante.

— Acha que ele poderia ter contado a alguém?

— Não perguntamos, mas vou investigar.

O silêncio era opressivo. Annika sentiu o peso de sua própria responsabilidade bloqueando a comunicação.

— Sinto-me responsável — disse.

— Posso entender isso — falou o inspetor —, mas não devia. Vamos pegar o verdadeiro responsável. Pode ter certeza disso.

Ela esfregou os olhos, se esforçando para pensar.

— E o que vão fazer? Bater de porta em porta? Procurar digitais? Procurar pegadas, carros, bicicletas motorizadas?

— Tudo isso e muito mais.

— Falar com amigos, professores, vizinhos?

— Para começo de conversa.

Annika fez algumas anotações, seu corpo inteiro tremendo.

— Já descobriram alguma coisa?

— Vamos ser muito cuidadosos com qualquer informação que tivermos.

Silêncio de novo.

— Um vazamento — disse Annika. — Acha que houve um vazamento que revelou a identidade do garoto?

Um suspiro profundo do outro lado.

— Algumas pessoas poderiam ter falado algo, inclusive o próprio menino. Ele não deu outras entrevistas, mas pelo menos dois de seus amigos sabiam que era testemunha. A mãe dele contou ao patrão no trabalho. Você comentou com alguém?

— Não contei a ninguém — disse ela. — Tenho certeza absoluta disso.

Houve silêncio de novo, um silêncio carregado de dúvidas: ela era uma estrangeira; ele não sabia muito a seu respeito, o que ela pretendia; uma jornalista da cidade grande que ele poderia nunca mais encontrar de novo — poderia ela ser responsável?

— Pode confiar em mim — disse ela em voz baixa. — Sobre quanto disso posso escrever?

— Não mencione a causa da morte; ainda não liberamos isso. Você pode me citar dizendo que o assassinato foi extremamente violento e que a polícia de Luleå ficou chocada com sua brutalidade.

— Posso mencionar a mãe dele? O fato de que ela o encontrou?

— Bem, isso é lógico, portanto pode mencionar, mas não tente contatá-la. Ela provavelmente não está em casa, de qualquer modo, acho que minha equipe a levou ao hospital em choque. Não tinha ninguém além do menino. O pai parece ser um caso trágico, da gangue que fica sentada bebendo do lado de fora do shopping center e aterroriza os lojistas ao longo da rua principal.

— Não podia ter sido ele?

Estava numa cela, embriagado, desde as cinco da tarde de ontem, foi levado para se desintoxicar em Boden às sete desta manhã.

— Isso é o que eu chamo de álibi — disse Annika. — Existe alguma coisa que eu possa fazer para ajudar? Estão procurando por algo em particular com que pudéssemos chamar a atenção das pessoas no jornal?

— A última pessoa que sabemos que viu o menino com vida foi o motorista do ônibus para Svartöstaden na noite passada e que chegou ao ponto final pouco depois das dez. O relatório preliminar diz que o menino morreu pouco depois disso, portanto, se alguém o viu por volta daquela hora, gostaríamos que nos procurasse.

— Checou o motorista do ônibus?

Suup deu um suspiro profundo.

— E todos os passageiros — disse. — Vamos pegar esse filho da mãe.

Um pensamento lhe ocorreu do nada.

— Foi morto no quarto, foi o que disse? Como o assassino entrou no apartamento?

— Nenhum sinal de arrombamento.

Annika pensou, forçando-se a superar a culpa até que o fardo ficasse fora do seu alcance, desaparecido para sempre, e sabia que estava correndo desnecessariamente. Tinha plena consciência de quão pouco efeito a adrenalina e a força de vontade têm sobre uma consciência culpada.

— Então ele mesmo poderia tê-lo deixado entrar — falou. — Podia ser alguém que ele conhecesse.

— Ou o assassino entrou sem bater, ou estava à espera dele no escuro. A fechadura do apartamento era uma tristeza. Um bom puxão e a porta abria.

Fez um esforço para pensar clara e sensatamente, perdendo-se na familiaridade do tom do inspetor.

— O que posso escrever? — perguntou mais uma vez. — Posso mencionar isso?

O policial subitamente pareceu muito cansado.

— Escreva o que você quiser. — E desligou.

Annika ficou com o fone na mão, olhando para a lista de questões que havia escrito sobre Ragnwald em sua caderneta.

Mal tinha colocado o telefone no gancho, ele tocou de novo, uma chamada interna que a fez pular.

— Pode vir me ver? — perguntou Anders Schyman.

Não se mexeu, paralisada, e tentou se apegar de novo à realidade. Deixou os olhos viajarem sobre a confusão da sua mesa: as canetas e cadernetas de anotações, os jornais, as folhas impressas e uma massa de outras coisas, ferramentas para elaborar a verdade, ferramentas para construir a estabilidade. Não deixe que a culpa a pegue, esquive-se, vire-se, fuja. Ela agarrou a borda da mesa e apertou-a com força.

Era sua culpa, meu Deus — ela havia persuadido o menino a falar.

Era pelo menos parcialmente responsável por isso; sua ambição fora determinante no destino do garoto.

Lamento tanto, pensou. Por favor, me perdoe.

E gradualmente relaxou: a pressão em seus pulmões ficou mais leve; a cãibra nas mãos parou; podia sentir os dedos doendo.

Preciso falar com mamãe. Não agora, mas depois.

Havia um futuro, amanhã era um novo dia e haveria outros depois dele, se apenas ela permitisse que houvesse.

Se você se sentar muito tempo à margem do rio, verá os corpos de seus inimigos passarem boiando.

Soltou um suspiro, sorrindo diante do provérbio chinês que Anne Snapphane citava com frequência.

Você não está morrendo, pensou. Só sente a impressão.

Juntou os seus papéis.

O editor-chefe estava de pé junto à janela com uma folha impressa na mão, olhando para a embaixada russa. Annika olhou para a mesa de reuniões, mas ele havia recolhido seus gráficos e diagramas de vendas hoje.

— Sente-se — disse, voltando-se para a sala e indicando uma cadeira.

Ela sentou-se, sentindo-se extremamente desconfortável.

— Li o seu esboço sobre Ragnwald — disse Anders Schyman — e vejo o que você quis dizer quando observou que não era um artigo, apenas uma ideia.

Annika cruzou os braços e as pernas e percebeu que estava adotando uma posição extremamente defensiva, então relaxou e estendeu seus membros.

— E não fiquei convencido pelo artigo que você escreveu sobre Benny Ekland. Foi muito especulativo, a ponto de parecer um tanto infeliz.

Ela não conseguiu resistir à tentação de cruzar os braços.

— O que quer dizer?

Schyman recostou-se na cadeira, a camisa soltando-se acima do umbigo.

— Acho que você está aplicando o termo "terrorismo" com implicações muito amplas — disse ele. — Nem todos os criminosos são terroristas e nem toda violência é terrorismo. Precisamos manter um pouco de distância e relevância no nosso jornalismo, não ceder à insuflação e sempre usar as palavras mais poderosas. Teremos de usar essas palavras para acontecimentos reais, provavelmente mais cedo do que imaginamos...

Ela se ouviu soltando um suspiro fundo e irônico e jogou os braços para o lado.

— Ora, por favor — disse. — Não me venha com sermões sobre a ética da imprensa.

Ele apertou os maxilares com tanta força que uma veia começou a pulsar no seu pescoço.

— Não estou fazendo sermão, só quero salientar que...

Annika inclinou-se para a frente, sentindo o sangue subir-lhe à cabeça.

— Pensei que me apoiasse em meu papel como repórter independente — disse —, que confiasse no meu julgamento quanto ao que é importante.

— Annika, acredite, eu apoio, mas...

— Tem algo aí, posso sentir; esse cara topou com algo que não deveria ter topado.

— ... e se me deixar terminar, gostaria de frisar que a apoio completamente em seu papel, mas, apesar disso, também sou legalmente responsável pelo que é publicado; portanto, eu tomo as decisões sobre se devemos ou não identificar pessoas como terroristas e é por isso que estou explicando minha posição a você, para poupar-lhe um monte de viagens e um monte de trabalho a troco de nada.

Annika tinha parado no meio de um gesto, quase de pé, inclinada sobre a mesa do editor-chefe, a boca aberta, seu rosto lívido. No silêncio deixado pelas palavras dele, os pensamentos corriam por sua cabeça, tentando encontrar soluções e explicações.

— É Spike — disse ela. — Spike falou alguma coisa sobre minhas viagens?

Schyman suspirou e levantou-se.

— De modo algum. Estou apenas frisando que esse negócio de terrorismo e terroristas começou a ocupar uma grande parte do seu tempo de trabalho.

— Talvez eles tenham se tornado assunto de suma importância nos últimos anos.

Annika sentou-se e o editor caminhou ao redor de sua cadeira até a mesa de reuniões.

— Gostaria apenas que você pensasse se não haveria outra razão em particular para estar interessada por essas coisas.

— O que quer dizer?

Schyman suspirou de novo, passando os dedos sobre os tubos que continham os gráficos.

— Que estou me identificando com os terroristas, é o que quer dizer? Que matei alguém e que isso faz meu cérebro criar assassinos compulsivos onde eles não existem? Ou quer dizer o túnel, a dinamite que o Bombardeiro amarrou em mim? Isso me deixou tão louca que estou vendo Bombardeiros atrás de cada arbusto, é o que quer dizer?

Anders ergueu as mãos de uma maneira conciliatória e suavizadora.

— Annika — falou ele. — Não sei, tudo o que posso dizer é que essa história é realmente peculiar, não posso publicar uma reportagem sobre um Ragnwald que poderia estar morto e enterrado, ou ser um jardineiro em Moscou, ou um mergulhador da guarda costeira, ou que diabo possa ser, porque é coisa séria, são declarações sérias.

— Ragnwald é seu codinome, ele não foi identificado em lugar algum.

— Talvez seja mais conhecido como Ragnwald do que por seu nome verdadeiro, porque nós simplesmente não sabemos, não é?

Ela não respondeu, sentindo os dentes se cerrarem enquanto olhava para as cortinas que escondiam o complexo da embaixada.

— Além do mais — disse ele —, o bom senso sugere que a ideia por trás do seu artigo não é muito sensata. A Suécia não é exatamente famosa por produzir terroristas da pesada, não é?

Ela olhou para ele atônita.

— Está brincando? — disse ela. — Ou é apenas ignorante? A carta-bomba foi inventada por um homem de Toreboda, e a primeira delas explodiu nas mãos do diretor Lundin em Hamngatan em agosto de 1904.

— Ouça — disse ele, seu tom ainda sugerindo que desejava aplacá-la. — As coisas estão indo realmente bem para o jornal nesse exato momento. Não podemos nos colocar numa posição que arrisque a credibilidade que construímos com os nossos leitores com uma vaga acusação de terrorismo.

Ela saltou de pé, bombeada pela adrenalina.

— Credibilidade? Quer dizer que acha que as pessoas compram o jornal por nosso sério jornalismo combativo?

Soltou uma breve salva de gargalhadas.

— Anna Nicole Smith na primeira página três dias seguidos na semana passada — disse ela. — Um menino que se masturbou num reality show no sábado. A princesa real beijando seu namorado no domingo. Que é isso? Não consegue ver o que você fez com esse jornal? Ou está enganando a si mesmo também?

Ela podia ver que ele queria explodir, mas escolheu não fazer isso.

— Pensei que você estivesse feliz com o progresso que o jornal está fazendo — disse ele numa voz ligeiramente tensa.

— Trabalhar com sinais de venda na primeira página e nos outdoors, não é assim que chama? Sabe como eu chamo isso? Colocar o foco no lixo e na merda.

— Somos um segundo jornal. Temos de trabalhar mais forte com histórias de tabloide do que o primeiro jornal. Ou não quer que a gente progrida?

— Não a qualquer custo. Acho uma tragédia que você tenha deixado de lado todo controle de qualidade neste jornal.

Ela ficou surpresa ao ver como ele parecia zangado.

— Não é verdade — disse ele, num tom de voz bastante controlado. — Ainda publicamos jornalismo investigativo muito sério nas páginas internas do jornal, você sabe disso perfeitamente. Acho que você precisa de um pouco mais de perspectiva do que nossos críticos mais vulgares, se posso falar assim. Seja justa.

— Isso não me impede de lamentar a maneira como o jornalismo é feito. As fronteiras entre a realidade e a ficção estão sendo apagadas. Como os outros tabloides, estamos escrevendo sobre a televisão dos reality shows como se isso fosse a coisa mais importante e relevante que está acontecendo. Ora, isso não pode estar certo, não acha?

— Você está esquecendo Caim e Abel — disse Schyman, tentando sorrir.

— O que há com eles?

Annika cruzou os braços sobre o peito, esperando.

— Ser visto, a coisa mais importante para o ser humano, você não disse isso certa vez? Sobre a televisão, na verdade? Estar num reality show filmado e mostrado 24 horas ao dia é como ser visto por Deus, o tempo todo.

— Então quem é Deus? — perguntou Annika. — A lente da câmera?

— Nada disso — disse Schyman. — É o público espectador. Quando algum de nós teve a oportunidade de ser Deus pela última vez?

— Você é Deus todo dia, pelo menos no jornal — disse Annika. — Tão onipotente, injusto e cheio de opiniões falhas como o verdadeiro Deus com Caim e Abel.

Agora foi Schyman quem ficou sem fala; Annika podia ouvir suas acusações ecoando no silêncio e desejava ter mordido a língua.

— Estou apenas terrivelmente chateada porque minha reportagem sobre o jornalista assassinado foi tirada da primeira página — disse ela, num esforço para desculpar seus comentários.

Ele resfolegou, sacudiu a cabeça e caminhou até a janela.

— Seu jornalista não era um nome conhecido — disse Schyman para o vidro da janela. — E a ligação com o terrorismo era extremamente vaga.

— E Paula Pop Factory é um nome conhecido?

— Paula foi segundo lugar na competição da primavera passada e lançou um single que chegou ao sétimo lugar das paradas. Ela relatou o incidente à polícia e se dispôs a ter seu nome e sua foto publicados, mesmo com lágrimas — disse Schyman, sem soar minimamente envergonhado.

Annika deu dois passos em direção a ele.

— E por que fez isso? Porque estava despencando na lista de popularidade. Não devíamos pensar duas vezes antes de apostar em celebridades baratas como ela? E quem ela está acusando, afinal?

— Se aplicássemos seus princípios de não cobrir reality shows, você nunca descobriria — disse ele, virando-se, sua expressão sugerindo uma tentativa de humor.

— Só pensei que deveríamos identificar o homem por nome e foto também. — disse ela, notando que sua voz começava a tremer. Estou apenas intrigada em saber até onde nós afundamos.

O rosto do editor-chefe ocultou-se na penumbra.

— *Highlander* na TV Plus sistematicamente explora sexualmente os candidatos a reality shows — disse ele num tom neutro. — Nós ainda não escrevemos sobre isso, mas estamos trabalhando no assunto.

Colocou as mãos sobre os olhos.

— Sabe, Annika — disse —, não posso me dar ao trabalho de discutir isso com você. Não preciso justificar a você as prioridades que salvaram este jornal do fechamento.

— Então por que está fazendo isso?

— O quê?

Ela juntou seus papéis com lágrimas assomando aos olhos.

— Vou continuar — disse ela —, se não tiver nenhuma objeção. Mas estou ciente de que o senhor tem de priorizar. Se Ozzy Osbourne jogar outro pedaço de carne no jardim do vizinho sei que estou fodida.

Saiu antes que ele pudesse ver suas lágrimas de raiva.

Estavam sentados diante da televisão, duas taças de vinho à sua frente. Annika olhava para a tela tremeluzente sem registrar nada. As crianças estavam dormindo, a máquina de lavar pratos chacoalhava na cozinha, o aspirador de pó a esperava no corredor. Sentiu-se completamente paralisada, vendo um homem caminhar para cima e para baixo no vestíbulo de um hotel, enquanto o dia, a semana, martelavam dentro do seu crânio, e uma forte pressão lhe pesava no peito.

O menino. Linus, que fora tão doce com seus cabelos ouriçados, tão sensível e hesitante; lembrava seus olhos, inteligentes, observadores. A voz seca de Schyman ecoava através de sua cabeça; seu jornalista não era um nome conhecido, não preciso me justificar com você.

Thomas subitamente riu alto, fazendo Annika pular.

— O que foi?

— Ele é tão brilhante.

— Quem?

O marido olhou para ela como se fosse um pouco lenta.

— John Cleese, claro — disse ele, acenando a mão para a televisão. — *Fawlty Towers.*

Desviou o olhar dela, olhando de novo para a televisão e tomando um gole de vinho, estalando os lábios em sinal de apreciação.

— A propósito — disse —, você tomou o meu Villa Puccini?

Ela fechou os olhos por um momento e então olhou para ele.

— Como assim, meu?

Olhou para ela com surpresa.

— O que é que há com você? Só perguntei se bebeu meu vinho, estava pensando em abri-lo amanhã.

Ela se levantou.

— Vou para a cama.

— Mas qual é o problema?

Jogou os braços de lado ao sentar-se no sofá enquanto ela lhe dava as costas e zarpava para o corredor.

— Anki, pelo amor de Deus. Venha cá. Eu amo você. Venha se sentar aqui comigo.

Ela parou na porta. Thomas se levantou, caminhou até ela e abraçou-a. Ela sentiu seus braços pesados envolvendo-a, uma das mãos sobre cada seio.

— Annika — sussurrou ele —, venha. — Você não tocou no seu vinho.

Ela não pôde evitar um soluço choroso.

— Quer saber o que fiz no trabalho hoje? — disse ele entusiasmado, puxando-a de volta para o sofá, empurrando-a para baixo e sentando-se ao seu lado, agarrando-a. Ela acabou com o nariz em sua axila, cheirava a desodorante e detergente.

— O quê? — resmungou contra suas costelas.

— Fiz uma apresentação genial do projeto para todo o grupo de trabalho.

Ela ficou quieta, atenta, esperando que continuasse.

— E você? — disse ele finalmente.

— Nada de especial — murmurou ela.

SÁBADO, 14 DE NOVEMBRO

O homem caminhava hesitante, sem fôlego, pela Linnégatan, na direção do rio Fyris. Apertava a mão esquerda sobre o estômago e, com a direita, protegia o ouvido. Esboçava algumas caretas; não pela dor, mas sim pelas lembranças que a viagem de trem reavivara. Estava indefeso: as memórias transbordavam dentro dele, trovejavam em seu corpo e investiam contra sua mente como um maremoto, levando à tona o lodo que repousara no fundo por tanto tempo e do qual esquecera que um dia existira. Tudo havia retornado: as imagens e sons que nunca provocavam qualquer tipo de dano, contanto que permanecessem ocultos e intocados em meio às baboseiras esquecidas. Agora, entretanto, cantavam, entoavam cânticos e proclamavam num volume tão alto que não conseguia escutar seus próprios pensamentos.

Encontrou-se encarando uma janela no segundo andar do Fjellstedska, um albergue para estudantes. Nela, uma estrela de Natal e uma plantinha no peitoril. Ali estavam elas novamente: todas as garotas com as quais se relacionara naquele quarto, além da janela gradeada, três décadas e meia atrás. Suas primeiras mulheres: podia sentir seus hálitos de cerveja e sua própria timidez e falta de jeito.

Ele havia ficado maravilhado; o mundo parecera tão estranho. Era de uma ingenuidade alucinante ao imaginar seu tamanho e suas oportunidades. A decepção amarga com suas limitações batera em sua cara como portões de ferro.

O uivo de ruídos se tornou solitário; sentia a corrente de ar saindo do chão, o rato que o encarava do peitoril da janela naquela manhã gélida, o mesmo peitoril; viu tudo sob outra luz, a geada do lado de dentro do vidro, o tapete de pano que levara consigo como lembrança de sua mãe, aquele que ela tecera com o roupão que o filho usara na infância e com sua anágua esfarrapada.

— Vem de Kexholm — disse ela, deixando-o sentir o tecido, um linho tão bom que poderia ser veludo, uma vez que o linho da Carélia era o melhor de todo o mundo. O tecido crepitava entre seus dedos de criança e ele ficou admirado com a força da velha pátria, a terra onde sua mãe passara a infância, compreendendo então a terrível sensação de perda que a acometia.

Bufou; era difícil demais — como poderia lidar com aquilo?

A missão. Nunca falhara antes e não seria agora, com sua família envolvida, que isso aconteceria; eles eram tudo que lhe restava.

Deu as costas para o albergue estudantil, mantendo a janela no canto de seu campo de visão o máximo possível, até que desaparecesse. Nunca mais voltaria a vê-la.

Deu alguns passos cambaleantes pela Svartbäcksgatan, sentindo o cessar dos ruídos, e ficou mais fácil respirar. Lentamente, tudo ao seu redor se acalmou; não tinha qualquer lembrança em particular deste local de comércio natalino iminente; devia ter um aspecto completamente diferente no final dos anos 1960. Endireitou as costas, tirando a mão do ouvido, absorvendo a realidade ilusória e despindo seus sentidos para uma nova cacofonia, as notas falsas das vitrines que guinchavam. Elas suplicavam e seduziam — manequins de plástico sem cabeça e seminus;

brinquedos barulhentos alimentados por pilhas e fabricados na China; cordões de luzes pisca-pisca que passeavam entre roupões e gravatas de seda; ferramentas elétricas sem fio feitas para recar regar e usar, recarregar e usar.

Levantou a cabeça para escapar das vitrines e seus olhos se fixaram numa grinalda artificial de plástico verde que se estendia por toda a rua. Virou à direita, atravessou o rio, passou pela universidade, com o castelo à sua esquerda e a biblioteca Carolina Rediviva à sua frente, guardando seu tesouro inestimável: o Codex Argenteus, a "Bíblia de Prata".

Parou para recuperar o fôlego, ouvindo os uivos do monstro do consumo como uma cascata às suas costas.

Fazia um frio particularmente impiedoso naquele dia; mal conseguia recordar de ter visto o chão congelado daquele jeito. Ficou perplexo ao ver como o ar imóvel do ártico era capaz de dar ênfase a cores e luzes, aguçando e clarificando as percepções sensoriais. Olhou para as torres gêmeas da catedral, que lutavam, pesadas e sombrias, para alcançar o céu translúcido. Fechou os olhos — fazia tanto, tanto tempo, que quase se esquecera da sensação de respirar o ar claro como vidro encontrado apenas em Uppsala. Sentia o vidro ocupar o interior de seu corpo, congelando as vias respiratórias e as solas dos pés. Começou a ranger os dentes de um modo estranho e inconsciente.

Arrastou-se mais um pouco e parou diante do ornamentado prédio principal da universidade, feito de tijolo e calcário, olhando para os longos lances de degraus e examinando as quatro estátuas sobre a entrada. Os quatro campos de estudo da instituição quando de sua fundação: teologia, direito, medicina e filosofia. Desviou o olhar na direção da primeira: a mulher com a cruz, seu campo.

Você me traiu, pensou ele. Deveria ser minha carreira, mas acabou se tornando a negação de toda uma vida.

Subiu os degraus, fixando o olhar nas três portas pesadas de carvalho, com suas maçanetas imensas de ferro. Dobradiças bem lubrificadas faziam com que as portas se abrissem com surpreendente facilidade. Caminhou cautelosamente pelo saguão de entrada. O espaço, parecido com o de uma catedral, se abriu sobre ele com seus três enormes domos de vidro. Seus passos ecoaram pelo piso em mosaico, as colunas lisas de granito, os acabamentos em estuque e as pinturas no teto, reverberando pelas escadas que subiam rumo ao auditório ao atravessar as sábias palavras do grande humanista, Thorild, pintadas em letras douradas: *O pensamento livre é grandioso, mas o pensamento correto é ainda maior.*

Liberdade, pensou ele, a tirania de nossos tempos. A traição dos seres humanos medievais, vivendo inocentemente, em seus lugares imutáveis e indiscutíveis na sociedade, uma vida determinada que não levantava ou precisava de qualquer dúvida. Pessoas que almejavam a salvação da alma acima de qualquer outra coisa: lucro, liberdade pessoal, questionamento das estruturas sociais.

Deu as costas — o despertar do Renascimento quase o fez chorar de raiva: Eva traindo Adão, a meretriz que enganou a humanidade, fazendo-a morder o fruto da árvore da sapiência, sua inocência estuprada. A aurora ofuscante da avareza que durou por séculos e séculos, envenenando as relações pessoais com a ambição de lucro e glória até a chegada de Lutero, o anjo caído, o carcereiro que forjou o último elo dos grilhões agitados da classe operária. Escravidão, humanidade, que este seja seu quinhão, por meio de capital, prazer e liberdade.

Saiu apressado da pesada atmosfera acadêmica e do esquema de cores cintilantes, virando à direita e atravessando a porta para se encontrar de frente a um edifício estranhamente familiar na Övre Slottsgatan, com seus ângulos retos e metal opaco. Subitamente, voltou no tempo, quando o prédio ainda era novo; nunca vira um prédio moderno como aquele, a sede da união estudantil.

Sentia que aquele era o lugar ao qual pertencia, sua casa espiritual, onde descobrira um antídoto para as coisas que considerava inadequadas e evasivas nos grandes encontros sob tendas e serviços de polimento do Laestadianismo. Foi ali que teve contato com as palavras do mestre pela primeira vez: *Povos do mundo, uni-vos e derrotai os agressores norte-americanos e seus lacaios. Povos do mundo, sede corajosos e ousai lutar, desafiar as dificuldades e avançar onda após onda. Então o mundo inteiro pertencerá aos povos. Monstros de todas as espécies hão de ser destruídos.*

Fechou os olhos e foi subitamente tomado pela escuridão, tanto externa quanto internamente; novamente era tarde da noite, como fora antes, varrido pelo vento e pelo frio, ele era como uma ilha solitária em meio ao mar noturno, prostrado ali em meio ao êxtase e aos aplausos que atravessavam uma das janelas enevoadas do edifício moderno. As palavras de Mao eram como vaga-lumes na escuridão, recitadas por jovens vozes trêmulas e recebidas euforicamente, sem qualquer sombra de dúvida: *Os povos chinês e japonês devem se unir, os povos de várias nações asiáticas devem se unir, todos os povos e nações do mundo devem se unir, todos os países amantes da paz devem se unir, todos os países e indivíduos sujeitos à agressão, ao controle, à intervenção ou à intimidação imperial dos Estados Unidos devem se unir e formar uma frente ampla contra o imperialismo norte-americano para frustrar seus planos de agressão e guerra e para defender a paz mundial.*

Logo depois, eles saíram, suados, agitados, felizes, satisfeitos. Foi ao encontro deles, que o viram, as pessoas o viram: perguntaram-lhe se era um verdadeiro revolucionário e ele respondeu que sim, povos do mundo, uni-vos e derrotai os agressores norte-americanos e todos os seus lacaios. Deram-lhe tapinhas nas costas e disseram: Amanhã, camarada, *laboremus*, às sete da manhã, e ele acenou com a cabeça, encontrando-se novamente só, mas com a chama em sua alma renovada. A pista de aterrissagem da vida subitamente se iluminou abaixo dele, e sabia que era hora de descer.

Deu um suspiro e abriu os olhos. Escurecera e ele estava cansado. Logo teria de tomar novamente seu remédio. O motel onde se hospedara ficava longe dali e ainda tinha de achar o ônibus certo. Espaços anônimos num estabelecimento amplo, táxis jamais.

Caminhou de volta à estação central, com uma das mãos no estômago e a outra balançando a seu lado.

Tinha consciência de que era um homem quase invisível.

SEGUNDA-FEIRA, 16 DE NOVEMBRO

As nuvens se amontoaram durante a noite. Annika abriu a porta e saiu segurando uma criança em cada mão, rastejando sob um céu que pairava pesado como chumbo sobre os telhados. Tremeu involuntariamente, encolhendo os ombros para se proteger do frio.

— Temos de andar, mamãe? Não podemos pegar o ônibus? Sempre pegamos o ônibus com papai.

Pegaram o ônibus número 40 para percorrer as duas paradas entre Scheelegatan e Fleminggatan. Depois de deixar as crianças, Annika emergiu na rua novamente, com o coração e a mente vazios. Planejara caminhar até o jornal, mas não lhe restava ar e não tinha a menor vontade de atravessar a mistura de neve e lama para chegar a Marieberg. Assim, pegou o número 1, um dos novos ônibus articulados que eram um erro e tanto, tendo em vista que o tráfego no centro da cidade se movia a menos de sete quilômetros por hora e era sempre mais rápido caminhar. Ainda assim, sentou-se num dos bancos na parte de trás do veículo, próximo à janela manchada de pingos marrom-acinzentados, enquanto o ônibus chacoalhava feito uma carroça medieval rumo à fábrica do jornal.

Pegou seus dois cafés habituais antes de entrar no escritório, fechando cuidadosamente a porta atrás de si e cerrando as cortinas o máximo possível, para então descobrir que a máquina devia estar quebrada: as bebidas estavam apenas mornas. O gosto amargo em seus lábios se tornou um debochado insulto pessoal, fazendo suas bochechas enrubescerem. Não se deu ao trabalho de jogar fora o café, deixando-o num canto da mesa, pronto para apodrecer e criar mofo.

Sem qualquer estardalhaço, escreveu um artigo direto e focado sobre o ataque à F21, valendo-se de fatos previamente conhecidos e das novas informações da polícia sobre o suspeito, o terrorista potencial que atendia pelo nome de Ragnwald, e seu comparsa.

Leu o texto emburrada. A falta de cafeína palpitava insistentemente em seu cérebro. Estava pouco denso, mas não havia o que fazer. Schyman queria os fatos como ocorreram, não uma descrição poética de um tempo que não existe mais e de um homem que poderia ter feito o mesmo.

Sentindo pernas e braços pesados, levantou-se para tentar encontrar café quando o telefone tocou. O visor lhe dizia que era Thomas. Parou onde estava, hesitando diante dos toques.

— Vou chegar mais tarde esta noite — disse ele, palavras familiares já esperadas por ela, mas que soavam tensas e não indiferentes como de costume.

— Por quê? — perguntou ela, girando o olhar pela sala.

— Uma reunião — respondeu, seguindo o curso de sempre. — Só os membros-chave de nosso grupo. Sei que é minha vez de pegar as crianças, mas se incomodaria de fazê-lo?

Annika sentou-se e colocou os pés sobre a mesa, espiando pela cortina o ambiente enfadonho da sala de redação, aquela jornada sem fim que se desenrolava diante dela, até que seus olhos alcançaram a cabine do zelador.

— Tudo bem — disse ela. — Deixa comigo. Aconteceu alguma coisa?

A resposta veio com um pouco de atraso e num volume um pouco mais alto.

— Não, nada — disse. — Por que pergunta?

Ficou escutando o silêncio após as palavras dele.

— Diga o que aconteceu — disse ela, calmamente.

Ao falar, a voz dele parecia perturbada.

— Uma mulher ligou há cerca de uma hora — disse ele. — Ela e o marido preencheram meu questionário na primavera. Ambos eram conselheiros do Partido de Centro e agora o marido morreu. Desde então, estou ao telefone tentando reunir o grupo...

Annika não disse nada, ficou ouvindo a respiração levemente ofegante do marido soando como batimentos na linha.

— Por que ela telefonou para lhe contar isso?

— O projeto — respondeu ele. — Eles guardaram os papéis que enviamos sobre ameaças a políticos e eu estava listado como o contato. Ela acha que o marido foi assassinado.

Annika pôs os pés no chão.

— Por que pensa isso?

Thomas soltou um suspiro profundo.

— Annika — disse ele. — Não sei se consigo levar isso adiante.

— Apenas me conte o que aconteceu — respondeu ela, empregando a mesma voz que usava quando as crianças estavam histéricas.

Thomas mediu suas palavras, hesitando.

— Não sei se consigo — disse.

— Se algo realmente aconteceu, acabarei descobrindo.

Outro suspiro.

-- Tudo bem. Encontraram o marido com um tiro na cabeça, disparado com seu rifle da defesa civil, sentado numa poltrona. É aí que está o problema, segundo a esposa: aquela era a sua poltrona, não a dele. Ele nunca se sentava ali. Se fosse ele o autor do disparo, teria feito isso em sua própria poltrona.

Annika procurou uma caneta.

— Onde ela mora?

— Acha que pode ter sido assassinado? O que acha que farão com o projeto? Será que nos obrigarão a encerrá-lo? Se pensarem que contribuímos de alguma forma...

— Onde a esposa mora?

Thomas permaneceu em silêncio; a resposta veio em tom de mau humor e surpresa.

— Hein?

Annika mordeu a caneta, hesitante, e bateu a tampa contra os dentes.

— Isso me parece um pouco imaturo — disse ela. — Um homem morreu e você está preocupado com seu trabalho.

A réplica veio rápida como um raio.

— E o que você faz diante de um assassinato? Tudo que faz é reclamar de seus chefes e de seus colegas miseráveis.

Cessou o movimento com a caneta e a colocou sobre a mesa. Ouviu um clique no ouvido esquerdo e chegou a pensar que ele tinha desligado na sua cara.

— Saindo de Östhammar — disse ele —, num vilarejo ao norte de Uppland. São fazendeiros. Não sei quanto tempo levarei, depende do que decidirmos e, naturalmente, do que a polícia disser.

Annika não deu ouvidos ao seu tom de lamentação.

— Você falou com a polícia?

— De início, pensaram que fosse suicídio. Diante da objeção da esposa, porém, decidiram investigar mais a fundo.

Annika recolocou os pés sobre a mesa.

— Mesmo que tenha sido assassinado — disse ela —, não significa necessariamente que isso tenha acontecido pelo fato de ser um político, se é que me entende. Poderia ter dívidas, vícios, filhos não reconhecidos, vizinhos ensandecidos, qualquer coisa.

— Eu sei — disse ele secamente. — Não espere por mim.

— A propósito — disse Annika às cortinas —, qual o nome dela?

Ouviu-se o zumbido de um silêncio breve.

— De quem?

— Da mulher, é claro. A esposa que lhe telefonou.

— Não quero que se envolva nisso.

Analisaram o antagonismo um do outro por um tempo indeterminado até que Annika recapitulasse.

— Seu trabalho não é na linha de frente — disse ela. — Se o assassinaram, então seu projeto é ainda mais importante. Se alguém vai terminar na merda, serão os políticos, pois deveriam ter começado muito antes o trabalho que você está fazendo. Com um pouco de sorte, pode impedir que algo assim volte a acontecer.

— Acha que sim?

— Dessa vez, não são vocês os vilões. Acredite. Veja só, pode até ajudar que seja eu a escrever esse artigo.

Thomas permaneceu em silêncio por vários segundos. Annika conseguia ouvir sua respiração.

— Gunnel Sandström — finalmente disse ele. — O marido se chamava Kurt.

* * *

Thomas desligou. Gotas de suor se formaram em sua testa. Por um instante, quase deu com a língua nos dentes.

Quando Annika perguntou o nome "dela", pensara em Sophia Grenborg, com seus cabelos brilhantes e olhos que sorriam, o som de seus saltos a lhe martelar os ouvidos, seu perfume a tomar conta do ambiente quando estavam juntos.

Foi por pouco, pensou ele, ainda confuso, sem saber exatamente o que foi por pouco, apenas consciente de que algo dentro de si estava em chamas; algo acontecera, tivera início um processo com o qual não sabia se conseguiria lidar, mas ainda assim não conseguia evitá-lo.

Sophia Grenborg, com seu apartamento em Östermalm, no prédio que pertencia à sua família.

Sua mãe gostaria dela, pensou subitamente. Não era tão diferente de Eleonor. Tirando a aparência — Eleonor era alta e cheia de vigor, Sophia era baixa e *petite* —, elas tinham algo em comum, uma atitude, um ar de seriedade, alguma coisa de atraente que Annika não possuía.

O tipo de pessoa agradável de se ter em casa. Foi assim que Annika descreveu certa vez Eleonor ao telefone enquanto ele ouvia, e havia certa verdade naquilo: Eleonor e Sophia ficavam à vontade em escritórios e salas de reunião, salões deslumbrantes e bares de hotéis internacionais. Annika sempre se atrapalhava em situações como essas. Suas roupas eram um tanto mais desgrenhadas que o habitual e parecia inacreditavelmente desconfortável em sua própria pele. Sempre que viajavam, ela desejava apenas conversar com os locais e comer nos restaurantes frequentados pelos nativos. Não demonstrava nem mesmo um remoto interesse em atividades culturais ou na piscina exclusiva do hotel.

Pigarreou uma ou duas vezes. Então pegou o telefone e ligou para a linha direta de Sophia na Federação dos Conselhos de Condados.

— Tudo certo — disse ele. — Adoraria ir ao clube de jazz depois da reunião.

Annika pegou um dos carros do jornal, com pneus especiais para neve; as pistas estreitas do norte de Uppland poderiam estar congeladas. O rádio estava sintonizado numa das estações comerciais, mas o deixou ligado enquanto não tocavam anúncios publicitários.

Passados quinze minutos, se arrastara por setecentos metros na autoestrada Essinge, tomada por um engarrafamento, e, nervosa, desistiu da música pop cheia de adrenalina e mudou para a Rádio P2. As notícias em servo-croata foram seguidas por notícias em árabe e depois por algo que supunha ser somali. Ouvia o ritmo das línguas estrangeiras, tentando reconhecer palavras, nomes de lugares, países, presidentes.

Depois do entroncamento Järva, o tráfego começou a fluir. Passando pelo aeroporto Arlanda, escasseou consideravelmente. Annika pisou fundo no acelerador até chegar a Uppsala, depois virou à direita na direção de Östhammar.

A paisagem agrícola de Roslagen estendeu-se ao seu redor. Solo marrom-escuro com ranhuras congeladas, ilhas formadas por prédios, casas vermelho-ferrugem nas fazendas e celeiros cobertos de gesso branco. Vilarejos desconhecidos voavam ao lado da pista, lugares com escolas, supermercados e centros de saúde, onde as pessoas viviam suas vidas sem que Annika tivesse qualquer conhecimento, quiosques de cachorro-quente decorados por cortinas da IKEA com design abstrato, as ocasionais grinaldas de Natal. A luz cinzenta deformava os arredores. Ligou os limpadores do para-brisa.

A estrada gradualmente se estreitava e serpenteava à medida que avançava rumo ao norte. Annika ficou presa atrás de um ônibus local que não passava de, no máximo, sessenta quilômetros por hora, e esperou outros dez quilômetros por uma oportunidade de ultrapassar, controlando-se para não ficar estressada. Um dos motivos daquela viagem era tirá-la do escritório. Enquanto aguardava atrás do ônibus, sacou da bolsa as coordenadas que lhe foram dadas por Gunnel Sandström.

Passou pela rotatória, depois seguiu na direção de Gävle, sete quilômetros ao norte, e então por uma casa vermelha de fazenda à direita com uma velha carroça na garagem e um anão de jardim na varanda. A estrada seguia em linha reta, mas ainda assim quase perdeu a entrada e teve de frear bruscamente, dando-se conta de que a pista estava de fato escorregadia. Estacionou atrás da carroça, deixando o motor ligado por alguns instantes enquanto examinava a residência.

A grande casa principal ficava à direita. As tábuas eram novas, mas as molduras das janelas precisavam ser pintadas. A varanda de madeira manchada também era nova. Via-se ainda uma pequena lanterna chinesa branca e quatro violetinhas africanas na janela da cozinha. À esquerda, um escritório, silos, estábulos e oficinas, um monte de esterco e maquinaria agrícola que evidentemente não era usada havia certo tempo.

Uma velha fazenda de verdade, pensou ela, administrada de modo eficiente, mas não pedante. Tradicional, mas não sentimental.

Annika desligou o motor e viu de relance o vulto de uma mulher na cozinha. Pegou a bolsa e caminhou em direção à casa.

— Entre — disse Gunnel Sandström numa voz fina. Olhos inchados. Annika tomou sua mãozinha seca.

Tinha cerca de 50 anos, era baixa e roliça, irradiando uma espécie de autoconfiança livre de qualquer vaidade. Seus cabelos eram grisalhos e curtos e vestia um cardigã vinho com um cinto.

— Sinto muito por sua perda — disse Annika, considerando o que dissera débil e equivocado. Ainda assim, os ombros da mulher se inclinaram um pouco, mostrando que as palavras surtiram efeito.

— Por gentileza, me dê seu casaco. Gostaria de um pouco de café?

Annika ainda sentia na boca os efeitos gástricos do café de máquina frio, mas aceitou mesmo assim. Pendurou o casaco e tirou seus sapatos de montanha; a mulher estava agindo por reflexo, seguindo padrões de comportamento arraigados por décadas. Naquela casa se oferecia café às visitas, não importava a situação. Gunnel foi ao fogão e acendeu o fogo rápido, colocou quatro xícaras de água no bule, seguidas por quatro colheres de café tostado moído que tirara da lata verde e rosa próxima à estante de temperos, repousando então a mão na alça, pronta para retirá-lo do fogo assim que começasse a ferver.

Annika sentou-se à mesa da cozinha com a bolsa debaixo do braço e examinou furtivamente a movimentação mecânica de Gunnel Sandström, tentando avaliar o estado mental da mulher. Sentia cheiro de pão, café, esterco e algo mais, que poderia ser mofo. Deixou seus olhos vagarem pela lareira, pelo guarda-louças de pinho envernizado, pelas vigas no teto e pelo chão de linóleo verde.

— Não leio o *Evening Post* com frequência — disse Gunnel Sandström, enquanto mexia o café, pronto àquela altura. — Tem tantas notícias absurdas. Nada que diga respeito à vida de pessoas como nós.

Colocou o bule sobre a mesa e se sentou, parecendo que ia desabar.

— Thomas, meu marido — disse Annika —, me disse que a senhora e Kurt tinham papel ativo na política local.

Gunnel Sandström contemplava a janela; Annika seguiu seu olhar e avistou uma casa de pássaros tomada por penas espalhadas e sementes.

— Kurt fazia parte do conselho — disse ela. — Eu sou presidente do grupo de mulheres, além de ter sido eleita como membro.

— Por qual partido?

— De Centro, é claro. Nos preocupamos com a zona rural. Kurt sempre foi interessado por política, desde que nos conhecemos.

Annika sorriu e acenou com a cabeça, levantando-se.

— Quer que pegue as xícaras? — perguntou, caminhando na direção do escorredor de pratos.

Gunnel Sandström levantou-se de imediato.

— Ah, que tolice a minha. Sente-se, por favor.

Tateou entre xícaras, pires, colheres, açúcar, leite e pãezinhos de canela semicongelados com cobertura de amêndoas.

— Como se conheceram? No núcleo juvenil do Partido de Centro? — perguntou Annika depois de Gunnel Sandström se sentar novamente e servir o café.

— Não. Ah, não — respondeu a mulher. — Kurt era muito radical quando jovem; muitos rapazes daquela geração eram assim. Ele fazia parte do movimento de mudança para o campo; no início dos anos 1970, se juntou a um grupo. Nos conhecemos em uma reunião da Associação dos Proprietários de Estradas.

Kurt achava que o sistema de pagamento deveria ser mais justo. Aquilo causou uma grande agitação por aqui.

Annika sacou a caneta e o bloquinho de sua bolsa, anotando os detalhes.

— Então ele não é daqui?

— Era de Nyland, próximo a Kramfors. Estudou biologia em Uppsala e, depois dos exames finais, se mudou para cá com alguns amigos para dar início a uma fazenda sem utilização de agrotóxicos. Naquela época não se chamava orgânica...

A mulher olhou para os pássaros, perdendo-se no passado. Annika aguardou até que retomasse.

— O plano não saiu como esperado — prosseguiu após alguns instantes. — Os membros do grupo acabaram tendo discussões. Kurt pretendia investir num silo e num trator; os outros queriam comprar um cavalo e aprender a virar feno. Naquela época já estávamos saindo juntos, então Kurt terminou trabalhando aqui na fazenda.

— A senhora deveria ser bem jovem — disse Annika.

A mulher olhou para ela.

— Eu cresci aqui — respondeu. — Kurt e eu assumimos a direção quando nos casamos, no outono de 1975. Minha mãe ainda está viva, morando numa casa em Östhammar.

Annika acenou com a cabeça, percebendo subitamente o tique-taque monótono do relógio da cozinha. Teve a impressão de que o mesmo relógio vinha fazendo o mesmo barulho na mesma parede, uma geração após a outra, e por um vertiginoso instante, pôde ouvir todos aqueles tique-taques ao longo dos anos, numa cacofonia que refletia um fragmento de eternidade.

— Pertencer — Annika disse a si mesma. — Não consigo imaginar a ideia de pertencer a um lugar como este.

— Kurt pertencia a este lugar também — disse Gunnel Sandström. — Adorava a vida que levava. Não existe hipótese de que tenha pensado em suicídio, nem mesmo por um segundo... quanto a isso posso jurar.

Virou-se para Annika e seus olhos brilhavam, transformados em duas tochas incandescentes. A jornalista podia sentir sua convicção, compreendendo, sem sombra de dúvida, que ela estava certa.

— Onde o encontraram?

— Na sala de estar — respondeu ela, levantando-se e atravessando as portas duplas ao lado da lareira.

Annika caminhou até a grande sala. Estava mais frio que na cozinha e havia no ar uma sensação de umidade e clausura. O chão era coberto por um carpete azul-esverdeado e este, por sua vez, por tapetes de pano. Havia uma velha fornalha de azulejo num canto, uma televisão no outro, dois sofás de frente um para o outro no fundo da sala e uma poltrona giratória de couro marrom sob uma lâmpada, com uma pequena mesa ao lado.

Gunnel Sandström apontou. Seu dedo tremia.

— É ali que Kurt se senta. Sempre. Minha cadeira normalmente fica do outro lado daquela mesinha. Depois do jantar, sempre nos sentamos ali para ler: as cartas do conselho, jornais, revistas, documentos da fazenda. Fazemos tudo sentados em nossas poltronas.

— E onde está a sua agora? — perguntou Annika, embora fizesse ideia da resposta.

A mulher virou-se para ela com os olhos cheios de lágrimas.

— Levaram-na embora — respondeu em voz baixa. — A polícia queria examiná-la. Estava sentado nela quando morreu, segurando o rifle com a mão direita.

— Foi você quem o encontrou?

A mulher olhou fixamente para o espaço onde ficava a poltrona. As imagens passavam por sua mente de maneira tão vívida que Annika quase conseguia vê-las. Então, assentiu.

— Eu estava no bazar de outono dos escoteiros na tarde de sábado — disse ela, ainda encarando o espaço vazio. — Nossa filha é responsável pelos lobinhos, então fiquei ali para ajudá-la na arrumação. Quando cheguei em casa... estava sentado ali... na minha poltrona.

Virou-se, sem conseguir controlar as lágrimas, e cambaleou, com as costas arqueadas, até chegar à mesa da cozinha. Annika a seguiu, reprimindo o impulso de colocar o braço sobre os ombros da mulher.

— Onde atingiu o tiro? — perguntou Annika suavemente, sentando-se a seu lado.

— No olho — sussurrou Gunnel Sandström. Sua voz ecoou entre as paredes, fraca, como uma leve brisa; o relógio tiquetaqueava, enquanto as lágrimas desciam pelo rosto da mulher. Nenhum soluço ou qualquer outro movimento. De repente, algo aconteceu à temperatura da cozinha. Annika conseguia sentir o morto na sala ao lado, presente na forma de um bafo frio, uma nota sutil do coral angelical atacando seu estado de consciência.

A mulher estava sentada, imóvel, mas levantou os olhos para encontrar os de Annika.

— Se você fosse atirar em si mesma — começou —, por que miraria no olho? O que esperaria encontrar espiando pelo cano enquanto puxava o gatilho?

Fechou os olhos.

— Não faz sentido — disse, aumentando o tom de voz. — Kurt nunca teria feito aquilo e certamente não em minha poltrona. Nunca se sentara ali, nem uma vez. Estava me mandando uma mensagem, como se alguém o tivesse forçado àquilo. Tinha algo a ver com o telefonema.

Abriu os olhos; Annika viu suas pupilas subitamente se dilatarem, mas logo se contraíram novamente.

— Recebemos uma ligação na sexta-feira à noite — disse ela. — Era tarde, depois das nove e meia. Tínhamos acabado de assistir ao telejornal e estávamos prestes a ir dormir... temos de acordar cedo por causa das vacas... mas, mesmo assim, Kurt saiu. Não disse quem era, apenas se vestiu e saiu. Ficou fora por bastante tempo. Fiquei acordada na cama, esperando, mas só retornou por volta das onze. Obviamente, perguntei quem tinha ido ver, mas respondeu que me contaria outra hora, pois estava cansado; no entanto, depois de cuidarmos das vacas, teve de fazer outra coisa e não tivemos a oportunidade de conversar. Depois, fui ao bazar dos escoteiros e quando voltei ele...

Deixou a cabeça cair bruscamente, levando as mãos ao rosto. Dessa vez, Annika não hesitou em colocar o braço nos ombros da mulher.

— Contou isso à polícia?

Recompôs-se, pegou um lenço e assoou o nariz. Depois, assentiu. Annika recolheu o braço.

— Não sei se estavam interessados — disse ela —, mas anotaram assim mesmo. Estava tão triste no sábado que não pensei em dizer coisa alguma, mas os chamei ontem e eles vieram, levaram a poltrona e procuraram impressões digitais nas portas e nos móveis.

— E a arma?

— Levaram-na no sábado, disseram que era um procedimento padrão.

— Kurt fazia parte da defesa civil?

Gunnel Sandström confirmou com a cabeça.

— Todos estes anos — disse ela. — Fez o curso de agente na Escola de Combate da Guarda Doméstica, em Vellinge.

— Onde guardava o rifle?

— No gabinete de armas. Kurt tinha sempre o cuidado de mantê-lo trancado. Nem eu sei onde guardava a chave.

— Então deve ter sido ele quem pegou a arma?

Outro aceno.

— A senhora alguma vez foi ameaçada?

Gunnel balançou a cabeça, deixando-a ficar baixa.

— Nunca receberam qualquer chamada estranha além daquela de sexta-feira, nenhuma carta diferente?

A mulher se retesou, inclinando levemente a cabeça.

— Encontrei uma carta estranha na correspondência de hoje — disse ela. — Não fazia o menor sentido, então a joguei no lixo.

— Uma carta? Hoje? De quem?

— Não sei, não estava escrito.

— Já esvaziou a lixeira?

Gunnel Sandström pensou por um instante.

— Acho que não — respondeu, levantando-se e caminhando na direção do armário debaixo da pia, de onde retirou uma lata de lixo e vasculhou entre cascas de batata.

Olhou para Annika.

— Não está aqui. Devo tê-la esvaziado.

— Não pode ter jogado em outra lixeira?

A mulher colocou a lata de volta no lugar.

— Por que acha que isso é importante? — perguntou.

— Não sei se é importante — respondeu Annika. — O que dizia?

— Algo sobre o movimento dos camponeses, não sei ao certo. Acho que era algo sobre a Federação dos Agricultores Suecos.

— Uma brochura, um folheto...?

— Não, nada do tipo. Estava escrito à mão.

— Pense por um instante. Poderia tê-la colocado em algum outro lugar?

— Na lareira, acho — disse ela, apontando. Com dois passos largos, Annika chegou à fornalha; encontrou várias bolas de papel amassado, incluindo alguns folhetos de lojas da área. Tirou um pedaço de lenha da cesta e remexeu os papéis.

A mulher se aproximou, estendendo a mão para examiná-los.

— Sim, pode ser que a encontre; jogo papel aí de vez em quando. É bom para acender o fogo.

— Um instante — disse Annika. — Tem um par de luvas?

Gunnel Sandström parou e olhou para ela, surpresa, desaparecendo no corredor. Annika se inclinou para a frente a fim de olhar melhor as bolas de papel. Três eram anúncios em folhetos lustrosos, uma era verde com texto em preto e a quinta era uma folha de papel A4 pautada.

— Pegue aquela ali — disse Annika quando a mulher retornou usando um par de luvas de couro, apontando para a folha de papel A4 pautada.

Gunnel inclinou-se e, soltando um gemido, conseguiu alcançá-la. Desdobrou-a e alisou-a.

— Sim — disse ela. — É esta.

Annika colocou-se ao lado da mulher, que passou a ler lentamente o texto anônimo.

"A presente ascensão do movimento camponês representa um evento colossal", leu Gunnel, num tom de suspeita. *"Nas províncias centrais,*

meridionais e setentrionais da China, centenas de milhões de camponeses se erguerão como uma temível tempestade, um furacão, uma força tão vívida e violenta que nenhum poder, não importa quão grande, conseguirá detê-la."

Abaixou a carta.

— O que isso quer dizer?

Annika balançou a cabeça.

— Não sei — respondeu. — Ainda tem o envelope?

Encontraram-no debaixo dos folhetos: um envelopezinho simples escrito "Sverige", com um jogador de hóquei no selo, endereçado à família Sandström e com carimbo de Uppsala, datado do dia anterior.

— Poderia colocá-lo sobre a mesa para que possa copiá-lo?

O medo percorreu o rosto de Gunnel.

— Por quê? Pensa que pode ser algo sério?

Annika olhou para a mulher, seus cabelos grisalhos, seu casaco de lã tricotado, suas bochechas macias e suas costas arqueadas, e foi tomada por uma compaixão que a deixou sem fôlego.

— Não — respondeu ela, tentando sorrir. — Acho que não. Mesmo assim, acho que deveria mostrá-la à polícia.

Annika copiou o texto sobre a mesa da cozinha. As letras eram regulares, sutis e arredondadas, e as palavras foram dispostas simetricamente pela página, com uma linha em branco entre as frases para tornar a leitura mais fácil. Notou que um dos lados fora destacado, o que indicava que a folha fora retirada de um bloco de papel pautado e pensou em sentir a qualidade do papel num dos cantos, mas decidiu não fazê-lo.

— Vai escrever sobre Kurt no jornal? — perguntou Gunnel Sandström ao ver a visita se levantar e empurrar a cadeira.

— Não sei — disse Annika. — Talvez. Caso aconteça, telefonarei antes para informá-la.

Tomou uma das mãos da mulher.

— Tem alguém para cuidar da senhora? — perguntou.

Gunnel assentiu com a cabeça.

— Temos um filho e duas filhas; chegarão hoje à tarde com suas famílias.

Annika sentiu a sala girar outra vez; havia algo ali, um senso de pertencimento que atravessara gerações, um amor que vivia ali havia séculos.

Talvez as pessoas não devessem deixar para trás suas raízes, pensou. Talvez nossa cobiça por progresso arruíne a força natural que nos faz capazes de amar.

— Ficará bem — disse ela, surpresa com tanta segurança.

Nos olhos de Gunnel, Annika pôde perceber a ausência de algo vital.

— Vou conseguir justiça também — disse ela.

Então, deu as costas repentinamente e atravessou o saguão, subindo em seguida os degraus rangentes que levavam ao piso superior.

Annika vestiu apressadamente suas roupas de frio e parou, hesitante, ao pé da escada.

— Obrigada — gritou, cautelosa.

Nenhuma resposta.

Berit Hamrin esbarrou com Annika na cabine do zelador, próximo aos elevadores.

— Quer vir comer algo? — perguntou ela.

Annika depositou a chave do carro sobre o balcão e olhou para o relógio.

— Hoje não — respondeu. — Tenho muito a fazer e depois preciso buscar as crianças. Está desmaiando de fome ou tem tempo para dar uma olhada num negócio?

Berit ponderou sobre a questão de modo teatral.

— Morrendo de fome — respondeu. — De que se trata?

— Siga-me — disse Annika, seguindo rumo ao seu escritório sem se preocupar com o que fosse atingido por seu rastro. Jogou o casaco no canto de sempre e esvaziou a bolsa sobre a mesa, recolhendo o bloco. Folheou até a última página, depois correu até o outro lado da mesa e abriu a segunda gaveta, sacando outro caderno.

— Leia isto — disse a Berit, mostrando-lhe duas páginas de anotações.

Sua colega pegou o primeiro bloco e leu a frase inicial.

"A presente ascensão do movimento camponês representa um evento colossal" — leu em voz alta, abaixando o bloquinho. — Mas este é um texto clássico.

— Em que sentido? — perguntou Annika. Sem desviar o olhar da colega, Berit proclamou alta e claramente, de cor:

"Nas províncias centrais, meridionais e setentrionais da China, centenas de milhões de camponeses se erguerão como uma temível tempestade, um furacão, uma força tão vívida e violenta que nenhum poder, não importa quão grande, conseguirá detê-la."

Annika sentiu sua mandíbula despencar e olhou, perplexa, para Berit.

— Relato de uma investigação do movimento camponês em Hunan — disse ela. — Escrito em 1949, se não me falha a memória. Uma das obras mais famosas de Mao Tsé-Tung. Todos a conhecíamos de cor.

Annika vasculhou uma caixa e sacou outros dois cadernos, folheando até encontrar o que estava procurando.

— E o que me diz disto aqui?

Deu a Berit as anotações que fizera em Luleå.

"Não existe construção sem destruição", leu Berit. "Destruição significa crítica e rejeição, significa revolução. Envolve repensar as coisas, o que significa construção. Se você se concentrar na destruição primeiro, terá a construção como parte do processo."

— E...? — perguntou Annika.

— Outra citação de Mao. Por que as anotou?

Annika teve de se sentar.

— São cartas — respondeu. — Cartas anônimas a vítimas de homicídios. A que cita destruição foi enviada ao local de trabalho de Benny Ekland dias após seu assassinato, enquanto a outra foi endereçada a um conselheiro local em Östhammar no dia seguinte a seu suposto suicídio.

Berit sentou-se sobre a mesa de Annika. Seu rosto estava pálido.

— O quê...?

Annika balançou a cabeça, apertando as mãos contra a testa.

— Tenho que falar com a mãe de Linus Gustafsson — disse ela.

O toque do telefone ecoou em meio ao ar gélido mil quilômetros ao norte. A mão de Annika suava ao levar o fone ao ouvido.

— Quer que eu saia? — perguntou Berit por mímica, primeiro apontando para si mesma e depois para a porta de correr.

Annika fez que não com a cabeça e fechou os olhos.

Em meio a um toque, alguém atendeu. A voz parecia que acabara de acordar, confusa.

— Meu nome é Annika Bengtzon, estou ligando do *Evening Post*, em Estocolmo — disse Annika, num tom de voz claro e pausado que aprendera a usar durante seus anos como editora do período da noite, turno no qual a maioria dos telefonemas era respondida por pessoas meio adormecidas.

— Quem? — perguntou a mulher do outro lado da linha.

— Fui eu quem escreveu sobre Linus no jornal — disse Annika, sentindo repentinamente as lágrimas em seus olhos. — Estou telefonando apenas para dizer que lamento muito.

Subitamente viu o garoto à sua frente, com o cabelo ouriçado e os olhos atentos, sua linguagem corporal defensiva e a voz incerta. Não conseguiu suprimir um soluço repentino e audível.

— Lamento — disse ela. — Eu...

Colocou a mão sobre a boca para cobrir os soluços, com vergonha de que Berit, sentada agora numa das cadeiras, a visse daquele jeito.

— Não foi culpa sua — disse a mulher, já acordada.

— A senhora é a mãe?

— Sou Viveka.

Realçou o "e".

— Sinto-me terrivelmente culpada — disse Annika, percebendo que o telefonema não estava saindo como imaginara. — Não deveria ter escrito sobre Linus. Talvez ainda estivesse vivo hoje.

— Nunca saberemos — respondeu a mulher, direta. — Mas achei bom que tivesse tirado aquilo dele. Nunca entendi o que tinha de errado com aquele menino. Tornara-se uma pessoa diferente depois do que aconteceu, mas se recusava a me dizer o que era.

— Bem — disse Annika —, mas e se...

A mulher a interrompeu, abruptamente.

— Você acredita em Deus, Annika Bengtzon?

Annika hesitou. As lágrimas começavam a secar.

— Não diretamente — conseguiu responder.

— Bem, mas eu sim — disse a mulher lentamente, com uma ênfase um pouquinho forçada. — E isso me ajudou durante muitas provações pela vida. O Senhor convocou Linus para Si. Não sei o porquê, mas aceito sua decisão.

Um sentimento de dor atravessou a linha, vindo de Luleå, como se fosse um vento gélido, provocando arrepios em Annika. Era como um vácuo de algo escuro e medonho estendendo-se em sua direção, a força destrutiva da perda humana, onde o amor de Deus poderia oferecer a chama oscilante que evitaria o frio final definitivo.

— Minha avó faleceu — disse Annika. — Sete anos atrás. Penso nela todos os dias. Não consigo nem mesmo imaginar uma perda como a sua.

— Terei de continuar meu tempo na terra sem Linus — disse a mãe —, mesmo que, nesse momento, não tenha ideia de como possa fazê-lo. Mas estou segura em minha fé de que Deus, Nosso Pai, está fazendo o que é melhor para mim e que Sua mão paira sobre mim.

A mulher permaneceu em silêncio. Annika podia ouvi-la chorar. Aguardou, sem saber se deveria encerrar a conversa e desligar.

— Com o tempo, pode ser que venha a entender o porquê, — prosseguiu a mulher, repentinamente, com a voz clara e lúcida. — E um dia voltarei a encontrar Linus, é claro. Na Casa de Nosso Senhor. Sei que é verdade. Isso me dá forças para seguir com minha vida.

— Gostaria de ter o seu Deus — disse Annika.

— Ele se importa com você também — respondeu a mulher. — Ele está presente, basta querer aceitá-lo.

O silêncio que se seguiu poderia ter sido complicado, mas, para sua surpresa, Annika o achou caloroso.

— Há uma pergunta que eu gostaria de fazer — disse. — A senhora recebeu alguma correspondência estranha após a morte de Linus?

Viveka Gustafsson pensou por alguns segundos, antes de responder.

— Está falando daquela coisa sobre os jovens?

Annika olhou para Berit.

— Jovens?

— Recebi uma carta anônima, sem qualquer assinatura ou algo mais. Pensei que fosse um bilhete de compaixão de algum vizinho que não queria perturbar batendo à porta.

— Ainda tem essa carta?

A mulher soltou um suspiro profundo que brotara do desespero de ter de lidar com algo ligado ao mundo dos vivos, com o tipo de rotina que lhe trouxera luz, calor e solidariedade por décadas, mas agora perdera todo o sentido.

— Acho que a coloquei junto à pilha de jornais; um momento, vou buscá-la...

Um barulho seco chegou ao ouvido de Annika no instante em que o fone foi colocado sobre a mesa de madeira em algum lugar de Svartöstaden. Ouvia-se um ruído na linha, talvez o som de passos andando de um lado para outro.

— Desculpe por levar tanto tempo — disse a mulher, cansada. — Está aqui. Diz: "*Como podemos julgar se um jovem é revolucionário? Como discernir? Existe apenas um critério: se está disposto a lutar, e na prática o faz, ao lado das grandes massas de operários e camponeses. É um revolucionário se deseja assim fazê-lo e o faz; caso contrário, se trata de um não revolucionário ou contrarrevolucionário.*"

Annika se voltou para Berit com os olhos bem abertos e pegou uma caneta.

— Poderia repetir lentamente, por favor? Gostaria de anotar. *Como podemos julgar se um jovem é revolucionário?*

— *Como discernir? Existe apenas um critério: se está disposto a lutar, e na prática o faz, ao lado das grandes massas de operários e camponeses. É um revolucionário se deseja assim fazê-lo e o faz; caso contrário, se trata de um não revolucionário ou contrarrevolucionário.*

— *Como discernir? Existe apenas um critério...*

Berit acenou com a cabeça, fazendo mímica: Mao. Viveka Gustafsson continuou a ler.

— *... se está disposto a lutar, e na prática o faz, ao lado das grandes massas de operários e camponeses. É um revolucionário se deseja assim fazê-lo e o faz; caso contrário, se trata de um não revolucionário ou contrarrevolucionário.*

— A senhora mencionou isso à polícia?

— Não — respondeu a mulher e pela primeira vez a vida se infiltrou novamente. Uma surpresa que um dia levaria a uma curiosidade até finalmente alcançar a alegria real de se estar vivo.
— Deveria?

— Qual a aparência da carta?

— Bem — disse a mulher —, o que posso dizer? Parece uma folha de papel normal destacada de um bloco.

— A4? Pautada?

— Linhas azuis. Tem alguma importância?

— Ainda tem o envelope?

— Sim, está aqui.

— Como é?

— Como é? Um envelopezinho branco normal, do tamanho de uma folha de papel dobrada em quatro. Endereçada a nós, família Gustafsson. Selo normal, carimbo postal... o que diz? Luleå, mas não consigo enxergar a data.

— Qual o tipo de selo?

Alguns segundos de silêncio.

— Alguém jogando hóquei.

Annika fechou bem os olhos, forçando seus batimentos a desacelerarem.

— Acho que deveria telefonar para a polícia e dizer que recebeu essa carta. Pode ser que eu mencione isso no jornal. Tudo bem por você?

O estado de surpresa da mulher se transformou em confusão.

— Mas — perguntou ela —, por que faria isso?

Annika hesitou, incapaz de ser completamente honesta com Viveka Gustafsson.

— Não sei ainda se tem algum significado — disse ela. — Seria errado de minha parte especular sobre algo que não conheço bem.

A mulher refletiu sobre a resposta, quase como se estivesse assentindo.

— Se não conhece, não deveria mencionar — disse ela. — Vou conversar com o inspetor.

— Se tiver algo que possa fazer pela senhora, me telefone — disse Annika. Palavras vazias que ecoavam pela escancarada boca negra da tristeza.

— Que conversa estranha — disse Berit. — Por alguns instantes, pensei que o garoto estivesse aqui na sala.

Annika apertou as mãos contra as bochechas ao perceber que tremiam.

— Trata-se do mesmo assassino — disse ela. — Só pode ser.

— Quais distritos policiais estão envolvidos?

— Dois casos em Luleå e um em Uppsala.

— Seria melhor conversar logo com a comissão nacional de homicídios. Se o assunto ainda não chegou a eles, em breve chegará depois deste telefonema.

— Tem certeza? — perguntou Annika. — Todas três são citações de Mao?

Berit levantou-se, enxugando os olhos, e caminhou rumo à porta.

— Assim você insulta uma velha revolucionária — disse. — Bem, acho que agora é hora de comer. Caso contrário, serei uma revolucionária morta.

Fechou a porta atrás de si.

Annika permaneceu onde estava, ouvindo seu coração bater.

Será que poderia haver alguma outra explicação? Será que indivíduos diferentes, que não conheciam uns aos outros, poderiam enviar citações de Mao aos familiares de pessoas que acabaram de sofrer uma morte violenta, no mesmo tipo de papel e com o mesmo tipo de selo no envelope?

Levantou-se e caminhou até a parede de vidro que separava seu mundo da sala de redação, olhando para as pessoas que ali trabalhavam e tentando enxergar, mesmo que de relance, o que se passava no mundo real além da janela próxima à mesa de esportes. Do quarto andar, conseguia reconhecer apenas um horizonte cinzento e alguns flocos de neve caindo lentamente sobre o topo de uma alta bétula.

Vivemos num país terrível, pensou ela. O que fez as pessoas se instalarem aqui? E por que ainda estamos aqui? O que nos faz aceitar tudo isso?

Fechou bem os olhos, ciente da resposta. Vivemos onde vivem as pessoas próximas a nós, vivemos por aqueles que amamos, por nossos filhos.

E então vem alguém e os assassina, acabando com o sentido de nossa vida.

Imperdoável.

Correu de volta à sua mesa e digitou o número de telefone de Q.

A voz metálica no celular avisava que ele estaria ocupado em reuniões pelo resto do dia e que não era possível deixar mensagens: tente outra vez amanhã.

Ligou para sua linha direta na unidade nacional de crimes e uma secretária atendeu depois de vários cliques, indicando que a chamada estava sendo transferida.

— Ele está numa reunião — disse ela. — E terá outra logo depois desta.

— Sim, eu sei — respondeu Annika, balançando o braço para ver o relógio: 15:32. — Marcamos de nos encontrar rapidamente entre uma reunião e outra, disse que me receberia pouco antes das quatro.

A secretária ficou desconfiada.

— Não me disse nada.

— Ele sabe que não tomarei muito de seu tempo.

— Mas ele tem de estar no Ministério da Justiça às quatro, o carro virá buscá-lo 15 minutos antes.

Annika fez uma anotação rápida, escrevendo "Rosenbad 4" em seu bloquinho. O Ministério da Justiça ocupava o quarto e o quinto andar do prédio principal do governo, com o gabinete logo acima.

Não que o departamento inteiro ficasse lá: as juntas estavam espalhadas em locais diversos.

— Mas é claro — disse ela. — Trata-se daquela junta, não é mesmo...?

Ouviu a secretária folhear alguns papéis.

— JU 2002:13, a nova lei de tratamento corretivo — disse.

Annika rabiscou "Rosenbad 4" e escreveu "Regeringsgatan" em seu lugar.

— Devo ter entendido mal — disse. — Nesse caso, tento entrar em contato com ele amanhã.

Enfiou as anotações na bolsa, pegou chapéu, luvas e cachecol e procurou pelo celular em meio à bagunça da mesa. Não conseguiu encontrá-lo e presumiu então que estivesse dentro da bolsa. Abriu a porta de correr e dirigiu-se à redação.

Jansson acabara de chegar e estava ali sentado, com os olhos turvos e despenteado, segurando um copo de plástico e lendo os jornais locais.

— Há algo de errado com essa máquina — disse ele a Annika, apontando para o copo.

— Não está na hora de um trago? — disse ela, e Jansson imediatamente sacou seu maço. Annika entrou no espaço para fumantes, um cubículo de vidro majestosamente isolado no andar onde ficava a redação.

— Acho que encontrei um serial killer, — disse ela, enquanto Jansson acendia seu vigésimo cigarro do dia.

Ele exalou a fumaça e olhou para o exaustor.

— Posso saber?

— Não sei se, ou o quê, a polícia sabe — disse ela. — Espero interceptar Q a caminho de uma reunião em 15 minutos.

— Diga-me o que descobriu.

— Três mortes — respondeu ela. — Um jornalista assassinado num atropelamento com omissão de socorro, um garoto morto em Luleå e um conselheiro local alvejado em Östhammar. Todos os parentes receberam cartas anônimas no dia seguinte às mortes, contendo citações de Mao escritas à mão em folhas de papel A4 pautadas, enviadas em envelopes "Sverige" com selos que estampavam jogadores de hóquei.

Jansson a olhou fixamente, exausto depois de 18 anos no turno da noite, uma quarta esposa e um quinto bebê.

— Parece que você acertou na mosca — disse ele. — A polícia só precisa confirmar a história.

— Com um pouco de sorte eles terão algumas informações a mais.

O editor olhou para o relógio.

— Desça já — disse ele, depositando o cigarro fumado pela metade no cinzeiro cromado. — Vou chamar um carro.

Ela saiu da sala de fumantes, virou à direita e correu, sem olhar para os lados, rumo ao elevador. Desceu com pressa pelas escadas, uma vez que ambos os elevadores estavam ocupados.

Um táxi esperava diante da entrada principal.

— Nome? — perguntou o motorista.

— Torstensson — respondeu Annika, afundando-se no banco de trás.

Um velho truque do ofício, aprendido na época do editor precedente. Annika, Jansson e alguns outros criaram o hábito de sempre chamar táxis usando o nome do editor-chefe, uma vez que geralmente era mais rápido entrar em outro táxi do que naquele que você mesmo tinha chamado. Vez ou outra, o taxista que recebera a chamada e aguardava furiosamente por "Torstensson" entrava na sala de redação e gritava seu nome, o que sempre provocava risadas. Embora Schyman tivesse botado para escanteio Torstensson na época da morte de Michelle Carlsson, a velha tradição sobrevivia.

A neve batia contra as janelas do carro, fazendo Annika piscar e se encolher. O tráfego estava pesado; à frente, um semáforo mudou de vermelho para verde e depois para vermelho de novo, sem que a fila de carros andasse um centímetro.

Annika sentiu a adrenalina fazer seus dedos coçarem.

— Estou com uma pressa dos diabos — disse ela. — Conhece outro caminho?

O motorista olhou para trás com uma expressão de desdém.

— A senhora chamou um táxi — respondeu. — Não um tanque.

Conferiu o relógio, tentando dizer a si mesma que o trânsito não se moveria para Q também.

— Depois do semáforo há uma faixa de ônibus — disse o taxista, tentando animá-la.

Três minutos antes das quatro, o carro encostou na Hamngatan, esquina com Regeringsgatan. Annika rabiscou seu nome no recibo, saltando do táxi com a bolsa debaixo do braço e o nervosismo martelando-lhe o peito.

O tráfego continuava a toda ao seu redor, jogando água e lama em sua calça. Bancos e lojas já haviam decorado as vitrines para o Natal, e as luzes vermelhas e amarelas piscavam diante dos olhos dela. Espreitou em meio à neve.

Teria chegado tarde demais? Será que ele já havia entrado?

Um Volvo azul-escuro com vidro fumê encostou na Regeringsgatan em frente aos números 30-32; Annika percebeu sua presença por ser discreta demais. Antes mesmo de seu cérebro descobrir a razão, soube que ele estava ali dentro. Correu e postou-se ao lado da entrada, de modo que ele tivesse de passar por ela no caminho.

— Minha secretária disse que você telefonou para pescar algumas informações — disse ele ao bater a porta de trás do Volvo. O carro retornou apressadamente e sem fazer barulho em meio ao tráfego, envolto pela neve, sem nenhum alarde.

— Quero saber se está a par do serial killer — perguntou ela, encarando-o. Por suas têmporas descia uma água gelada.

— Qual deles? — indagou.

— Muito engraçado — rebateu ela, sentindo a neve percorrer sua nuca. — Aquele que envia citações de Mao a suas vítimas.

Q encarou-a por alguns segundos; Annika viu a neve se assentar sobre o cabelo do homem e lentamente escorrer na direção das sobrancelhas. Os ombros de seu impermeável vermelho-fogo logo ficaram ensopados. A mão desprotegida que segurava a maleta imperceptivelmente apertou a alça com mais força.

— Não sei do que está falando — disse ele, sentindo um frio que vinha de dentro, em vez do caminho contrário.

— O jornalista em Luleå — disse ela. — O garoto que testemunhou sua morte. Um conselheiro do Partido de Centro em Östhammar. Deve haver alguma ligação.

Deu alguns passos na direção dela, com olhos escuros atentos, tentando passar.

— Agora não posso falar — disse, pelo canto da boca.

Annika deslocou-se rapidamente à direita, bloqueando o caminho.

— É Ragnwald — disse ela numa voz baixa quando Q estava bem à sua frente. — Ele voltou, certo?

O comissário a examinou por longos segundos, enquanto o ar branco de suas respirações se misturava e era levado pelo vento.

— Um dia esta sua esperteza ainda vai lhe causar problemas, — disse ele.

— Sempre causou, minha vida inteira — respondeu ela.

— Ligo para você hoje à noite — disse ele, e Annika o deixou passar, ouvindo-o falar ao interfone e o clique subsequente abrindo a porta.

Anne Snapphane caminhava sempre contra o vento, não importava onde fosse. Toda vez que mudava de direção, a neve também o fazia. Como sempre, lamentava o fato de ter sido tão subserviente quando Mehmet sugerira que Miranda deveria frequentar uma creche próxima ao quarteirão onde ele estava, e não perto dela. Naquela época fazia sentido, uma vez que ele estava bem estabelecido em sua casa.

Agora não mais, depois de quatro anos e 1.800 horas de jornadas de ida e volta.

A creche era mesmo um cenário idílico, localizada num pátio interno numa das ruas mais quietas e elegantes de Östermalm. Quase todos os colegas de Miranda tinham nomes com "von" e "af" ou então um estilo *nouveau riche* pomposo como Silfverbielke.

Havia também um par de gêmeas chamadas Andersson, mas eram filhas da atriz de cinema mais popular da Suécia.

Virou na última esquina e deparou-se com uma tempestade de estilhaços de neve, que quase a sufocaram. Estava pronta para admitir a derrota. Parou para recuperar o fôlego. Espiou furtivamente e conseguiu identificar a entrada no fim da rua, enquanto se apoiava no prédio a seu lado.

Estava bem ciente de que não era o vento ou a neve que lhe estavam incomodando. Tampouco uma doença terrível que acabaria sendo batizada com seu nome.

Era seu trabalho. Ou melhor, o caldeirão fervente de lutas pelo poder que os donos da empresa acenderam ao formar a TV da Escandinávia.

Naquele dia, a família que era proprietária da maior distribuidora cinematográfica da Escandinávia, dona também do maldito jornal de Annika, sabotara todas as negociações que vinham conduzindo com os estúdios suecos e estrangeiros. Os acordos verbais que formavam a própria base da TV da Escandinávia foram rompidos, um a um, começando às oito e meia daquela manhã. A família estivera ocupada no final de semana, assustando e ameaçando os lucros de cada estúdio independente ao norte do equador.

Sabe-se lá o que vai acontecer, pensou Anne, fechando os olhos em meio à escuridão. Será que essa rede de televisão foi construída em terra firme ou em areia movediça?

Estava desesperada para chegar em casa e tomar um drinque, um copo enorme de vodca com limão e gelo, um curativo para a mente e uma chance para seu corpo relaxar.

Não na frente de Miranda, pensou; podia ver o rosto de Annika diante de si quando lhe contara sobre os problemas de seu pai com a bebida, como sempre causava vexames, tropeçando e gritando, até finalmente ser encontrado morto num monte de neve a alguns metros de distância das obras em Hälleforsnäs.

Não posso fazer o mesmo, pensou, protegendo-se do vento e partindo rumo à creche.

Um cheiro forte de crianças e sobretudos encharcados atingiu seu nariz no momento em que abriu a porta. A varanda fora tomada por um mar de lama e um cartaz colorido com o simpático comando "Olá! Todo mundo descalço!" estava pendurado sobre a sapateira.

Anne limpou as solas dos calçados sem entusiasmo; o estado do tapete diante da porta sugeria que aquilo faria pouca diferença. Depois, caminhou na ponta dos pés pelo corredor onde as pequenas prateleiras azuis, um espaço para cada criança, transbordavam de roupas, bichos de pelúcia, desenhos, fotografias de férias em família, aniversários, Natais.

Respirou fundo, pronta para chamar a filha, quando viu de relance uma mulher à porta da cozinha.

Alta e magra, tinha cabelos louros longos e encaracolados que lhe caíam sobre um dos ombros. Usava um xale palestino.

Anne piscou.

Que coisa mais medieval, vestir um xale daqueles.

A mulher retesou-se ao avistar Anne e seus olhos assumiram uma leve expressão de pânico.

— Eu... — disse ela, se recompondo. — Meu nome é Sylvia, me chamo Sylvia.

Deu alguns passos adiante e estendeu a mão.

Anne Snapphane encarou a mulher e uma sensação nauseante cresceu como um tornado em seu estômago, deixando-a incapaz de levantar a mão e retribuir o gesto.

— O que faz aqui? — perguntou, soando irritada e repetitiva até para seus próprios ouvidos.

Era a nova mulher de Mehmet, sua noiva, sua futura esposa, aquela que carregava um filho dele: estava ali, diante dela, parecendo confusa e bastante assustada.

— Eu... vim pegar Miranda, mas ela disse que você...

— É a minha semana — disse Anne, incapaz de compreender por que sua voz vinha de tão distante. — Por que está aqui?

Sylvia Noiva Grávida passou a língua sobre os lábios e Anne percebeu o quanto eram sensuais. Era linda. Sylvia era muito mais bonita que ela. Inveja e despeito golpeavam seus olhos como punhais, obstruindo-lhe a visão. Foi possuída por um sentimento de rancor e humilhação, percebendo naquele exato momento que fora derrotada e que, caso deixasse que a vissem destruída, seria aquilo que aconteceria. Teria de recuperar seu autorrespeito.

— Eu devo ter entendido mal — disse Sylvia. — Eu pensei que deveria buscar Miranda hoje. Eu pensei que fosse meu dia.

— Sempre começa suas frases com "eu"? — perguntou Anne, subitamente capaz de se mover novamente, usando suas pernas para manobrar em torno de Sylvia Noiva Grávida Linda e chegar à cozinha, ouvindo um grito de "Mamãe!".

Miranda voou em seus braços, com um miolo de maçã numa das mãos, afundando a boca viscosa em seus cabelos.

— Querida — sussurrou Anne. — Aposto que você quase voou hoje.

A garota se inclinou para trás e olhou para o teto.

— Eles tiveram que me amarrar — disse ela. — Depois flutuei como uma pipa até chegar a Lidingö.

Anne sorriu e a garota se soltou, passando apressadamente por Sylvia Linda sem prestar atenção à madrasta. Gritou sem se virar:

— Podemos fazer panquecas para o jantar? Posso quebrar os ovos?

Anne caminhou até Sylvia, que obstruía a passagem pela porta.

— Ainda aqui? — perguntou, de modo enfadonho.

— Eu estou me sentindo mal — disse Sylvia, com lágrimas que lhe subiam aos olhos. — Eu não entendo como posso ter me enganado assim. Me desculpe. É que... eu me sinto mal o tempo todo. Eu passo o dia inteiro enjoada.

— Então faça um aborto — respondeu Anne.

Sylvia Linda recuou como se tivesse recebido um tapa. O rosto tomou uma coloração vermelha vívida.

— O quê? — perguntou.

Anne deu um passo à frente, respirando bem no rosto da outra mulher.

— A pior coisa que existe — disse Anne — são putinhas mimadas que ficam se lamentando. Você de fato espera que eu tenha compaixão?

Sylvia Grávida Adorável deu um passo para trás e, com a boca e os olhos bem abertos, bateu com a cabeça na moldura da porta.

Anne passou por ela, sentindo seu rosto em chamas, e aproximou-se de sua filhinha esperta, que se vestia e discursava sobre os diferentes tipos de mistura para panquecas. Tomou-lhe a mão e saiu, deixando a mudez ofendida de Sylvia para trás.

Annika fritava pedaços de peixe e preparava um purê de batatas em pó, algo que jamais fazia quando Thomas estava em casa. O marido estava acostumado a comida bem-feita, de verdade: sua mãe sempre dera grande importância a bons ingredientes, mas não era assim tão difícil. Afinal, a família era dona de uma mercearia. Mas não que sua amada sogra sofresse trabalhando na loja. Ela apenas ia ao local e levava o que queria sem pagar, além de controlar as contas, então obviamente tinha tempo para cozinhar.

Thomas jamais descascara uma batata. Comida pronta era um mistério para ele, até Annika aparecer com suas latinhas de ravióli.

Os filhos, por outro lado, pareciam perfeitamente satisfeitos em comer peixe enlatado e purê de batata em pó.

— Temos de comer este troço vermelho? — perguntou Kalle.

Annika colocara pedaços de pimentão vermelho em seus pratos, mas ambos tentavam separá-los do resto da comida.

Estava ansiosa para cuidar de suas coisas; sabia que tinha uma jornada de trabalho de pelo menos quatro horas pela frente.

— Não — respondeu ela. — Podem assistir a um filme se quiserem. Qual gostariam de ver?

— Oba! — disse Ellen, balançando os braços e derrubando o prato no chão.

Annika se levantou e recolheu o prato, que sobrevivera à queda, e a comida, que não tivera a mesma sorte.

— *A Bela e a Fera*! — disse Kalle, saltando da cadeira.

— Não — disse Annika, dando-se conta de que estava gritando. — Esse não!

As crianças se viraram para ela, de olhos bem abertos.

— Mas foi a vovó quem nos deu — disse Kalle. — Você não gosta desse filme?

Engoliu em seco e ajoelhou-se diante dos filhos.

— *A Bela e a Fera* é um filme terrível — disse ela. — Conta um monte de mentiras. A Fera faz da Bela e de seu pai prisioneiros; atormenta, rapta e coloca os dois numa jaula. Isso não é muito legal, concordam?

Ambas as crianças balançaram a cabeça, em silêncio.

— Exatamente — disse Annika. — Mas, ainda assim, a Bela tem de amar a Fera, pois, se amá-lo o bastante, será capaz de salvá-lo.

— Mas isso é bom, não é? — perguntou Kalle. — Ela o salva.

— Mas por que faria isso? — disse Annika. — Por que salvar a Fera que tanto mal lhe causara?

Percebeu a confusão do garoto e a incompreensão nos olhos de Ellen, então abraçou Kalle.

— Você é um bom menino — sussurrou em seu ouvido. — Não sabe como as pessoas podem ser más às vezes. Mas existem pessoas ruins e não se pode curá-las com amor.

Passou a mão pelos cabelos do garoto e deu-lhe um beijo na bochecha.

— Por que não assistem a *Mio, meu filho*?

— Porque dá medo — respondeu Ellen. — Só se você assistir com a gente.

— O que dizem de *Pippi Meialonga* então?

— Oba!

Trinta segundos depois de iniciado o filme, Annika ouviu um zumbido vindo das profundezas de sua bolsa. Correu para o quarto, fechou a porta e despejou todo o conteúdo sobre a cama desarrumada. O cordão do telefone celular ficou preso à espiral de um de seus bloquinhos.

Era Q.

— Pesquisei sobre as citações que você mencionou.

Annika sacou o bloco certo e uma caneta.

— E então? — perguntou ela, sentando no chão e apoiando as costas na cama.

— Uma tremenda coincidência — respondeu ele. — Muito estranho para ter acontecido por acaso.

— Existe algo mais que conecta as três mortes?

Do outro lado da linha, Q deu um suspiro profundo.

— Ainda não sabemos, porém não encontramos qualquer semelhança no modo como foram mortos. Os homicídios foram bem diferentes. Encontramos fibras nas vítimas, mas nada que as relacionasse. Nenhuma impressão digital.

— Só as cartas?

— Só as cartas.

— Então a que conclusão pôde chegar?

Outro suspiro.

O homem em Östhammar foi assassinado, disto estamos seguros. O tiro foi disparado a pelo menos um metro e é difícil segurar um AK-4 a essa distância e conseguir puxar o gatilho. Evidentemente existe uma ligação entre o garoto e o jornalista, mas até o momento não encontramos nada que os conectasse ao conselheiro. O menino viu o picareta ser atropelado, então esse é um motivo bem claro. Talvez pudesse identificar o assassino.

— Ou então era alguém que conhecia — disse Annika.

O comissário permaneceu em silêncio, surpreso, por alguns instantes.

— O que a faz pensar assim?

Ela balançou a cabeça, olhando para o papel de parede.

— Ele praticamente disse isso — respondeu ela. — Depois ficou assustado, me fazendo ir embora.

— Li o relato de quando foi interrogado pela polícia em Luleå e não vi nenhum indício de que estava assustado.

— Claro que não viu — disse Annika. — Ele estava se protegendo.

O silêncio do outro lado da linha era de suspeita.

— Você acha que o garoto não o conhecia — disse Annika —, pois desconfia que tenha sido obra de Ragnwald.

A porta se abriu e Ellen entrou no quarto.

— Mamãe, ele pegou o controle remoto e não quer me dar.

— Aguarde um momento — disse ela, colocando o celular no chão. Levantou-se e voltou com Ellen para a televisão.

Kalle estava encolhido num canto do sofá, apertando os controles da televisão e do vídeo junto ao peito.

— Kalle — disse Annika —, deixe Ellen ficar com um dos controles.

— Não — respondeu o menino —, ela fica apertando os botões e bagunçando tudo.

— Tudo bem — disse Annika. — Então vou ficar com os dois.

— Não! — choramingou Ellen. — Eu quero um!

— Basta! — gritou Annika. — Ou me dão as porcarias dos controles e assistem ao filme em silêncio ou vão os dois para a cama!

Recolheu os controles e voltou para o quarto enquanto o choro de Kalle lhe buzinava os ouvidos.

Fechou a porta e pegou novamente o celular.

— Ragnwald — disse Q.

— Suup deixou que algumas informações vazassem para mim, de modo que Ragnwald soubesse que você sabe que ele voltou — disse Annika. — Você estava envolvido naquela decisão?

Ele bufou.

— Não vi nenhum texto até agora.

— Vai sair no jornal de amanhã, mas falta substância à história. Suup não me deu muito com o que trabalhar. Acho que você sabe muito mais.

O comissário não respondeu.

— Quanto você sabe? — perguntou Annika. — Conseguiu alguma identificação?

— Precisamos acertar uma coisa antes — disse Q. — Você pode mencionar as cartas anônimas, mas não o fato de que continham citações de Mao.

Annika tomou nota.

— E quanto a Ragnwald?

— Estamos certos de que está de volta.

— Para quê? Assassinar essas pessoas?

— Estava desaparecido havia trinta anos, então deve ter um bom motivo para voltar. Mas que motivo é esse ainda não sabemos.

— É ele o assassino que cita Mao?

— Boa manchete, uma pena que não possa usá-la. Não sei se é ele. Pode ser, mas não temos certeza.

— Mas foi ele quem explodiu o avião na base F21?

— Estava envolvido de alguma forma, mas não sabemos se estava presente no momento da explosão.

— Como se chama? Qual seu nome verdadeiro?

O comissário Q hesitou.

— Dei-lhe um serial killer — disse Annika. — Certamente poderia me dar um terrorista em troca.

— Não poderá usar essa informação — disse Q. — Mantivemos seus dados em sigilo por trinta anos e assim terá de permanecer, pelo menos por mais um pouco. O que irei dizer serve apenas para seus registros pessoais. Não quero saber de qualquer anotação escrita no computador ou esquecida na redação.

Annika engoliu em seco, com a caneta posicionada sobre o papel e a pulsação latejando em seu pescoço. Respirou fundo antes de perguntar o nível de sigilo da informação quando a porta repentinamente se abriu e Kalle entrou correndo.

— Mamãe, ela pegou o Tigrão! Peça para devolver!

Um curto-circuito no cérebro de Annika indicava que respirara ar o bastante para soltar um grito primal. Sentiu o rosto enrubescer e se virou para Kalle com olhos ensandecidos.

— Fora! — sussurrou. — Agora!

O garoto olhou para ela, horrorizado, dando as costas e batendo em retirada, deixando a porta aberta atrás de si.

— Mamãe falou para você me devolver o Tigrão — ela o ouviu gritar. — Agora!

— Nilsson — disse Q. — Chama-se Göran Nilsson. Filho de um pastor laestadiano de Sattajärvi, em Norrbotten, nascido em outubro de 1948. Mudou-se para Uppsala para estudar teologia no outono de 1967 e retornou cerca de um ano depois para Luleå, trabalhando na administração da igreja até desaparecer em 18 de novembro de 1969, para nunca mais ser visto sob sua identidade original.

Annika usava tanta força para escrever que seu punho doía, na esperança de depois conseguir decifrar seus rabiscos.

— Laestadiano?

— O laestadianismo é um movimento religioso de Norrbotten. Algumas de suas diretrizes são incrivelmente estritas. Não se pode usar cortinas, assistir à televisão ou empregar qualquer forma de controle de natalidade.

— Sabe por que o chamam de Ragnwald?

— Este era seu codinome nos grupos maoistas de Luleå no fim dos anos 1960. Manteve o nome ao se tornar um assassino profissional, mas sua identidade no ETA provavelmente é francesa. Acreditamos que viva em um vilarejo nos Pireneus, no lado francês, atravessando a fronteira livremente.

Annika podia ouvir as crianças brigando na sala de TV.

— Então ele se tornou um assassino profissional de verdade? Alguém como Léon?

— Não, gente como aquela só existe nos filmes de Luc Besson, mas sabemos que esteve envolvido em alguns assassinatos pelos quais foi remunerado. Agora tenho de desligar, me parece que você também tem alguns assuntos a resolver.

— Estão brigando por um tigre de pelúcia — disse Annika.

— Ó, homens, seu legado há de ser a violência — disse Q, desligando.

Assistiu ao fim de *Pippi Meialonga* com os filhos, um em cada joelho. Depois os fez escovar os dentes e leu dois capítulos dos livros de Bullerby em voz alta. Cantaram juntos três músicas do *Cancioneiro sueco* e os dois apagaram. Annika estava morta de cansaço quando finalmente se sentou para escrever. Na tela, as letras flutuavam como ilhas; parecia não conseguir conectá-las e foi tomada por uma sensação intensa de derrota, um instante breve de total impotência.

Fugiu do monitor para o banheiro e lavou o rosto com água fria. Depois, foi à cozinha e colocou um pouco de água para ferver; depositou quatro colheres de café na cafeteira francesa, despejando a água enquanto fervia e pressionando com força o filtro de metal. Pegou o café e uma xícara da Federação de Conselheiros Locais e sentou-se ao computador novamente.

Vazia. Nada mais tinha.

Pegou o telefone e ligou para Jansson.

— Não consigo juntar os fatos — disse ela. — Não está funcionando.

— Você consegue — disse Jansson, com a voz carregada da adrenalina provocada pela torrente de informações. — Preciso de você agora. Podemos ajudar um ao outro. Em que parte está tendo problemas?

— Antes mesmo do início.

— Comece do zero. Um: Temos um serial killer à solta, é esta a ênfase para a primeira página. Faça um resumo, descreva as mortes em Norrland, as citações e as cartas.

— Não tenho permissão — disse ela, digitando "serial killer, descrever Luleå".

— Então combine as informações da melhor maneira que puder. Dois: Fale sobre o político morto em Östhammar. É um fato novo e temos uma entrevista exclusiva. A história da esposa, o trabalho da polícia. Foi homicídio?

— Sim.

— Ótimo. Três: Relacione as histórias entre Östhammar e Luleå e descreva a busca desesperada da polícia pelo assassino. Terá a capa e as páginas seis, sete, oito, nove e de centro para seu velho terrorista. Já o colocamos ali.

Annika não respondeu, apenas permaneceu em silêncio ouvindo o barulho por trás da voz do editor, a voz de um apresentador de jornal televisivo, um telefone tocando, as batidas de teclado, uma sinfonia de eficiência e cinismo que deveria representar um dos pilares da democracia.

Podia ver Gunnel Sandström à sua frente, seu cardigã cor de vinho e suas bochechas macias, e subitamente teve uma sensação imensa e infinita de impotência.

— Tudo bem — sussurrou.

— Não se preocupe com as fotos — disse Jansson. — A gente dá um jeito nisso aqui. Houve certa balbúrdia por você ter ido a Östhammar sem um fotógrafo, mas expliquei que teve de sair às pressas e não sabia que ia tirar a sorte grande. Conseguimos fotos da fazenda; a velhota não quis aparecer, mas conseguimos a mãe do garoto e o editor-chefe do *Norrland News* como pessoas próximas; aquele repórter não era bem um homem de família, certo?

— Certo — respondeu Annika em voz baixa.

— Alguma chance de tirarmos fotos das cartas?

— Hoje à noite? Complicado. Mas não seria muito difícil produzir algo; você conhece os detalhes.

— Pelle! — gritou Jansson na direção da mesa de fotografia. — Faça-me algumas fotos de estúdio de cartas, agora mesmo.

— Envelopes "Sverige" comuns — disse Annika —, com selos de jogadores de hóquei. As cartas nada mais são que folhas de papel A4 pautadas tiradas de um bloco, com as bordas levemente irregulares, como acontece quando a pessoa não se importa em destacar exatamente onde está a linha. Texto escrito em caneta esferográfica, saltando sempre uma linha, preenchendo meia página.

— Algo mais?

— Pelo amor de Deus, não esqueça de mencionar que a foto é uma simulação.

— Sim, sim. Quando nos manda sua parte?

Olhou para o relógio. Tinha se recomposto.

— Para quando você quer?

Thomas emergiu do interior escuro como breu do clube de jazz bem em meio à rua iluminada. A cerveja fazia suas pernas bambearem e o cérebro vibrava com a música. Não curtia muito jazz, era mais um fã dos Beatles, mas a banda que tocara aquela noite era boa, talentosa, afinada e sua música emanava energia de verdade.

Pôde ouvir atrás de si a risada ressonante de Sophia, numa espécie de resposta a algo que dissera o homem responsável pelos casacos. Conhecia todo mundo ali, era uma cliente habitual, e foi assim que conseguiram a melhor mesa. Ele deixou a porta bater, abotoou o casaco e deu as costas para o vento enquanto a esperava. O barulho da cidade não tinha ritmo: parecia desafinado quando comparado ao jazz. Olhou para as luzes de néon acima dele, sentindo sua pele refletir em tons rosa, verde e azul. De seus cabelos emanava uma fumaça.

Ela parecia se sentir tão bem com a própria vida, tão contente, suas risadas fluindo como um riacho de águas claras em meio à pista de dança escura da casa noturna, sobre a pesada mesa de reunião; era ambiciosa, obediente, tranquila e agradecida pelo que a vida lhe dera. Ao lado dela, ele se sentia feliz, satisfeito. Ela o respeitava, o ouvia, o levava a sério. Ele nunca precisara justificar quem era; ela nunca se lamentava ou reclamava; parecia verdadeiramente interessada quando ele falava sobre seus pais e a infância em Vaxholm. E ela também velejava, sua família era dona de uma casa em Möja.

Ele a ouviu atrás de si e virou-se para vê-la emergir da escuridão e descer os degraus com passos incertos, em suas botinhas elegantes e com uma saia apertada.

— Eles farão uma *jam* na sexta-feira — disse Sophia. — É incrível. Uma vez fiquei até as seis e meia da manhã seguinte; era uma coisa simplesmente brilhante.

Ele sorriu na direção de seus olhos apaixonados, sugado pela pureza de seu azul. Ela parou diante dele, ergueu os ombros, juntou os pés e escondeu as mãos nos bolsos do casaco, sorrindo para ele.

— Está com frio? — perguntou ele, percebendo sua boca completamente seca.

Ela continuou sorrindo e balançou a cabeça.

— Nem um pouco — respondeu. — Estou bem aquecida.

Ele então se entregou e a puxou para perto de si. Sua cabeça estava bem debaixo do nariz dele; ela era mais alta que Annika e seus cabelos cheiravam como maçãs. Ela passou os braços ao seu redor, abraçando-o com força. Um solavanco brusco percorreu o corpo dele, tão intenso e rígido que lhe faltou o ar, fazendo-o ofegar.

— Thomas — sussurrou ela junto ao seu peito. — Se soubesse quanto esperei por este momento.

Ele engoliu em seco e fechou os olhos, abraçando-a ainda mais forte, absorvendo seu aroma, maçãs, perfume e a lã de seu casaco. Depois, relaxou e a viu virar o rosto na direção do seu. Ele respirava pela boca ao olhar nos olhos dela, vendo as pupilas se contraírem e percebendo que ela arfava.

Se der este passo não tem mais volta, pensou ele.

Se me entregar agora, estarei perdido.

Thomas inclinou-se para a frente e a beijou, infinita, lenta e cuidadosamente; seus lábios estavam gelados e tinham sabor de gim e cigarros mentolados. Ele sentia calafrios que subiam e desciam pela espinha. Ela então deu um pequeno passo na direção dele, quase imperceptível, mas seus dentes se encontraram e o calor de sua boca entrou na do amado. Num instante, Thomas pensou que fosse explodir. Ele precisava daquela mulher, precisava tê-la naquele exato momento.

— Quer vir comigo até minha casa?

Ele conseguiu apenas assentir com a cabeça.

Ela se afastou dele e acenou para um táxi, como sempre, conseguindo o que queria. Os dois se separaram; ela adotou uma expressão de representante séria da Federação dos Conselhos de Condados, ajeitando os cabelos ao mesmo tempo em que lançava um olhar radiante na direção de Thomas sobre o teto do carro. Ambos entraram pelas respectivas portas de trás e ela deu ao motorista o endereço de seu apartamento em Östermalm. Depois, sentaram-se no banco de trás e seguraram a mão um do outro, bem forte, sob a bolsa de Sophia, enquanto o táxi os chacoalhava pela cidade a caminho de Karlaplan.

Ele pagou com sua conta corporativa, os dedos tremendo enquanto assinava.

Sophia morava no alto de um prédio magnífico de 1898. A escadaria de mármore era discretamente iluminada por lampiões de bronze; um carpete grosso engolia o som de seus passos enquanto ela apressadamente o empurrava rumo ao elevador. Fecharam a grade ornamentada e ela apertou o botão para o sexto andar, tirando então o casaco de Thomas. Ele o deixou cair no chão, sem se importar com a sujeira, e despiu Sophia de casaco, jaqueta e blusa, enchendo as mãos com seus seios. Ela gemeu suavemente sobre seu ombro, massageando a virilha dele com as duas mãos. Em seguida encontrou o zíper, abrindo-o e sacando o membro ereto para fora da cueca. Ele fechou os olhos e inclinou o corpo para trás, temendo que fosse desmaiar.

Depois de um solavanco, o elevador parou; ela o beijou e sorriu com a boca colada à dele.

— Venha, líder do projeto. Estamos quase lá.

Recolheram as roupas, a bolsa e a pasta e cambalearam para fora do elevador. Sophia tateava em busca das chaves. Thomas passava a língua por sua nuca enquanto ela destrancava a porta.

— Tenho de desligar o alarme — sussurrou ela.

Após alguns bipes, passaram pelo corredor. As mãos de Thomas acariciavam a cintura desnuda de Sophia. Subindo, encontraram seus seios. Ela pressionou o traseiro contra ele, antes de se virar e empurrá-lo no chão do saguão.

Os olhos dela estavam radiantes, sua respiração leve e urgente. Ao senti-lo dentro de si, olhou em seus olhos e ele ficou completamente perdido. Era como se estivesse se afogando, e queria continuar daquele modo até morrer; e então ele morreu e tudo ficou escuro por um momento quando gozou.

Subitamente, Thomas pôde se dar conta de seu próprio arquejo. Estava deitado com o joelho sobre um dos sapatos de

Sophia e percebeu que nem mesmo tinham fechado a porta; uma corrente de ar frio fazia sua pele suada tremer.

— Não podemos ficar assim — disse ele, deslizando o corpo.

— Ah, Thomas — disse Sophia. — Acho que estou apaixonada por você.

Ele olhou para ela, deitada ali, com os cabelos louros espalhados pelo piso em parquê, com batom borrado pelas bochechas e rímel sob os olhos. Uma sensação de inacreditável embaraço o tomou subitamente e ele desviou o olhar, levantando-se. A sala balançava um pouco; devia ter bebido mais do que imaginava. Pelo canto dos olhos pôde vê-la levantar-se a seu lado, ainda de sutiã e com a saia torta.

— Foi maravilhoso, não foi, Thomas?

Ele engoliu em seco e obrigou-se a olhar na direção dela, esbelta, um tanto frágil em sua nudez, indefesa e esbaforida como uma menininha.

Forçou um sorriso; ela era tão delicada.

— Você é maravilhosa — disse ele, sentindo a mão de Sophia acariciar rapidamente sua bochecha.

— Quer café? — perguntou ela, fechando a porta de entrada e descendo o zíper na parte de trás da saia, deixando-a cair junto com o sutiã.

— Sim, por favor — respondeu ele, caminhando sem roupas pelo apartamento. — Obrigado.

Pouco depois ela estava de volta, vestida num roupão marfim e trazendo nas mãos outro, na cor vinho.

— Aqui — disse ela. — O banheiro fica nos fundos, à esquerda.

Pegou o roupão e por um momento refletiu sobre o banho. Mesmo que Annika estivesse dormindo quando chegasse em casa, não valia a pena correr o risco.

Sophia desaparecera em algum lugar à direita; Thomas pensou escutar o sibilo da máquina de café. Cautelosamente, entrou no cômodo à sua frente, encontrando-se num estúdio com pé-direito de 8 metros e janelas enormes pelas quais se podia ver o céu modorrento da cidade. As paredes eram de tijolo e o piso no mesmo tipo de carvalho lustroso do saguão.

Não tinha como não ficar impressionado. Era assim que um apartamento deveria ser.

— Açúcar? — gritou Sophia da cozinha.

— Por favor — respondeu ele, apressando-se na direção do banheiro.

Tomou um banho rápido e completo, usando o sabonete com perfume mais neutro que conseguiu encontrar, esfregando a virilha e lavando o pau com uma esponja. Tomou cuidado para não molhar o cabelo.

Ela estava sentada à mesa de vidro temperado em sua cozinha de designer quando ele chegou, vestido com o roupão vinho. Sophia fumava um de seus cigarros mentolados.

— Tem de voltar para casa? — disse ela.

Ele assentiu com a cabeça, sentou-se e tentou compreender o que estava sentindo. No geral, sentia-se satisfeito. Sorriu para ela, tocando sua mão.

— Precisa ir embora agora?

Ele sentou-se por um instante e então assentiu. Sophia apagou o cigarro, recolheu as mãos e as colocou sobre as pernas.

— Você ama sua mulher? — perguntou ela, olhando fixamente para a mesa.

Ele engoliu em seco. Não sabia o que dizer. Na verdade, não sabia se a amava ou não.

— Sim — disse ele. — Acho que sim.

Deixou que seu subconsciente evocasse imagens de Annika e sua reação a ela.

Certa vez, quando ainda morava com Eleonor, sonhara com ela. No sonho, seus cabelos estavam em fogo. A cabeça dela estava coberta de chamas, que cantavam e dançavam por seu rosto, embora sua expressão fosse de tranquilidade; o fogo era seu elemento: corria-lhe como seda pelos ombros e pelas costas.

Depois daquela noite, várias vezes a imaginou daquele modo, como alguém que habitava em meio ao fogo.

— De certa forma, ela não conhece limites — disse ele. — Ela não tem as mesmas barreiras que as pessoas normais e com isso consegue alcançar quase tudo que se disponha a fazer.

— Parece um pouco inquietante — disse Sophia.

Ele acenou lentamente com a cabeça.

— E também fascinante — acrescentou ele. — Jamais conheci alguém como ela.

Sophia sorriu para ele. Um sorriso cauteloso, amigável.

— Fiquei feliz por você ter vindo.

Ele retribuiu o sorriso.

— Eu também.

— Quer que eu chame um táxi?

Ele acenou novamente com a cabeça, olhando então para as mãos e aguardando em silêncio enquanto ela telefonava.

— Cinco minutos — disse ela.

Ele bebeu o café, forte e açucarado demais. Depois, se levantou e colocou a xícara no escorredor de louças. Foi até o saguão e recolheu suas roupas rapidamente, vestindo-as em movimentos concisos e eficientes.

Após ter colocado o casaco e encontrado sua pasta, Sophia surgiu atrás dele, uma sombra sutil de perfume e fragrância de maçã. Passou os braços pela cintura de Thomas e colou a bochecha em suas costas.

— Obrigada por esta noite — sussurrou.

Ele piscou algumas vezes, virou-se e a beijou lentamente.

— Eu é que agradeço — sussurrou.

Ela fechou a porta, e Thomas podia senti-la espiando pelo olho mágico até que o elevador o levasse embora dali.

Nas ruas, a neve tornara a cair. O táxi ainda não havia chegado, então ele apoiou as costas e inclinou a cabeça para cima, observando por entre os flocos.

Quanto tempo irá levar até que um acerte meu olho, perguntou a si mesmo.

Kurt Sandström levou um tiro no olho.

O primeiro político assassinado do grupo.

A reunião do projeto naquela noite tinha sido boa, breve e construtiva. Chegaram rapidamente à conclusão de que não havia qualquer ameaça imediata ao projeto em termos de mídia, mas exatamente o contrário. Não poderiam ter evitado o assassinato, mas de agora em diante deveriam trabalhar de uma maneira mais construtiva a fim de prevenir qualquer recorrência, precisamente devido ao que acontecera. No dia seguinte, continuariam a discussão no departamento, na Regeringsgatan.

O carro deslizou silenciosamente sobre a neve espessa. Assim que o viu, Thomas correu para dentro dele. Do banco de trás, disse ao motorista seu endereço: Hantverkargatan, 32.

Deve ter apagado, pois um instante depois já estava lá. Tateou em busca de seu cartão corporativo e pagou a corrida, recolhendo seus pertences com certa dificuldade. Bateu a porta e parou para observar a casa.

As luzes ainda estavam acesas no apartamento; viu uma sombra se mover lá dentro.

Annika ainda estava de pé, embora sempre se sentisse cansada à noite, depois de todos aqueles anos trabalhando no período noturno.

Por que não estava dormindo? O que estava fazendo, vagando de quarto em quarto?

Havia apenas dois motivos.

Ou ainda estava trabalhando ou então suspeitava de algo. Depois que tais suposições se formularam em sua mente, a conclusão era inevitável.

Culpa e arrependimento o atingiram no estômago como um coice de cavalo, quando subitamente sua consciência o abalou. Seu diafragma se contraiu, fazendo-o entrar em colapso.

Deus do céu, o que tinha feito?

E se ela tivesse descoberto?

E se tivesse entendido?

E se já soubesse?

Será que alguém vira algo? Ou será que alguém telefonara? Talvez alguém pudesse ter informado o jornal?

Thomas respirava de maneira irregular e com dificuldade, forçando a si mesmo a agir com sensatez.

Informar o jornal? Por que diabos alguém informaria o jornal?

Estava à beira de perder o controle.

Pouco a pouco se recompôs e olhou para a janela novamente.

A luz da sala de estar agora estava apagada, então ela tinha ido dormir.

Talvez saiba que estou chegando, pensou. Talvez queira me enganar, me fazendo acreditar que não sabe de coisa alguma, ainda que saiba de tudo. Talvez finja estar dormindo quando eu chegar e depois tente me matar durante o sono.

Thomas a viu diante de si, com chamas no lugar dos cabelos, segurando uma barra de ferro com ambas as mãos, pronta para atacar.

Sentiu vontade de chorar ao abrir a porta, sem saber como poderia olhar para ela. Subiu os dois lances de escada com passos silenciosos e parou diante da porta — a porta do quarto deles, as grandes portas duplas de vitral que Annika achava tão belas.

Permaneceu ali, com as chaves na mão, tremendo, sentindo no estômago uma vibração tal e qual uma banda de jazz, encarando as portas com olhos indecisos até sua respiração se acalmar, voltar ao normal, quando então pôde se mover novamente.

O quarto estava escuro.

Esgueirou-se e silenciosamente fechou a pesada porta atrás de si.

— Thomasch?

Annika colocou a cabeça para fora do banheiro e tirou a escova de dentes da boca.

— Como foi?

Ele deixou o corpo cair sobre um banco, sentindo-se completamente vazio.

— Foi uma reunião dos diabos — respondeu. — Estão todos chocados.

Ela desapareceu no banheiro novamente; ele ouviu a água correndo e o som de cuspe. Os ruídos viajaram pelo ambiente e foram amplificados, tornando-se mais altos até que tivesse de tapar os ouvidos com as mãos.

Ela saiu do banheiro vestindo uma tanga preta que formava um triângulo sobre sua genitália, enquanto seus grandes seios balançavam.

— Pode ter sido uma reunião dos diabos — disse ela, sentando-se ao seu lado e repousando a mão em sua nuca —, mas não acredito que esta morte esteja relacionada às visões políticas do diabo. Estou segura de que vocês todos podem relaxar.

Ele olhou para ela, sentindo um dos seios encostar em seu braço; percebeu que tinha lágrimas nos olhos.

— Como pode saber?

— Neste momento, ninguém sabe qualquer coisa de concreto — respondeu ela —, mas existe algo maior por trás disso do que apenas o conselheiro local em Östhammar.

Annika deu-lhe um beijo na bochecha, passou a mão sobre seu braço por cima do casaco e se levantou.

— Estou elétrica esta noite — disse ela. — Bebi uns duzentos litros de café.

Thomas soltou um suspiro profundo.

— Eu também — respondeu.

— E está cheirando a fumaça e bebida — disse ela, por sobre os ombros, caminhando rumo ao quarto.

— Espero que sim — respondeu —, pois os contribuintes estavam pagando.

Annika deu uma risadinha seca.

— Vem para a cama? — chamou ela.

Eu consigo, pensou ele.

Serei capaz de fazer isso.

TERÇA-FEIRA, 17 DE NOVEMBRO

Os outdoors berravam sua mensagem em amarelo vivo sobre serial killers e caçadas policiais ao longo de toda a Fleminggatan, plantados como girassóis contra um gramado cinza-férreo na luz da manhã. Annika os viu passar rapidamente pela janela do ônibus e sentiu o mesmo efeito estranho de sempre, uma fascinação de ter colocado algo no mundo que vai e assume vida própria, de que seus artigos podiam atingir centenas de milhares de pessoas que ela nunca conheceria.

A jornada para o trabalho passou rapidamente, acompanhada pelos girassóis gritantes.

No saguão do jornal, onde toda uma parede era coberta cada manhã pelo cartaz da edição do dia, eles formavam um inteiro coral entusiástico.

Na redação ela notou a mudança de temperatura enquanto passava. Sua cabeça baixa foi recebida com olhares tranquilizadoramente cálidos onde costumeiramente ela só encontrava blocos de gelo. Ela dominava o jornal daquele dia e estava de volta à arena; alguém a ser levada a sério, todos os velhos problemas esquecidos porque as coisas aconteciam de novo, a 19 horas do fechamento, e ela tinha o crédito com foto na página seis.

Deu as costas para os olhares insinuantes e fechou a porta de vidro de correr atrás de si com um estrondo.

Göran Nilsson, pensou, jogando seus agasalhos num canto, franzindo a testa de cansaço. Nascido em Sattajärvi em 1948, emigrado como assassino profissional desde 1969.

Não adiantava procurá-lo nos bancos de dados. Ele teria sido apagado do Registro Nacional de População há muitas décadas.

Tamborilou os dedos com impaciência enquanto milhares de programas lentos apareciam no seu computador. Então procurou Göran Nilsson no Google e encontrou várias centenas de resultados.

Havia muitos Göran Nilssons no mundo: um professor universitário de tecnologia de construção, um pesquisador de psicologia, um fabricante de peixes de madeira, um conselheiro moderado de Karlstad, um fazendeiro orgânico de Halland, um chefe do conselho de Norrköping. Mas nenhum desses era o seu Göran Nilsson, porque seu Göran Nilsson caíra na clandestinidade. De todas as escolhas que um ser humano podia fazer na vida, o seu Göran Nilsson decidira trabalhar em tempo integral levando a morte às pessoas.

Fez uma busca através dos resultados.

Nos anos 1940 e 1950, "Göran" deve ter sido popular como parte de um nome composto, porque havia Stig-Görans e Lars-Görans e Ulf-Görans e Sven-Görans e várias outras combinações.

Ela buscou então nas páginas amarelas da Internet para ver até que ponto o nome era comum, tentando diferentes distritos ao acaso.

Havia 73 só em Blekinge, 55 em Borås, 205 em Estocolmo e 46 em Norrbotten.

Vários milhares em todo o país, em outras palavras.

Ela teve de estreitar a busca, acrescentando outra palavra aos termos.

göran nilsson sattajärvi.

Nenhum resultado.

As cartas, pensou. Maoismo ou grupos de esquerda.

Bingo. Milhares de resultados como *Kristina Nilsson, Mao Tsé-Tung, Göran* Andersson, tudo na mesma busca.

Tentou encontrar imagens então: göran nilsson mao.

Surgiram quatro resultados, pequenos quadrados na tela que ela se esforçou para ver, inclinando-se para a frente.

Havia duas logos de algo que ela não investigou mais a fundo, um retrato da revolução cultural do próprio Mestre no site de alguém e finalmente uma foto em preto e branco de alguns jovens em roupas datadas. Ela olhou com mais atenção, lendo a descrição: 022.jpg, 501 x 400 pixels — 41KB, paginaprincipal/usuario/juventuderebelde035.htm. Clicou no link e abriu um site que alguém havia criado sobre sua juventude em Uppsala e encontrou uma legenda que colocava a foto em contexto.

Depois do estabelecimento da fundamental Declaração de 9 de Abril, Mats Andersson, Fredrik Svensson, Hans Larsson e Göran Nilsson estavam preparados para bravamente mobilizar as massas em nome do Mestre.

Leu o texto duas vezes, surpresa diante da religiosidade levemente ridícula que ele sugeria. Então olhou o jovem na extrema direita, seu ombro oculto atrás do homem ao seu lado, cabelos curtos, feições indefiníveis, evidentemente não tão alto. Olhos negros que miravam um ponto à esquerda do fotógrafo.

Ela clicou para voltar à página de abertura do site e descobriu que havia mais fotos de Uppsala no servidor, muitas de manifestações, mas principalmente de festas de um tipo ou de outro. Examinou todas elas, mas o jovem moreno chamado Göran Nilsson não aparecia em nenhuma das outras.

Poderia ser ele? Poderia realmente ter sido um ativista identificável nos anos 1960 e, nesse caso, teria aparecido na mídia daquela época?

Arquivos daquele tipo nunca eram disponíveis digitalmente. Eles ficavam em envelopes de fotos e de recortes.

Seu jornal tinha o maior arquivo do país. Pegou o telefone e pediu aos arquivistas que checassem se tinham algo sobre um Göran Nilsson de grupos maoistas no final dos anos 1960.

A mulher que atendeu o telefonema mostrou pouco entusiasmo.

— Precisa para quando?

— Ontem — disse Annika. — É urgente.

— Quando não é?

— Estou sentada aqui à espera e nada posso fazer enquanto não tiver notícias suas.

Um suspiro quase inaudível do outro lado da linha.

— Vou fazer uma verificação rápida e ver se posso encontrá-lo buscando seu próprio nome. Ler tudo o que foi publicado sobre maoismo levaria várias semanas.

Annika levantou-se e olhou para a redação até que recebeu uma resposta.

— Desculpe. Nenhum Göran Nilsson descrito como maoista. Temos uns duzentos outros, se quiser.

— Obrigada por checar tão rápido — disse Annika.

Que outros arquivos existiam daquele período, nos lugares onde os maoistas eram ativos?

As cidades universitárias, pensou. O *Competidor* existia, na época, mas não havia sentido em ligar para eles. *Upsala Nya Tidning*? Não tinha nenhum contato lá. Havia um jornal em Lund?

Coçou a cabeça irritada.

E quanto a Luleå?

Tinha apanhado o telefone e ligado para a recepção do *Norrland News* antes mesmo de se dar conta do que fazia.

— Hasse Blomberg estava doente ontem. Não sei se vem hoje — disse a recepcionista, pronta para desligar.

Annika subitamente sentiu um medo imediato e inexplicável. Meu Deus, será que tinha acontecido alguma coisa com ele?

— Por quê? É sério?

A recepcionista suspirou, como se estivesse lidando com alguma pessoa meio lenta.

— Apagado, como todo mundo. Pessoalmente, acho que são apenas preguiçosos.

Annika deu um pulo.

— Não está falando sério? — disse.

— Já pensou que todas essas pessoas começaram a ficar apagadas quando entramos na União Europeia? Toda a merda que rola para dentro de nossas fronteiras vem da União Europeia: pessoas, toxinas, desgaste. E pensar que votei pelo "sim". Enganados, é o que fomos.

— Hans adoece com frequência?

— Só trabalha meio expediente agora; ganhou uma pensão por incapacidade há pouco tempo e nem sempre está por aqui, mesmo nos dias em que deveria estar.

Annika mordeu o lábio, tinha de entrar no arquivo do *Norrland News* o mais rápido possível.

— Pode pedir a ele que me ligue assim que chegar?

Deixou seu nome e telefone.

— Se ele chegar — disse a recepcionista.

Göran Nilsson, pensou ela ao desligar, e olhou para o jovem na tela do seu computador.

É você mesmo, Göran?

* * *

A máquina de café fora consertada e as bebidas estavam mais quentes do que nunca. Levou duas canecas para seu escritório, deixando a cafeína aquecer seu cérebro.

Seus olhos ardiam por falta de sono: não dormira bem na noite passada. Ficara deitada com os olhos fechados durante horas enquanto Thomas se virava de um lado para outro, gemendo e coçando-se. A morte do conselheiro local deixara-o realmente abalado.

Sacudiu o cansaço e continuou na pesquisa, digitando "Sattajärvi", e encontrou um site sobre um projeto de construção do final dos anos 1990, ela era o visitante número 16.781. Havia um mapa; inclinou-se para a tela a fim de encontrar a aldeia e mal pôde ver as letras minúsculas que indicavam os nomes na área circundante: Routuvaara, Ohtanajärvi, Kompeluslehto.

Não era apenas outra língua, pensou. Era outro país, inteiramente congelado, estendendo-se pela tundra acima do Círculo Ártico.

Inclinou-se para trás.

Como seria crescer no Círculo Ártico nos anos 1950, numa família em que o pai era um líder religioso num sistema de crença rigoroso e sinistro?

Annika sabia que a psicanalista suíça Alice Miller verificara que um número significativo de terroristas alemães eram filhos de pastores protestantes. Miller identificava uma relação — a violência dos terroristas era uma reação contra uma formação religiosa severa.

O mesmo podia ser verdadeiro para a Suécia e o laestadianismo, pensou Annika, esfregando os olhos.

Naquele momento, ela viu Berit passando apressada por trás das cortinas empoeiradas, esforçou-se para clarear o pensamento e levantou-se da cadeira.

— Tem um minuto? — gritou da porta.

Berit tirou o chapéu e as luvas e dobrou o cachecol.

— Estou pensando em almoçar mais cedo hoje, quer vir comigo?

Annika saiu do sistema, pescou a carteira na bolsa e descobriu que estava sem tíquetes-refeição.

— Tem de ser a cantina? — disse ela, olhando ao seu redor, desconfiada do calor recém-encontrado.

Berit pendurou o casaco num cabide, esfregando os ombros da roupa com a mão.

— Podemos sair, se você quiser, mas eu passei pelo Seven Rats e estava bem vazio. Eles têm galinha frita com castanhas-de-caju.

Annika roeu a unha do indicador esquerdo, pensando no convite, depois assentiu com a cabeça.

— O que tem feito? — perguntou, enquanto desciam as escadas.

— Rumores sobre uma reforma no governo — disse Berit, encorpando o cabelo onde fora amassado pelo chapéu. — O primeiro-ministro não tem muito tempo antes das eleições na UE e, se precisa remanejar seus ministros, tem que fazer isso agora.

Saíram para o vestíbulo, Annika seguindo Berit de perto, e entraram na cantina.

— E? — perguntou Annika, pegando uma bandeja laranja de plástico.

Berit sacudiu a cabeça.

— Sabe como é. Nem um pio de antecipação.

— Quem está cotado para sobrar dessa vez? — Annika divagou, tentando não olhar para o mar interminável de mesas de fácil limpeza.

— Bem, Björnlund, para começo de conversa — disse Berit. — É o pior ministro da Cultura que já tivemos. Não contribuiu com uma única proposta em nove anos. A mulher do ministro dos Negócios está doente e ele quer cuidar dela, por isso vai sair por iniciativa própria. A ministra da Habitação não foi o sucesso que o partido esperava, por isso provavelmente vai dançar e o cargo será abolido.

Berit tinha tíquetes e pagou para Annika.

— E quem vai ocupar seus lugares?

Sentaram-se de frente uma para a outra num canto da cantina.

— Há rumores de que Christer Lundgren está de volta do seu exílio na siderúrgica sueca em Luleå — disse Berit, abrindo uma garrafa de cerveja de baixo teor alcoólico.

Annika engasgou com uma castanha-de-caju e explodiu num acesso de tosse.

— Você está bem? Quer que lhe dê um tapa nas costas ou qualquer coisa assim?

Annika sacudiu a cabeça e levantou a mão.

— Está tudo bem — disse, com lágrimas nos olhos. — É verdade isso?

Berit engoliu uma garfada cheia de galinha frita.

— Na verdade, ele nunca deixou a comissão da diretoria, portanto um posto ministerial provavelmente sempre esteve na mira. Você tem certeza de que está bem?

Annika assentiu com a cabeça, respirando lentamente com a mão no peito.

— Chegou a hora de trazê-lo de volta do frio — prosseguiu Berit. — Claramente fez um bom trabalho lá. Meu palpite é que seja o novo ministro dos Negócios, mas nunca se sabe. Depende de o povo sueco se esquecer da *stripper* que ele teria matado.

— Josefin — disse Annika. — Liljeberg. Mas ele não a matou.

— Você e eu sabemos disso, mas...

Annika sentiu a comida inchando em sua boca; a galinha insossa era demais para ela. Empurrou o prato para a frente.

Vários anos atrás ela havia dito a Berit o que achava da renúncia de Christer Lundgren, mostrando-lhe os documentos e recibos de viagem que provavam que o ministro do Comércio não estivera sequer em Estocolmo na noite em que Josefin Liljeberg foi morta. Ele estava em um encontro com alguém em Tallinn, na Estônia, uma reunião tão controvertida que ele preferiria aceitar a acusação de assassinato a revelar com quem tinha se encontrado.

Só havia uma explicação, Annika e Berit tinham concordado. Lundgren estava se sacrificando por seu partido. Quem ele encontrou em Tallinn e o que discutiram nunca poderia ser revelado.

O fato de o governo ter sido forçado a realizar essa reunião porque uma ameaça de que a verdade sobre o Caso IB (o Birô de Informação) fosse revelada nunca pôde ser provado. Nem o fato de que tinha a ver com a exportação ilegal de armas da Suécia para uma das ex-repúblicas da União Soviética. Mas Annika ainda não estava convencida.

E ela havia contado a Karina Björnlund.

Cometera o erro de tentar obter um comentário de Christer Lundgren contando toda a história a sua secretária de imprensa. Nunca recebeu uma resposta.

Tudo o que aconteceu foi que Björnlund subitamente se tornou ministra do gabinete.

— Minha pergunta estúpida abriu o caminho para nossa ministra da Cultura — disse Annika.

— Provavelmente — disse Berit.

— Isso quer dizer que é realmente minha culpa que a Suécia tenha diretrizes culturais tão inúteis, não é?

— Certíssimo — disse Berit. — Quer mais alguma coisa? Salada? Mais água?

Annika sacudiu a cabeça e observou a colega enquanto ela abria uma garrafa de água mineral Ramlösa e a servia num copo.

— Por que exatamente queria me ver? — perguntou Berit ao voltar.

— Estou atrás do seu passado — disse Annika. — O que foi a Declaração de 9 de Abril?

Berit mastigou um bocado de comida, com um olhar pensativo, e sacudiu a cabeça.

— Neca, nenhuma ideia — disse. — Por que pergunta?

Annika tomou o resto da água.

— Eu a vi na legenda de uma foto na Internet; alguns rapazes nos anos 1960 que iam mobilizar as massas em nome do presidente Mao.

Berit parou de mastigar e olhou para ela.

— Tem a cara dos Rebeldes de Uppsala — falou.

Baixou o garfo e a faca, correu a língua sobre os dentes e assentiu com a cabeça para si mesma.

— Sim, combina com eles — disse. — Fizeram uma espécie de declaração na primavera de 1968. Não posso jurar que foi em 9 de abril, mas estavam particularmente ativos naquela primavera.

Ela riu e sacudiu a cabeça, e então pegou os talheres e seguiu comendo.

— O quê? — disse Annika. — Me conte!

Berit suspirou e sorriu.

— Já lhe disse como eles davam telefonemas e faziam ameaças a nós no *Vietnam Bulletin*? — perguntou. — Os Rebeldes de Uppsala eram uns perfeitos idiotas. Todo dia realizavam encontros-maratonas, em vários locais; geralmente começavam à uma da tarde e continuavam até bem depois da meia-noite. Um amigo meu que compareceu certa vez disse que rolava pouca política; descreveu a coisa mais como uma orgia religiosa.

— Um encontro de pregação evangélica?

Berit deu outra garfada, tomou um pouco de água e engoliu.

— Era o que lembrava a algumas pessoas, sim. Todo mundo que comparecia era um maoista fervoroso; tomavam a palavra um a um e testemunhavam como os pensamentos de Mao tinham sido como uma bomba atômica espiritual para eles. Depois da fala de cada orador havia aplausos entusiásticos. De vez em quando havia um intervalo com sanduíches e cerveja; daí partiam para uma nova rodada de depoimentos com testemunhos pessoais.

— De que tipo? — perguntou Annika. — O que eles diziam?

— Citavam o Mestre. Qualquer um que tentasse formular suas próprias frases era imediatamente acusado de usar linguagem burguesa. A única exceção era "Morte aos fascistas na Associação Comunista dos Marxistas-Leninistas".

Annika recostou-se na cadeira, pegando uma castanha-de-caju debaixo de uma folha de alface e jogando-a na boca, mastigando pensativamente.

— Mas — disse ela — certamente eram comunistas também, certo?

— Sim, claro — disse Berit, enxugando-se com um guardanapo. — Mas nada incomodava mais os rebeldes do que aqueles que quase pensavam como eles. Torbjörn Säfve, que escreveu um livro brilhante sobre o movimento rebelde, chamou aquilo de "descontentamento paranoide". O tipo de pôsteres que as pessoas penduravam nas paredes era algo importante para elas. Se alguém tinha um pôster de Lênin que fosse maior do que um retrato de Mao, aquilo era considerado contrarrevolucionário.

Se o topo de um retrato de Mao estava um nível abaixo do topo de um retrato de Lênin ou Marx, aquilo era o suficiente para alguém ser acusado de falta de convicção.

— Você conheceu um rebelde ativo chamado Göran Nilsson? — perguntou Annika, olhando com expectativa para Berit.

Sua colega pegou um palito e rasgou o plástico protetor.

— Não que me lembre — disse Berit. — Por quê? Deveria?

Annika suspirou e sacudiu a cabeça.

— Tentou o arquivo? — perguntou Berit.

— Nada.

Berit franziu a testa, concentrada.

— Em 1º de maio daquele ano, os rebeldes marcharam através de Uppsala numa grande manifestação organizada. Até onde eu sei, todos os grandes jornais fizeram a cobertura. Será que ele estava envolvido?

Annika levantou-se, a bandeja numa das mãos e a bolsa na outra.

— Vou verificar imediatamente — disse. — Vem comigo?

— Por que não?

Saíram pela porta dos fundos da cantina e pegaram a escada de emergência até o segundo andar, depois atravessaram um corredor estreito até o imenso arquivo de textos e imagens. Tudo que fora impresso no *Evening Post* e no *Fine Morning News* nos últimos 150 anos estava armazenado ali.

— Os arquivos estão nos fundos à esquerda — disse Berit.

Encontraram os jornais de maio de 1968 em pouco mais de um minuto. Annika puxou o maço da estante superior, cobrindo-se de pó e sujeira. Tossiu e fez uma careta.

Em 2 de maio de 1968, a primeira página retratava as manifestações dos rebeldes através de Uppsala no dia anterior. Annika franziu a testa e olhou mais detalhadamente.

— São estes os seus rebeldes revolucionários? — disse incrédula. — Parecem iguais a qualquer garoto da classe média.

Berit correu a mão sobre o jornal amarelado, um som farfalhado sob a ponta do seu dedo seco, o indicador pousando sobre os cabelos curtos na cabeça do líder da marcha.

— Isso foi uma decisão consciente — disse ela, a voz distante. — Eles precisavam parecer pessoas comuns o máximo possível; tentaram chegar a um acordo sobre um protótipo para o operário altamente qualificado, mas não acho que isso tenha acontecido. Mas concordaram em adotar um paletó discreto e uma camisa branca. Eram realmente esquisitos em Uppsala.

Ela recostou-se contra a estante, cruzou os braços e olhou vagamente para o teto.

— Na primeira semana de maio uma greve geral irrompeu por toda a França — disse Berit. — Um milhão de pessoas se manifestaram em Paris contra o Estado capitalista. Os rebeldes queriam demonstrar solidariedade para com os camaradas franceses e organizaram um encontro revolucionário na colina do Castelo em Uppsala numa noite de sexta-feira. Um grupo nosso do *Bulletin* também aderiu, foi realmente terrível.

Sacudiu a cabeça e olhou para o chão.

— Havia muita gente lá, pelo menos umas trezentas pessoas, e os rebeldes cometeram o erro de tocar a coisa como se fosse uma de suas próprias reuniões, com leituras de suas escrituras sagradas. A maioria do pessoal era gente comum, e eles reagiram como você pode imaginar, começaram a vaiar e a rir.

Annika ficou absorvida pela história e deu um passo à frente.

— Que escrituras?

Berit ergueu o olhar.

— Citações de Mao, é claro — disse ela. — O panfleto de Lin Biao *Longa vida para a vitória da guerra do povo!*, os Dezesseis Pontos do Partido Comunista Chinês para a Revolução Cultural... Os rebeldes perderam todas as suas inibições naquele encontro e, como as massas não conseguiram apoiá-los, recaíram nas suas táticas usuais, diatribes selvagens e raivosas.

Sacudiu a cabeça diante da lembrança.

— Uma consequência direta do encontro foi que as organizações de esquerda comuns não podiam mais vender o *Spark* e o *Vietnam Bulletin* em locais de trabalho. Consegue ver o seu Göran?

— Vou ficar e ler um pouco — disse Annika, pegando uma cadeira capenga.

— Você sabe onde estou se precisar de mim — disse Berit, e deixou-a no meio do papel e da poeira.

Anne Snapphane flutuava entre o chão laminado do corredor, sobre os retângulos de luz das portas, em meio a fotocopiadoras e caixas de papelão dobradas, a adrenalina pulsando nas pontas dos dedos.

Eles tinham ganhado! As três grandes companhias de cinema independentes haviam concordado em manter seus acordos verbais para vender seus filmes à TV da Escandinávia.

Um homem da maior delas tinha também revelado a pressão da família proprietária da competidora principal para derrubá-los: além de um boicote completo dos produtos da companhia, tanto na produção como no financiamento, preparariam uma investigação a fundo de todas as suas atividades em relação ao grupo de mídia familiar. Todos os negócios da companhia seriam examinados e criticados: atores que trabalhavam para a companhia seriam alvo de fofocas intensas na mídia; e colunistas aumentariam a pressão e exigiriam a demissão dos diretores.

— Eu reajo muito mal ao comportamento mafioso — disse o chefe da companhia: na verdade, ele tinha nascido na Sicília e não se assustava com facilidade.

Vocês vão se dar mal dessa vez, seus safados, pensou Anne, ouvindo rolhas de champanhe estourando dentro de si.

Sentou-se em sua cadeira e colocou os pés na mesa.

A TV da Escandinávia ia funcionar. A Suécia não era uma república das bananas. Uma única família não tinha o poder de ditar regras acima da liberdade de expressão e não poderia banir as outras empresas por ameaçarem seus próprios interesses econômicos: não era assim que a democracia funcionava.

Abriu a gaveta inferior da mesa e puxou uma garrafa fechada de uísque, equilibrando-a na mão e passando o dedo pelo selo. Cantarolando uma velha música, perguntou a si se não merecia uma pequena comemoração.

O telefone tocou, dando-lhe um sobressalto. Rapidamente enfiou a garrafa na gaveta e a fechou antes de atender.

— O que foi que você fez com Sylvia ontem?

A voz de Mehmet estava traiçoeiramente suave, mas Anne o conhecia: sabia que havia lava e enxofre borbulhando debaixo da superfície calma.

— Acho que a pergunta correta é o que fazia ela na creche da minha filha — disse Anne enquanto o mundo se quebrava em pedacinhos. Raiva e desespero deixaram o céu lá fora negro.

— Não podemos pelo menos nos comportar como adultos? — disse Mehmet, a temperatura da voz subindo.

— E que plano adulto você havia preparado ontem? Que eu chegasse à creche e descobrisse que Miranda tinha desaparecido?

O que eu iria pensar? Que Miranda me deixou porque preferia ficar com Sylvia? Que fora sequestrada?

— Agora você está simplesmente sendo ridícula — disse Mehmet, sua voz não conseguindo mais esconder o calor infernal.

— Ridícula? — gritou Anne ao telefone, ficando de pé. — Que diabo está aprontando com sua familiazinha fodida? Primeiro, você me aparece e diz que a sua nova trepada quer a custódia de minha filha; depois ela tenta roubá-la da creche. Que merda está aprontando? Está tentando me aterrorizar?

— Acalme-se — disse Mehmet, e o telefone congelou, o calor trocado por ódio, o gelo ferindo seu ouvido, retesando-a.

— Vá pro inferno — disse ela, e desligou.

Ficou ali parada olhando para o telefone. Ele tocou depois do tempo de rediscagem.

— Então Miranda agora é só sua? O que aconteceu com seus belos ideais de responsabilidade mútua? Suas teorias elevadas sobre a paternidade compartilhada: que uma criança deveria pertencer ao coletivo e não ao individual?

Anne afundou na cadeira sentindo que estava sendo sugada num pantanal em que nunca imaginou que fosse cair, um brejal fedorento de amargura, má vontade e inveja, o lugar de onde vêm todos os golpes abaixo da cintura e ela não podia evitar aquilo; já estava lá: a areia movediça a pegara e, se tentasse se debater, só afundaria mais rápido.

— Ora, raciocine — disse ela. — Quem abandonou quem? Quem está tentando complicar as coisas? Está na cara que não sou eu.

— Sylvia passou a noite inteira chorando. Estava inconsolável — disse Mehmet, sua voz soando espessa e chorosa de uma maneira que deixava Anne furiosa.

— Deus do céu — gritou ela. — Não tenho culpa de que ela seja doente dos nervos!

Mehmet parou a fim de tomar fôlego, preparando a laringe para um ataque frontal.

— Sylvia disse que você a havia destruído e tem algo que você precisa saber, Anne Snapphane: se arruinar as coisas na minha família, não serei responsável por minhas ações.

Anne sentiu o ar subtraído de seus pulmões, todo o oxigênio desaparecendo do seu cérebro.

— Está me ameaçando? — disse ela. — Está louco? Caiu realmente tão baixo assim? Ela lhe causou dano cerebral?

A distância na linha aumentou, rolando sem parar ao redor do pântano e então, quando ele voltou ao ar, estava a anos-luz longe dali.

— OK — disse ele —, se é assim que você quer.

E então ficou silencioso, sumiu, o diálogo rompido, e tudo ao redor dela borbulhava e espumava. Anne debruçou-se na mesa e chorou.

Annika estava ficando cada vez mais inquieta ao subir as escadas de volta à redação. Sua busca em velhas edições nada lhe dera senão mãos sujas e jeans empoeirados. Os anos 1960 e as correntes políticas da época não foram conscienciosamente cobertos pela mídia contemporânea; cada dia era apenas uma nova manchete, assim como hoje, com anúncios para vender e manchetes para escrever e notícias policiais para verificar.

O layout e a qualidade tipográfica dos jornais da época eram terríveis, fontes toscas e fotos malretocadas; ficou feliz de não trabalhar naquele tempo.

Mas toda época tem seus próprios ideais, pensou ela ao se dirigir para sua sala de vidro. Você vive em uma época assim como vive em um local, e os anos 1960 não teriam caído bem para ela.

E o século XXI, lhe caía bem?

Ouviu o telefone tocar e apressou as passadas.

— Soube que estava atrás de mim — disse Hans Blomberg, o arquivista do *Norrland News*.

— Ah, fico feliz que tenha ligado — disse Annika, fechando a porta. — Como vai?

Um breve momento de surpresa.

— Por que pergunta?

Sentou-se na sua cadeira, surpresa de que ele soasse tão inseguro.

— A recepcionista disse que estava doente; fiquei preocupada.

— Ah, sim, a ternura das mulheres — disse Hans Blomberg, soando como a pessoa de que Annika se lembrava, e ela teve de sorrir, imaginando-o sentado com seu cardigã ao lado de sua mesa desgastada, com o quadro acima, o desenho de criança, o cartaz dizendo que se segurasse até a aposentadoria chegar.

— Nada sério, espero — disse Annika, alongando-se de novo na sua cadeira.

— Não, não — disse o arquivista. — Só o de costume. Já passei da minha data de validade, mas estou provavelmente bem na geladeira por mais alguns dias antes que eles me joguem fora. Porém, ninguém me usa: simplesmente fico mais velho e mais amargo, ocupando o espaço de produtos mais frescos, mas a coisa vai se resolver; é assim para todo mundo nos dias de hoje.

O sorriso dela apagou enquanto ele falava; o tom era jovial, mas era óbvia sua frustração.

— Pare com isso — disse Annika efusivamente, ignorando a amargura. — Para mim você é um vinho de boa safra.

— Ora, é preciso uma garota de Estocolmo para apreciar um homem de verdade. Em que posso ajudá-la, minha jovem?

— Uma questão geral de uma safra ainda mais antiga — disse ela. — Estou tentando achar informações sobre um jovem de Sattajärvi que vivia em Luleå no final dos anos 1960, provavelmente trabalhava para a igreja. Seu nome é Göran Nilsson.

— Ele já morreu? — perguntou Hans, sua caneta rabiscando ao fundo.

— Acho que não — disse Annika.

— Então vamos deixar os queridos mortos em paz. O que quer saber?

— Tudo. Se ganhou um concurso de dança, fez manifestações contra o imperialismo, roubou um banco, casou.

— Göran Nilsson, você disse? Não podia ter escolhido um nome mais comum?

— Procurei por toda parte, mas não consegui outra coisa — disse Annika.

O arquivista gemeu em voz alta. Annika podia vê-lo agarrando-se à mesa e levantando-se penosamente da cadeira.

— Isso pode levar alguns minutos — disse ele, e essa foi a mentira do dia.

Annika teve tempo para pesquisar na Internet e ler tudo sobre as casas avulsas à venda na região de Estocolmo e apaixonou-se por uma casa fantástica, recém-construída na Vinterviksvägen, em Djursholm, por meros 6,9 milhões. Foi pegar café e falou com Berit, depois tentou ligar para o celular de Thomas e deixou uma mensagem para Anne Snapphane antes que houvesse um ruído na linha de novo.

— Olha, procurei coisas mais fáceis — disse ele com um suspiro fundo. — Tem ideia de quantos Göran Nilssons existem no arquivo?

— Setenta e dois e meio — disse Annika.

— Exatamente correto — disse Hans. — E o único de Sattajärvi que pude encontrar estava nos anúncios de casamento.

Annika franziu as sobrancelhas, sentindo seu ânimo afundar.

— Nos anúncios de casamento? O tipo de coisa que os pastores faziam na igreja quando as pessoas se casavam no século XIX?

— Bem — disse Hans —, na verdade era obrigatório até 1973, mas você está certa quanto à ligação com a igreja. Os proclamas tinham que ser lidos durante três domingos seguidos antes de um casamento, para manter todo mundo feliz.

— Então por que puseram isso no jornal?

Hans pensou por um momento.

— Era assim naqueles dias, havia uma coluna especial. O recorte é de 29 de setembro de 1969. Quer que o leia em voz alta?

— Sim, por favor — disse Annika.

— "O assistente paroquial Göran Nilsson, nascido em Sattajärvi, agora residente em Luleå, e a estudante Karina Björnlund, nascida e residente em Karlsvik. O casamento ocorrerá na prefeitura de Luleå, na sexta-feira, 20 de novembro, às duas horas da tarde."

Sua caneta correu ao longo do caderno de notas enquanto tentava acompanhá-lo, sentindo um frio na barriga e dificuldade de respirar. Meu Deus, isso era impossível.

Tentou controlar a excitação, afinal só podia ter certeza depois da confirmação.

— Ora, muito bem — disse com voz rouca. — Obrigada, muito obrigada. Você é um champanhe de excelente safra.

— Sempre que precisar, querida, é só me ligar.

Desligaram e Annika teve que ficar de pé. Sim! Sua cabeça estava a mil, a corrente sanguínea bombeando seus ouvidos.

Correu para a redação com o coração aos pulos, mas recuperou o raciocínio perto da seção de esportes e percebeu que na verdade ainda não tinha nada. Pegou um copo de café da máquina e correu para Berit.

— De onde veio a ministra da Cultura?

Berit ergueu o olhar da sua tela, os óculos na ponta do nariz.

— Norrbotten — disse. — Luleå, eu acho.

— Não é de um lugar chamado Karlsvik?

Berit tirou os óculos e baixou as mãos sobre o colo.

— Não sei — disse. — Por que pergunta?

— Onde ela mora agora?

— Num subúrbio, algum lugar no norte da cidade.

— Casada?

— Vive com alguém — disse Berit. — Sem filhos. O que procura?

Annika balançou nos calcanhares, o que fez o ruído em sua cabeça aumentar.

— Apenas informação — disse —, um velho anúncio de casamento que preciso checar.

— Um anúncio de casamento? — perguntou Berit enquanto Annika partia sem explicações, voltando para sua sala com uma expressão vítrea e fechando a porta. Sentou-se diante da tela enquanto seu pulso desacelerava. Então ergueu as mãos e deixou que elas lentamente desvelassem a verdade.

Começou com o site do governo e baixou um arquivo PDF sobre a titular do Ministério da Cultura. Tinha um retrato de Karina Björnlund dando um sorriso falso e dados sobre suas áreas de responsabilidade: patrimônio cultural, arte, imprensa, rádio e televisão, comunidades religiosas.

Na seção pessoal do arquivo constava que ela nascera em 1951 e fora criada em Luleå. No momento, morava em Knivsta com seu parceiro.

Nada sobre Karlsvik, pensou Annika, e clicou em um grande site de informação.

Procurou Karina Björnlund Knivsta no censo e encontrou uma mulher nascida em 1951. Clicou em mais informações e recebeu o nome da paróquia onde ela nascera.

Baixa Luleå.

Mordeu o interior da bochecha, as palmas de suas mãos coçavam, ela precisava investigar mais a fundo. Deixou o site e seguiu para o Google de novo, fazendo uma busca geral por "karlsvik" e "baixa luleå"; obteve 19 resultados. O primeiro era a história de um mantenedor de serras mecânicas, um Olof Falck de Hälleström (1758-1830), no que agora era a paróquia de Norrfjärden no distrito de Piteå. Annika fez uma pesquisa dentro da página e descobriu que um dos descendentes do homem das serras, Beda Markström, nascido em 1885, tinha se instalado em Karlsvik, na paróquia da Baixa Luleå.

Procurou um mapa e o encontrou.

Karlsvik era uma pequena comunidade logo nos arredores de Luleå, do outro lado do rio.

Recostou-se, assimilando a informação. Seu couro cabeludo coçava, a boca estava seca, os dedos tremiam.

Anotou os pontos principais no seu bloco e discou o número interno do editor-chefe.

— Tem alguns minutos?

A atmosfera na sala de reuniões da Federação dos Conselhos de Condados estava ácida de oxigênio viciado. O bafo de vapores de café e nicotina velha misturava-se ao suor de homens de meia-idade em jaquetas de lã. Thomas enxugou a testa. Inconscientemente, deslizou um dedo sob o nó da gravata e abriu-a para deixar entrar mais ar.

Essa era a primeira reunião do grupo de conferência, o que significava que as hierarquias e estruturas ainda não haviam se definido. O clima de tapinhas nas costas tinha resvalado para a marcação olfativa de território à medida que o encontro acontecia. Thomas percebeu que precisariam de pelo menos outra reunião até que pudessem alcançar algo sensato.

O congresso da Federação dos Conselhos de Condados e a Associação dos Conselhos Locais em Norrköping em junho deveria debater uma questão muito ampla e muito séria. Os dois grupos realizariam cada um sua conferência individual, mas com várias sessões conjuntas. A questão principal era se conseguiriam se fundir. O tema comum e prevalente do congresso era "o cidadão e o futuro".

Thomas abriu bem os olhos, olhando para o horário do congresso.

Não podia escapar. Sophia estava com ele por toda parte. Agora ela estava ali entre as linhas das propostas do comitê para programas de longo prazo, investigando a documentação relativa à colaboração e a informação do congresso enviada aos membros da Federação dos Conselhos de Condados.

Thomas recostou-se, ouvindo o diretor de comunicação dar uma longa lista de diretrizes e deixou seus olhos viajarem pelos participantes.

Sophia num terninho risca de giz com uma blusa de seda, dentes brilhantes e cabelos de maçã junto à janela.

Sophia com seu sutiã de renda e lábios entreabertos encostada no quadro dos gráficos.

Sophia sem calcinha caminhando ao redor do projetor.

Limpou a garganta e sacudiu a cabeça, forçando seu cérebro de volta à realidade.

À extremidade da mesa estilizada sentava-se o diretor de informação, que também presidia o grupo de projeto e era um dos responsáveis pelo conteúdo factual. A dupla responsável pela organização e administração serviu-se de mais café e beliscou os doces que endureciam rapidamente. Os outros participantes tinham se reunido perto da janela, onde estavam sentados com os paletós sobre o encosto das cadeiras, tentando parecer que não iam bocejar.

Sua realidade. A realidade de Sophia.

O que fazia Annika nesse exato momento? O que sabia ele da realidade dela?

Sem que entendesse como aconteceu, ou o que fora dito, o encontro se desfez num arrastar de cadeiras e vozes aliviadas. Concentrou-se e, sem erguer os olhos, juntou seus documentos.

— Samuelsson — disse uma voz acima dele, e Thomas ergueu rapidamente o olhar. — Como vai indo a colaboração com a Federação dos Conselhos de Condados?

Thomas levantou-se e apertou a mão do diretor de informação, sentindo seu cérebro congelar e ficando sem palavras — que tipo de resposta ele esperava?

— Ora — engoliu em seco audivelmente —, está indo muito bem.

— Nenhuma área real de conflito?

Soltou a mão para ocultar o fato de que estava suando.

— Na medida em que estamos trabalhando com a mesma meta e contamos com um bom número de elementos independentes no projeto, tudo está funcionando razoavelmente bem — disse ele, indagando-se o que queria dizer exatamente com aquilo.

— Aquela Sophia Grenborg, como ela é?

A pergunta tirou o último oxigênio dos seus pulmões; abriu a boca, mas não conseguiu respirar.

— Ora — se pegou dizendo. — Ela é tranquila. Um pouco chata. Classe alta, nunca teve problemas na vida...

O diretor de informação olhou para ele com surpresa.

— Eu quis dizer em relação ao trabalho, como ela é? Está pressionando os interesses da federação às nossas custas?

Para seu embaraço, Thomas podia sentir que ruborizava; que erro estúpido.

— Está tudo certo contanto que não baixemos a guarda — disse ele. — Não podemos deixar que eles fiquem em vantagem, por isso existe muito posicionamento sendo assumido para o avanço do congresso, se posso dizer assim...

O diretor de informação acenou com a cabeça, concentrado.

— Entendo — disse ele. — Ouça, poderia fazer um sumário de suas experiências, em parte dentro de sua área atual de foco, mas particularmente em relação à questão regional, assim que possível?

— Naturalmente — disse Thomas, endireitando a gravata. — Só me diga o que deseja e eu o farei.

O diretor de informação deu um soquinho leve no ombro esquerdo de Thomas.

— É isso que eu gosto de ouvir — disse ele, e deslizou para fora da sala.

A sala ficou vazia e Thomas viu-se sozinho, fechando sua pasta. Uma das secretárias abriu bem uma janela para deixar que algum ar respirável entrasse de novo, uma corrente fria varreu suas pernas e a parte de baixo de seu paletó.

Como ia a colaboração com a Federação de Conselhos de Condados? Sophia Grenborg, que tal era ela?

Thomas afastou o pensamento, pegou a pasta e dirigiu-se com firmeza para os elevadores. Alguns dos membros do grupo estavam de pé conversando enquanto esperavam, deu-lhes um rápido sorriso e partiu para as escadas.

O corredor do lado de fora de sua sala estava silencioso e sombrio, o desenho estrutural das paredes enfatizava e arqueava as lâmpadas que irradiavam luz em sombras. Correu para sua sala, fechou a porta e afundou diante da mesa.

Não podia continuar assim. Por que deixara as coisas irem tão longe? Tudo aquilo por que havia lutado durante anos corria o risco de arruinar-se: a relação que tinha construído com sua família e com seus empregadores não valeria nada se fosse descoberto compartilhando uma cama com a Federação dos Conselhos de Condados. Seus olhos fixaram-se na foto de Annika e das crianças que tinha colocado numa moldura de prata sobre a mesa, uma fotografia que havia tirado no verão passado na festa de aniversário de 70 anos de sua tia. A foto não lhes fazia justiça. As crianças estavam vestidas formalmente e um tanto retesadas. Annika usava um vestido à altura dos joelhos que fluía e moldava seu corpo de arestas marcadas; os cabelos trançados caíam quietos e controlados, como um açoite por suas costas.

— Isso diz muito sobre como você gostaria que as pessoas nos vissem — disse Annika quando viu a foto que ele escolheu para botar na moldura.

Ele não respondeu, havia escolhido não embarcar em outra discussão que nunca levaria a lugar algum.

A forma como as outras pessoas o viam era importante para ele, isso era verdade. Ignorar a impressão que você dava era tanto irresponsável como estúpido, essa era a opinião geral. Annika pensava justamente o contrário.

— Você não pode ser amado por todo mundo — dizia ela. — É melhor defender aquilo em que acredita do que tentar agradar a todos.

Passou um dedo sobre a moldura de metal fosca, sua unha demorando-se sobre a curva dos seios de Annika.

Uma chamada interna insistente deu-lhe um sobressalto.

— Tem uma visitante na recepção, Sophia Grenborg, da Federação dos Conselhos de Condados. Quer descer e vir buscá-la?

Sentiu o suor irromper na testa e debaixo dos braços.

— Não — disse ele. — Ela sabe o caminho. Pode deixar que suba.

Colocou o fone no gancho, ergueu-se da cadeira e atravessou o assoalho, abrindo a porta ligeiramente e olhando ao seu redor na sala como se nunca a tivesse visto antes. Decidiu encostar-se na mesa e cruzou braços e pernas enquanto atentava para ruídos nas escadas. Só podia ouvir seu coração batendo forte e lutou para encontrar seus sentimentos, mas só encontrou uma confusão sem fim.

Não sabia. Tinha expectativas, mas sentia-se envergonhado. Sentia desejo e sentia ódio.

Ouviu passos fazendo o ruído que só os dela faziam; eles ecoaram através do silêncio do corredor, leves e felizes.

Ela empurrou a porta e entrou no escritório, os olhos brilhando; havia uma timidez e hesitação neles que não podia submergir na grande onda de boa vontade que emanavam.

Caminhou até ela, apagou a luz principal e puxou-a contra si enquanto fechava a porta. Beijou-a dura e insensatamente; sua boca estava amarga e quente; pegou seus seios, enquanto as mãos dela se enfiavam pelos fundos da calça dele.

Ofegaram juntos, tiraram a roupa e deitaram-se sobre a mesa; a caneca de canetas bateu nas suas costas e ele a derrubou com tudo o mais que havia atrás de si; ela subiu por cima dele, seus olhos capturando os de Thomas, seus lábios inchados e trêmulos. Penetrou nela como se fosse manteiga quente. Inclinou a cabeça para trás e fechou os olhos enquanto ela lentamente começava a cavalgá-lo. As ondas lentas faziam seu corpo levantar voo. Enquanto seu orgasmo se aproximava, abriu bem os olhos, fixando-os nos de Annika, que tentava ocultar sua tolerância resignada na foto de família.

Não pôde evitar o gemido que soltou ao mesmo tempo que o esperma.

No silêncio que se seguiu podia ouvir o zumbido monótono do ar-condicionado, a cantoria dos cabos no poço dos elevadores, um telefone abandonado em outro andar que tocava, tocava e tocava.

— Somos loucos — sussurrou Sophia no seu ouvido, e ele não pôde deixar de rir; sim, eram realmente loucos e ele a beijou e levantaram-se. Ela saltou de cima dele e o fluido escorreu do seu corpo, caindo em cima de um dos papéis do projeto.

Ajeitaram apressadamente suas roupas, com risinhos e afagos. Então ficaram colados de pé, os braços agarrados às cinturas, sorrindo um para o outro.

— Obrigada por hoje — disse Sophia, e beijou-o no queixo.

Beijou-a na boca, comendo sua língua.

— Eu é que agradeço — sussurrou.

Ela colocou o casaco, pegou a pasta e ia partir quando de repente parou.

— Ah — disse ela. — Quase esqueci por que vim aqui.

Ele estava sentado na cadeira, recostado, sentindo a sonolência que sempre vinha depois da ejaculação. Sophia colocou a pasta sobre a mesa, abriu-a e tirou um folder de papéis com o logo do Ministério da Justiça.

— Passei um tempo com Cramne esta tarde, estudamos o esboço do plano de ação — disse ela e sorriu para ele com um ar quase bovino no rosto.

Sentiu seu próprio rosto retesar, a necessidade de sono desaparecer.

— O quê? — disse ele. — Pensei que era eu quem devia fazer isso.

— Cramne me chamou; não conseguia falar com você porque você estava em uma ou outra reunião. Pode ler os papéis esta noite e me ligar amanhã de manhã cedo?

Ele olhou para o relógio.

— Tenho de pegar as crianças — disse. — Não sei se vou ter tempo esta noite.

Sophia piscou, as pálpebras pálidas fechando-se suavemente.

— OK — disse ela, sua voz subitamente diminuída e mais aguda. — Me ligue quando puder.

Virou-se e deixou a sala, fechando a porta atrás de si. Thomas ficou na cadeira, subitamente se dando conta da viscosidade ao redor do seu pau.

Como ia a colaboração com a Federação dos Conselhos de Condados? E Sophia Grenborg, que tal era ela?

Projetou-se para a frente, amassou o documento do projeto e o jogou no cesto de lixo. Deixou as discussões de Sophia com o departamento ao lado da caneca de canetas e partiu apressado para a creche.

As pernas de Annika quase tinham adormecido nas cadeiras desconfortáveis do lado de fora da sala de Anders Schyman quando o editor-chefe finalmente abriu a porta e a deixou entrar.

— Tenho dez minutos — disse, dando-lhe as costas antes que ela respondesse.

Levantou-se, tentando dar vida a suas pernas, e sentindo-se estranhamente constrangida. Seguiu as costas amplas de Schyman até a sala, com passos nervosos no assoalho instável. Ficou irritada com sua tentativa de apressá-la e afundou numa das cadeiras de visitantes, colocando suas anotações em cima de uma espécie de diagrama na mesa dele.

O editor-chefe voltou lentamente para trás de sua mesa, afundou na cadeira rangente e recostou-se.

— Você não está se desgrudando desse ângulo terrorista, então? — declarou, cruzando as mãos sobre a barriga.

— Descobri informações altamente controversas — disse Annika, olhando para o caderno, percebendo que estava aberto na página errada. Puxou as notas para si e procurou febrilmente o resumo que tinha preparado. Schyman suspirou.

— Fale de uma vez — disse ele, e Annika depôs o caderno no colo. Ela combatia uma sensação persistente de queda, que fazia o chão oscilar loucamente.

— O nome do terrorista é Göran Nilsson — disse ela. — Nascido em Sattajärvi, no vale do Torne, em 1948, filho de um pastor laestadiano.

Pegou suas anotações e folheou-as.

— Mudou-se para Uppsala a fim de estudar teologia aos 19 anos, juntou-se ao movimento rebelde na primavera de 1968 e tornou-se um maoista. Abandonou os estudos e voltou para Norrbotten, onde trabalhou para a igreja. Juntou-se a grupos maoistas em Luleå sob o codinome de Ragnwald e parece ter perdido a fé, porque programou uma cerimônia de casamento civil. De um modo ou de outro, esteve envolvido no ataque a F21, mesmo que a polícia não acredite que na verdade o tenha realizado. Desapareceu da Suécia em 18 de novembro de 1969 e não voltou desde então. O casamento, que deveria ocorrer em 20 de novembro na prefeitura de Luleå, dois dias depois do ataque, foi cancelado.

Schyman acenou lentamente com a cabeça.

— Foi então para a Espanha e tornou-se um assassino profissional do ETA — completou ele, olhando para o jornal numa das mesas laterais.

Annika ergueu a mão, colocando os pés bem no chão para encontrar terreno sólido.

— É o episodio da F21, essa é a parte interessante — disse ela.

— Achei que você tinha dito que a polícia o descartara, que não fora ele o responsável pelo ataque.

Ela engoliu em seco silenciosamente e assentiu com a cabeça.

— Então quem foi que explodiu o avião? — disse Anders, num tom de voz neutro, as mãos quietas.

Ela ficou em silêncio por uns momentos antes de responder.

— Karina Björnlund — disse. — A ministra da Cultura.

O editor-chefe não moveu um músculo. Suas mãos ficaram apertadas sobre os botões da camisa, suas costas permaneceram no mesmo ângulo, seus olhos não se mexeram — mas o ar na sala havia subitamente se tornado cinza, difícil de respirar.

— Eu suponho — disse Schyman depois de um silêncio de duração indeterminada — que você tenha uma conclusão estupendamente boa para essa acusação.

Annika tentou rir; emitiu um esgar silencioso de escárnio.

— Na verdade, não — disse ela —, mas a ministra realmente é a culpada mais provável.

Schyman lançou-se para a frente, levantando-se da cadeira com o apoio da mesa, e caminhou através do assoalho, sem olhar para Annika.

— Não sei se quero ouvir isso — disse ele.

Annika estava a meio caminho fora da cadeira para segui-lo, mas sentiu a sala inteira balançar e afundou de volta, recolhendo suas anotações.

— As pegadas encontradas na cena tinham tamanho 34 — disse ela. — Foram feitas por uma criança ou por uma mulher pequena, e, das alternativas, uma mulher adulta com pés pequenos é mais provável. As mulheres raramente se voltam para o terrorismo, a não ser com seus homens. Ragnwald planejou o ataque; sua noiva o executou.

Schyman interrompeu sua caminhada inquieta pela sala e virou-se para encará-la, as mãos do lado do corpo.

— Noiva?

— Estavam de casamento marcado, o assistente paroquial Göran Nilsson de Sattajärvi e Karina Björnlund de Karlsvik na paróquia de Baixa Luleå. Chequei todos os Göran Nilssons e Karina Björnlunds com suas fichas pessoais contra a informação histórica no Registro por Endereço da População Nacional e só existem eles dois.

— O terrorista e a ministra da Cultura?

— O terrorista e a ministra da Cultura.

— Iam se casar dois dias depois do ataque?

Annika assentiu com a cabeça, observando o indisfarçável espanto do chefe, e sentiu o terreno solidificar-se debaixo de si novamente.

— Como sabe disso?

— Um anúncio de casamento no *Norrland News* publicado menos de quatro semanas antes do ataque.

Anders cruzou os braços, girou nos calcanhares e olhou para fora pela grande janela escura que dava para a embaixada da Rússia.

— Você tem certeza absoluta de que Karina Björnlund, no outono de 1969, planejava casar-se com um homem que acabou se tornando um assassino profissional?

Ela limpou a garganta e assentiu com a cabeça, e Schyman continuou o seu raciocínio.

— E nossa ministra da Cultura teria destruído propriedade do Estado, assassinado um recruta e ferido outro, tudo em nome do amor?

— Não sei dizer, mas parece lógico — disse Annika.

O editor-chefe voltou à sua cadeira e sentou-se cuidadosamente.

— Quantos anos ela tinha?

— Dezenove.

— Vivia com esse sujeito?

— Ainda estava registrada no endereço de seus pais em Karlsvik.

— Ela trabalhava?

— No anúncio de casamento dizia que era estudante.

Anders pegou uma caneta e escreveu algo no canto de um diagrama.

— Quer saber? — disse ele, olhando para Annika. — Essa é a maior merda que já ouvi.

Deixou a caneta cair; o pequeno som do plástico sobre papel cresceu e ecoou no silêncio, o chão se abriu debaixo dela, que sentia como se estivesse caindo.

— Fico feliz — disse ele — que você tenha trazido essa informação para mim. Mencionou essa bobagem para mais alguém?

Annika sentiu o calor subindo ao rosto e sua cabeça começava a rodar.

— Não — sussurrou ela.

— Nem para Berti? Ou Jansson? Nem para a sua avó?

— Minha avó já morreu.

Estudou-a atentamente por alguns segundos e então endireitou as costas.

— Muito bem — disse ele, afastando-se. — A partir de agora você não vai mais cobrir terrorismo. Não vai gastar nem mais um minuto com Karina Björnlund ou esse desgraçado Ragnwald ou qualquer explosão em Luleå ou outro lugar, estamos entendidos?

Ela jogou-se para trás na cadeira, para longe do bafo dele, que tinha se aproximado novamente.

— Mas — disse ela — não vale a pena pelo menos continuar verificando?

Anders olhou para ela com um espanto tão incrédulo que a deixou com a garganta queimando.

— O fato de que o terrorista mais procurado da Suécia por mais de três décadas é na verdade uma estudante adolescente de uma aldeia de Norrbotten que morava com a mãe e acabou se tornando ministra num governo social-democrata?

Annika respirava rapidamente pela boca.

— Não falei sequer com a polícia...

— Ainda bem, pelo amor de Deus.

— ... devem tê-la interrogado, talvez exista uma explicação inteiramente inocente...

Um sinal raivoso do interfone a silenciou.

— Herman Wennergren está aqui — disse sua secretária pelo alto-falante que estalava.

O editor-chefe deu três longas passadas até o interfone e apertou o botão.

— Peça a ele que entre.

Soltou o botão e olhou para Annika; ela sentiu que seu olhar a condenava para o submundo.

— Não quero ouvir mais nenhuma palavra sobre isso — disse ele. — Saia.

Annika levantou-se, surpresa de que não tivesse desmoronado completamente, agarrou seu caderno de anotações com mãos que lhe pareciam alheias e partiu na direção da porta no final de um longo túnel.

Tateou o seu caminho através dele.

Schyman viu a porta se fechar atrás de Annika Bengtzon, o desapontamento queimando-lhe as entranhas.

Tão incrivelmente triste. Annika era tão eficiente, tão ambiciosa. Agora havia evidentemente perdido a cabeça. Perdera o contato com a realidade e embarcara em algum mundo de fantasia com terroristas no governo e assassinos profissionais envolvidos com políticos locais em Östhammar.

Teve de se sentar e girou a cadeira de modo que acabou olhando seu próprio reflexo no vidro escuro, tentando enxergar os contornos dos edifícios que se espalhavam lá embaixo sob a bandeira russa.

Quais eram suas responsabilidades como chefe dela numa posição dessas? Deveria reportar ao departamento de saúde ocupacional? Annika Bengtzon representava um risco para si mesma ou para alguém mais?

Viu-se engolindo em seco, sentado ali em sua cadeira do escritório.

Não havia notado quaisquer tendências suicidas ou sinais de violência. A única coisa que sabia ao certo era que seus artigos não eram mais confiáveis e que ele era pago para lidar com algo como aquilo. Bengtzon precisava ser tratada muito mais rigorosamente do que antes, tanto por ele como pelos outros editores.

Triste, pensou novamente. Houve uma época em que ela era muito boa em desencavar histórias.

A porta escancarou-se e Wennergren entrou com passadas largas na sala sem bater, como de costume.

— É uma boa ideia escolher guerras que você pode vencer — disse o presidente do conselho de administração entre dentes cerrados, jogando sua pasta no sofá. — Posso tomar um café?

Schyman inclinou-se para a frente, apertou o botão do interfone e pediu à secretária que trouxesse duas xícaras. Levantou-se então e caminhou lentamente, as costas retas, em direção aos sofás onde Wennergren tinha sentado, ainda de paletó, inseguro quanto ao significado dessa visita não anunciada.

— Um dia ruim no campo de batalha? — perguntou, instalando-se no outro lado da mesa.

O presidente do conselho dedilhou a fechadura de sua pasta, as unhas estalando contra o metal de uma maneira inconsciente e irritante.

— Ora você perde, ora você ganha — disse. — Posso dar-lhe as boas notícias de que aparentemente estou conseguindo sua nomeação. Acabo de chegar de um encontro da Associação dos Editores de Jornais, onde propus seu nome para novo presidente depois do Ano-novo. O último sujeito não trabalhou nada, por isso concordamos que precisamos de uma mudança e minha sugestão encontrou surpreendentemente pouca resistência. Ninguém tinha objeções, nem editores, nem diretores.

Wennergren parecia genuinamente surpreso.

— Talvez estivessem simplesmente chocados — disse Schyman enquanto sua secretária trazia uma bandeja cheia de xícaras e biscoitos.

— Não acredito — disse o presidente, pegando um biscoito de gengibre antes que a bandeja chegasse à mesa. — O diretor-gerente chamou-o de capitalista coletivo. O que acha que quis dizer com isso?

— Depende se o tom era positivo ou negativo e quais valores você agrega à descrição — disse Schyman, contornando a questão.

Wennergren tomou um gole cauteloso na xícara de porcelana, fazendo beicinho e com o mindinho saliente.

— É possível que os outros grupos estejam juntando suas forças — disse ele, depois de tomar um gole. — Não deveríamos estourar o champanhe da vitória ainda, mas acho que posso garanti-lo como presidente. E, assim que chegar lá, no primeiro encontro do conselho, quero que levante uma questão particular que é de suma importância para nossos proprietários.

Schyman recostou-se na cadeira e concentrou-se em manter a expressão completamente neutra, enquanto a verdadeira natureza da sua promoção lhe vinha à mente com transparência cristalina.

Esperavam que ele fosse a arma dos proprietários no fórum ostensivamente neutro e apolítico que a Associação dos Editores de Jornais pretendia ser.

— Entendo — disse Schyman secamente. — Que questão seria essa?

Wennergren mastigava uma fatia de caramelo.

— A TV da Escandinávia — disse ele, limpando algumas migalhas dos cantos da boca. — Vamos realmente permitir a entrada do capital americano em nossas ondas de comunicações sem qualquer debate de verdade?

A segunda frente, pensou Schyman. Aquela que estava sendo perdida. O velho está realmente preocupado.

— Achei que isso já estava sendo debatido por toda parte — disse ele, sem saber se deveria se chatear com a tentativa de o direcionarem como lobista ou se devia fingir que eram más notícias.

— Claro — disse Wennergren, limpando os dedos num guardanapo. — Quantos artigos tivemos sobre isso no *Evening Post*?

Schyman levantou-se, em vez de erguer a voz, e foi sentar-se em sua cadeira.

Nunca antes tinha a família proprietária do jornal exercido qualquer pressão sobre ele para escrever sobre assuntos em que tinha interesses econômicos. Sentiu imediatamente como devia ser ampla e sensível para ela o lançamento de um canal americano.

— Uma precondição para eu gozar de qualquer tipo de respeito na comunidade editorial é que mantenho uma linha crítica e independente em relação a nossos proprietários sob todas as circunstâncias — disse ele, pegando uma caneta sem a usar.

— Naturalmente — disse Wennergren, levantando-se também e pegando a pasta e abotoando o paletó. — Uma linha independente, é claro, para qualquer observador. Mas você não é estúpido, Schyman. Você sabe para quem trabalha, não?

— Jornalismo — disse Schyman, sentindo sua têmpera esquentar. — Verdade e democracia.

Wennergren deu um suspiro cansado.

— Sim, sim — disse. — Mas é claro que você compreende o que está em jogo. Como vamos conseguir nos livrar da TV da Escandinávia?

— Garantindo que eles não consigam uma licença de transmissão — disse Schyman imediatamente.

Wennergren suspirou ainda mais alto.

— Obviamente — disse. — Mas como? Já tentamos de tudo. O governo está irredutível. Este consórcio americano preenche todos os critérios de acesso à rede de transmissões digitais.

A proposta estará no Parlamento na próxima terça-feira, e o Ministério da Cultura não vai mudar suas condições só porque nós queremos.

— Está tão adiantado assim? — disse Schyman. — Então a coisa já foi sem dúvida sacramentada?

— Todos os estágios de comissões e consultas terminaram há muito tempo, mas você sabe como a ministra Björnlund é. Ela tem dificuldades em fazer qualquer coisa, mais ainda no prazo. Verificamos com o escritório da imprensa parlamentar, eles ainda não receberam o texto.

Schyman baixou o olhar sobre sua mesa e, num canto do último gráfico de vendas, viu as palavras que escreveu enquanto pensava até onde deveria ser duro com Annika.

Karina Björnlund, noiva do terrorista Ragnwald, explodiu o avião F21????

Olhou para as palavras, sentindo a pressão aumentar.

Como ele gostaria que fosse o panorama da mídia na Suécia no futuro?

Queria ver a mídia sueca sob a custódia de proprietários seriamente engajados com uma longa tradição de honrar questões como democracia e liberdade de expressão? Ou poderia deixar que fossem sufocados por um gigante global de entretenimento cheio de dólares? Poderia deliberadamente pôr em risco o *Evening Post*, o *Morning News*, as editoras, os canais de rádio e televisão, puramente porque insistia em manter sua forma de ética muda e estereotipada? Uma ética que ninguém sabia que ele seguia, nem a que custo?

E em última análise: estava preparado para sacrificar sua própria carreira?

Anders pegou a folha do gráfico que continha suas notas e olhou para o presidente do conselho.

— Há uma coisa — disse ele. — Algo que Karina Björnlund realmente não quer que venha a público.

Wennergren ergueu as sobrancelhas, intrigado.

O granizo de inverno golpeava Annika no rosto com desdenhosa ousadia, fazendo-a lutar por fôlego. As portas deslizaram, fechando atrás de si, o som da sucção misturado com a trituração do gelo imprensado no mecanismo. Colocou a mão sobre os olhos para bloquear a luz do logotipo iluminado do jornal acima de sua cabeça. À sua frente a rua e o mundo se estendiam, vastos e impenetráveis. Seu centro de gravidade afundava, através do estômago, passando pelos joelhos. Como poderia dar mais um passo? Como ia conseguir chegar em casa?

Essa é a maior merda que já ouvi. Mencionou essa bobagem para mais alguém?

No fundo da sua cabeça os anjos afinavam suas vozes de luto, sem palavras, apenas notas, alcançando-a através de eternidades de vazio.

A partir de agora você não vai mais cobrir terrorismo. Não vai gastar nem mais um minuto com Karina Björnlund ou esse desgraçado Ragnwald.

Como podia estar tão errada? Estava realmente enlouquecendo? O que acontecera com sua cabeça? Foi por causa do túnel? Algo lá se rompera para sempre?

Colocou as mãos sobre as orelhas, fechando bem os olhos para deixar os anjos do lado de fora, mas em vez disso ela os deixava entrar; começavam a remexer seriamente dentro do seu cérebro, infiltrando-se em sua consciência e formulando suas intermináveis queixas.

Verão saúda açúcar calor eterno cansaço.

Não. Não quero isso.

O celular começou a zumbir do fundo da bolsa; fechou os olhos e sentiu as vibrações filtrarem através do seu bloco de anotações, da goma de mascar, do saquinho de papel-toalha, o forro do seu casaco apertando a cintura, espalhando calor em sua barriga. Parou e esperou até que terminasse.

Não quero ouvir mais nenhuma palavra sobre isso.

Estocolmo parou em silêncio ao seu redor; o ruído do trânsito na via expressa desapareceu; fantasmas úmidos juntavam-se em torno dos postes de iluminação e dos cartazes de néon; seus pés flutuavam livres do chão; partiu e lentamente flutuou pela calçada do lado de fora da entrada, descendo à garagem, sobre o gramado congelado, passando a ilha de tráfego de concreto.

— Annika!

Desceu à terra com um solavanco, lutando por fôlego, e viu-se de pé bem diante das portas de correr que trituravam o gelo, o vento puxando seus cabelos de novo, cuspindo e rosnando.

— Vamos lá, você está ficando ensopada.

O velho Toyota verde de Thomas tinha encostado ao longo da entrada para a garagem; olhou para ele com surpresa — o que fazia ali?

Então ela o viu acenar da porta aberta do carro, seus cabelos louros molhados e colados à testa, seu casaco manchado de granizo; correu para ele, diretamente para seus olhos sorridentes, voando por sobre o macadame e as poças de gelo, afogando-se em seu abraço interminável.

— Que bom que você recebeu minha mensagem — disse ele, conduzindo-a até o lado do carona, conversando enquanto abria a porta e a ajudava a entrar. — Tentei ligar para o seu celular, mas não atendia, por isso disse ao zelador que viria pegar você; tinha de sair com o carro, de qualquer maneira, por isso não foi trabalho algum, comprei umas coisinhas e achei que podíamos talvez...

Annika ofegava levemente pela boca semiaberta.

— Acho que vou ter um troço — sussurrou.

— Certo, vamos levar você para casa e enfiá-la na cama quente, concordam, crianças?

Virou-se e viu os filhos sentados em suas cadeirinhas de segurança no assento traseiro; sorriu fracamente.

— Olá, queridos. Eu amo vocês.

QUARTA-FEIRA, 18 DE NOVEMBRO

O homem atravessou a recepção do camping com passos flutuantes, o corpo leve e a mente aguçada. Sentia-se robusto, forte. Nas pernas, as molas das quais recordava, com músculos que retesavam e relaxavam. Encheu os pulmões, dando pouca importância à facada em seu estômago enquanto o diafragma expandia. O ar ali era tão estranho e vagamente familiar, como uma canção esquecida dos tempos de criança que subitamente reavivava a memória depois de ser ouvida novamente, a distância, num rádio cheio de interferência.

Alerta, pensou, e parou. Frio e vigilante.

Virou-se e lançou um olhar furtivo para o céu; um ou dois flocos surrados lutavam para chegar ao chão, navegando, agitados, entre as camadas de ar.

Estava ali para voltar para casa, reunir-se com a família. Não tinha qualquer expectativa quanto ao país ou ao panorama, sabendo muito bem que os moinhos do capitalismo trituravam a cultura e a infraestrutura. E era por isso que a alegria de rever aquilo tudo era tão inesperada: as casas amontoadas e as estradas cobertas pela neve, a proximidade do céu e os pinheiros cerrados e solitários. Até as mudanças foram inofensivas; sempre soube que a ocupação avançaria durante sua ausência.

Caminhou na direção da estrada onde a garota vivera no passado, com sua fileira periclitante de alojamentos para operários com torneiras de água fria e banheiros do lado de fora; perguntou a si mesmo se estava no lugar certo. Difícil dizer. Karlsvik mudara como ele temera, mas não como imaginara. No matagal do lado de fora da cidade, onde os mirtilos eram abundantes no verão de 1969, onde se enroscara pelo chão com Karina até passarem por cima de um formigueiro, havia agora uma monstruosidade listrada, em branco e azul-pálido, coberta de cartazes, que se vangloriava de ser a maior arena coberta para jogos de futebol e eventos comerciais no norte europeu. Não seria preciso que ninguém o convencesse daquilo.

Na margem do rio, onde haviam corrido um atrás do outro por entre as ruínas do velho ancoradouro e do depósito de madeira, existia agora um camping quatro estrelas dotado de uma coleção de chalezinhos de madeira: um deles fora reservado por ele.

O ar severo do inverno trazia consigo o cheiro da água borbulhante a caminho do golfo de Bótnia, e o homem podia enxergar a cidade ao longe, relembrando os velhos resquícios dos dias de serraria, os pedaços de madeira e outros entulhos que se juntavam às margens do rio. Imaginou se ainda havia sobrado algo, se os pinheiros nos bancos de areia íngremes tinham finalmente desabado na água.

Continuou caminhando, num ritmo leve e constante, pelas ruas invernais, cuidadosamente limpas e cobertas por uma fina camada de gelo, areia grossa e folhas de pinheiro. As trilhas deixadas pelos limpa-neves eram retilíneas e regulares, as casas ao redor irreconhecíveis para ele.

A área fora renovada, com a ambição pitoresca digna da elite cultural e de servidores públicos de alto escalão. As diversas fileiras de alojamentos para a classe operária tiveram suas cores vermelho-ferrugem e amarelo-ocre restauradas, porém numa versão plástica brilhosa. Entalhes reluziam intensamente sob o entardecer tristonho, molduras de janelas milimetricamente retas transpareciam seu estado de custosa renovação feita com as melhores madeiras. Com seus balanços coloridos nos *playgrounds*, latas de lixo com tampas organizadas para reciclagem e degraus das varandas varridos cuidadosamente, o lugar exibia um excesso decadente e desonesto.

Estava vazio e morto. Podia ouvir o latido de um cão; um gato saltou sobre um monte de neve a distância, mas Karlsvik não estava viva: nada mais era que um espelho, projetado para refletir as pessoas que ali viviam e se julgavam felizes.

Interrompeu aquele pensamento, lembrando que as vidas das pessoas comuns estavam sempre nas mãos dos grandes capitalistas, tanto antes como nos dias de hoje.

Entrou na Disponentvägen e imediatamente reconheceu a casa dela, a fachada vermelha e sedutora como os lábios molhados de uma prostituta. Seu olhar se voltou automaticamente para a janela da garota, no segundo andar. Grades verdes e uma antena no telhado tal e qual um inseto gigantesco.

Sua garota, sua Loba Vermelha.

As mulheres sempre o acharam tímido e reservado, um amante meigo e atencioso. Apenas com Karina ele fora realmente excelente. Apenas com ela o ato de fazer amor o levara além do erotismo e fizera o amor parecer com o milagre que de fato era. Com ela e seus amigos criara sua própria família e por todos os anos e segundos que se passaram, eles sempre estiveram com ele.

Ela não quisera falar com ele.

Quando a procurou, foi rejeitado. O sentimento de traição ardia em seu rosto — ela era como uma estrela reluzente para eles. Ela recebera seu codinome digno de orgulho, pois eles queriam ressaltar o histórico nórdico do grupo; eram comunistas do Reino do Lobo. Mesmo que acreditassem fazer parte do povo chinês, nada os impedia de realçar a transgressão das fronteiras nacionais na luta pela liberdade.

Mas ela se deixara intoxicar pela terrível doçura do poder e lhe dera as costas. Agora era ele quem dava as costas para o lar onde ela passara sua infância e deixava as casas para trás. Caminhou decidido rumo à trilha ao longo do *camping*, parou ao lado de um monte de neve e olhou para os pinheiros magros.

Os destroços da primeira siderúrgica de Norrbotten podiam ser avistados na forma de alicerces cinzentos. Ele viu os fragmentos pontiagudos emergindo da neve, escombros retorcidos do desejo vão da humanidade de determinar seu próprio destino.

A história da siderúrgica fora breve e violenta. Centenas de pessoas trabalharam ali pouco antes da virada do último século, purificando o minério de ferro encontrado na região; utilizaram como puderam o material bruto em sua própria vizinhança e aquilo só poderia ter acabado de uma maneira.

Proprietários de siderúrgicas do sul da Suécia compraram a fábrica após a Primeira Guerra Mundial, retiraram máquinas e equipamentos, venderam o alojamento dos operários e literalmente explodiram a siderúrgica.

Algumas pessoas têm o direito de explodir coisas. Não todas, porém.

Subitamente, uma nova descarga de dor atingiu seu diafragma e ele percebeu que estava congelando. O efeito do medicamento estava passando; tinha de voltar à cabana. De repente, sentiu novamente seu odor: tinha piorado bastante nos últimos dias. Seu humor agravou-se ao lembrar do suplemento nutricional em pó que era sua fonte de sobrevivência; aquilo não era vida.

Fazia exatamente três meses que recebera o diagnóstico.

Tentou suprimir aquele pensamento e seguiu em frente, caminhando na direção da fábrica de celulose.

Tudo que restava agora eram os armazéns, as infames e gigantescas construções emprestadas aos alemães durante a guerra para guardarem mantimentos e munição. Armas, grãos, latas de alimentos: os nazistas podiam armazená-los ali e transportá-los para suas tropas na Noruega ou na União Soviética. Trinta homens da cidade trabalharam naquele local, entre eles o pai de Karina. Ela sempre alegou que foi o trabalho para os alemães que levou seu pai a beber.

Desculpas, pensou ele. Todos os homens são dotados de livre-arbítrio. Há sempre uma opção, exceto em relação à morte.

E ele fizera sua escolha, que era lutar contra o imperialismo usando a morte como seu modo de expressão, como uma ferramenta contra as pessoas que, por sua vez, fizeram a escolha de impor a opressão e a escravidão sobre seus irmãos e irmãs.

Irmãos e irmãs, pensou.

Ele era filho único, mas ao longo da vida acabou ganhando uma família. Criou seu próprio rebanho, o único pelo qual assumira responsabilidade e o único ao qual traíra.

A dor alojou-se no estômago; a falta de responsabilidade castigara seu corpo e o deixara pesado. Virou-se na direção do camping, caminhando a passos árduos rumo à recepção.

Que tipo de pai tinha sido ele? Abandonara seu rebanho à própria sorte, fugindo tão logo as coisas começaram a esquentar para o seu lado.

O Pantera Negra, pensou ele, parando próximo ao campo de minigolfe coberto pela neve para recuperar o fôlego e permitindo que suas crianças desaparecidas retornassem à memória. Seu herdeiro e filho mais velho, o mais impaciente e agitado de todos, o mais inflexível — o Pantera adotara seu codinome inspirado pelos combatentes estadunidenses. Aquilo causou certa discussão no grupo quando um dos membros apontou que a escolha de um nome americano era algo contrarrevolucionário. Já o Pantera alegava o contrário, afirmando que a utilização do nome daqueles que criticavam a própria América reforçava a luta contra os lacaios do capitalismo.

Pessoalmente, permaneceu de lado, observando enquanto os outros debatiam. Ao ver que eram incapazes de chegar a uma conclusão, ele deu então o voto decisivo e apoiou o Pantera.

Sentiu o peito crescer e apertar ao pensar em quanto o jovem revolucionário mudara. Sem a presença de seu líder, o Pantera tornou-se uma reles sombra, em vez de uma força a ser reconhecida.

As outras crianças seguiram suas próprias estradas e acabaram longe de seus ideais. O pior de todos foi o Tigre Branco. O Tigre de meia-idade se tornara tão diferente do garoto magricelo do qual lembrava que quase chegou a suspeitar que o haviam trocado por outra pessoa.

Caminhou lentamente na direção de sua cabana, a menor delas, chamada Rälsen. O Tigre Branco o acompanhara numa caminhada naquele local no último verão e subitamente ele estava ali a seu lado outra vez, o garoto que escolhera tal nome, pois a cor simbolizava pureza e limpidez, enquanto o animal representava força e discrição.

Seu coração fora puro, pensou o homem, mas hoje em dia era tão negro quanto a siderúrgica que administrava.

Via as pessoas de relance por trás das cortinas e pelos cantos, cuidando de suas atividades cotidianas sem qualquer importância. Bebiam café, faziam listas de compras, bolavam planos mesquinhos contra seus concorrentes e sonhavam em atingir a satisfação sexual. O conglomerado de cabanas estava quase todo ocupado por visitantes de uma das feiras que acontecia dentro da imensa monstruosidade, o que lhe convinha. Ninguém falara com ele desde que chegara de sua viagem a Uppland.

Parou do lado de fora da cabana, ciente de que seu corpo oscilava e de que logo suas forças estariam exauridas. Suas duas últimas crianças lhe vieram à mente.

O Leão da Liberdade recebera aquela alcunha pois ficara decidido que um dos membros deveria simbolizar a solidariedade do grupo para com a África. Além disso, o próprio Leão não fora capaz de pensar em algo mais interessante. Não havia coisa alguma de errado com as convicções do rapaz, mas ele precisava de um líder com pulso firme para ajudá-lo a encontrar o caminho certo. Juntos, decidiram fazer o rugido do Leão da Liberdade ecoar por todo o continente negro e oprimido e liberar as massas.

O Leão da Liberdade era provavelmente aquele que mais precisava dele, então foi também o que sofreu o pior destino.

Cuidarei de você, meu filho, pensou ele ao entrar em sua pequena cabana.

Sentou na cadeira junto à porta e esforçou-se para tirar os sapatos. Seu diafragma doía bastante e inclinar-se lhe provocava náusea.

Soltou um gemido e retomou a posição na cadeira, fechando os olhos por alguns instantes.

Sua outra filha, a Cachorra que Ladrava, fora uma pessoa espalhafatosa e de difícil trato nos anos 1960, mas poderia ter mudado muito. Seria interessante reencontrá-la. Talvez ela fosse uma daquelas que realmente merecia seu legado.

O homem foi até o guarda-roupa para checar se sua sacola ainda estava ali.

QUINTA-FEIRA, 19 DE NOVEMBRO

A porta da frente se fechou com um barulho estrondoso e o silêncio espalhou seus pés macios pelo apartamento. Annika estava novamente só. Deitou-se na cama com a cabeça afundada no travesseiro e os joelhos dobrados até o queixo. A aflição umedecera o edredom. Os anjos cantarolavam ao fundo, monótonos e impotentes.

Ela teria de levantar da cama hoje, ao menos para buscar as crianças. Geralmente nunca adoecia; Thomas não estava acostumado a tomar conta deles, levando à escola e buscando, preparando a comida, lendo para eles e botando-os para dormir. Aquilo o deixava entediado e irritável, além de fazer com que Annika sentisse um peso na consciência.

Enroscou-se ainda mais com a coberta.

As coisas podiam ser piores, pensou ela.

Se as crianças ficassem doentes. Se Thomas a deixasse. Se o jornal fechasse as portas. Se a guerra irrompesse no Iraque, tudo aquilo seria pior. Aquilo ali não era nada.

Mas, ao mesmo tempo, era algo. Era como um enorme buraco onde a base de sua confiança profissional certa vez estivera.

Confiara em Schyman. Confiara em sua opinião.

Algo acontecera, com ele ou com ela. Talvez com ambos. Talvez fosse por causa da história, talvez fosse grande demais para eles.

Ou então ela enlouquecera depois do que aconteceu no túnel.

Compreendeu que aquela era uma possibilidade concreta.

Teria perdido a capacidade de avaliar relevância e probabilidade? Estaria a ponto de perder o contato com o mundo real?

Cobriu a cabeça com o edredom e deixou esse pensamento percorrer seu corpo. Ele parou ao seu lado, aconchegando-se em seu travesseiro. Ao encará-lo, percebeu que não era de fato algo perigoso.

A história era o que era e ela estava certa.

Havia algo ali. Schyman poderia ter razão antes, mas dessa vez estava errado.

Jogou de lado o edredom e arfou, tentando respirar. Correu sem roupa na direção do banheiro, fez xixi, escovou os dentes e tomou banho, tudo rapidamente.

O apartamento ecoava desoladamente sem Thomas e as crianças; ela parou na porta da cozinha e olhou para a bagunça que haviam deixado para trás depois de tomarem o café da manhã, sem prestar muita atenção. Em vez disso, ouviu o som do silêncio, ruídos que nunca escutava quando estavam todos em casa e ela tinha outra função além de ser um indivíduo. Quando se tornava algo maior que si mesma, as nuances mínimas e insignificantes não a alcançavam. Em seu cargo como Responsável Universal pela Vida, voava distante tanto de sussurros como de gritos. Apenas guinchados e exigências por atividades essenciais para a manutenção da vida, como Comida ou Fita Adesiva ou Onde está o Tigrão, conseguiam chegar a ela.

Agora era apenas ela mesma, de licença, doente, com seus furos abaixo do nível da água e declarada lobotomizada, uma repórter esgotada e com prazo de validade vencido, e as nuances a submergiam, fazendo com que escutasse, perplexa e em silêncio.

A geladeira roncava, profunda e constante, meio tom abaixo da unidade de ventilação no teto do prédio vizinho. O cheiro de fritura se infiltrava vindo de algum lugar, um restaurante naquele mesmo quarteirão onde se esquentavam panelas e formas de bolo, preparando o Prato do Dia. Os ônibus na parada na Hantverkargatan suspiravam e gemiam; sirenes dos carros de bombeiros estacionados no Kronoberg Park chegavam e partiam, aumentando ou diminuindo seu volume.

O pânico subitamente tomou conta dela.

Não consigo suportar.

Todos os músculos do seu corpo se retesaram, o som e a respiração desapareceram.

Não há nada de errado, pensou ela. É apenas uma sensação. Não estou sufocando, pelo contrário; estou hiperventilando. Vai passar, apenas tenha paciência, se acalme.

O chão ficou mais próximo e pressionava suas coxas e cotovelos. Acabou olhando fixamente debaixo do lava-louça.

Ele me invalidou completamente como pessoa, pensou ela. Um momento de lucidez, que lhe trouxe de volta sons e cores. Schyman não estava me vendo apenas como repórter; ele acabou com minha honra e meu valor como pessoa. Nunca fizera aquilo antes. Deveria estar sob muita pressão, um improvável desejo de ser aceito. Não sou aceita. Ele então não pode lutar ao meu lado nesse momento, já que lhe custaria muito caro.

Levantou-se, percebendo que machucara o joelho. Braços e pés doíam, sinal de que absorvera muito oxigênio.

Havia anos que não sofria de ataques de pânico. Não sofrera nenhum episódio depois do nascimento dos filhos, pelo menos até ser capturada pelo Bombardeiro. Agora lhe aconteciam em intervalos regulares, com a mesma violência e sensação de terror de antes.

Será que preciso de antidepressivo?, perguntou a si mesma.

Sabia que Anne Snapphane tinha um frasco enorme escondido no armário de seu banheiro em Lidingö.

Mas é tudo imaginação, pensou ela. Meu próprio medo me apavora. São apenas projeções mentais; arraste-as até a luz e elas desaparecerão, deixe-as sair e olhe para elas, só assim irão sumir.

Annika ficou ali parada, com a mão sobre o lava-louça, sentindo os gases em seu sangue se estabilizarem.

Sabia que estava certa. Havia uma ligação entre Ragnwald, a ministra da Cultura, o ataque à F21 e as mortes do garoto, do jornalista e do conselheiro.

Compreendera claramente também que não tinha mais permissão para investigar o caso, sob quaisquer circunstâncias.

Não quero ouvir mais nenhuma palavra sobre isso.

Não no trabalho, pensou ela. Mas se fizer algumas ligações enquanto estou doente, em casa, não tem problema.

Foi então até o quarto e se vestiu, voltando em seguida para a cozinha para fazer café, sem limpar a bagunça deixada por Thomas e as crianças; apenas amontoou a louça suja num canto da mesa e se sentou com uma xícara de café, seu bloco de notas e uma caneta esferográfica da Associação de Autoridades Locais.

Precisava saber mais sobre o terrorista e a ministra para entender melhor o quadro. Tinha Internet em casa, embora usasse um velho modem. Thomas queria contratar o serviço de conexão por banda larga, mas Annika recusou, pois ele já passava muito tempo à frente do computador.

Checar os registros da igreja, escreveu ela, antecedentes e familiares.

Requisitar os registros públicos da ministra, começando por correspondência, depois diários, representações, declarações, registros de propriedade, registros empresariais e assim por diante.

Ler mais sobre ETA e laestadianismo.

Olhou para sua breve lista.

Era o bastante para aquele dia.

Pegou o telefone e pediu à telefonista que a conectasse ao escritório da paróquia de Sattajärvi, descobrindo que não existia algo do tipo. Requisitou então os números de telefone de todas as paróquias com o código de Pajala, recebendo também os números de Junesuando e Tärendö.

Sattajärvi estava na área de cobertura de Pajala.

Göran Nilsson nascera em 2 de outubro de 1948, filho único de Toivo e Elina Nilsson. Sua mãe foi registrada em 18 de janeiro de 1945 e o lugar de nascimento designado era Kexholm. Os dois se casaram em 17 de maio de 1946. O pai morreu em 1977, a mãe em 1989.

Anotou tudo e agradeceu pelas informações.

Kexholm?

Teria mesmo de usar a Internet.

Käkisalmi, também conhecida como Kexholm, ficava na boca do rio Vuoksen, fluindo na direção do lago Ladoga no istmo careliano, não muito longe da velha cidade sueca de Viborg.

Em outras palavras, atualmente na Rússia.

Encontrou uma página por meio do gabinete do condado em Luleå contendo um monte de informações sobre a história da região.

No outono de 1944, a Carélia foi invadida pela União Soviética e todos os seus habitantes tiveram de deixar a área. Quatrocentas mil pessoas fugiram rumo à Finlândia, enquanto outros prosseguiram na direção da Suécia.

Olhou fixamente para a tela do computador.

Limpeza étnica, pensou ela. Um velho conceito, só que com uma nova terminologia.

Será que aquilo significava algo? Seria importante o fato de que a mãe do terrorista fora expulsa de sua casa por soldados russos?

Não se sabe. Talvez.

Desligou o computador e ligou para o escritório da paróquia na Baixa Luleå. Era sempre mais fácil fazer aquele tipo de investigação pelo telefone, de modo que ninguém pudesse ver sua grande e enxerida fuça.

Karina Björnlund nascera em 9 de setembro de 1951, segunda de três filhas do matrimônio entre Hilma e Helge Björnlund. O casal se divorciou em 1968. A mãe voltou a casar e atualmente vivia na Storgatan, em Luleå. O pai era falecido. Os irmãos se chamavam Per e Alf.

O que aquilo lhe dizia?

Nada.

Agradeceu à secretária da paróquia e se levantou, inquieta, caminhando pelo apartamento antes de pegar novamente o telefone e ligar para o *Norrland News*.

— Hans Blomberg está de folga hoje — disse a secretária, azeda.

— De qualquer jeito, transfira a ligação para a seção de arquivo — disse Annika rapidamente, antes que lhe fizessem outro discurso retórico sobre a UE.

Uma jovem atendeu.

— Sei que os altos poderes decidiram que devíamos colaborar com o *Evening Post*, mas ninguém nos perguntou se teríamos tempo para isso — disse ela, soando estressada. — Anote a senha, assim poderá entrar no arquivo e fazer sua pesquisa pela Internet.

É melhor ela se acalmar antes que acabe como Hans, pensou Annika.

— O que estou procurando provavelmente não está on-line — disse. — Estou em busca dos primeiros recortes disponíveis sobre Karina Björnlund.

— Quem? A ministra da Cultura? Temos milhares de recortes sobre ela.

— Os primeiros a serem publicados. Poderia me enviar por fax?

Passou-lhe o número de casa, fazendo uma anotação mental para se lembrar de ligar o aparelho de fax.

— Quantos? Os cem primeiros?

Annika pensou por um instante.

Bastam os cinco primeiros.

Ouviu o som de ar sendo expelido, seguido por um longo suspiro.

— Tudo bem, mas não antes da hora do almoço.

Desligaram e Annika foi até a cozinha. Organizou as coisas do café da manhã, inspecionou o freezer e decidiu que poderia preparar filé de frango com leite de coco para o jantar.

Em seguida, amarrou os sapatos e vestiu o casaco.

Preciso sair, preciso respirar.

Comprou um prato de macarrão com cogumelos e bacon preparado no micro-ondas no 7-Eleven da Fleminggatan e o comeu lentamente com uma colher de plástico enquanto cruzava Kungsbron na direção do centro da cidade.

Jogou a bandeja de papel na lixeira no cruzamento da Vasagatan com a Kungsgatan e depois seguiu apressada rumo a Hötorget, diminuindo o ritmo na Drottninggatan, a única rua de fato para pedestres em Estocolmo, uma mistura de céu e inferno: vendedores ambulantes, artistas, putas e os mendigos congelando, preenchendo os espaços entre os palácios de consumo e as luzes que cruzavam as ruas. Empurravam-na em meio à multidão e Annika estranhamente se sentiu tomada pela ternura; as pessoas a carregavam com cotoveladas e esbarrões e ela sentiu algo um tanto melancólico ao absorvê-los, as mães com dentes cerrados e carrinhos de bebê bamboleantes e barulhentos; grupos de belas jovens dos subúrbios de imigrantes, com seus saltos altos e vozes seguras, finalmente longe dos olhares de casa, com seus cabelos bailando sobre jaquetas desabotoadas e camisetas apertadas; homens importantes com seus uniformes universais constituídos de pastas e estresse; a rapaziada esperta de Östermalm, com suas jaquetas da Canada Goose e seus "i"s anasalados e refinados; turistas; vendedores de cachorro-quente; carteiros; idiotas e traficantes de drogas; ela se deixou levar por eles, envolver-se por eles, talvez até mesmo pudesse encontrar um lar nas profundezas daquele grande e indulgente bem comum.

— Aquela não é a Detonadora? É ela mesmo, não é? Olhem! Naquele túnel, apareceu na televisão...

Annika não se virou, sabia que os cochichos iriam cessar. *Ao se sentar junto ao rio por tempo suficiente, verá o corpo de seus inimigos passarem flutuando.* Logo ninguém mais se lembraria do Bombardeiro no túnel e ela seria apenas uma entre a multidão, um floco negro-acinzentado caindo lentamente sobre a neve derretida, ignorada por todos.

Parou diante da porta de vidro de número 16, uma das discretas entradas departamentais do governo. As molduras das janelas eram todas de cobre polido e, do outro lado dos grandes painéis de vidro e palmeiras envasadas e bem-cuidadas, se encontrava um balcão de recepção com vidro à prova de balas e um segurança uniformizado.

Annika abriu as duas portas. O cascalho nas solas dos sapatos arranhava o chão de mármore. Dirigindo-se até o guarda, sentiu sua pele arrepiar pela sensação de ser uma infiltrada descarada. Bateu no microfone diante da tela cerrada.

— Funciona — disse o ancião atrás do vidro; Annika viu seus lábios se moverem e ouviu as palavras à sua esquerda, através de um alto-falante escondido.

— Que bom — respondeu ela, tentando sorrir e inclinando-se próximo ao microfone. — Gostaria de ver a correspondência de Karina Björnlund.

Estava feito: a espiã estava ali, pronta para vasculhar as latas de lixo e caixas de correio.

O homem pegou o telefone e apertou alguns botões.

— Sente-se, vou chamar o arquivista.

Foi até a área de espera, onde encontrou três sofás curvos de cor vermelho-tijolo, uma bandeira da UE e outra da Suécia, uma estante estilizada com um monte de revistas e uma estátua de metal que seria possivelmente uma criança pequena. Talvez uma garota.

Parou e olhou para a estátua. Seria bronze?

Deu um passo adiante. Quem era ela? Quantos espiões curiosos teria visto passar por ali?

— Olá! Foi a senhora quem pediu para examinar o registro da ministra?

Voltou o olhar para cima e se viu cara a cara com um senhor de meia-idade, usando rabo de cavalo e costeletas.

— Sim — respondeu Annika. — Eu mesma.

Ela estendeu a mão, sem dizer seu nome. De acordo com as leis de liberdade de informação, era possível checar documentos públicos sem precisar provar sua identidade, lei esta que ela fazia questão de endossar sempre que possível. Pelo menos aquilo a impedia de sentir qualquer tipo de vergonha, já que não sabiam quem ela era.

— Por aqui.

Atravessaram duas portas trancadas e passaram por um corredor pintado com listras diagonais, tomando o elevador até o sexto andar.

— À sua direita — disse o homem.

O piso de mármore fora substituído por linóleo.

— Escada abaixo.

Degraus de carvalho gastos.

— Este é meu escritório. O que gostaria de ver?

— Tudo — respondeu Annika, tirando a jaqueta e decidindo espiar o máximo que conseguisse. Colocou o casaco e a bolsa sobre uma cadeira no canto da sala.

— Tudo bem — disse o homem, abrindo um programa no computador. — Karina teve 668 itens oficiais registrados desde que começou como ministra quase dez anos atrás. Tenho a lista completa aqui.

— Poderia imprimir uma cópia para mim?

— Deste ano?

— De tudo.

A expressão no rosto do arquivista não mudou; apenas ligou a impressora.

Annika deu uma olhada na primeira página: data de registro, numeração, data de entrada, data de documentação. Em seguida, o nome da pessoa responsável pelo item, o remetente, nome, endereço, descrição do item em questão e, finalmente, ao que ele levava.

Decisão, leu ela, ad acta.

— O que significa "ad acta"? — perguntou Annika.

— Sem resposta — disse o homem com o rabo de cavalo, virando-se para encará-la. — Arquivado sem ação. Pode se tratar de um bilhete de incentivo ou de cartas de nossos correspondentes mais regulares.

Examinou a descrição dos itens: um convite para o Festival de Cinema de Cannes, um pedido de uma foto autografada, um apelo para salvar uma editora de fechar suas portas, cinco perguntas da turma 8B de Sigtuna e um convite para o jantar do prêmio Nobel na prefeitura de Estocolmo em 10 de dezembro.

— Onde ficam arquivados estas cartas e e-mails?

— Os itens que está examinando ainda são recentes, ficam sob a responsabilidade dos secretários.

Pegou a segunda página e o primeiro item lhe chamou a atenção.

Era um documento da Associação dos Editores de Jornais a respeito de mudanças nos direitos de transmissão para a televisão digital.

O canal de Anne Snapphane, pensou ela.

— Posso ver este item?

O arquivista esticou as costas, olhou para a cópia que Annika tinha em mãos e ajustou os óculos.

— Terá de entrar em contato com a pessoa responsável — disse, apontando para o nome debaixo da data do documento.

Annika seguiu em frente; havia períodos de correspondência intensa acerca da proposta de lei.

Pegou uma cópia dos itens mais recentes.

Data de registro: 18 de novembro.

Remetente: Herman Wennergren.

Assunto: Solicitação de encontro para discussão de questão urgente.

— O que é isso? — perguntou Annika, entregando a cópia ao homem.

Leu em silêncio por alguns instantes.

— Um e-mail — respondeu. — Recebido na noite de terça-feira, registrado ontem.

— Quero saber o que diz este e-mail — disse ela.

Ele deu de ombros.

— Não posso ajudá-la; está com a pessoa responsável por cuidar do assunto. Algo mais?

Ela se virou e continuou a examinar a lista, estranhamente agitada.

Por que o presidente do *Evening Post* teria decidido repentinamente que precisava se encontrar com a ministra da Cultura numa tarde de terça-feira?

Tentou colocar suas preocupações de lado.

Remetente: Anônimo.

Assunto: Desenho de dragão amarelo.

Decisão: Ad acta.

Leu a entrada novamente.

— O que é isso? — perguntou Annika, inclinando-se para a frente e apontando, enquanto aguardava que o homem colocasse os óculos.

— Uma carta anônima — respondeu ele. — Recebemos um bocado desse tipo de correspondência. Geralmente são recortes de jornais ou opiniões um tanto confusas.

— Muitos dragões amarelos?

Ele sorriu.

— Não muitos.

— Onde ficam as cartas anônimas?

— Estão todas aqui. Temos uma caixa específica para elas.

O arquivista tirou os óculos e sacou uma pasta marrom com uma etiqueta que dizia "Escritório do Governo: Correspondência Anônima". Ele a abriu e pegou a carta no topo.

— As cartas ficam em caixas organizadas por ano. Passam cinco anos aqui e depois seguem para o arquivo central. Cada envelope é carimbado no verso.

Passou-lhe o envelopinho, deixando que o lesse.

O carimbo era de 31 de outubro daquele ano.

— O que está dentro?

— Acho que este é o do dragão.

Sacou uma folha de papel A4 dobrada em quatro, alisou-a e a entregou a Annika.

— Não sei por que a enviaram para cá — disse ele —, mas talvez conte como cultura.

Havia realmente um dragãozinho no meio da folha de papel branco, desenhado por uma mão trêmula e colorido de amarelo.

Algo se conectou na mente de Annika, algo sentido fisicamente por ela.

Vira um dragão praticamente idêntico àquele recentemente, mas onde?

— Poderia me fazer uma cópia? — perguntou ela.

Enquanto o homem se dirigia ao corredor para fazer uma fotocópia, Annika pegou o envelope que continha o desenho do dragão. Endereçado à ministra da Cultura, Karina Björnlund, Estocolmo, La Suède.

Examinou o selo mais de perto.

Carimbo de Paris, *le 28 Octobre.*

Ragnwald provavelmente vivera na parte francesa dos Pireneus pelos últimos trinta anos. Poderia haver uma ligação, mas onde vira aquele desenho anteriormente?

Fechou bem os olhos e vasculhou a memória, vendo algo de relance numa pasta de arquivo temporária em algum lugar do lobo frontal.

Abriu bem os olhos, ouvindo o arquivista.

Falava com alguém no corredor.

Olhou a seu redor e descobriu uma pequena nota adesiva colada na parte de baixo da tela do computador.

Arrastou-se até o computador e abaixou para ler o que estava escrito.

Karina direta, seguido por um número de linha interna, depois a palavra *celular* seguida de outro número.

Olhou fixamente: 666 66 60.

Duas vezes o número da besta, seguido de um zero.

Seria apenas uma coincidência ou aquilo diria algo sobre Karina Björnlund?

— Algo mais em que possa ajudá-la?

Annika deu um salto e se endireitou, virando-se e abrindo um sorriso enternecedor.

— Deixa para a próxima — disse Annika, recolhendo a resma de cópias. Dez anos de correspondência da ministra da Cultura.

Dirigiu-se ao elevador, aliviada.

A figura de Mehmet ocupava toda a porta do escritório de Anne Snapphane. De sua cabeça emanava uma energia tomada de fúria. Por reflexo, a reação de Anne diante daquela visão foi de pura e completa alegria, um júbilo avassalador que lhe partia do estômago e chegava às raízes do cabelo.

— Temos que dar um jeito nisso — disse ele. — Agora, antes que se torne tão infectado que nos faça perder o controle.

A felicidade de Anne não queria deixá-la; se apegara a ela como um hino de louvor distante: Ele veio! Ele veio a mim! Sou importante para ele.

Anne o viu apoiar-se na moldura da porta com aquela indiferença refinada que tanto lhe agradava, seu belo homem, o homem que desejava tanto durante a noite que acordava com orgasmos. Afastou a cadeira da mesa e levantou-se lentamente.

— É o que quero, também — disse ela, estendendo-lhe a mão.

Ele fingiu não a ver, encarando o chão.

— Sylvia está doente, não foi trabalhar a semana inteira — disse ele, com a voz baixa e irritada.

O júbilo de Anne se estraçalhou. Era possível ouvir os cacos se espatifando contra o tapete de plástico.

— Não traí ninguém — disse ela, sentindo algo afiado cortar sua voz.

Mehmet levantou ambas as mãos, num gesto para que se acalmasse.

— Melhor esquecermos essa parte — disse ele. — Não é culpa de ninguém; é responsabilidade de todos e de ninguém. As coisas não estavam funcionando entre nós. Acho que pelo menos com isso podemos concordar, não?

A provocação forçava lágrimas nos olhos de Anne; fazendo barulho, recuperou o fôlego antes de responder.

— Pensei que estivessem funcionando.

— Mas eu não — disse ele. — Então não poderia seguir adiante. Se duas pessoas vão viver suas vidas juntas, deveriam concordar com isso, não acha?

Ela fechou os olhos por alguns segundos. Depois, levantou a cabeça e tentou sorrir.

— A servidão foi abolida, é o que quer dizer?

Mehmet deu alguns passos sala adentro.

— Anne — disse ele num tom suplicante que fez o sorriso de Anne esmaecer. — Se não conseguirmos estabelecer agora uma comunicação normal, em breve teremos um problema que durará eternamente. E Miranda será a mais prejudicada. Não podemos pisar na bola.

Ela pressionou as pontas dos dedos contra a mesa, olhando para os sapatos.

Veio-lhe um pensamento súbito, partindo dos pés, passando pelo estômago e chegando à cabeça; repentinamente, viu o mundo do ponto de vista dele, percebendo o que era importante para Mehmet.

Miranda, sua filha. Sua nova mulher e o bebê. Ela não mais estava presente na consciência dele daquele jeito, toda a ternura se exaurira; agora, era um mal necessário, alguém com quem ele certa vez compartilhara uma filha e uma cama, o derivado de uma vida passada com o qual teria de lidar para sempre.

Um sentimento de autopiedade tentou sufocá-la. Um ruído débil e constrangedor escapou de sua garganta. Recuperou o fôlego em silêncio.

— Mas eu te amo — disse ela, sem olhar para Mehmet.

Ele se aproximou e a abraçou; ela enroscou os braços em sua cintura, apoiou a cabeça em seu pescoço e chorou.

— Te amo tanto — sussurrou.

Ele a embalou suavemente, passou a mão por seus cabelos e lhe beijou a testa.

— Eu sei — disse, com voz calma. — Entendo que é algo doloroso e lamento muito. Me desculpe.

Anne abriu os olhos diante do suéter polo de Mehmet, sentindo uma lágrima descer pelo seu rosto.

— Não há por que ter orgulho agora — disse ele, com a voz baixa. — Vai ficar bem?

Ela limpou o nariz com a parte de trás da mão.

— Não sei — sussurrou de volta.

Havia cinco páginas no aparelho de fax quando Annika chegou em casa. Deixou suas roupas de rua caírem no chão, formando um amontoado disforme; teria que pegar as crianças mais tarde, de qualquer jeito.

Sentou-se na cadeira de madeira diante da mesa do saguão, cercada por pilhas de contas, e deu uma olhada rápida nos documentos que a mulher do *Norrland News* lhe enviara por fax, em ordem de publicação.

O primeiro recorte indicava que Karina Björnlund fora uma atleta promissora na adolescência. O artigo era uma reportagem sobre o CN, que Annika presumiu se tratar do Campeonato de Norrland ou do Campeonato de Norrbotten. A foto estava granulada, com muito contraste, e Annika teve de apertar os olhos para enxergar melhor a garota magricela de rabo de cavalo com o número 18 no peito, acenando alegremente com um maço de flores para o fotógrafo. Havia algo estático na fotografia que ainda era quase tangível, 35 anos depois. Karina Björnlund era um sucesso; vencera todas as provas de atletismo no campeonato e lhe previram um futuro de glórias.

Por algum motivo, aquilo fazia o registro com os detalhes da correspondência da ministra parecer ainda mais constrangedor.

Annika colocou a foto da atleta no final da pilha e seguiu adiante.

O segundo recorte era um artigo sobre o Clube de Adestramento de Cães de Karlsvik e mostrava o golden retriever Bamse e sua proprietária, Karina Björnlund, ao lado de outros cinco pares de cães e donos, aprontando-se para uma exposição no pavilhão de esportes naquele fim de semana. A fotografia era menor que a outra, o tom de preto era mais escuro, e Annika conseguiu identificar apenas os dentes brancos da ministra e a língua escura do animal.

O terceiro recorte datava de 6 de junho de 1974 e mostrava um grupo de recém-graduadas do curso de secretariado médico na Universidade de Umeå. Karina Björnlund era a terceira da esquerda para a direita na fila de cima.

Annika examinou o grupo homogêneo na foto: nenhum homem, nenhum imigrante e a maioria tinha os cabelos cortados em estilo joãozinho, com a franja de lado de modo a cobrir uma das sobrancelhas.

O quarto recorte era o menor, uma nota de 1978 sob o título Nomes & Notícias, na qual o Conselho do Condado de Norrbotten anunciava que Karina Björnlund fora apontada como secretária do comissário do conselho.

O quinto era uma reportagem sobre um encontro público evidentemente turbulento nos escritórios do conselho do condado durante o outono de 1980. A fotografia retratava quatro homens debatendo sobre a coordenação da assistência médica na região, com gestos expansivos e, acredita-se, vozes elevadas. Ao fundo via-se uma mulher de saia florida, com olhos atentos e braços cruzados.

Annika examinou a folha com mais atenção e leu a legenda em letras pequenas.

O comissário do conselho, Christer Lundgren, defendeu a posição dos políticos na questão de um novo hospital central em Norrbotten em discussões com o Conselho Médico e o grupo Protejam Nossa Saúde. Sua secretária, Karina Björnlund, observa.

Tudo bem, pensou Annika, largando o papel. Então foi assim. Conseguiu um trabalho com Christer Lundgren, que acabou se tornando ministro do Comércio, e se agarrou a seu fraque, seguindo-o até chegar ao governo.

Annika olhou novamente para o recorte e notou que fora publicado na página 22, bem próximo ao fim, considerando se tratar de um jornal local, e leu o início do artigo, que falava sobre alguma tecnicalidade no processo de tomada de decisões políticas. Passou os olhos pelo resto do artigo até que o crédito da fotografia, no canto inferior direito, lhe chamou a atenção.

Hans Blomberg, repórter do conselho.

Annika piscou e olhou novamente.

Sim, definitivamente era ele, uma versão bem mais jovem e magra do arquivista do *Norrland News*.

Annika bufou, subitamente visualizando o passado do arquivista de modo tão claro quanto a mesa bagunçada diante dela. Havia gente como ele em todos os jornais: repórteres conscienciosos, mas pouco imaginativos, que cobriam Assuntos Importantes, decisões políticas e mudanças sociais. Era o tipo de pessoa que escrevia textos monótonos e defendia os fatos fazendo referência à seriedade do tema, olhando com desprezo para jornalistas que escreviam artigos engajados e comprometidos. Provavelmente Hans fora representante do sindicato em algum ponto, lutando por todas as causas sem esperança, mas nunca por gente como ela, pois estes podiam cuidar de si próprios.

E agora ali estava ele, sentado na sala de arquivo, contando os dias até que seu tormento tivesse fim.

O pequeno Hans, pensou ela, girando o braço para ver as horas.

Hora de pegar os pestinhas.

Ellen correu em sua direção, com os braços abertos, Tigrão pendurado na mão esquerda. A alegria que preencheu Annika era tão calorosa que algo dentro de si derreteu — a visão da meia-calça, tranças e vestido vermelho com um coração xadrez fez com que algo duro e pesado cedesse e esmaecesse.

Agarrou a filha que pulava em seus braços, surpresa pela confiança irrestrita da criança, e acariciou suas perninhas e bracinhos retos, seus ombros macios e suas costas retesadas, inalando o perfume divino de seus cabelos.

— Fiz uma máquina de doces — disse Ellen, tentando se desvencilhar e agarrando Annika pelo dedo para arrastá-la para o cantinho do artesanato.

Usando cartolina e fita adesiva, Ellen construíra uma máquina onde se colocava um doce num dos lados e ele rolava por uma série de canais e buracos até chegar a uma tigelinha do outro lado. Annika tinha um pedaço velho de chiclete na bolsa, então tentaram verificar se a máquina funcionava. Quase conseguiram, mas o chiclete não rolou como deveria e não chegou ao final. Ambas concordaram, porém, que era uma invenção maravilhosa e que merecia ser testada com doces de verdade no sábado.

— Temos de mostrar ao papai — disse a criança, pronta para pegar seu invento. O topo oscilou desconcertantemente e Annika deu um salto à frente.

— Não podemos levá-la para casa hoje — disse ela, tomando a cartolina em mãos. — Temos de ir ao centro comprar sapatos novos para Kalle. É melhor deixarmos a máquina de doces aqui para não quebrar.

Colocou a engenhoca de volta na bancada; a boca da menina despencou, os olhos se encheram de lágrimas e os lábios começaram a tremer.

— Mas — disse ela — assim papai não irá vê-la.

— Sim, ele a verá — disse Annika, agachando-se ao lado da filha. — A máquina ficará segura aqui, podemos levá-la para casa amanhã. O que acha de pintá-la?

Ellen voltou o olhar para os pés, balançando a cabeça e fazendo suas tranças bailarem.

— Que tranças adoráveis são estas? — disse Annika, tomando uma delas na mão e fazendo cócegas no ouvido da menina. — Quem foi que as fez?

— Lennart! — respondeu Ellen, sorrindo e encolhendo os ombros para fugir das cócegas — Ele me ajudou com a máquina de doces.

— Agora vamos lá buscar seu irmão — disse Annika, com a batalha vencida. Ellen vestiu seu macacão, chapéu e luvas e até mesmo se lembrou de levar Tigrão consigo.

A escola de Kalle ficava na Pipersgatan, a dois quarteirões de distância. Annika tomou a mãozinha de Ellen enquanto cuidadosamente desviavam das poças e cantavam a "Canção de Verão da Pequena Ida", num apelo sutil para que o tempo melhorasse.

Kalle estava sentado no canto de leitura, concentrado num livro sobre Peter sem Rabo. Não olhou para cima até que Annika se agachasse ao seu lado e lhe beijasse o topo da cabeça.

— Mamãe — disse ele —, onde fica Uppsala?

— Bem ao norte de Estocolmo — respondeu ela. — Por quê?

— Podemos ir até lá um dia para ver Peter e os outros gatos?

— Sem dúvida — disse Annika, lembrando que lá havia uma caminhada especial na qual era possível seguir os passos do autor Gösta Knutsson passando por igrejas, pelo castelo e pela universidade.

— Para mim esta é a mais bonita — disse ele, apontando para uma gata branca e soletrando lentamente "Ma-ry Nariz-de-Creme".

Annika piscou os olhos.

— Sabe ler? — perguntou ela, estupefata. — Quem o ensinou?

O menino deu de ombros.

— O computador — respondeu. — Senão é impossível jogar.

Ele se levantou, fechou o livro e o colocou de volta na prateleira. Depois, olhou sério para Annika, sentada na almofada vermelha.

— Botas — disse ele. — Você prometeu. As velhas têm um buraco na sola.

Ela sorriu, agarrou a barra da calça do menino e o puxou junto a si; ele sorriu e se debateu, enquanto ela soprava seu pescoço.

— Vamos pegar o ônibus até a Galeria — disse ela. — Vista-se. Ellen está nos esperando.

O número 1 encostou assim que eles chegaram à parada de ônibus e os três se sentaram lá no fundo.

— Verde-exército — disse Kalle. — Não quero azuis de novo; botas azuis são para bebês.

— Não sou bebê — disse Ellen.

— É claro que pode ficar com as botas verdes — disse Annika. — Contanto que as encontremos.

Desceram em Kungsträdgården e atravessaram a rua correndo, entre os jatos de lama e neve jogados pelos carros. Uma vez dentro do shopping, tiraram chapéus, luvas e cachecóis, amontoando tudo dentro da espaçosa bolsa de Annika. Numa loja de calçados no piso superior, encontraram um par de botas forradas de borracha verde-exército no tamanho certo, altas o bastante e com adesivos refletores. O garoto se recusou a tirá-las dos pés; Annika pagou e o velho par acabou sendo levado para casa numa bolsa.

Saíram na hora certa. Ellen estava sentindo calor e começava a reclamar, mas ficou novamente em silêncio assim que retornaram ao frio e ao escuro da Hamngatan, caminhando de mãos dadas com a mãe. Annika segurou também a mão de Kalle para atravessar em frente à loja de departamentos NK, concentrando-se para evitar a água suja jogada pelos carros, quando a silhueta de uma pessoa deixando a loja do outro lado da rua lhe chamou a atenção.

Aquele é Thomas, pensou ela sem perceber que estava pensando aquilo. O que está fazendo ali?

Não, reconsiderou, não é ele.

O homem deu alguns passos adiante e a luz da rua iluminou sua respiração. Sim, era ele!

Estampou um sorriso largo no rosto; aquela felicidade calorosa que derretia coisas estava de volta: ele saíra para comprar os presentes de Natal! Cedo daquele jeito!

Annika sorriu; Thomas era louco pelo Natal. No ano anterior, começara a comprar os presentes em setembro; lembrou-se de como ele ficara irritado quando ela os descobriu no fundo do guarda-roupa e perguntou a si mesma o que eram todos aqueles embrulhos e o que faziam ali.

Um jato forte de lama e neve os acertou e Ellen soltou um ganido. Annika afastou as crianças do meio-fio e gritou furiosa contra o taxista. Quando olhou novamente, Thomas não estava mais lá; procurou em meio à multidão, até encontrá-lo. Ele estava se virando para encarar alguém. Uma mulher de cabelos louros e casaco longo chegou até ele. Thomas, por sua vez, puxou a mulher junto ao seu corpo e a beijou. Silêncio total. Todas as outras pessoas desapareceram. Annika olhava através de um longo túnel e, do outro lado, seu marido beijava uma loura com tamanha paixão que fez suas vísceras congelarem e se despedaçarem.

— Mamãe, está aberto!

Mas ela não se moveu e as pessoas a empurraram; Annika via seus rostos enquanto falavam com ela, mas não ouvia suas vozes. Viu Thomas partir, desaparecendo com o braço sobre os ombros da loura; esta, por sua vez, passara o braço em sua cintura. Caminhavam lentamente, de costas para ela, envoltos numa redoma de paixão, em meio a um mar de gente.

— Por que não atravessamos, mamãe? Agora está fechado de novo.

Annika olhou para as crianças. Seus rostos estavam voltados para ela e tinham os olhos atentos e incertos. Percebeu que estava com a boca aberta. Sufocou um grito, fechou bem a boca e olhou para o tráfego.

— Já vamos — disse ela, numa voz que vinha lá do fundo. — Atravessaremos quando o sinal abrir de novo.

O sinal então ficou verde, o ônibus chegou e eles tiveram de viajar em pé até Kungsholmstorg.

As crianças começaram a cantar enquanto subiam as escadas; a canção lhe era familiar, mas não conseguia identificá-la; não conseguia encontrar a chave certa de casa e teve de tentar várias vezes. Kalle perguntou se poderia ficar de botas e Annika disse que sim, mas que teria de limpá-las bem no tapete antes de entrar, o que ele fez, aquele garoto sabido.

Ela foi até a cozinha e pegou o telefone. Ligou para o número de Thomas, mas quem atendeu foi o serviço de mensagens. Ele o tinha desligado; estava caminhando abraçado a uma loura em algum lugar de Estocolmo, e não atendeu à sua chamada.

Annika telefonou então para o escritório e para Arnold, seu parceiro de tênis, mas ninguém atendeu.

— O que temos para o jantar?

Kalle estava diante da porta com suas botas novas reluzentes.

— Frango ao leite de coco e arroz.

— Com brócolis?

Ela balançou a cabeça, sentindo um ataque de pânico borbulhando dentro de si, e agarrou-se à pia, olhando nos olhos do filho e decidindo não se afogar.

— Não — respondeu ela —, com castanhas-d'água, brotos de bambu e milho.

O menino relaxou o rosto. Sorriu e deu um passo adiante.

— Sabe de uma coisa, mamãe? — disse ele. — Estou com o dente mole. Sinta!

Ela estendeu a mão e viu que o dente de fato estava balançando; verificou o dente esquerdo da frente e, sim, definitivamente estava solto.

— Logo, logo vai cair.

— E então vou ganhar uma moeda de ouro da Fada do Dente — disse Kalle.

— Então vai ganhar uma moeda de ouro da Fada do Dente — disse Annika, se virando. Precisava se sentar.

Suas vísceras tinham se solidificado numa massa disforme e grotesca de lâminas e estilhaços de gelo, rasgando-a quando respirava. A mesa da cozinha oscilava lentamente de um lado para outro num mar de desolação; *não há sentido*, cantava, *não há sentido*. E os anjos harmonizavam ao fundo: *inverno lindo verão amor mel flor...*

De repente, sentiu que estava prestes a vomitar. Correu para o banheiro atrás da cozinha e seu estômago virou do avesso; a massa maldigerida do 7-Eleven dilacerou sua garganta, fazendo as lágrimas fluírem em abundância.

Em seguida, ficou dependurada no vaso sanitário. O fedor fazia seu cérebro se insurgir.

Além do sol, amor eterno, cantavam os anjos a todo volume.

— Calem a boca! — gritou, batendo a tampa do vaso.

Voltou furiosa para a cozinha, selecionando os ingredientes para o jantar; queimou-se ao colocar o arroz; cortou-se ao fatiar a cebola e preparar o frango, tremendo enquanto abria as latas de leite de coco, milho e castanhas-d'água.

Estaria enganada? Não era impossível. Thomas parecia com um monte de outros homens suecos: alto, louro, ombros largos, com o esboço de uma barriguinha. Além disso, estava escuro e eles estavam bem distantes; talvez não fosse ele abraçando a loura, afinal.

Agarrou a alça do forno, fechou os olhos e respirou fundo quatro vezes.

Talvez não fosse ele. Talvez tivesse visto errado.

Endireitou o corpo, relaxou os ombros, abriu os olhos e ouviu a porta se abrir.

— Papai!

Os gritos de alegria das crianças e os abraços apertados de boas-vindas, a voz grave de Thomas expressando um misto de felicidade e distanciamento cauteloso; ela fixou o olhar no extrator de gordura, imaginando se haveria algo que o denunciasse, algo no rosto dele que lhe desse a resposta.

— Olá — disse ele às costas de Annika, beijando-a na nuca. — Como está se sentindo? Melhor?

Inspirou e expirou o ar antes de se virar e encontrar seus olhos.

Parecia o mesmo de sempre.

Estava vestido exatamente como sempre.

Casaco cinza-escuro, jeans azul-escuros, camisa cinza-clara e gravata de seda brilhante.

Seus olhos eram os mesmos, um pouco cansados e levemente desiludidos; os cabelos grossos e escovados sobre as sobrancelhas cheias.

Annika se deu conta de que estava prendendo a respiração e tragou o ar de maneira profunda e voraz.

— Ah — disse ela —, um pouquinho melhor.

— Vai ao trabalho amanhã?

Ela se virou para mexer o frango, hesitante.

— Não — respondeu Annika. — Acabei de vomitar.

— Vê se não vai nos passar este vírus do vômito — disse Thomas, sentando-se à mesa da cozinha.

Não pode ter sido ele. Deveria ser outra pessoa.

— Como foi o trabalho hoje? — perguntou ela, colocando a panela sobre um descanso da DesignTorget.

Thomas soltou um suspiro, segurando o jornal diante de si de modo a evitar que Annika visse seus olhos.

— É um tanto difícil lidar com Cramne, da Justiça. Muito papo e nenhuma ação. Eu e a garota da Federação dos Conselhos de Condados estamos fazendo a maior parte do trabalho e ele leva o crédito.

Annika permaneceu imóvel, com a panela de arroz na mão, olhando fixamente para a manchete na primeira página do jornal, algo sobre um vazamento em relação à proposta para a cultura que seria divulgada na semana seguinte.

— A Federação dos Conselhos de Condados — disse ela. — Como se chama mesmo essa moça?

Thomas inadvertidamente deixou um dos cantos do jornal se dobrar para trás; Annika viu seus olhos por um instante antes que ele balançasse o jornal para endireitá-lo.

— Sophia — respondeu. — Sophia Grenborg.

Annika manteve o olhar fixo na foto da ministra da Cultura que estampava a matéria.

— Como ela é?

Thomas continuou lendo, hesitando por alguns instantes antes de responder.

— Ambiciosa — disse ele —, bastante competente. Diversas vezes tenta fazer lobby para a federação à nossa custa. Tem momentos em que pode ser bem irritante.

Dobrou o jornal, levantou-se e o jogou sobre o parapeito da janela.

— Certo — disse ele. — Vou chamar as crianças. Não quero faltar ao tênis essa semana.

Voltou à cozinha com uma criança berrando debaixo de cada braço, colocou-as em suas cadeiras, sentiu o dente mole, admirou as botas novas, brincou com as tranças e ouviu histórias sobre máquinas de doce e promessas de visitar Peter sem Rabo em Uppsala.

Estou imaginando coisas, pensou ela. Devo ter visto errado.

Tentou sorrir, mas não conseguia derreter aquele pedregulho afiado no peito.

Não era ele. Tratava-se de outra pessoa. Somos sua família e ele nos ama. Nunca magoaria as crianças.

Comeram apressadamente, não queriam perder Bolibompa.

— Estava ótimo, obrigado — disse Thomas, dando-lhe um beijo estalado na bochecha.

Recolheram a louça juntos. Suas mãos se tocavam ocasionalmente, os olhares se cruzavam de vez em quando.

Ele nunca me deixaria.

Annika despejou detergente no lava-louça e o ligou. Thomas segurou seu rosto, estudando-o com um olhar inquisitivo.

— Que bom que irá passar outro dia em casa — disse ele. — Está bastante pálida.

Annika olhou para baixo, afastando as mãos do marido.

— Sinto-me um pouco cansada — disse ela, deixando a cozinha.

— Não espere por mim — disse ele para as costas de Annika. — Prometi a Arnold que finalmente sairíamos para uma cerveja depois do jogo.

Sentiu o gelo novamente diante da porta. O pedregulho afiado girava em seu peito. Ficou paralisada, ouvindo seu coração bater.

— Tudo bem — disse ela, retomando o controle de seus músculos, movendo um pé diante do outro, passando pelo saguão, entrando no quarto e caindo na cama. Ouviu Thomas tirando a sacola esportiva e a raquete de tênis do armário da sala. Despediu-se dela e das crianças; ouviu a resposta distraída dos filhos e seu próprio silêncio.

Teria ele percebido algo de estranho nela?

Teria ele reagido de alguma maneira particular?

Respirou fundo e deixou o ar escapar lentamente.

Para dizer a verdade, ela tinha mudado no último ano. A reação de Thomas não era só a esta noite.

Ela se levantou e foi até o outro lado da cama para usar o telefone sobre sua mesinha.

— Thomas disse que você estava doente — disse Arnold, o único entre os velhos amigos do marido a realmente aceitá-la. — Está se sentindo melhor?

Annika engoliu em seco e balbuciou algumas palavras.

— Sim, dá para ver por que ele disse que não poderia jogar esta noite, com você doente desse jeito, mas já é a segunda semana seguida.

Annika desabou. O chão se tornou um buraco negro e ela singrava em meio ao espaço.

— Terei de procurar outro parceiro se ele continuar a cancelar.

— Não pode ter um pouquinho mais de paciência? — pediu Annika, afundando na cama. — Ele gosta tanto de jogar com você.

Arnold soltou um suspiro, irritado.

— Tudo bem — respondeu —, mas Thomas é uma verdadeira peste. Nunca consegue tomar uma decisão e mantê-la. Se você reserva um horário fixo na quadra por todo o outono, não pode deixar de usá-lo.

Annika colocou uma das mãos sobre os olhos. Seu coração batia acelerado.

— Direi isso a ele — respondeu, desligando.

Algum tempo deve ter se passado, pois subitamente viu as crianças na cama, uma de cada lado. Cantavam algo que reconhecia vagamente e Annika se juntou a elas. Ao fundo, os anjos faziam o acompanhamento harmônico.

Estes são meus filhos, pensou Annika. Thomas nunca irá tirá-los de mim.

— Certo — disse ela —, hora de dormir.

Colocou-os na cama e contou uma história, sem qualquer consciência do que estava lendo; cobriu-os e beijou-os, apagando as luzes em seguida. Aninhou-se na alcova junto à janela da sala de estar e repousou sua têmpora sobre o vidro gélido. Sentia em sua coxa a corrente de ar que passava pela moldura mal-ajustada e ouvia o vento, que tentava penetrar junto às dobradiças. Suas vísceras estavam caladas e serenas, suprimidas pelo estrondoso pedregulho.

O apartamento estava às escuras. As lâmpadas do lado de fora oscilavam, projetando sombras amarelas pela sala; da rua, suas janelas nada mais eram que buracos negros.

Escutou em silêncio, tentando detectar a respiração dos filhos, mas ouviu apenas a sua. Prendeu o fôlego, mas sua audição foi bloqueada pelas batidas do coração. O sangue corria veloz e borbulhava em sua cabeça.

Infiel, pensou ela. Sven sempre fora infiel a ela.

Recusara-se a ver por todos aqueles anos e, na única vez em que protestara, Sven acertou sua cabeça com um alicate. Sem se dar conta, passou os dedos pela pequena cicatriz em sua testa; quase não se podia ver, raramente relembrava aquele episódio.

Estava acostumada à infidelidade dos homens.

Podia vê-lo à sua frente, seu primeiro amor, seu amigo de infância, seu noivo, o astro do esporte. Sven Mattsson, que a amava mais do que tudo no mundo; Sven, que a idolatrava tanto que ninguém mais podia chegar perto dela, exceto ele; não podiam nem mesmo conversar, enquanto ela, por sua vez, não podia pensar em ninguém mais além dele; na verdade, não podia pensar em coisa alguma que não fosse ele. Bastava acontecer algo diferente daquilo para que ela fosse castigada; e ele a castigou, castigou e castigou até o dia em que se viu diante dela na fornalha da siderúrgica de Hälleforsnäs com sua faca de caça na mão.

Virou-se contra a imagem, levantando e tentando apagá-la de sua mente, dispensando-a do mesmo modo que fazia com seus pesadelos; os pesadelos familiares que retornaram depois daquela noite no túnel, os homens do Estúdio Seis que debatiam sobre o que fazer com ela, Sven e sua faca ensanguentada, seu gato voando pelo ar com as vísceras expostas.

E agora Thomas era infiel a ela.

Naquele exato momento, provavelmente estaria na cama com a loura Sophia Grenborg, talvez a estivesse penetrando, talvez estivessem um lambendo a genitália do outro ou relaxando em meio ao suor.

Olhava fixamente para as sombras amarelas, com os pés bem firmes sobre o assoalho de madeira, aquele piso jateado que envernizara três vezes. Dobrou os braços sobre o peito e se forçou a respirar lentamente. O apartamento reagia a ela com uma cautela suave.

Quanto estaria disposta a sacrificar para manter sua vida como era?

Tinha uma escolha. Era apenas uma questão de tomar uma decisão.

Aquela percepção a fez relaxar os ombros e logo se tornou mais fácil respirar; foi até o computador e se conectou à Internet.

Em meio à escuridão, acessou a InfoTorg e procurou por Sophia Grenborg, de Estocolmo, entre os resultados do recenseamento, encontrando uma série de entradas.

A mulher que vira com Thomas do lado de fora da NK teria por volta de 30 anos, talvez um pouco menos. Certamente não mais que 35.

Annika restringiu a busca.

Como representante da Federação de Conselhos de Condados num projeto de pesquisa sobre ameaças a políticos, não podia ter menos de 25 anos.

Removeu todas as pessoas nascidas depois de 1980.

Ainda eram muitas.

Acessou então a página da própria federação, pesquisando entre os funcionários.

Seu nome era escrito com "ph".

Que coisa mais absurdamente, desgraçadamente e irritantemente pretensiosa.

De volta à InfoTorg e à busca pelo nome.

Sophia Grenborg. Apenas uma. Vinte e nove anos. Vivia no Alto Östermalm, nascida na paróquia de Engelbrekt. Ah, como era terrivelmente, terrivelmente chique.

Imprimiu a página na máquina de fax e se desconectou. Com o papel na mão, telefonou para a linha de atendimento da Junta Nacional de Polícia e pediu uma cópia do passaporte pertencente à pessoa com o número de identidade pessoal de Sophia Grenborg.

— Dez minutos — disse o agente, cansado.

Sem fazer qualquer ruído, verificou se as crianças estavam dormindo e saiu pela noite de Estocolmo.

Começara a nevar. Flocos úmidos se materializavam em meio ao céu sujo e cinzento, caindo sobre seu rosto quando olhou para o alto. Ouvia todos os sons meia oitava abaixo, atingindo seus tímpanos com incerteza e decepção.

Caminhou apressada pela neve, deixando atrás de si uma trilha de desânimo.

A entrada do Quartel-General da Polícia de Estocolmo ficava na Bergsgatan, a duzentos metros de sua casa. Annika parou diante dos grandes portões elétricos, apertou o botão do interfone e ganhou acesso à jaula retangular que levava à porta de entrada propriamente dita.

A cópia ainda não chegara, então lhe pediram para se acomodar por alguns minutos.

Sentou-se numa das cadeiras junto à parede, engoliu em seco e recusou-se a passar mal.

Todas as fotos de passaporte na Suécia ainda eram documentos públicos e podiam ser requisitados a qualquer instante. Houvera discussões sobre restringir o acesso, mas até então nenhuma decisão fora tomada.

Não preciso me explicar, pensou ela. Não preciso de uma desculpa.

Ao receber o envelope, não conseguiu conter a ansiedade para saber se estava certa. Deu as costas para o balcão de atendimento e sacou a foto Polaroid.

Era ela.

Não havia dúvida.

Sophia Grenborg.

Seu marido estava passeando por Estocolmo beijando Sophia Grenborg.

Devolveu a fotografia ao envelope e retornou para seus filhos.

* * *

Margit Axelsson acreditara no poder inato dos seres humanos por toda sua vida. Tinha a convicção de que cada indivíduo possuía o poder de influenciar eventos; tratava-se apenas de uma questão de força de vontade e comprometimento.

Quando jovem, acreditara na revolução global; acreditara que as massas seriam libertadas do jugo do imperialismo, enquanto, pelo mundo, ecoavam hinos de louvor.

Esticou as costas e passou o olhar pelo cômodo.

Sabia que hoje era possível agir em larga ou baixa escala. Sabia que estava dando sua contribuição, dia a dia, com seu trabalho com as crianças na creche, o futuro coletivo, uma responsabilidade de todos, mas também em seu trabalho ali, na sala de cerâmica do Pavilhão do Povo de Pitholm.

A Associação Educacional dos Operários sempre acreditou que aqueles que recebiam uma parcela menor dos recursos da sociedade deveriam ser compensados por meio de educação, atividades culturais e oportunidades. Via aquilo como um exemplo de justiça aplicada nas esferas educacional e cultural.

Grupos de estudo eram uma lição de democracia. Seu ponto de partida era a crença de que todo indivíduo possuía a capacidade e o desejo de progredir; de exercer influência e assumir responsabilidades; que todo indivíduo é um recurso.

Viu como os integrantes se desenvolveram, tanto os jovens quanto os mais velhos. A autoconfiança deles aumentou depois que aprenderam a manusear argila e vernizes, assim como a compreensão da opinião dos outros e, com aquilo, a habilidade de influenciar ativamente a sociedade ao seu redor.

Precisou lembrar disso no momento em que se ergueu ao lado da escultura.

Tivera que conviver com os erros da juventude por toda sua vida. Nem um dia se passara sem que sua paz de espírito fosse perturbada pela lembrança das consequências de seus atos. Durante longos períodos o impacto foi pequeno, superficial; vida e trabalho serviram como um curativo para seu sentimento de culpa. Em outros dias, porém, mal conseguia se levantar da cama, paralisada pela ira contra sua própria inadequação.

Ao longo dos anos, estes dias foram se tornando escassos. Ainda assim, não se esquecia de seu preço, sabendo que a culpa que carregava a mataria. Não pensava apenas no quanto estava acima do peso, em como o conforto que a comida lhe proporcionava a ajudara a atravessar os períodos ruins, mas sim sobre o tormento de sua própria psique, sua incapacidade de repelir a ansiedade. Frequentemente adoecia, tinha um sistema imunológico excepcionalmente débil.

E agora ele estava de volta.

Por todos aqueles anos teve pesadelos com ele, virando-se rapidamente em becos escuros e imaginando que ele a perseguia. Agora estava realmente ali.

A reação dela não foi tão violenta quanto imaginara.

Não gritou, não desmaiou, apenas sentiu seu coração acelerar e uma leve tontura. Afundou na cadeira do saguão com o dragão amarelo na mão, um sinal desagradável e infantil da parte dele que significava que deveriam ir ao velho local de encontro.

Ela sabia que ele a procuraria. Queria algo mais do que um encontro de grupo como os que costumavam promover. O dragão amarelo era apenas um lembrete, uma forma de trazer as Bestas de volta à vida. Ele ja entrara em contato com o Pantera Negra; ela sabia daquela informação pois o próprio Pantera telefonara pela primeira vez em trinta anos para lhe contar, perguntando o que ela achava de o Dragão retornar ao lar.

Ela simplesmente desligou. Não disse uma palavra, apenas desligou e tirou o fio da tomada.

Mas não se pode escapar, pensou ela, olhando para a escultura que não conseguiu terminar, a criança com a cabra e a comunicação profunda entre os dois, algo além de palavras e visões, baseada em compreensão e sensibilidade intuitiva. Nunca conseguira expressar aqueles sentimentos e não seria naquela noite que o faria.

Suas costas doíam; caminhou até onde estava a coberta umedecida que impedia a obra de secar e rachar. Embrulhou-a como sempre e a amarrou. Retirou o avental, pendurando-o com os outros. Em seguida, checou o forno e lavou as mãos. Depois caminhou ao redor do espaço e examinou as obras de seus alunos, certificando-se de que haviam coberto as peças de maneira correta e que as criações finalizadas não estavam secando depressa demais, recolhendo algumas ferramentas pelo caminho. Abasteceu o forno para o dia seguinte, deixando espaço para o grupo de sexta-feira no alto.

Parou diante da porta, escutando o silêncio. Como acontecia toda quinta-feira, foi a última a sair. Tanto o grupo de pintura com aquarela como a turma que estudava para o exame de remessa normalmente fechavam suas oficinas e apagavam as luzes por volta das nove e meia.

Trocou de sapatos, vestiu as roupas de frio, fechou as portas atrás de si e as trancou com sua chave.

O corredor à sua frente era mal-iluminado e cheio de sombras escuras.

A escuridão não lhe agradava. Antes dos eventos na base aérea aquilo nunca a incomodara, mas desde então os gritos e chamas a perseguiam de tal maneira que suas noites se tornaram espinhosas e assustadoras.

Começou a andar, passando pela sala de cerâmica, a oficina de carpintaria e o modelo de estrada de ferro. Chegou ao final do corredor e cautelosamente desceu pelos degraus que rangiam, passando pela cantina e pela biblioteca. Verificou as portas, fechando-as e trancando-as.

A porta da frente ficou emperrada com o frio; aquilo sempre acontecia. Com um gemido, conseguiu fechá-la e a trancou com uma sensação tangível de alívio. Respirou fundo diversas vezes antes de embarcar na jornada escorregadia para alcançar a rua. Em todas as reuniões de grupo ele pedia que os degraus fossem forrados com areia grossa, a decisão sempre era acatada e o zelador informado.

Agarrou-se ao corrimão de metal, movendo sua massa considerável na direção da rua enquanto sua respiração escapava da boca como uma tocha acesa. Sentia os joelhos fraquejarem quando finalmente chegou à calçada.

A neve caía, fina e afiada, lenta e suavemente em meio ao ar sereno. Esfriara consideravelmente durante a noite e a temperatura continuava a desabar enquanto os flocos de neve cessavam.

A neve recente crepitava sob as solas de borracha de suas botas. Pegou seu trenó e o empurrou, com os esquis a chiar, na direção da rua principal.

Eu deveria caminhar mais, pensou.

A neve se acumulara na varanda, mas suas pernas estavam congeladas e decidiu deixar o trabalho para Thord. Limpou as botas no tapete, abriu a porta e entrou pelo saguão.

Estava com tanta fome que se sentia fraca.

Tirou as botas, pendurou o casaco e foi até a cozinha sem acender as luzes, abrindo a porta da geladeira.

Havia preparado uma entrada de camarões e ovos antes de sair de casa e a levou à mesa, devorando com tanta avidez que acabou com maionese no nariz. Depois, começou a pintar, sentindo-se vazia por dentro, e olhou fixamente para a pia, percebendo o quanto estava cansada.

Tinha de se levantar cedo na manhã seguinte para abrir a creche; precisava acordar às cinco e meia para chegar na hora.

É melhor ir para a cama, pensou, sem se mover.

Permaneceu sentada na cozinha escura até o telefone tocar.

— Ainda está acordada? Sabe que deveria estar na cama.

Ela sorriu ao ouvir a voz do marido.

— Estava a caminho — mentiu.

— Teve uma noite boa?

Soltou um suspiro silencioso.

— Aquela menina está sempre atrás de atenção; precisa de encorajamento constante.

— E a escultura?

— Nada.

Um momento de silêncio.

— Não ouviu coisa alguma? — perguntou Thord.

— Se ouvi algo?

— Da parte deles?

Balançou a cabeça.

— Não.

— Chegarei em casa às duas. Não quero encontrá-la me esperando.

Ela sorriu novamente.

— Eu já estou indo...

Desligaram o telefone e ela subiu lentamente as escadas. A sombra cheia de galhos de uma bétula coberta de neve atravessou as paredes enquanto um carro passava com o farol a toda.

Apesar de tudo, tinha sorte. As meninas cresceram e se tornaram indivíduos saudáveis e motivados, boas pessoas dotadas dos valores básicos de que a sociedade necessitava. Com Thord, conquistara o prêmio máximo.

Passou um dedo pela foto de casamento que ocupava lugar de destaque nas escadas.

Lavou o rosto e escovou os dentes, fez xixi e deu a descarga, despiu-se e voltou à beira da escada. Dobrou suas roupas e as colocou sobre uma cadeira próxima ao armário de cobertas.

Tinha acabado de vestir a camisola quando o homem saiu do armário. Tinha a mesma aparência da qual se recordava, estava apenas um pouco mais gordo e com os cabelos grisalhos.

— Você! — disse ela, surpresa. — O que está fazendo aqui?

Ela não ficou assustada. Nem mesmo quando o homem ergueu as mãos cobertas por luvas e as colocou em seu pescoço.

O pânico surgiu apenas quando suas vias respiratórias foram bloqueadas e uma descarga de adrenalina atingiu seu cérebro. O quarto balançava. Viu o teto se inclinar sobre si. O rosto do homem se aproximara e suas mãos, rígidas como aço, apertavam seu pescoço.

Nenhum pensamento, nenhum sentimento.

Apenas os músculos de suas entranhas relaxando e o calor inesperado em sua roupa de baixo.

SEXTA-FEIRA, 20 DE NOVEMBRO

Thomas entrou no apartamento como um estranho. Estivera longe por muito tempo, não sabia se podia encontrar o caminho de volta. O apartamento de sótão na Grev Turegatan em Östermalm estava a muitos anos-luz de distância, mas agora chegara em casa. Sentia isso em todo o corpo; era um imenso alívio para ele.

O lar, onde ele morava.

O apartamento soava como de costume, com o suave murmúrio de pessoas dormindo e a ventilação fraca; o ar estava frio das janelas malvedadas e cheirava a comida, como sempre. Pendurou o casaco, colocou a raquete de tênis e a sacola esportiva no chão do corredor, tirou os sapatos. Viu a realidade de sua fraude à sua frente, o kit esportivo não usado, a toalha seca.

Engoliu em seco e sacudiu a culpa para fora de sua consciência. Com passos silenciosos caminhou até o quarto das crianças, debruçou-se sobre elas, suas bocas abertas, seus pijamas e brinquedos empalhados.

Isso era realidade. O apartamento de sótão em Östermalm era frio e calculado, os móveis estudados e insinuantes. O apartamento de Sophia Grenborg era azul e despojado; sua casa era quente e amarela, com crianças que dormiam e lâmpadas da rua oscilantes.

Foi então até o quarto de dormir, caminhando lentamente sobre pés que iam ficando mais pesados. Parou na porta e olhou para sua mulher.

Tinha adormecido atravessada na cama com a meia-calça, o top e a roupa de baixo, a boca aberta como a das crianças; respirava fundo e regularmente.

Seus olhos passearam pelo corpo dela, facetado, musculoso e forte.

Sophia Grenborg era tão branca e macia, e choramingava quando faziam amor.

Subitamente foi tomado por uma sensação inesperada de vergonha completa e extrema. Aquilo o deixou enjoado; saiu do quarto, deixando-a ali, deitada atravessada na cama sem uma coberta.

Ela sabe, pensou. Alguém contou a ela.

Sentou-se à mesa da cozinha, apoiando os cotovelos nos joelhos, e passou os dedos por entre os cabelos.

É impossível, pensou. Ela não estaria dormindo tão fundo se soubesse.

Suspirou, incapaz de escapar.

Sabia que teria de se deitar ao lado dela, sem conseguir dormir, ouvindo sua respiração e ansiando por cabelos de maçã e os traços de cigarros mentolados.

Ficou parado no escuro, confuso, batendo o quadril contra a pia. Claro que não estava com vontade de ir embora.

Ou estaria?

Uma mãozinha pegajosa bateu na bochecha de Annika.

— Mamãe, tchau, mamãe.

Piscou por causa da luz, sem saber por um momento onde estava. Deu-se conta alguns segundos depois que tinha adormecido com metade de suas roupas no corpo; olhou e viu Ellen debruçada sobre ela com um rabinho de cavalo mole e manteiga de amendoim ao redor da boca.

Um sorriso amplo se abriu dentro dela.

— Olá, querida.

— Vou ficar em casa hoje.

Annika acariciou a face da filha, limpou a garganta e sorriu.

— Acho melhor não. Eu pego você depois do almoço — disse ela, esforçando-se para levantar, retesando os músculos do estômago, e beijando a garotinha na boca, lambendo a manteiga de amendoim.

— Antes do almoço.

— É sexta-feira, portanto vai ter sorvete hoje na creche.

A menina ponderou sobre isso.

— Depois do almoço — disse ela, e saiu correndo.

Thomas olhou pela porta, seu rosto como de costume, com seus olhos matutinos cansados e os cabelos arrepiados.

— Como se sente?

Ela sorriu para ele, fechou os olhos e estirou-se como uma gata.

— Bem, eu acho.

— Estamos partindo agora.

Quando ela abriu os olhos, ele tinha sumido.

Hoje ela não esperou pelo silêncio; estava no chuveiro antes que a porta da frente se fechasse atrás deles. Lavou os cabelos, colocou uma máscara facial, picotou as pontas desiguais e massageou as pernas com creme. Colocou rímel nos cílios, lixou bem as unhas e escolheu um sutiã limpo. Fez café e um sanduíche que sabia que não teria problema em comer.

Sentou-se então à mesa da cozinha e sentiu a ansiedade agarrá-la, rolando para fora como nuvens de fumaça e gás venenoso, e fugiu; deixou o café, o sanduíche e um iogurte fechado sobre a mesa e abriu a porta.

Lá fora a neve tinha parado, mas o céu ainda estava cinza-sólido. Estilhaços duros de gelo eram soprados pelo vento, nas ruas e calçadas, atingindo seu rosto e os cabelos. Não podia distinguir muitas cores, o mundo se tornara preto e branco, a pedra cortante contorcendo-se em seu peito.

Sophia Grenborg. Grev Turegatan.

Sabia onde ficava. Christina Furhage morou lá.

Sem pensar, começou a caminhar.

A fachada tinha um tom de mel e era repleta de enfeites, os pingentes de gelo escorrendo das extremidades. Os janelões da sacada pendiam em cachos nas paredes, as vidraças modeladas por sopro tremeluzindo irregularmente, a porta marrom-escura entalhada.

Seus pés e orelhas congelavam; bateu com os pés no chão e ajeitou melhor o cachecol.

Classe média abastada, pensou, dirigindo-se para a porta.

O interfone era do tipo moderno que não expunha onde as pessoas do edifício viviam. Recuou e olhou para a fachada, como se pudesse descobrir onde ficava o apartamento de Sophia; a neve soprava em seus olhos, fazendo-os lacrimejar.

Atravessou a rua e parou na porta do lado oposto, sacou o celular e discou 118 118, pediu o número de Sophia Grenborg, Grev Turegatan, e fizeram a ligação. Se Sophia tinha um telefone que exibia as chamadas, então seu número não apareceria, apenas o número das informações de catálogo.

O telefone tocou. Annika olhou para o edifício; em algum lugar ali o aparelho tocava insistentemente, ao lado de uma cama onde seu marido estivera a noite passada.

Depois do quinto toque, começou a ouvir a secretária eletrônica. Annika prendeu a respiração, escutando a voz feliz e jovial da mulher.

— Alô, você ligou para Sophia, não posso atender nesse momento, mas...

Annika desligou, a voz alegre ecoando em seus ouvidos, a pedra no seu peito começando a arder e entrar em erupção.

Voltou à porta, apertou um número depois do outro, até que uma velha senhora respondeu.

— Eletricidade — disse Annika. — Precisamos ler o relógio no porão. Pode nos deixar entrar?

A fechadura zuniu e ela abriu a porta sobre suas dobradiças bem lubrificadas.

A escadaria era de mármore dourado e preto, painéis de madeira de carvalho escuro pesadamente polido refletindo a luz das lâmpadas de bronze. Um tapete grosso azul-escuro engolia todo som.

Annika passou um dedo pelo belo granulado do estuque das paredes enquanto caminhava até a lista dos ocupantes ao lado do elevador.

O nome de Sophia estava listado em esplêndido isolamento no sexto andar.

Lentamente começou a subir as escadas até o andar do sótão, silenciosamente, um pouco zonza.

A porta da frente de Sophia era mais moderna do que as outras no edifício. Uma porta de segurança branca no meio de uma parede de tijolos com vários metros de altura.

Annika parou e olhou para a placa de bronze escovado com o nome, seus pés bem afastados, ancorados no mármore. Seu peito subia e baixava, a pedra rompia e puxava. Pegou o celular e, novamente, ligou para informações de assinantes, dessa vez pedindo o número da Federação dos Conselhos de Condados.

— Sophia Grenborg, por favor — disse.

A voz que respondeu parecia tão alegre quanto a da secretária eletrônica.

— Meu nome é Sara, estou ligando do jornal *County Council World* — disse Annika, olhando para a placa com o nome. — Estou telefonando para algumas pessoas antes do Natal para ver se posso fazer apenas uma pequena pergunta rápida.

Sophia riu, uma risada leve e sonora.

— Bem — disse —, imagino que sim...

— O que gostaria de ganhar no Natal? — perguntou Annika, correndo a palma da mão sobre a placa na porta da frente de Sophia.

A mulher do outro lado da linha riu de novo.

— Um beijo do meu amado — disse —, embora sais para banho fossem legais também.

Tudo ficou preto diante dos olhos de Annika, uma folha negra passando através do seu cérebro.

— Amado — disse ela numa voz indiferente. — Seria o seu marido?

Mais risada.

— Ele é uma espécie de segredo no momento. Você disse *County Council World*? É uma revista legal; vocês cobrem realmente bem as coisas que são importantes na sua área. Em que número vai sair isso?

Annika fechou os olhos e passou a mão pela testa; a escadaria começava a balançar, uma onda de sucção passando de parede em parede.

— Desculpe, o quê?

— A entrevista! Vai sair antes do Natal?

Foi forçada a agachar-se, apoiando as costas contra a porta.

— Não sabemos ainda quanto espaço temos, depende dos anúncios.

O *County Council* publicava anúncios? Ela não fazia ideia.

A linha caiu em silêncio. Annika podia ouvir Sophia respirando, escutando o consumo rítmico de ar da outra mulher.

— Bem — disse Sophia —, se não tem mais nada...

— Meu sobrenome é Grenborg também — disse Annika. — Acha que podemos ser parentes?

A risada foi menos jovial dessa vez.

— Hum, qual é o seu nome mesmo?

— Sara — disse Annika. — Sara Grenborg.

— Que ramo da família?

Estava imaginando coisas ou os "i"s de Sophia tinham se tornado mais prolongados, um pouco mais alinhados?

— Södermanland — disse Annika.

— Nós somos de Österbotten, do solar Väse. Você é descendente de Carl Johan?

— Não — respondeu. — De Sofia Katarina.

De repente, ela não podia se dar mais à chatice de ouvir a Sophia Blá-blá-blá Grenborg. Desligou no meio de uma palavra.

Ficou sentada em silêncio esperando que o pulso desacelerasse, repousando a mão direita sobre a porta da frente de Sophia Grenborg, gradualmente absorvendo a mulher em sua corrente sanguínea.

Fechou os olhos e concentrou-se na escadaria fria, ouviu a voz dela, viu-a sentada fazendo seu maravilhoso trabalho na federação, simplesmente amando os artigos do *County Council World*. Uma mulher tão sem sangue, tão bem-comportada e apreciada que seu próprio marido escolhera beijá-la do lado de fora do NK, uma mulher que era tudo que ela jamais seria.

Deixou o edifício sem olhar para trás.

O homem acordou com o edredom cor-de-rosa coçando seu nariz. Resfolegou, depois gemeu quando a dor do seu estômago chegou ao cérebro. Os painéis de madeira do teto oscilavam lentamente para lá e para cá; afastou o olhar e fitou as paredes de tábuas, chocado com o mau cheiro do seu bafo. O cheiro estava tomando conta dele.

La mort est dans cette ville, pensou, lutando por fôlego.

Podia ver o rosto do médico flutuando, como no dia em que acordou do anestésico, o maxilar cerrado e o olhar evasivo do seu amigo; já fora informado sobre as consequências e alternativas e entendeu imediatamente.

Inoperável, sem tratamento. De três a seis meses a partir do diagnóstico. O tempo restante acarretaria muita dor, enjoo, problemas digestivos, perda de peso, náusea severa, cansaço extremo, baixa pressão sanguínea. O tratamento consistia em medicamentos contra enjoo, analgésicos e suplementos nutricionais.

Ele sabia que definharia, quase apodreceria. O cheiro se tornaria mais invasivo; seu amigo médico o aconselhara a não o tentar esconder com colônia ou loção pós-barba. Não funcionaria.

Olhou ao redor do quarto, até a área da cozinha no canto e os painéis nas paredes e os coloridos tapetes de retalhos sobre o piso de plástico, tentando encontrar algo que não se mexesse. Parou na janela; pela fresta entre as pesadas cortinas podia ver a luz do dia azulada, fria, viçosa. Gradualmente, o mundo parou de balançar e ele pôde respirar um pouco melhor, e logo deslizou para sua fronteira de sonhos, onde as limitações da realidade eram aos poucos varridas.

— Sou do Clube de Vela de Bojen e gostaria de alugar um quarto para o seminário a partir das sete horas da tarde na terça-feira — ouviu a si mesmo falando com um eco peculiar ao fundo; à sua frente a bibliotecária de Namnlösa Gatan, grandes livros de registro abertos sobre a mesa, e sabia que ela não acreditava mais nele, porque não podia ser simultaneamente marinheiro, pescador, colecionador de borboletas e genealogista.

Todo mundo que veio para o encontro tinha um codinome, nomes regulares como Greger, Torsten ou Mats. Quando ele escolheu Ragnwald, defrontou-se com olhares de censura; você não devia assumir ares, mas ele era melhor do que eles e eles sabiam daquilo, se não ali, então em Melderstein.

Riu em silêncio e fechou-se em seu mundo intermediário, voltando à velha fábrica naquela noite quente e febril do início do verão de 1969, quando o mundo estava à beira da grande revolução e eles estavam preparados; haviam praticado previamente para a luta armada e mantinham guardas patrulhando o acampamento dia e noite. A companhia entalhava porretes diante da fogueira; discutiam estratégias e praticavam defesa pessoal.

Na Noruega, o antagonismo entre os ativistas de esquerda e os outros fora muito maior do que na Suécia. Uma livraria radical fora bombardeada, estavam convencidos de que logo chegaria a vez deles e não pretendiam se deixar levar como cordeiros para o sacrifício.

O fato de que faziam seu treinamento em Melderstein era particularmente divertido, porque o regime na velha fábrica era religioso. Mas como ele o havia reservado como assistente paroquial em Luleå, ninguém havia questionado sua motivação, e agora eles mantinham encontros maoistas na igreja da pequena fábrica.

Estava cheio da completa sensação de harmonia que experimentara naqueles poucos dias, revivendo como sua capacidade de lembrar todas as citações lhe dera uma posição central na liderança, embora os delegados tivessem vindo de todas as partes do país. Praticavam manobras de batalha e sobrevivência ao longo de toda a noite e foi lá que ele conheceu a Loba Vermelha.

Sorriu para o teto, deixando-se levar pelas ondas, vendo diante de si seu rosto suave e o pequeno corpo delgado.

Ela era tão jovem, de olhos tão abertos, e viu nele um Mestre.

Ninguém mais tinha a sua experiência do movimento rebelde e da ocupação da União Estudantil; ele estava seguro no seu trono e, embora a Loba Vermelha tivesse vindo apenas para fazer companhia a seu amigo no acampamento de verão sem perceber do que se tratava, ela foi envolvida por tudo aquilo; tornou-se uma Servidora da Revolução mais rápido do que ele ousara esperar e fizera aquilo por sua causa.

Por ele.

Karina, que o beijou atrás da igreja de Melderstein; ele ainda podia se lembrar do gosto da goma de mascar dela.

Revirou-se na cama.

No Clube de Vela de Bojen tinham formado células em que decidiam onde as pessoas iriam morar e trabalhar. Um apartamento em Örnnäset e o turno da noite na siderúrgica. Um pequeno chalé em Svartöstaden e trabalho com o conselho local. Tinham organizado greves, trabalhado em associações de inquilinos, sindicatos, segundo a teoria política de Mao sobre a frente popular, os movimentos populares, mas a coisa evoluía muito lentamente; passavam tempo demais discutindo coisas.

O Clube de Pesca de Anzol estava cheio de falsas autoridades que amavam o som de suas próprias vozes. A popularidade do movimento trouxe consigo uma carga de falsos revolucionários que só vinham pelas garotas e pela cerveja. Depois de Melderstein, a atmosfera ficou rancorosa. Dois camaradas desafiaram sua liderança, com o apoio de outros, por isso ele juntou sua família e partiu. Deixou que o comunismo burguês de cidadezinha encontrasse sua morte lenta e natural, e formou seu próprio grupo para planejar como conquistar o verdadeiro poder.

A faca no seu estômago golpeou de novo. O câncer ventricular, câncer de estômago, aparentemente raro na Europa naqueles dias, ataca sem aviso. Operação para verificar se é tratável ou não. Sintomas similares àqueles de uma úlcera gástrica e uma gastroscopia descobre uma ferida feia e um tumor suspeito, depois identificado com um microscópio. E o paciente é aberto, os órgãos adjacentes também são detectados com câncer, e costuram o estômago de novo. Metástases para os pulmões, os ossos e o cérebro, morte gradual por falência geral dos órgãos ocasionada por uma grande carga de tumores.

De três a seis meses.

Subitamente seu pai estava de pé ao lado de sua cama e ele ofegava, batendo nas paredes. Eu o acuso, eu o tenho responsável pela queda de Adão e Eva.

E o chicote foi levantado e o golpeou no diafragma, uma violenta convulsão que o fez vomitar o pó nutricional sobre seu travesseiro. A voz do seu pai foi ficando mais alta, enchendo o quarto como uma sinfonia de dissonância.

— Precisas começar a vida de novo, criança diabólica, maléfica que és, ruim e impregnada de Satã.

Ele tentou protestar, implorar perdão; ele cantara a mesma canção ao longo de toda a infância: Pai, por favor; Pai, tenha piedade; mas o açoite caía, ferindo-o na boca. A dor o fez parar de respirar por um momento.

— O Demônio será extirpado do teu coração e tua alma eterna será salva para o Reino dos Céus.

O chicote foi erguido de novo e ele olhou para o homem que pairava debaixo do teto em sua indumentária puída de pastor e sabia que sua salvação logo estaria terminada.

— Pai — sussurrou, sentindo o vômito e o sangue correndo através de seu nariz. — Mamãe nunca mais teve filhos. O senhor sabe por quê?

O ruído no quarto cessou enquanto seu pai ficava em silêncio, o olhar febril desvanecido, o chicote imobilizado.

— Eu fiquei sozinho — sussurrou ele para o pai —, e o senhor nunca soube por quê. Deus sabe que fez o seu dever para povoar a terra, mas nunca houve mais filhos. E o senhor nunca percebeu por quê?

Seu pai flutuou hesitantemente debaixo do teto com lábios sem cor.

— Ela os abortou com a mulher Sami em Vittangi — ofegou ele —, meus irmãos e minhas irmãs, ela fez com que a mulher Sami os arrancasse do seu ventre, para não deixar que o senhor colocasse sua mão sobre eles e surrasse o pecado para fora deles.

O chicote veio à vida de novo e o atingiu na cabeça, e o mundo ficou vazio.

Annika jogou suas roupas na pilha costumeira no chão do corredor, afastou seu café da manhã não comido e colocou seu laptop sobre a mesa da cozinha. Entrou no site da Federação dos Conselhos de Condados e, nas costas do jornal da manhã, anotou os títulos departamentais Democracia & Política Sanitária, Economia & Devolução e o Departamento de Finança Internacional.

Estava concentrada, a mão sobre a boca.

Aquilo seria o suficiente. Três seções diferentes que provavelmente não tinham a melhor comunicação interna. Três gerentes medianos estressados no mesmo nível.

Respirou fundo e ligou para o número da recepção da federação. Começou perguntando pelo chefe da Democracia & Política Sanitária.

— Alô — disse Annika, limpando a garganta —, meu nome é Annika Bengtzon e estou ligando do *Evening Post*...

O gerente sobrecarregado a interrompeu.

— Vou ter de passá-la para nosso escritório de imprensa; temos um pessoal de relações públicas que pode responder a quaisquer perguntas que tenha a fazer.

Ela podia ouvir as batidas do seu coração e esperava que não as ouvissem no outro lado da linha.

— Eu sei — disse ela —, mas meu telefonema não é realmente sobre o tipo de coisa que possa ser respondida pela assessoria de imprensa. Desculpe.

Silêncio.

— O quê? — disse o homem. — O que quer dizer?

Annika fechou os olhos e disse numa voz firme:

— Eu deveria começar dizendo que não vou citar o senhor; ainda não estou escrevendo um artigo. Só queria pinçar e esclarecer alguns detalhes que emergiram quando estudamos vários aspectos de suas operações.

O estresse tinha dado lugar à surpresa e à desconfiança quando o homem respondeu.

— O que quer dizer? Que aspectos?

— É sobre superfaturamento em um de seus projetos.

Pareceu que o homem estava se sentando.

— Superfatur...? Não entendo...

Annika olhou para a unidade de ventilação.

Como eu falei, não vou citar o senhor nesse estágio. Só quero checar umas coisinhas e apreciaria se essa conversa ficasse entre nós. Nunca mencionarei que falei com o senhor e o senhor não terá de dizer que falou comigo.

Silêncio.

— De que se trata?

Ela podia sentir fisicamente o puxão na linha enquanto ele fisgava a isca.

— Superfaturamento na conta ligada ao projeto que estuda as ameaças aos políticos — disse Annika. — Aquele que vocês estão conduzindo com a Associação dos Conselhos Locais e o Departamento de Justiça.

— Ameaças contra políticos?

— O grupo de trabalho que tenta prevenir a violência e as ameaças contra os políticos, sim. Devo destacar que consideramos o projeto incrivelmente importante e, na medida em que podemos avaliar, o trabalho tem sido muito produtivo, mas o problema está na sua contabilidade.

— Não sei do que está falando.

Annika esperou, deixou que o silêncio falasse: sua surpresa percorreu a linha, embotando os sentidos do gerente.

— Percebo — disse ela lentamente —, eu tive a impressão de que o senhor gostaria de ir ao fundo desse...

O homem começou a ficar zangado.

— O que quer dizer? Ao fundo de quê? Quem diz que existe algo irregular acontecendo aqui?

Annika aguçou a voz ao responder.

— Espero que não esteja tentando identificar minhas fontes. Tenho certeza de que o senhor sabe que isso é um delito criminal. Vou ignorar essa última pergunta.

O silêncio voltou, crescendo, pulsando.

— Poderia me dizer — falou finalmente o gerente da federação — de que se trata tudo isso?

Annika respirou fundo, audivelmente, e então falou num tom de voz baixo e confidencial.

— Segundo minha fonte, houve um superfaturamento na conta referente aos fundos do grupo de trabalho que investiga as ameaças aos representantes da democracia. Um membro do grupo teria inflacionado os custos conjuntos a fim de ocultar despesas privadas.

— Sophia Grenborg? — disse o homem atônito. — Ela teria cometido fraude?

— Não posso responder a isso — disse Annika em tom de desculpa. — Estava só pensando se o senhor poderia me manter informada sobre o resultado de sua investigação. Não que o senhor devesse tornar públicos quaisquer gastos que não me concernem, mas, por favor, simplesmente me avise se, ou quando, decidir envolver a polícia.

O gerente limpou a garganta.

— Bem, qualquer coisa do gênero ainda é remota, a esta altura — disse. — Naturalmente, teremos de começar a conduzir uma rigorosa investigação interna. Vou contatar nossos auditores imediatamente.

Annika fechou os olhos e engoliu em seco.

Desejou ao gerente toda a sorte e desligou.

Ficou então sentada em silêncio pensando quanto tempo deveria esperar antes da chamada seguinte.

Nenhum, decidiu.

Ligou para o chefe da Economia & Devolução e começou com perguntas hesitantes sobre a política da federação referente ao envolvimento de empregados em companhias fantasmas inoperantes. Quando o homem se irritou e estava a ponto de desligar, ela perguntou se tinham investigado por que Sophia Grenborg, uma de suas funcionárias, só havia sido estimada com uma renda de duzentos e sessenta e nove mil e novecentos kronor para o ano civil anterior.

O homem ficou profundamente abalado.

Ela concluiu com a pergunta:

— A Federação dos Conselhos de Condados é financiada por contribuintes. Acha aceitável que os funcionários da federação tentem sonegar o pagamento de impostos?

Naturalmente, ele só podia responder de uma maneira:

— Claro que não.

Ela prometeu voltar a contatá-lo para verificar como se desenvolvia a investigação interna.

Depois disso ela se levantou, sentindo os músculos de suas pernas completamente duros e uma cãibra na parte posterior da coxa. A pedra dentro do seu peito se remexia e a dilacerava, sua agudeza metálica se espalhara por seu corpo e ameaçava paralisá-la.

Socou as pernas com os punhos até que elas lhe obedeceram de novo, então esquentou uma caneca de café no micro-ondas e fez a terceira chamada, para o chefe da Finança Internacional. Perguntou o que a federação achava do extremismo de direita entre seus funcionários. Tinha recebido a informação de que uma de suas funcionárias havia sido previamente ativa num grupo extremista e que o primo da funcionária fora condenado por incitamento ao ódio racial, e ela se perguntava: até que ponto era apropriado ter essa pessoa agora envolvida no projeto que examinava ameaças, entre elas ameaças da extrema direita, contra nossos representantes políticos?

O chefe da Finança Internacional disse que, infelizmente, era incapaz de comentar sobre aquilo no momento, mas prometeu que a questão seria investigada e, se ela ligasse para ele na segunda ou terça-feira, ela teria provavelmente algum tipo de comentário.

Depois ela afundou na cadeira da cozinha, sentindo o chão oscilar, sua cabeça e os membros amortecidos.

Tinha saltado.

Agora lhe bastava apenas cair sobre seus pés.

DOMINGO, 22 DE NOVEMBRO

Thomas pegou a cafeteira e verificou que estava vazia. Começou a sentir-se irritado, o maxilar cerrando, suspirou audivelmente e olhou para sua mulher do outro lado da mesa da cozinha. Ela estava na quarta caneca, tinha tomado todo o conteúdo da cafeteira, o café que ele havia feito, antes que ele tivesse conseguido tomar uma única xícara. Ela não notou sua frustração, estava profundamente imersa num ensaio de um professor de estudos islâmicos sobre a questão de quem exatamente podia ser considerado um iraquiano. Havia juntado os cabelos num nó enrolado no alto da cabeça, indolentemente puxando de lado uma mecha perdida que lhe caíra em frente aos olhos. Seu robe estava atado frouxamente; ele podia ver sua pele macia debaixo do pano atoalhado.

Desviou o olhar e levantou-se.

— Quer mais café? — perguntou sarcasticamente.

— Não, não para mim, obrigada.

Ela não ergueu o olhar, nem lhe deu nenhuma atenção.

Posso muito bem ser parte do mobiliário, pensou. Um meio para que ela viva confortavelmente e escreva os artigos desgraçados que lhe der na telha.

Acalmou-se e encheu a pequena panela com mais água. Em sua casa em Vaxholm eles sempre tinham uma chaleira elétrica, tanto na casa de seu pai como durante o casamento com Eleanor, mas Annika achava isso desnecessário.

Apenas outra máquina. Temos tão pouco espaço. Além disso, é mais rápido esquentar água no fogão a gás do que numa chaleira.

Ela estava certa quanto a isso, mas não era o caso.

O caso era que o espaço dele estava encolhendo. Ela ocupava muito espaço. E, quanto mais ocupava, menos sobrava para ele.

Antes do episódio com o Bombardeiro ele não enxergara tão claramente. Mas então tudo havia acontecido de forma gradual; seu espaço foi roubado um pedaço de cada vez sem que ele notasse, as crianças chegaram e ela conseguiu o trabalho de editora e naturalmente ele fez sua parte, mas então tudo voltou de novo ao normal enquanto ela estava em casa e podia cuidar do apartamento e das crianças, e agora esperava-se que ele se recolhesse ao seu cantinho e entregasse sua vida para ela.

Olhou para a mulher enquanto a panela de água começou a borbulhar. Astuta e angulosa, delgada com seios macios. Vulnerável e frágil e dura como prego.

Deve ter sentido que olhava para ela, porque ergueu o olhar para ele, confusa.

— O que foi? — disse ela.

Ele se afastou.

— Nada.

— Certo — disse ela, pegando o jornal e deixando a cozinha.

— Espere — gritou atrás dela. — Minha mãe ligou e nos convidou para almoçar no domingo; eu disse que sim. Tudo bem?

Por que estou perguntando?, pensou. Por que estou me desculpando por aceitar um convite para visitar meus próprios pais?

— O que foi que disse?

Ela caminhou rigidamente de volta à cozinha; ele virou e olhou para ela, parada ali com o jornal arrastando pelo chão.

— Ao meio-dia — disse ele. — Almoço em Vaxholm.

Ela sacudiu a cabeça, furiosa e incrédula.

— Como pode aceitar um convite desses sem nem me perguntar?

Ele voltou para o fogão, colocando a água na cafeteira.

— Você estava no celular de novo; não queria incomodá-la.

— Dessa forma, você está me incomodando muito mais. Pois bem, eu não vou.

Foi tomado por um impulso irresistível e irracional de sacudi-la até que o nó de cabelos no alto da cabeça se soltasse e seus dentes chacoalhassem e o robe deslizasse de seus ombros.

Em vez disso, fechou os olhos e tentou controlar sua respiração, dirigindo sua resposta ao aparelho de ventilação.

— Não vou acabar tendo a mesma relação de merda com meus pais que você tem com os seus.

Ouviu pelo farfalhar do jornal que ela tinha deixado a cozinha.

— Está bem — disse ela do corredor, sem expressão. — Leve as crianças, mas eu não vou.

— Claro que vai — disse ele, ainda falando com a unidade de ventilação.

Ela voltou à cozinha e ele olhou para ela por cima do ombro. Estava nua, excetuando as meias.

— E se eu não for? — disse ela. — Vai me bater na cabeça e me arrastar pelos cabelos?

— Parece uma boa sugestão — disse ele.

— Vou tomar um banho — disse ela.

Seus olhos foram atraídos pelas nádegas dela enquanto caminhava pelo corredor. Sophia tinha muito mais curvas e sua pele era rosada. A de Annika tinha um tom esverdeado; no sol ela rapidamente adquiria um tom profundo de azeitona.

Ela é uma alienígena, pensou Thomas. Uma mulherzinha verde de outro planeta, tosca, disforme e irracional.

Seria possível viver com uma alienígena?

Sacudiu o pensamento engolindo em seco.

Por que estava tornando tudo tão difícil para si mesmo?

Havia uma saída: ele tinha uma escolha. Podia recuperar a vida que perdera, vivendo com uma mulher macia e rosada cheia de humanidade e cabelos de maçã que o acolheria em seu apartamento de sótão.

Deus do céu, pensou, o que vou fazer?

No segundo seguinte o telefone tocou.

Não, pensou. É ela. Por que está ligando? Eu lhe disse para nunca ligar para cá.

Um segundo toque.

— Não vai atender? — gritou Annika do chuveiro.

Um terceiro toque.

Agarrou o telefone com as têmporas pulsando, tentando encontrar mais saliva na boca.

— Thomas e Annika — ouviu a si mesmo dizer com uma boca seca.

— Preciso falar com Annika.

Era Anne Snapphane. Parecia estar sufocando e ele teve tamanha sensação de alívio que podia senti-la nos colhões.

— Claro — disse, soltando o fôlego. — Vou chamar.

* * *

Annika saiu do chuveiro, pegou uma toalha e deixou um rastro de pegadas molhadas atrás de si ao caminhar até o telefone. A pedra virou e revirou em seu estômago, os anjos cantarolando ansiosamente ao fundo. Evitou olhar para Thomas ao passar por ele e pegar o telefone; sua frieza a fazia guardar distância.

— Já leu o jornal desta manhã? — disse Anne em sua voz rouca e tensa.

— Está de ressaca? — perguntou Annika, empurrando o queijo para ganhar espaço na mesa da cozinha. Thomas suspirou audivelmente e mexeu-se dois milímetros para abrir espaço para ela.

— Igual a uma vadia, mas isso não é importante. Björnlund fechou o canal.

Annika afastou o pão para ter mais espaço.

— De que está falando? — disse ela.

— A ministra da Cultura acaba de me tornar desnecessária. É o que diz no jornal.

Thomas ostensivamente afastou-se noventa graus em relação a ela, seus ombros gritando que estava ativamente se distanciando.

— O quê? Acabei de ler o jornal.

— No alto da primeira página.

Annika debruçou-se e pegou a primeira parte do jornal enquanto Thomas o lia para dar uma espiada na primeira página; ele o arrancou com irritação.

— Espere — disse Annika —, posso dar uma olhada rápida? *"Björnlund muda termos para direitos de transmissão digital."* E?

— O conselho foi informado na noite passada, eles pegaram o último avião de Nova York e aterrissaram há meia hora. Já anunciaram que o lançamento foi adiado. Tem uma reunião oficial do conselho às duas e meia, e todo o nosso planejamento vai ser suspenso e a TV da Escandinávia vai ser desativada. Vou acabar como repórter de arte para a Rádio Sjuhärad.

— Mas — disse Annika, atingindo Thomas no joelho para ganhar mais espaço — não devíamos pensar o pior. Por que vocês não podem se tornar um canal de satélite ou uma TV a cabo?

Anne começou a chorar e a seriedade da situação atingiu Annika, bem como a culpa.

— Espere aí, vou mudar de telefone — disse ela.

Colocou o fone no gancho e acidentalmente bateu em Thomas ao saltar da mesa.

— Que diabo — disse ele, amarrotando o jornal no seu colo.

— Continue, estou mudando de lugar — disse Annika. Passou pelo corredor, entrando no quarto com a toalha enrolada no corpo e depois a deixou cair no chão.

Enfiou-se debaixo das cobertas e pegou o telefone na cama.

— Deve existir uma solução em algum lugar — foi a primeira coisa que ela disse. — Qual é o problema?

Anne controlou-se.

— Já lhe disse antes — falou com mau humor, e Annika a interrompeu.

— Sei que não tenho sido uma boa ouvinte. Para mim sempre pareceu uma coisa um pouco técnica, como se eu lhe contasse sobre prazos de fechamento e mudanças de cilindros. Conte para mim.

Ficou sentada entre os travesseiros e Anne respirou fundo.

— O sentido todo da TV da Escandinávia é, ou era, atingir toda a Escandinávia. Isso significa 25 milhões de telespectadores potenciais, aproximadamente um décimo da população dos Estados Unidos. E para alcançar tantas pessoas você precisa estar disponível em cada lar da Suécia, e isso significa usar os transmissores da Teracom. Os anunciantes no mercado americano não estão interessados em públicos-alvo menores do que isso.

— Teracom?

— A rede transmissora nacional; costumava ser parte da velha Televerket mas se transformou numa companhia pública de fins lucrativos, como tudo o mais.

Os anjos ficaram silenciosos, completamente derrotados pelo desespero de Anne Snapphane. Annika percebeu que a pedra não fazia nada, apenas jazia pesada e fria abaixo de suas costelas.

— E não existem outras torres; vocês não podem instalar os seus próprios transmissores?

— Está brincando? A Teracom já está a caminho da falência, embora todas as torres de transmissão já existam.

Annika relaxou e tentou pensar numa solução, agarrando feliz a oportunidade que Anne fornecera e deixando Thomas, Sophia e as crianças e Vaxholm para trás.

— Mas nem todo mundo pode ver a televisão digital — disse ela. — Você precisa ter aquelas caixas, não é? É realmente tão importante assim?

— Em dois ou três anos, a televisão digital será tudo o que teremos. Nos Estados Unidos, a televisão analógica não existe mais, e estamos seguindo pelo mesmo caminho. A proposta do governo é a grande jogada. Quando a rede digital terrestre funcionar com os mesmos critérios do resto dos negócios, em outras palavras, o mundo do satélite e do cabo, então o mercado explodirá.

O grito excitado de Ellen penetrou pela porta do quarto poucos segundos antes que a própria menina entrasse correndo, Kalle apenas um metro ou dois atrás, grunhindo numa voz profunda e fazendo garras com seus dedos.

— Mamãe, me ajude! O Tigrão está atrás de mim!

— Não — disse Annika, e tentou acalmá-los com a mão, o que não funcionou; as crianças rolaram sobre sua cama, rindo histericamente. — Mas eu não entendo — disse ao telefone. — Como a proposta do governo pode fechar o canal?

— Até agora o governo havia decidido quem teria acesso às torres da televisão estatal, tanto nas transmissões analógicas como nas digitais. Existem só três canais analógicos e estes são claramente o resultado de uma decisão puramente política: os canais um, dois e quatro.

— Ellen — disse Annika —, Kalle, vão se vestir. Vocês vão visitar a vovó e o vovô.

— As transmissões digitais ocupam muito menos espaço de frequência — disse Anne —, por isso quando os três canais analógicos deixarem de funcionar haverá espaço suficiente para 25 novos canais digitais. Nessa proposta, o governo está finalmente reconhecendo que não deveria controlar quem transmite o quê; por isso está delegando tais decisões à Autoridade de Rádio e Televisão.

— A gente tem que ir? Isso não é nada divertido — disse Kalle, atuando como porta-voz de ambos. — Não podemos correr dentro de casa lá.

— Vamos indo — disse Annika. — Escovem os dentes e coloquem roupa de baixo limpa.

— Nada disso é realmente novo — disse Anne. — A proposta passou um ano em comissões e consultas. Foi por isso que os americanos decidiram fazer esse investimento, mas o jornal de hoje diz que existe uma nova cláusula na diretiva da Autoridade de Rádio e Televisão que não estava lá antes.

Annika mandou as crianças saírem, fechou bem os olhos e tentou se concentrar.

— E?

— Durante a consulta houve um programa de dez pontos a que as companhias de televisão deveriam obedecer, segundo os parágrafos um, dois e quatro do terceiro capítulo do Ato da Rádio e da Televisão de 1996. Agora existem subitamente 11 pontos.

Annika afundou-se de novo nos travesseiros.

— Então Karina Björnlund enfiou uma condição extra no último minuto?

— Exatamente, faltando apenas dois dias. O acréscimo diz: "Os postulantes com propriedade de transmissão estrangeira para mais de um país na Escandinávia, mas para nenhum outro estado da União Europeia, não têm o direito de transmitir via rede digital terrestre."

— E isso significa...?

Podia ouvir Thomas gritando algo para as crianças na cozinha.

— Que todo mundo que preenche estas condições pode transmitir, mas não nós.

— Uma lei visando especificamente a TV da Escandinávia — disse Annika. — Ela nunca vai conseguir passar isso no Parlamento.

— Sim, vai passar, o partido verde está a favor.

— Meu Deus do céu, por quê?

— O governo vem recuando na cobrança de pedágio nas estradas. Mas, a partir do próximo ano, haverá limites de emissão de poluentes em todas as estradas ao redor de Estocolmo, para que Karina Björnlund possa pôr um fim à TV da Escandinávia.

Annika podia ouvir o ceticismo de sua própria voz ao dizer:

— Mas isso é completamente irracional. Por que diabos ela faria isso?

— Esta — disse Anne — é uma pergunta terrivelmente boa.

Então ela começou a chorar baixinho, Thomas gritou algo no corredor e Ellen começou a uivar.

Enquanto as crianças gritavam e o eco de desespero vinha pela linha de Lidingö, os anjos subitamente começaram a se manifestar, as palavras se atropelando, e ela viu um novo item no registro da correspondência ministerial à sua frente como uma miragem.

Solicito encontro para discutir uma questão de urgência.

— Bebeu alguma coisa hoje? — perguntou Annika, alto o suficiente para afogar suas vozes internas.

Anne recompôs-se por um momento antes de responder.

— Não — fungou. — Mas pensei nisso. Servi um pouco de gim, mas joguei no vaso. Chega por enquanto, sabe?

Seu desespero parecia ter cumprido o seu curso, esvaziando-se em pequenos fungos, e as crianças pararam de gritar na cozinha.

— Primeiro Mehmet e depois isso. Não vou aguentar.

— Sim, você vai — disse Annika. — Vista-se e venha até aqui, deixe o carro.

— Não sei se posso.

— Pode, sim. Thomas e as crianças estão indo para Vaxholm e eu não tenho nada para fazer o dia inteiro. Prometa que vem.

— Não posso ficar aqui, eu não aguento...

Um novo ataque de soluços borbulhou.

— Aquele velho miserável lá embaixo sempre bisbilhotando e Miranda para lá e para cá entre nós dois e a neve para limpar todo o inverno...

— Venha para cá e vamos procurar na Internet uma casa nova. Já era tempo de você se mudar para a cidade como qualquer pessoa com um mínimo de bom senso.

Anne fez silêncio, respirando através da linha, primeiro rapidamente, depois num ritmo mais lento.

— Preciso parar para pensar nas coisas primeiro.

— Sabe onde estou.

Kalle aproximou-se de Annika na porta da frente, vestindo suas novas botas verdes com adesivos refletores. Suas bochechas brilhavam do calor dentro de seu macacão, os olhos grandes e reluzentes.

— Por que papai está bravo com a gente?

Annika ajoelhou-se ao lado dele acariciando seu rosto.

— Papai está cansado — disse ela. — Tem trabalhado demais. Logo as coisas vão melhorar.

Sorriu para ele, transmitindo uma calma e segurança que não sentia.

— Quero ficar em casa com você — disse Ellen.

Annika virou-se para a filha, que suava por causa da espera.

— Anne vem me ver, ela está um pouco triste e vou ajudá-la numa coisa.

— Os adultos também podem ficar tristes — disse Kalle.

Annika teve que desviar o olhar para se segurar; a pedra no seu peito estava para explodir — minhas crianças adoráveis, minhas queridas.

— Vejo vocês logo — disse, erguendo-se e ajustando o cinto do seu roupão.

Thomas veio voando para o vestíbulo com os cabelos em desordem e uma pequena nuvem negra sobre a cabeça.

— O que está procurando? — disse Annika, mantendo a voz firme.

— Meu celular. Viu ele por aí?

— Precisa dele?

Olhou para ela como se fosse uma idiota.

— Tentou ligar para ele? — perguntou Annika.

A expressão dele mudou de zombaria para surpresa. Ela engoliu em seco, flutuou até o telefone e ligou para o número do celular dele. O bolso do seu casaco tocou.

— Dirija com cuidado — disse ela enquanto empurrava as crianças através da porta à frente dele.

Um olhar obscuro e magoado por cima do ombro.

A porta fechou e ela ficou parada ali, com pés gelados, sentindo a corrente de ar que subia pela escada. Não tinha chão debaixo de si, estava em queda livre: o céu girava ao seu redor, o coro angelical trovejando. Sabia que as sementes que plantara estavam germinando e crescendo na cabeça dos gerentes intermediários da federação.

Sophia Grenborg, pensou, Sophia Grenborg, sua puta miserável, e os anjos começaram a gritar, com uma intensidade que ela nunca sofrera antes; gritavam sua indignação em uma escala inteiramente indecente.

Sophia fia lia mia além além da salvação!!!

Colocou as mãos sobre as orelhas, cerrou o maxilar e fugiu, para longe da porta, para longe da corrente de ar, de volta para a cama, e puxou as cobertas por cima da cabeça.

Os vales estivais da salvação fia lia fina Sophia.

Respirou fundo e concentrou-se em não hiperventilar nem em ter cãibras.

Ragnwald, pensou, o soberano com o poder divino. O avião na F21. Uma explosão. Um jovem queimando. O amor por uma jovem atleta, ativa no clube de adestramento de cães. Estudos de teologia em Uppsala, cortesia nascente do presidente Mao. A morte como profissão. Benny Ekland, jornalista estrela questionável. Linus Gustafsson, menino observador com gel nos cabelos. Kurt Sandström, político fazendeiro com um pé firme na vida.

Jogou fora o edredom, pegou o telefone e discou a linha direta de Q.

Se ele responder, é um sinal, ela pensou, e expulsou o pensamento imediatamente, porque o que aconteceria se ele não respondesse... que demônios ela teria soltado então?

Mas ele respondeu, e parecia cansado. Ela sentou-se na cama e os anjos se retiraram imediatamente.

— Algo aconteceu? — perguntou nervosamente.

— Está pensando em algo em particular?

Ela fechou os olhos, aliviada por ouvir sua voz.

— Não quero saber se você trepou ou não.

— OK — disse Q. — E o que você saberia sobre coisas assim?

Ela tentou sorrir para o telefone.

— Nosso amigo Ragnwald. Vocês o encontraram?

Ele fingiu bocejar.

— Estou falando sério — disse ela, puxando o fio do telefone. — Devem ter feito algum tipo de progresso. Kurt Sandström, o que aconteceu com ele?

— Morreu. Definitivamente morreu.

Ela se recostou com força contra os travesseiros, sentindo a pedra repousar, quase relaxada.

— Göran Nilsson de Sattajärvi — disse ela. — Como pode alguém desaparecer por trinta anos sem que vocês, a Interpol, a CIA, o Mossad ou alguém mais não o tenham localizado? Como isso é possível?

Q ficou em silêncio por longos segundos.

— Não ficamos exatamente marcando passo, se é isso que está pensando.

— Não?

Ela olhou para o teto.

— Sabiam que ele morava na França, como pode ser tão difícil assim? Certamente é apenas uma questão de pegar o aspirador de pó e apertar o botão.

— A polícia francesa tem aspiradores de pó muito grandes que sugam quase todo tipo de partículas. Este ficou no filtro durante todos esses anos.

A realidade ficou mais clara e sua queda livre cessou; ela flutuava sem peso e segura, calma.

— Como ele podia fazer isso? Se é tão perigoso como vocês pensam, se era realmente um matador internacional que realizava assassinatos por montes de dinheiro, como podia se safar? Por que ninguém o pegou?

— Não sabemos quanto dinheiro esteve envolvido, ou se chegava a haver dinheiro. Talvez matasse por pura e instintiva convicção.

— Mas como sabem que é ele?

— Existe uma quantidade de casos em que estamos convencidos, muitos mais de que temos toda certeza e uma pilha de corpos na qual nada mais temos senão nossas suspeitas.

Ela estava segura agora, estável em seu céu.

— Mas por que Ragnwald? Ele deixou impressões digitais? Pequenos guardanapos com beijos de batom nas cenas do crime?

— Agentes disfarçados — disse Q. — O aparato de segurança.

— Ah — disse Annika. — Quer dizer rumores e especulação.

— Agora você está sendo tola.

Ficaram em silêncio por alguns momentos; seu peito estava quente, assim como a pedra.

— Mas existe algo que eu não entendo — disse Annika quando o silêncio se tornou tão grande que ela subitamente receou que estivesse sozinha na linha. — Alguém deve ter tido algum meio de se comunicar com ele, porque, de outro modo, como ele contataria seus empregadores?

— O que quer dizer?

— Alguém deve tê-lo contratado para aqueles trabalhos sujos. Como foi que chegaram até ele?

O comissário ficou quieto por um momento.

— Confidencialmente — disse ele, e ela girou a cabeça. — Através do ETA. Durante anos a polícia espanhola suspeitou que um médico em Bilbao fosse o intermediário, mas nunca juntaram provas suficientes para acusá-lo. Isso é matéria delicada no País Basco. Se seus colegas começarem a perseguir abertamente e acusar membros decentes da população civil, toda a região poderia pegar fogo. O médico em questão é um impecável chefe de família, um profissional com sua própria clínica, especializado em medicina interna.

— Vocês não podiam ter contratado Ragnwald para algo, vocês mesmos? — perguntou Annika. — Atraindo-o para uma armadilha?

Um momento de hesitação.

— Tentativas podem ter sido feitas, mas nada sei a respeito.

Então era aí que se detinha a fronteira de sua franqueza. Ela decidiu não o pressionar e esfregou os pés um no outro, sentindo a circulação voltar.

— Mas se ele não estava na França, onde estava então?

— Muito provavelmente passou bastante tempo na França — disse Q, de volta sobre terreno sólido —, mas não morou lá. Achamos que ele não se fixou em lugar algum.

— Então passou trinta anos acampando?

Um suspiro curto, cansado.

— Acreditamos que ele fingia ser do norte da África — disse Q —, como parte de um grupo de imigrantes ilegais que vagam pelo campo em busca de trabalho sazonal.

— Um trabalhador agrícola? — disse Annika.

— Eles vão de cidade em cidade, de país em país, onde quer que as safras estejam para ser colhidas. Vivendo em tendas ou acampamentos durante curtos períodos, dezenas de milhares de pessoas que se dividem em grupos menores quando o trabalho acaba, mudando-se para outro local, sempre a caminho de algum lugar, nunca chegando lá.

Annika concordou com a cabeça inconscientemente, vendo-os diante de si como naquele filme de Lasse Hallström, como é que se chamava?

— E ninguém fala nada sobre ninguém — disse ela.

— Lealdade total — disse Q. — Ninguém se importa se alguém desaparece por umas semanas, por uns meses, ou para sempre.

— E não se surpreende se a pessoa aparece de novo — completou Annika.

— Nenhuma pergunta — disse Q.

— Dinheiro vivo na mão no final do dia.

— Nada de contas bancárias — disse Q.

— Nenhum aluguel para pagar, nenhuma família para sustentar.

— Muitos trabalhadores sazonais tem família — disse Q. — Alguns deles sustentam sua família estendida também, mas não o nosso Ragnwald.

— Ele colhe uvas e laranjas e dá tiros em políticos nas horas vagas.

— Quando não está trabalhando nas docas, nas minas ou em qualquer outro lugar onde pode ficar invisível e, em termos práticos, onde não recebe dinheiro algum.

Ficaram em silêncio por um tempo.

— Mas por que não o pegaram se está de volta à Suécia?

Q deu um suspiro profundo.

— Não é tão fácil quanto você parece pensar — disse ele. — Assassinos que matam sem nenhum motivo aparente são os mais difíceis de pegar. Veja o Homem Laser: atirou em dez pessoas escolhidas ao acaso em Estocolmo no curso de um ano e meio antes de ser apanhado, e ele morava no meio da cidade, tinha seu próprio carro, dava bom-dia aos vizinhos nas escadas; em outras palavras, era um completo amador. O homem com quem estamos lidando agora matou quatro pessoas ao que sabemos. Não há nada que as ligue, exceto que o menino presenciou o primeiro assassinato. Os métodos são completamente diferentes: Ekland foi atropelado, o menino teve a garganta cortada, Sandström levou um tiro. Nenhuma impressão digital, as fibras que encontramos não combinam de uma cena do crime para outra.

— Isso poderia apenas significar que ele mudou as roupas e usava luvas.

— Exatamente — disse Q.

— Nenhuma testemunha?

— A melhor testemunha, o menino, morreu. Ninguém mais contribuiu com algo significativo.

Annika ouviu de novo os últimos comentários em sua cabeça.

— Quatro — disse ela. — Você disse quatro.

Q ficou mudo.

— O quê?

— Houve outro assassinato — disse ela, sentando-se na cama num reflexo. — Ele matou de novo. O quê? Quem?

— Você deve ter me ouvido mal. Eu disse três.

— Bobagem — disse Annika. — Alguém foi morto nos últimos dois dias e outra citação de Mao foi mandada para os parentes. Ou me conta exatamente o que aconteceu, ou começo a telefonar por aí.

Ele riu.

— Uma ameaça vazia. Se alguém foi morto, a mídia já estaria rondando como abutre em volta da história.

Ela respondeu à risada dele bufando.

— Isso é merda — disse ela. — Não se foi uma mulher que foi morta. Seu marido provavelmente já foi detido e me surpreenderia se até o jornal local dedicasse ao fato suas poucas linhas de padrão.

— Padrão?

— *Briga familiar termina em tragédia.* Nem agradável, nem interessante, e impossível de se escrever a respeito. Me conte o que sabe e podemos chegar a um acordo.

O silêncio ficou espesso com pensamento por vários segundos.

— Já disse isso antes — falou ele finalmente. — Você é meio sinistra. Como podia saber disso?

Annika recostou-se nos travesseiros de novo, um sorriso fugaz passando-lhe pelo rosto.

— E ela não tem nenhuma ligação com os outros três?

— Não descobrimos nada ainda. Margit Axelsson, uma professora de creche em Piteå, casada, duas filhas adultas, estrangulada ao pé da escada de sua casa. O marido estava trabalhando e a encontrou ao chegar em casa.

— E tornou-se imediatamente suspeito do assassinato?

— Errado. A hora da morte foi antes da meia-noite e ele estava na sala dos oficiais de ligação na F21 com seus colegas até uma e meia da madrugada, quando terminou seu turno.

Annika sentiu a adrenalina chegar ao cérebro e automaticamente esticar suas pernas, forçando-a a sentar-se reta.

— F21? Ele trabalha na F21? Então existe uma ligação. A explosão do Draken.

— Já checamos. Ele prestou serviço militar no I19 em Boden; só foi agregado à base aérea em 1974. O fato de que o empregador do marido da vítima de assassinato coincida com uma cena de crime que possa ter uma ligação com Ragnwald não é suficiente para fazer meu pulso disparar, ao contrário do seu, aparentemente.

— A citação — falou ela. — O que diz?

— Espere um momento...

Colocou o telefone sobre a mesa, abriu uma gaveta, remexeu em alguns papéis, limpou a garganta e voltou à linha.

— "*Povos do mundo, uni-vos para derrotar os agressores americanos e todos os seus lacaios. Povos do mundo, sede corajosos e ousai lutar, desafiando as dificuldades e avançando onda após onda. Então o mundo inteiro pertencerá ao povo. Monstros de qualquer espécie serão destruídos.*"

Pensaram em silêncio por algum tempo; a oscilação parou.

— Monstros de qualquer espécie serão destruídos — disse Annika. — Monstros. De qualquer espécie. Incluindo professoras de creches.

— Ela lecionava também para a Associação Educacional dos Operários. Dava cursos de dobradura de guardanapos e cerâmica. Não estamos dando muita atenção à citação, acho que você não deveria também. A mulher que está montando o perfil dele acha que usa essas citações como mensagens, como os seus beijos de batom em guardanapos.

— Vocês têm alguém do FBI na jogada? — perguntou Annika, balançando as pernas para fora da cama, pés quentes contra o assoalho frio de madeira.

— Isso foi nos anos 1970 — disse Q. — Fazemos nossos próprios perfis de suspeitos há dez anos.

— Desculpe — disse Annika. — E o que foi que ela achou?

— Você pode muito bem adivinhar. Homem, mais para velho do que para jovem, dominado pelo ódio contra uma sociedade da qual tem uma visão parcialmente distorcida, compensando pelas humilhações que sofreu. Solteiro, poucos amigos, autoimagem pobre, forte necessidade de validação, inquieto, tem dificuldades para manter um emprego, razoavelmente inteligente e com boa força física. Mais ou menos.

Annika fechou os olhos e tentou memorizar os detalhes, ciente de que ele não estava lhe contando tudo.

— Então por que as citações? — disse ela. — Por que essa espécie de marcação de território?

— Em algum nível ele quer que a gente saiba. É tão incrivelmente superior em relação a nós que pode se dar ao luxo de deixar esses lembretes de si mesmo.

— Nosso Ragnwald — disse ela. — Sinto quase como se eu o conhecesse. Imagine o que poderia ter sido: se aquele avião não tivesse explodido, ele poderia estar a caminho do jantar do Prêmio Nobel na prefeitura dentro de três semanas.

Ela percebeu pelo silêncio surpreso que Q não tinha seguido o seu pensamento.

— Karina Björnlund — disse ela. — A ministra da Cultura. Ela vai ao jantar do Nobel este ano, ou pelo menos foi convidada, e se Ragnwald não tivesse precisado desaparecer, eles teriam se casado.

— De que está falando? — perguntou Q.

— Claro, não há meios de saber se o casamento teria durado, mas se tivesse...

— Escute aqui — disse Q. — De onde diabos tirou essa história?

Annika enroscou o fio do telefone.

— Os proclamas foram publicados — disse ela. — Eles tinham um casamento civil marcado na prefeitura de Luleå às duas horas da tarde da sexta-feira depois do ataque.

— Sem chance — disse Q. — Se fosse verdade, nós saberíamos.

— Os casamentos tinham de ser anunciados naquela época; eles publicaram uma nota no jornal.

— E onde foi publicada essa nota?

— No *Norrland News*. Tenho uma pilha de recortes de lá sobre Karina Björnlund. Quer me dizer que realmente não sabia que eles estavam juntos?

— Um capricho adolescente — disse Q. — Nada mais. Além disso, ela terminou o caso.

— Ajustamento retrospectivo — disse Annika. — Karina Björnlund faria qualquer coisa para salvar sua própria pele.

— Estou vendo — disse Q. — A Pequena Perfiladora Amadora falou.

Annika estava pensando no e-mail de Herman Wennergren, *Solicito encontro para discutir uma questão de urgência*, e então na emenda de última hora da ministra da Cultura à proposta do governo, fazendo com que a lei sobre a regulamentação das transmissões digitais excluísse a TV da Escandinávia — exatamente como Herman Wennergren desejava —, e a única questão que persistia era que argumentos os proprietários do seu jornal haviam usado para fazê-la mudar de opinião.

Na sua cabeça, Annika podia ouvir sua própria voz pedindo à secretária de imprensa do ministro do Comércio que transmitisse um pedido para um comentário sobre o Caso IB e ouviu a si mesma revelando os maiores segredos dos social-democratas para Karina Björnlund. E, apenas poucas semanas depois, Björnlund tornara-se ministra, numa das mais imprevisíveis promoções de todos os tempos.

— Confie em mim — disse Annika. — Eu sei mais sobre ela do que você.

— Preciso ir — disse Q, e ela nada tinha a acrescentar, porque os anjos haviam partido agora; tinham se recolhido ao seu esconderijo.

Colocou o fone no gancho e correu para o laptop, abrindo-o e colocando um par de meias enquanto os programas carregavam. Então digitou os novos detalhes da conversa até que a parte de trás dos joelhos começou a suar e os tornozelos começaram a gelar.

A campainha da porta tocou. Annika abriu cautelosamente, sem saber ao certo o que encontraria ali. Os anjos começaram a cantarolar ansiosamente, mas acalmaram quando ela viu Anne Snapphane na entrada, ofegante, os lábios brancos, os olhos vermelhos.

— Entre — disse Annika, voltando ao apartamento.

Anne não respondeu, apenas entrou, curvada e contida, pelas portas duplas.

— Está morrendo? — perguntou Annika, e Anne assentiu com a cabeça, afundou no banco do hall e tirou a bandana da cabeça.

— É o que parece — disse ela —, mas você sabe o que eles dizem em *Runaway Train*.

— Tudo aquilo que não o mata torna você mais forte — disse Annika, sentando-se ao lado dela.

Enquanto o aquecimento central clicava, ouvia-se a descarga de um vaso em alguma parte do edifício e um ônibus parava num ponto e depois partia lá embaixo na rua. Ficaram sentadas ali olhando para o guarda-louça com os abacaxis entalhados que Annika tinha comprado num mercado de pulgas em Stocktorp.

— Há sempre barulhos na cidade — disse Anne finalmente.

Annika soltou um pouco de ar dos pulmões num suspiro frouxo.

— Pelo menos você nunca está sozinha — disse ela, levantando-se. — Quer alguma coisa? Café? Vinho?

Anne Snapphane não se mexeu.

— Parei de beber — disse.

— Ah, é um daqueles dias, não é? — disse Annika, ficando de pé e olhando além da sacada para o pátio lá embaixo. Alguém se esquecera de fechar a porta do quarto que continha as latas de lixo; ela batia de um lado para outro nos ventos violentos que açoitavam o edifício.

— Parece que fui jogada num poço sem fundo e estou caindo e caindo — disse Anne. — Começou com Mehmet e sua nova trepada, depois a conversa sobre Miranda ir morar com eles, e agora que o meu emprego se foi não há nada mais a que eu possa me agarrar. Beber nessa situação equivaleria a apertar o botão de avançar.

— Entendo o que quer dizer — disse Annika, apoiando a mão na maçaneta para conseguir manter-se ereta.

— Quando caminho pela cidade, tudo parece tão estranho. Não me lembro de ter sido assim. É difícil respirar; de certo modo, todo mundo parece tão cinzento. As pessoas parecem fantasmas, tenho a impressão de que metade delas já morreu. Não sei se estou viva. Pode alguém viver assim?

Annika concordou com a cabeça e engoliu em seco audivelmente; a porta do depósito das latas de lixo bateu duas vezes, bangue, bangue.

— Bem-vinda à escuridão — disse ela. — Lamento que tenha vindo fazer companhia para mim.

Foram precisos poucos momentos para que Anne avaliasse a seriedade de suas palavras.

— O que aconteceu? — disse ela, levantando-se, tirando o casaco e o cachecol e pendurando-os, depois se dirigindo a Annika para juntar-se a ela na vigília do depósito das latas de lixo.

— Um montão de coisas — disse Annika. — Minha posição no trabalho está muito instável, Schyman me proibiu de escrever sobre terrorismo. Ele acha que o Bombardeiro me deixou meio louca.

— Hum — disse Anne, cruzando os braços.

— E Thomas está tendo um caso — continuou quase num sussurro, as palavras rolando pelas paredes, crescendo e crescendo até chegarem ao teto.

Anne olhou ceticamente para ela.

— O que a faz pensar isso?

A garganta de Annika se contraiu, as palavrinhas pegajosas não queriam sair. Olhou para as mãos, limpou a garganta e ergueu o olhar.

— Eu os vi. Em frente à loja de departamentos NK. Ele a beijou.

A boca de Anne ficou meio aberta, ceticismo e descrença dançando em seu rosto.

— Tem certeza? Não pode ter se enganado?

Annika sacudiu a cabeça, baixou o olhar para as mãos de novo.

— O nome dela é Sophia Grenborg; trabalha para a Federação dos Conselhos de Condados. Está no mesmo grupo de Thomas, você sabe, aquele que investiga ameaças a políticos...

— Merda — disse Anne. — Merda. Que piranha. O que ele disse? Ele negou?

Annika fechou os olhos e colocou a mão na testa.

— Não falei nada — disse ela. — Vou tratar disso à minha própria maneira.

— O quê? — disse Anne. — Besteira. Claro que você tem de falar com ele.

Annika ergueu o olhar.

— Sei que ele está pensando em me deixar e deixar as crianças. Começou a mentir para mim também. E já foi infiel antes.

Anne pareceu espantada.

— Com quem?

Annika tentou rir e sentiu a pedra forçando lágrimas para fora de seus olhos.

— Comigo — disse finalmente.

Anne suspirou pesadamente e olhou para ela com firmeza.

— Você precisa falar com ele.

— E eu ouço anjos — disse Annika, respirando fundo. — Eles cantam para mim e às vezes falam comigo. Assim que fico estressada, eles começam.

E ela fechou os olhos e entoou seu canto melancólico: *ventos estivais corações nostálgicos lírios da chuva dourada...*

Anne segurou-a pelos ombros e puxou-a para a frente, encarando-a com uma expressão severa e sombria no rosto.

— Você precisa de ajuda — disse. — Está me ouvindo, Annika? Pelo amor de Deus, não pode andar por aí com um monte de duendes na cabeça.

Aproximou-se um passo e sacudiu Annika até que seus dentes chocalharam.

— Não deve se entregar, Anki, me ouça.

Annika desvencilhou-se dos braços da amiga.

— Está tudo bem — disse baixinho. — Eles vão embora quando tenho algo em que pensar. Quando estou trabalhando, fazendo coisas. Quer café, então?

— Chá verde — disse Anne. — Se tiver algum.

Annika foi à cozinha com passadas estranhas, sentindo o espanto dos anjos até o estômago; ela os havia delatado. Não imaginavam que ela faria isso; estavam seguros de que poderiam cantar e consolá-la e aterrorizá-la para sempre sem que ninguém jamais descobrisse.

Colocou água na pequena panela de cobre, acendeu o fogão com o acendedor que mal pôde produzir uma centelha para gerar as chamas azuis.

Anseio consolador, eles cantavam agora, suas vozes fracas, isoladas: *filha pequena querida luz do sol...*

Tomou fôlego e deu um tapa num lado da cabeça para fazê-los calar.

Anne veio à cozinha calçando apenas meias, alguma cor havia voltado ao seu rosto, seu olhar era inquisitivo.

Annika tentou sorrir.

— Acho que estão principalmente tentando me consolar — disse. — Só cantam coisas bonitas.

Caminhou até a despensa e tateou na penumbra em busca de algum chá que pudesse ser considerado verde.

Anne sentou-se à mesa da cozinha; Annika podia sentir seus olhos sobre suas costas.

— Mas é você quem faz isso — disse Anne. — Não percebe? Você está se consolando; você está procurando pela criancinha em algum lugar. Alguém costumava cantar músicas assim para você quando era pequena?

Annika engoliu um comentário maldoso sobre psicologia amadora e conseguiu encontrar um chá japonês que se gabava de acelerar o metabolismo, que ela ganhara de alguém do trabalho.

— Pensa seriamente em se mudar? — perguntou, voltando à água fervente. — Posso recomendar Kungsholmen. Nós insulanos vivemos um pouco melhor do que todos os demais.

Anne pegou algumas migalhas do café da manhã entre o polegar e o indicador e pensou por um momento antes de responder.

— De certo modo eu imaginei que Mehmet viria morar conosco, ou que simplesmente continuaríamos do jeito que estávamos para sempre. Isso faz algum sentido? Ele meio que... pertencia, e sem ele é... errado. É triste e muito longe de tudo, e o velho safado no andar de baixo sempre tenta dar uma espiada debaixo do meu roupão quando desço para pegar o jornal.

— O que é mais importante? — disse Annika, servindo o chá através da peneira na xícara.

— Miranda — disse Anne sem pensar —, embora eu perceba que não posso ser uma mártir e desistir de tudo em função dela. Mas a casa em Lidingö nunca foi tão importante para mim. Claro que gosto de modernismo, mas posso sobreviver sem o tipo certo de decoração de interiores.

— Talvez você possa tolerar um pouco de art nouveau, se precisar? — disse Annika, carregando as canecas.

— Até mesmo um pouco de romantismo nacional. Saúde.

Annika sentou-se de frente para Anne e observou-a soprar a bebida quente.

— Österlmalm, você quer dizer?

Anne assentiu, fazendo careta enquanto queimava a língua.

— O mais perto possível, para que ela possa caminhar entre nós.

— Que tamanho?

— Que preço, você quer dizer? Não posso acrescentar nada em dinheiro.

Tomaram o chá em silêncio, ouvindo a porta do depósito de lixo bater em intervalos irregulares no pátio. A cozinha flutuava suavemente na fraca luz de inverno, os anjos cantarolavam vagamente, a pedra retorcia-se e arranhava.

— Quer buscar imóveis na Internet? — disse Annika, e levantou-se, incapaz de permanecer sentada por mais tempo.

Anne bebeu ruidosamente seu chá e seguiu-a até o computador.

Annika sentou-se e concentrou-se em ícones e teclas, a Internet iniciou e o modem manifestou-se com pequenos cliques e estalidos.

— Vamos começar por cima — disse ela. — Três quartos, sacada e lareira em Artillerigatan?

Anne suspirou.

Havia um como aquele à venda, 115 metros quadrados, terceiro andar, em excelente condição, cozinha nova, banheiro todo azulejado com banheira e pia, visitas no domingo às quatro da tarde.

— Quatro milhões? — palpitou Anne, espiando o monitor.

— Três ponto oito — disse Annika —, mas provavelmente vai subir quando começarem a receber ofertas.

— É absurdo — disse Anne Snapphane. — Não posso pagar isso. Quanto seriam os pagamentos mensais sobre uma hipoteca de quatro milhões?

Annika fechou os olhos e fez as contas.

— Vinte mil, mais despesas, descontando as deduções de impostos.

— E se for algo menor?

Encontraram um apartamento de dois quartos no andar térreo do lado errado de Valhallavägen por 1,5 milhão.

— Desempregada — disse Anne, sentando-se pesadamente no braço da cadeira de Annika. — Abandonada pelo pai da minha filha, a meio caminho do alcoolismo e com um apartamento de dois quartos num andar térreo. Posso afundar ainda mais?

— Repórter da Rádio Sjuhärad — lembrou-lhe Annika.

— Sabe o que estou querendo dizer — falou Anne e se levantou. — Vou dar uma olhada em Artillerigatan. Deram o código da porta?

Annika imprimiu os detalhes com o código e o número do agente.

— Vem comigo?

Annika sacudiu a cabeça e ficou sentada ouvindo enquanto Anne ia até o vestíbulo, enfiava suas botas e o casaco, colocava a bandana e o cachecol.

— Telefono e conto tudo para você — disse ela da porta da frente, e os anjos começaram a cantar uma pequena cantiga de despedida: *adeus Anne coração caseiro.*

Annika rapidamente fez uma nova busca e as vozes sumiram, enquanto ela olhava a casa recém-construída de Vinterviksvägen, em Djursholm, que ainda estava à venda, por justos seis ponto nove milhões.

Piso de carvalho em cada quarto, cozinha e sala de jantar integradas, mosaico azul-mediterrâneo em ambos os banheiros, um jardim plano, ideal para crianças, com árvores frutíferas recém-plantadas, para mais fotos clique *aqui.*

Ela clicou e esperou enquanto as fotos carregavam, fotos da vida de outra pessoa, olhando para uma cama de casal num quarto de dormir branco e creme com banheiro.

Uma família mora aqui, pensou, e decidiu mudar-se. Procurou um agente imobiliário que fez uma avaliação, levou sua câmara digital, montou uma estúpida oferta de venda e colocou tudo na Internet. Agora, qualquer um pode olhar para o quarto de dormir do casal, julgar seu bom gosto, estudar a maneira como preencheu o espaço.

Lar doce lar!, os anjos cantaram. *Fique no doce lar.*

Levantou-se rapidamente e foi ao telefone, discou 118 118 com dedos trêmulos. Quando uma mulher atendeu, pediu o número de Margit Axelsson em Piteå.

— Tenho um Thord e Margit Axelsson em Pitholm — disse a telefonista lentamente. — Ele está listado como engenheiro e ela como professora de creche... estaria correto?

Pediu para fazerem a ligação e esperou com a respiração suspensa enquanto o telefone tocava. Os anjos ficaram quietos.

Uma velha secretária eletrônica atendeu, sua cabeça se encheu com a voz jovial de uma mulher contra o barulho de fundo ligeiramente distorcido de uma fita que tocou vezes demais.

— Alô, você ligou para a casa da família Axelsson.

Claro, a casa de: nós moramos aqui.

— Thord e Margit não estão no momento e as garotas estão na universidade, por isso deixe uma mensagem depois do bip. Até logo.

Annika limpou a garganta enquanto a máquina clicava e zumbia.

— Alô — disse ela fracamente depois do sinal de uma fita em algum lugar nos arredores de Piteå. — Meu nome é Annika Bengtzon e sou repórter do *Evening Post*. Gostaria de pedir desculpas pela intromissão numa hora como essa, mas estou telefonando sobre algo em particular. Eu sei a respeito da citação de Mao.

Hesitou por um momento, sem saber ao certo se os parentes da mulher sabiam que existiam outras três cartas com conteúdo similar.

— Estou tentando contatar Thord — disse ela. — Sei que não foi ele.

Ficou em silêncio de novo, ouvindo o suave sibilo da fita, pensando quanto tempo poderia ficar muda antes que a ligação fosse cortada.

— Nas últimas semanas investiguei a explosão de um avião Draken na F21, em novembro de 1969 — disse ela. — Sei a respeito de Ragnwald; sei que estava junto com Karina Björnlund...

O receptor foi apanhado do outro lado da linha e a mudança no ruído de fundo deu-lhe um susto.

— A explosão? — disse uma voz áspera de homem. — O que você sabe disso?

Annika engoliu em seco.

— É Thord?

— O que você sabe da F21?

A voz do homem era brusca, contida.

— Muita coisa — disse Annika, e esperou.

— Você não pode colocar nada no jornal a não ser que saiba — disse o homem. — Não pode fazer isso.

— Não vou fazer isso — disse Annika. — "*Povos do mundo, uni-vos para derrotar os agressores americanos e todos os seus lacaios. Povos do mundo, sede corajosos e ousai lutar, desafiando as dificuldades e avançando onda após onda. Então o mundo inteiro pertencerá ao povo. Monstros de qualquer espécie serão destruídos.*" O que significa isso?

O homem levou um longo tempo para responder. Não fosse o som de uma televisão ao fundo, ela teria achado que ele desligara.

— Outros jornalistas telefonaram? — perguntou ela.

Ouviu o homem engolir em seco, um suspiro irregular no bocal que a fez afastar o fone de sua orelha.

— Ninguém — disse ele. — Aqui eles sabem o que pensam.

Fez uma pausa, talvez estivesse chorando; ela esperou em silêncio.

— Escreveram que fui levado para interrogatório, mas solto devido à falta de provas.

Annika assentiu em silêncio; ninguém telefona para um assassino.

— Isso não importa por estas bandas — disse ele. — Os vizinhos me viram ser levado numa viatura da polícia. A partir de agora serei conhecido como o assassino de Margit para as pessoas daqui.

— Não se encontrarem o culpado — disse Annika, ouvindo o homem começando a soluçar. — Não se pegarem Göran Nilsson.

— Göran Nilsson — disse ele, assoando o nariz. — Quem é ele?

Ela fez uma pausa, mordendo a língua, sem saber quanto o homem sabia.

— É conhecido por seu codinome — disse ela. — Ragnwald.

— Você quer dizer... Ragnwald? — disse o homem, cuspindo o nome. — O Dragão Amarelo?

Annika deu um pulo.

— Desculpe, o que foi que falou?

— Conheço ele — disse Thord Axelsson calorosamente. — O maoista maluco que atuou em Luleå como revolucionário no final dos anos 1960; sei que ele voltou. Sei o que fez.

Annika pegou uma caneta e uma folha de papel.

— Nunca ouvi o codinome Dragão Amarelo usado para ele antes — disse ela. — Ragnwald era o nome que usava nos grupos maoistas que se encontravam no porão da biblioteca.

— Antes dos Animais Selvagens — disse Thord Axelsson.

Annika parou por um momento.

— Antes dos Animais Selvagens — repetiu, tomando nota.

A linha silenciou de novo.

— Alô? — disse Annika.

Um suspiro profundo confirmou que o homem ainda estava lá.

— As garotas estão aqui — disse ele. — Não posso falar sobre isso agora.

Annika pensou rapidamente por alguns segundos.

— Vou a Luleå ver um outro negócio amanhã — disse ela. — Posso visitá-lo em casa para conversarmos calmamente?

— Margit morreu — disse o homem, os sons saindo truncados e distorcidos. — Ela nada mais tem a recear. Mas eu nunca a deixarei na mão, você precisa entender isso.

Annika continuava tomando notas, embora não o entendesse.

— Eu só quero entender o contexto — disse ela. — Não vou expor Margit nem mais ninguém.

O homem suspirou de novo e pensou por um momento.

— Venha na hora do almoço. As garotas têm um encontro com a polícia, então poderemos ficar sozinhos.

Deu-lhe o endereço e indicações de como chegar e disse para vir por volta de meio-dia. Depois ela deixou o telefone no gancho por um longo minuto. Os anjos estavam quietos, mas havia um forte zumbido em seu ouvido esquerdo. As sombras na sala eram longas e irregulares, saltando espasmodicamente pelas paredes enquanto os veículos passavam e a luz da rua oscilava.

Precisava encontrar o jeito certo de explicar isso a seus editores.

Telefonou para a recepção. Por sorte, Jansson estava de serviço.

— Como diabos anda você? — perguntou, soprando fumaça no telefone.

— Estou atrás de algo — disse ela. — Uma história real de interesse humano, um pobre homem num belo subúrbio de Piteå cuja mulher foi assassinada e toda a cidade acredita que foi ele.

— Mas? — disse Jansson, sem soar particularmente interessado.

— Decididamente não foi ele — disse Annika. — Estava no trabalho, a 60 quilômetros da cena do crime, com três colegas na hora do assassinato. E a polícia acha que sabe quem foi o responsável, mas isso não fez nenhuma diferença para esse homem. Os vizinhos o viram ser levado num carro de polícia no começo da manhã e todos acham que sabem o que aconteceu. Os jornais locais publicaram que ele foi levado para interrogatório, mas foi solto por falta de provas. Ele será conhecido lá como o homem que matou a mulher para sempre.

— Hum — disse Jansson. — Não sei.

— Imagine só o que seria estar na situação desse pobre homem — disse Annika. — Não só ele perdeu a mulher que amava, mas perdeu sua reputação entre as pessoas com as quais passou toda a sua vida. Como acha que ele pode continuar vivendo?

Ficou quieta e mordeu o lábio; talvez estivesse pressionando um pouco além da conta.

— E ele está preparado para falar sobre tudo isso?

Ela limpou a garganta.

— Amanhã, na hora do almoço. Posso ir em frente e reservar uma passagem?

Jansson suspirou audivelmente.

— OK, OK — disse. — Afinal, você é uma repórter independente.

— E não se trata de terrorismo — disse Annika.

O editor riu meio constrangido.

— Ouvi dizer que Schyman puxou o freio nessa área — disse ele.

— Novo dia, nova matéria — disse Annika, e desligou.

Discou então o número da agência de viagens 24 horas do jornal e fez reserva no voo das nove e quarenta para Kallax e de um carro de locadora, e não era um carro pequeno.

Tinha acabado a conversa quando a porta da frente se abriu e as crianças chegaram gritando, cheias de energia extra. Foi rapidamente até o computador e o desligou, então voltou ao vestíbulo.

— Mamãe! Sabe de uma coisa, a gente ganhou doce por se comportar na casa da vovó e do vovô, porque não corremos, e papai comprou um jornal com mulheres nuas, e o coração do vovô está doendo de novo e podemos ir até o parque, por favoooor?

Abraçou os dois, riu e balançou-os nos braços lentamente, quentes e cheirosos.

— Claro que podemos — disse ela. — Suas luvas estão secas?

— As minhas estão horríveis — disse Ellen.

— Vamos encontrar outro par — disse Annika e abriu o armário dos abacaxis.

Thomas passou por ela sem olhar.

— Vou passar o dia em Luleå amanhã — disse ela, ao enfiar a luva nos dedos estendidos da menina. — Você vai ter de levá-los e buscá-los.

Ele parou na porta da despensa, os ombros curvados até as orelhas. Parecia que ia virar de dentro para fora e explodir; ela esperou por um estrondo que não aconteceu.

Ele seguiu até o quarto com os jornais da noite e *Café* debaixo do braço e fechou a porta atrás de si.

— Podemos ir agora, mamãe?

— Sim — disse Annika, agarrando sua jaqueta e abrindo a porta da sacada para pegar o trenó que guardavam ali. — Lá vamos nós.

SEGUNDA-FEIRA, 23 DE NOVEMBRO

À frente de Annika estendia-se uma paisagem branca de giz com grandes nuvens de neve e céu azul profundo. Ela estava nua com os pés solidamente congelados num bloco de gelo, o vento cortante uivando ao seu redor e lacerando pequenos ferimentos em sua pele. Toda a sua atenção estava focada no horizonte; alguém vinha na sua direção, mas ela não podia vê-lo ainda. Podia sentir sua presença como uma nota grave em seu estômago enquanto espiava no vento cortante.

E então ele chegou, uma silhueta cinza borrada contra o fundo de veludo, seu casaco balançando lentamente de lado a lado enquanto caminhava, e ela o reconheceu; era um dos apresentadores do Estúdio Seis; tentou liberar seus pés do bloco de gelo que agora havia se transformado em pedra, o homem se aproximou, suas mãos estavam visíveis e ela viu a faca de caça em sua mão e era Sven; havia sangue na faca e ela sabia que era sangue de gato; ele caminhava na direção dela e o vento soprava e ela olhou para seu rosto e era Thomas, e ele parou bem em frente a ela e disse:

— Era a sua vez de pegar as crianças.

Ela esticou o pescoço e as costas e olhou para além dele e viu Ellen e Kalle pendendo de ganchos de carne numa viga de aço com as barrigas cortadas e as entranhas penduradas até o chão.

* * *

Annika fitou o teto por um momento antes de perceber que tinha acordado. Sua pulsação palpitava na garganta, houve um ruído dilacerante no ouvido esquerdo e as cobertas tinham deslizado para o chão. Girou a cabeça e, no escuro, viu as costas de Thomas movendo-se num sono sem sonhos. Sentou-se na cama cuidadosamente, percebendo que seu pescoço doía e que tinha chorado enquanto dormia.

Esgueirou-se pelo corredor sobre pernas trôpegas e foi até o quarto das crianças, até seu calor vital.

Ellen tinha colocado o polegar na boca, embora eles tentassem dissuadi-la, ameaçá-la e suborná-la para parar. Annika pegou a mãozinha e puxou o polegar para fora, viu a boca da menina procurar aquilo que havia perdido por alguns segundos antes que o sono a fizesse esquecer. Observou a criança dormindo, maravilhando-se por ela não ter consciência de como era preciosa e bonita, sentindo tristeza por haver perdido a pureza que sua filha ainda possuía. Afagou seus cabelos macios, sentindo seu calor através da palma da mão.

Garotinha, garotinha, nada vai acontecer com você.

Aproximou-se de seu filho, deitado sobre as costas em seu pijama de Batman, as mãos sobre a cabeça, como ela costumava dormir quando criança. Os cabelos louros de Thomas e agora seus ombros largos: ambos pareciam muito com ele.

Debruçou-se e beijou-o na testa; a criança respirou fundo e piscou para ela.

— Já é de manhã?

— Logo — sussurrou Annika. — Durma mais um pouco.

— Eu estava tendo um pesadelo — disse ele, e virou-se de lado.

— Eu também — disse Annika baixinho, acariciando a nuca dele com a mão.

Olhou para a face luminosa do seu relógio; faltava uma hora para o despertador tocar.

Sabia que não ia voltar a dormir.

Caminhou como uma alma penada até a sala de estar, a corrente de ar da janela agitava as cortinas. Aproximou-se e espiou pela fresta, Hantverkargatan voltava lentamente à vida lá embaixo, as luzes amarelas da rua oscilando em eterno isolamento entre os edifícios. Esquentou um pé contra o aquecedor, depois outro.

Foi até a cozinha, acendeu o fogão e encheu a panela com água, mediu quatro colheres na cafeteira e olhou para o deserto gelado no pátio enquanto a água fervia e o termômetro do lado de fora da janela mostrava -22 graus Celsius. Colocou a água no café e mexeu, sintonizou na P1 em volume baixo e sentou-se à mesa da cozinha. A borbulha do rádio expulsou os demônios dos cantos, ficou sentada quieta com pés gelados enquanto o café lentamente esfriava.

Sem que o ouvisse ou sentisse, Thomas entrou na cozinha, olhos turvos e totalmente descabelado.

— O que faz de pé tão cedo? — disse ele, pegando um copo do escorredor e enchendo-o de água, bebendo em grandes goles.

Ela desviou o rosto e olhou para o rádio sem responder.

— Tudo bem, deixa para lá — disse ele, e voltou para o quarto.

Ela cobriu os olhos com a mão e respirou pela boca até que o estômago se acalmou e podia locomover-se de novo. Derramou o café na pia e foi ao banheiro. Tomou um banho de chuveiro sob água escaldante, secou-se rapidamente. Colocou sua roupa de esqui, ceroulas e colete térmicos, duas camadas de blusas de lã, jeans grossos e um top de lã de carneiro. Desencavou as chaves do porão, saiu na rua vazia e atravessou o pátio, desceu os degraus e abriu o cadeado do depósito no porão.

Suas botas de esqui estavam numa sacola de mercado com velhos livros didáticos de Thomas. Sua jaqueta polar estava empoeirada e suja; ficara pendurada ali, abandonada desde que Sven morrera. Não precisou mais dela, aquelas noites intermináveis em rinques de hóquei glaciais tinham acabado para sempre.

Levou as botas e a jaqueta para fora e escovou-as, depois as carregou para o apartamento. Pendurou a jaqueta e estudou-a criticamente. Estava realmente horrenda, mas o frio estaria ainda pior em Piteå do que em Estocolmo.

— Quando volta para casa?

Virou-se e viu Thomas de pé na porta do quarto colocando sua cueca.

— Não sei — disse ela. — Você quer saber a que horas deve preparar o jantar?

Ele se virou e caminhou para a cozinha.

Ela subitamente sentiu que não podia ficar nem mais um minuto. Colocou a jaqueta polar, apertou os cadarços das botas de esqui e verificou se tinha as chaves, a bolsa, as luvas e o gorro na sacola. Fechou a porta silenciosamente e desceu correndo as escadas, para longe das crianças, deixando-as para trás no calor, seu peito pesado de perda.

Queridinhos, estarei sempre com vocês; nada de mal vai lhes acontecer.

Caminhou ao longo de ruas que acabavam de acordar até o Arlanda Express e pegou um trem superlotado para o aeroporto.

Faltavam ainda duas horas para o avião decolar.

Tentou tomar café e ler os jornais vespertinos do dia anterior, mas a inquietação dilacerava seu estômago até que as palavras e a cafeína pareciam sufocá-la.

Desistiu e observou enquanto descongelavam as asas do avião.

Decidiu não pensar nos gerentes intermediários da Federação dos Conselhos de Condados planejando seu dia de trabalho e preparando-se para lidar com a crise que rapidamente se desenvolvia em torno de uma de suas funcionárias.

Quando os motores barulhentos ergueram o avião do solo, sua sensação de estar perdida foi passando. O avião não estava completamente cheio e ela teve um assento vazio ao seu lado — e pegou um exemplar do *Norrland News* deixado por um passageiro anterior viajando na direção oposta.

Observou o solo brilhando, congelado e endurecido lá embaixo, afastando-se a cada segundo que passava.

Voltou sua atenção para o jornal e forçou-se a examiná-lo.

Os habitantes de Karlsvik reivindicavam mais ônibus noturnos.

Um menino desaparecido de três anos foi encontrado na floresta nos arredores de Rosvik com a ajuda de um helicóptero com equipamento de visualização térmica e todo mundo ficou feliz e agradecido com o trabalho maravilhoso da polícia.

Havia a ameaça de uma greve de táxis no aeroporto de Kallax depois do fracasso das negociações salariais e da falta de acordo sobre o sistema de priorização nos pontos de táxi.

O Luleå Hockey perdeu em casa, no Dolphin Stadium, por 5 a 2 para o Djurgården; bem feito.

Largou o jornal e recostou a cabeça, fechando os olhos.

Deve ter cochilado, porque no momento seguinte as rodas tocavam o gelo e o macadame no Círculo Ártico. Conferiu o relógio, quase onze, e estirou as costas, olhando pela janela do avião. Uma alvorada pálida pairava sobre a paisagem gelada.

Ao atravessar os corredores da chegada sentiu-se vazia e nua, levou alguns segundos para perceber o que estava faltando: a horda de barulhentos motoristas de táxi em seus uniformes escuros na saída.

Foi até o balcão do serviço de locação de carros e pegou suas chaves.

— O aquecedor do motor e o aquecimento interno estão plugados — disse o jovem, sorrindo com ar de flerte. — Leve o cabo. Vai precisar dele.

Ela olhou para o chão e murmurou seu agradecimento.

O frio do lado de fora era seco como pó e extremamente paralisante. Golpeou-a como um soco. Chocada, ela tomou fôlego e tentou defender-se contra os afiados canivetes que respirava. Os números iluminados acima da porta diziam que fazia -28 graus.

O carro era um Volvo prata, ancorado a um poste de eletricidade por um grosso cabo. Sem aquecedores elétricos de motor, nenhum carro jamais pegaria naquele frio.

Tirou a jaqueta polar e jogou-a no banco traseiro.

Dentro do carro estava abafado e quente graças ao aquecedor do lado do carona, ela começou a suar imediatamente com todos seus agasalhos térmicos. O motor pegou de primeira, mas a tração e as rodas se mostraram lentas e hesitantes.

Passou pelo avião de caça que pairava na entrada do aeroporto e pegou a saída à esquerda da rotatória em vez de à direita, na direção de Piteå em vez de Luleå. Olhou pelo para-brisa para ver se reconhecia alguma coisa; tinha dividido um táxi do aeroporto com Anne Snapphane dez anos atrás.

A charneca desapareceu atrás dela e dirigiu no que deveria ter sido terra agrícola fértil. Grandes fazendas à beira da floresta, edifícios de madeira oblongos, refletindo riqueza e influência.

Para sua surpresa foi dar numa via expressa larga; não se lembrava dela de modo algum. Seu espanto só aumentou ao ver que a via seguia sempre em frente sem que visse qualquer outro veículo na estrada. O sentimento de desolação surreal apertou-lhe o pescoço, teve de lutar para respirar normalmente. Era algum tipo de brincadeira? Teria a realidade fugido a ela — seria aquela a estrada para o inferno?

Havia floresta dos dois lados, pinheiros curtos e finos com copas congeladas. O frio fazia tremular a luz baixa do sol, assim como o calor também o faz. Segurou com mais firmeza o volante e curvou-se para a frente.

Talvez nossa perspectiva mudasse no Círculo Ártico. Talvez para cima fosse para baixo, direita fosse esquerda. Nesse caso, seria inteiramente lógico construir uma via expressa através da floresta ártica onde ninguém vivia.

Depois de errar a entrada duas vezes, numa delas descobriu que estava a caminho de Haparanda e da fronteira finlandesa, e chegou ao centro de Piteå. A cidade era silenciosa, com prédios baixos; lembrava a ela Sköldinge, uma aldeia entre Katrineholm e Flen, ainda mais fria e árida. A principal diferença era a avenida central, três vezes mais larga do que até a Sveavägen em Estocolmo.

A casa de Margit e Thord Axelsson ficava em Pitholm, o mesmo lugar onde moravam os pais de Anne Snapphane. Ela rodou cuidadosamente ao longo de estradas de pedregulhos até achar a entrada que Thord havia descrito para ela.

A casa isolada fazia parte de uma fileira de moradas confusamente idênticas construídas nos anos 1970, quando as taxas de empréstimo ditadas pelo Estado levaram a uma forma de construção previamente desconhecida, a década do telhado inclinado.

Estacionou o carro alugado atrás de um Toyota Corolla idêntico ao de Thomas. Saiu do Volvo, colocou sua jaqueta e foi tomada, num momento vertiginoso, pela ideia de que na verdade morava aqui, que as crianças estavam na universidade e ela trabalhava no *Norrland News*. Sorveu sopros rasos do ar gelado, olhando para o pico do telhado que lançava uma grande sombra através da rua.

Anne Snapphane cresceu a apenas poucas centenas de metros daqui e ela preferiria morrer a voltar para cá, mas o lugar era pacífico. Esta entrada de carro estava em completa harmonia com o seu tempo

— Annika Bengtzon?

Um homem com um tufo de cabelos prateados como aço abriu a porta ligeiramente, a cabeça espiando pela fresta.

— Entre — disse ele —, antes que morra congelada.

Ela subiu até a varanda, bateu os pés e apertou sua mão.

— Thord?

O ar em seus olhos era sombrio e inteligente, a configuração de sua boca triste e atenta.

Annika entrou num vestíbulo com carpete plástico verde-escuro datando de 1976 ou por aí, pela aparência. Thord Axelsson pegou sua pesada jaqueta e a pendurou num cabide abaixo da chapeleira.

— Fiz um pouco de café — disse ele, caminhando à frente dela até a cozinha.

A mesa de pinho estava pronta, com descansos tricotados e xícaras e pires de café floreados, uma cesta de vime contendo pelo menos quatro diferentes tipos de biscoitos.

— Ora, isso está bonito — disse ela polidamente e sentou-se numa cadeira com a bolsa ao seu lado.

— Margit gosta de cozinhar — disse, abreviando a frase e olhando para a sua xícara. Respirou fundo pelo nariz, cerrou o maxilar e pegou a garrafa térmica que já tinha abastecido.

— Leite e açúcar?

Annika sacudiu a cabeça, subitamente incapaz de falar.

Que direito tinha ela de invadir as tragédias das pessoas? Com que autoridade exigia ocupar o tempo desse homem?

Pegou sua colher e inconscientemente a tilintou contra a xícara de porcelana.

— Margit era uma boa pessoa — disse Thord Axelsson olhando pela janela. — Era bem-intencionada, mas carregava segredos terríveis. Foi por isso que morreu.

Pegou dois torrões de açúcar de uma tigela e colocou-os na sua xícara. Então cruzou os braços e voltou a olhar para a rua de novo.

— Tenho pensado um pouco desde ontem — disse sem olhar para Annika. — Quero falar sobre o que aconteceu, mas não quero manchar a memória de Margit.

Ela assentiu com a cabeça, ainda muda, e pegou o bloco de anotações na sua sacola. Olhou brevemente para as vidraças limpas e para os armários laranja bem-asseados da cozinha, subitamente percebendo o cheiro de desinfetante antisséptico.

— Como você e Margit se conheceram?

O homem olhou para o teto e ficou sentado quieto por alguns momentos, e então olhou para o fogão.

— Ela me procurou no City Pub em Luleå. Era uma noite de sábado na primavera de 1975. Eu estava lá com alguns amigos da universidade, ela estava de pé ao nosso lado no bar e me ouviu falar que trabalhava na força aérea.

Pareceu perder-se na história por um momento, seus olhos viajando por alguma paisagem interior.

— Ela falou primeiro — disse ele. — Interessada, quase inquisitiva.

Olhou Annika nos olhos, dando-lhe um pequeno sorriso envergonhado.

— Fiquei lisonjeado — disse ele —, ela era uma garota bonita. E esperta. Gostei dela desde o começo.

Annika devolveu o sorriso.

— Ela morava em Luleå então?

— Morava em Lövskatan, estava na faculdade de treinamento de professores, no curso de creches. Queria trabalhar com crianças, dizia sempre que eram o futuro, fazer algo criativo era importante para ela já naqueles tempos, tanto em sua arte como em sua vida...

Colocou a mão em frente à boca e olhou para a rua de novo.

— Margit era uma pessoa séria — disse ele. — Responsável, leal. Tive sorte.

O silêncio esparramou-se pela cozinha; ela podia ouvir os tiques de um relógio; o frio fazia as paredes estalarem.

— Qual era o segredo que ela carregava? — Annika acabou perguntando.

Ele virou o olhar para ela.

— As Bestas — disse ele, com súbita força na voz. — Margit era membro ativo de um número de grupos e associações já na adolescência, uma das melhores atletas de Norrbotten no início dos anos 1960. Entrou para o Partido Comunista ainda bem jovem.

Atleta, Annika pensou, lembrando o recorte do *Norrland News*.

— Ela conhecia Karina Björnlund?

— São primas — disse ele. — Como sabia disso?

Annika sobressaltou-se levemente e olhou para baixo a fim de disfarçar.

— Karina Björnlund era atleta também — disse ela. — Então elas eram próximas?

— Margit tinha dois anos a mais; era como uma irmã mais velha para Karina. Foi ela quem iniciou Karina no atletismo. Mas Margit desistiu, depois, naturalmente.

— Por quê?

— Ela embarcou na política. E Karina a acompanhou...

Annika esperou que o homem continuasse, mas como nada saiu, ela tentou ajudá-lo.

— E quanto às Bestas?

— Eram um grupo dissidente — disse Thord Axelsson, esfregando a testa. — Uma célula estilhaçada que se via como um ramo da organização principal do Partido Comunista Chinês. Foram além do maoismo convencional, ou pelo menos era como viam a si mesmos.

— E tinham codinomes? — perguntou Annika.

Ele assentiu com a cabeça e mexeu o seu café.

— Não nomes reais, mas codinomes adequados, nomes de animais. O de Margit era Cachorra que Late, ela ficou realmente perturbada com aquilo. Os outros ganharam nomes políticos, mas ela ganhou um nome pessoal. Os homens no grupo achavam que ela fazia perguntas demais, sempre debatendo e criticando.

Tudo na cozinha estava muito quieto. O frio mantinha a casa sob um controle palpável, o cheiro de desinfetante ficou subitamente muito acentuado.

— O que as Bestas fizeram que foi tão ruim? — perguntou Annika.

Thord levantou-se, foi até a pia, encheu um copo com água e o segurou sem beber.

— Ela nunca superou aquilo — disse ele. — Ficou como uma sombra sobre nós todos esses anos.

Colocou o copo no balcão e encostou-se na lavadora de pratos.

— Margit só falou sobre isso uma vez, mas eu me lembro de cada palavra.

Thord Axelsson subitamente se encolheu e prosseguiu numa voz baixa e monótona.

— Foi em meados de novembro. Não fazia frio demais, apenas um pouco de neve sobre o chão. Entraram pelos fundos, vindos de Lulviken, pelo rio. Lá só existem chalés de verão, por isso não havia ninguém por perto.

Olhou para Annika com olhos vazios, os braços pendendo ao lado do corpo.

— Margit nunca estivera no centro da base antes, mas um dos rapazes a conhecia bem. Disseram-lhe para não se aproximar dos hangares, para não despertar os cães; eram criaturas realmente ferozes.

Ela tomava notas.

— Correram pela charneca por mais ou menos um quilômetro. Os rapazes esperaram num grupo de árvores enquanto ela se aproximava. Havia um avião na pista de macadame fora da oficina. Ela violou o lacre de segurança e acendeu um sinalizador e o jogou no depósito de combustível na traseira do avião.

O ar estava pesado com desinfetante, ativando o olfato de Annika.

— Enquanto observava o incêndio ela viu dois recrutas se aproximarem. Correu para a cerca sul e eles gritaram para ela. Ela se jogou para trás da oficina, pouco antes da explosão.

Annika conferiu suas anotações.

Não foi Karina Björnlund. Ela estava errada.

— Um dos recrutas queimou como uma tocha. Ele gritou e gritou até que finalmente desabou.

Thord Axelsson fechou os olhos.

— Margit não se lembrava de como saiu da base. Depois eles dissolveram o grupo. Nunca mais se encontraram.

Caminhou de volta à mesa, afundando-se em sua cadeira com as mãos sobre o rosto, revivendo algo que ele nunca experimentara, mas que havia marcado a sua vida.

Annika tentou juntar as peças em sua cabeça, mas não conseguiu.

— Por que o avião explodiu? — perguntou delicadamente.

O homem ergueu o olhar e deixou os braços caírem sobre a mesa.

— Você já notou aquele míssil acoplado à traseira de um caça a jato?

Ela sacudiu a cabeça.

— Parece um foguete lunar desenhado por Walt Disney. Não é na verdade um míssil, mas um tanque extra. A cobertura é fina, a explosão no depósito de combustível a perfurou.

— Mas por que o avião estava na pista com um tanque cheio?

— Os caças estão sempre plenamente abastecidos quando se encontram nos hangares... é mais seguro assim. Os gases que se acumulam num tanque vazio são mais perigosos do que o combustível. O rapaz... ele estava debaixo do tanque quando o combustível extra pegou fogo.

As paredes de madeira da casa estalavam e gemiam, o som sibilando e rimbombando na cozinha elétrica. O desespero pendia em nuvens escuras entre o guarda-louça e as lâmpadas de pinho; ela sentiu um desejo intenso e instantâneo de fugir, correr para longe, para casa e para as crianças, para beijá-las e abraçar suas gordurinhas fofas, para Thomas, para amá-lo com todo o seu corpo e toda a sua mente.

— Quem mais estava lá? — perguntou ela.

O rosto de Thord Axelsson estava completamente cinza, ele parecia à beira de desmaiar.

— O Dragão Amarelo e o Pantera Negra — disse com voz rouca.

— O Dragão era o líder, Göran Nilsson, de Sattajärvi — disse Annika, e algo profundo e insondável passou pelo rosto do homem. — Quem era o outro?

— Não sei — disse ele. — Karina Björnlund era a Loba Vermelha, mas não sei quem eram os rapazes na vida real.

— Quantos deles estavam lá?

Esfregou o rosto.

— Mencionei o Pantera Negra. O Leão da Liberdade era outro, o Tigre Branco e o Dragão, claro. Sim, era isso. Quatro homens, duas garotas.

Annika anotou os nomes, observando como eram ridículos os tolos codinomes, mas não conseguiu sorrir, nem mesmo internamente.

— Karina não estava com eles naquela noite?

— Ela havia terminado com Ragnwald e queria sair do grupo. Margit estava muito zangada com ela, achou que os estava traindo. A lealdade sempre foi importante para Margit.

Um relógio tocou em alguma parte da sala de estar. Annika pensou no anúncio de casamento no *Norrland News* — por que você publicaria aquilo se não ia se casar?

Olhou para o homem pensativamente, imaginando o grande fardo que o casal carregara e que agora era só dele.

— Quanto tempo levou para que Margit lhe contasse tudo isso? — perguntou baixinho.

— Quando ficou grávida — disse Thord Axelsson. — Foi um acidente; ela se esqueceu de tomar a pílula, mas quando aconteceu ficamos ambos encantados. Então uma noite eu a encontrei chorando quando cheguei em casa e simplesmente não podia parar. Levou a noite inteira até que contasse o que era. Pensou que eu ia entregá-la à polícia. Deixá-la e deixar a criança.

Silenciou.

— Mas o senhor não fez isso — confirmou Annika.

— Hanna prestou o serviço militar na F21 — disse Thord. — É oficial da reserva; estuda física nuclear em Uppsala.

— E sua outra filha?

— Emma mora no mesmo corredor que Hanna; está fazendo mestrado em política.

— Vocês as criaram bem — disse Annika, sinceramente.

Ele olhou através da janela.

— Sim — disse ele. — Mas as Bestas sempre estiveram conosco. Margit pensava no que tinha feito todos os dias. Nunca escapou daquilo.

— Nem o senhor — disse Annika. — Ia trabalhar diariamente sabendo o que tinha acontecido.

Ele simplesmente assentiu com a cabeça.

— Por que ela não contou à polícia? — perguntou Annika. — Não teria sido melhor, sem ter de lidar com aquilo sozinha?

O homem levantou-se.

— Se ela pudesse ter feito isso — disse, de costas para Annika. — Quando o Dragão desapareceu, Margit recebeu um pacote pelo correio. Havia um dedo nele, um dedo humano, de uma criança pequena, e um aviso.

Annika sentiu-se esquentar; parecia que o sangue fugia do seu cérebro; achou que ia desmaiar.

— Ninguém nunca mais falou das Bestas. Margit não ouvira nada deles esses anos todos, não até outubro.

— Então o que aconteceu? — sussurrou Annika.

— Ela recebeu o chamado, o símbolo do Dragão Amarelo, convocando-a para seu ponto de encontro.

Annika podia ver diante dela o estranho desenho que a ministra da Cultura tinha recebido, no envelope postado na França.

— Um encontro? — disse ela. — Quando?

Thord Axelsson sacudiu a cabeça e caminhou até a pia, pegou um copo, mas nada fez com ele.

— Então eles a contataram. Um deles telefonou para ela no trabalho, perguntando se ia ao encontro para celebrar a volta do Dragão. Ela os mandou para o inferno, disse que haviam arruinado sua vida e detestava o fato de que os conhecera um dia.

Seus ombros tremiam.

— Não teve mais notícias deles.

Annika lutava contra uma sensação crescente e incoercível de náusea. Ficou sentada por algum tempo, engolindo em seco, vendo o homem chorar, segurando o copo contra a testa.

— Quero que eles sejam apanhados — disse finalmente, virando-se para Annika de novo, o rosto vermelho, fora de si.

Sentou-se novamente e ficou quieto por algum tempo enquanto o relógio fazia tique-taque e o cheiro de antisséptico se espalhava pelo corpo de Annika.

— Margit nunca se livrou de sua culpa — disse ele. — Ela pagou por aquilo ao longo de toda a vida. Não posso continuar assim.

— Contou à polícia?

Ele sacudiu a cabeça.

— Mas vou contar — disse ele. — Assim que o Dragão for apanhado e as meninas estiverem em segurança.

— O que quer que eu faça? — perguntou ela.

Olhou para ela vagamente.

— Não sei — disse ele. — Só queria contar a alguém.

Olhou pela janela e retesou-se.

— Hanna e Emma — disse ele. — Estão chegando. Você precisa ir.

Annika levantou-se sem hesitação, enfiando o bloco e a caneta na sacola e correndo para o saguão, onde pegou a jaqueta do cabide e a vestiu. Voltou à cozinha e viu o homem sentado imóvel, os olhos vazios.

— Obrigada — disse em voz baixa.

Ele olhou para ela e tentou sorrir.

— A propósito — perguntou —, Margit tinha pés pequenos?

— Tamanho 34.

Ela o deixou à mesa de pinho na cozinha asseada com as xícaras intocadas de café gradualmente esfriando.

O carro tivera tempo para ficar completamente frio; ela manteve a jaqueta polar. Por um momento de pânico, pensou que o motor não pegaria, que ela iria congelar e petrificar no seu carro alugado entre as casas idênticas dos anos 1970, presa para sempre nas mentiras da vida da família Axelsson.

Girou a chave com tanta força que o metal quase quebrou, o motor pegou com um matraquear hesitante e ela expirou e viu seu sopro congelar do lado de dentro do para-brisa. Encontrou a ré na caixa de câmbio e voltou para a rua, esperando que não fosse bater em nada; não havia tirado a neve do vidro traseiro.

As duas filhas passaram perto de sua janela lateral; tentou um sorriso e acenou fracamente enquanto olhavam curiosas para ela.

A borracha dos pneus guinchou na rua congelada enquanto dirigia para a cidade. A náusea persistia, o cheiro de desinfetante ainda em suas narinas, os pensamentos saltitando na cabeça e no peito.

Estaria Thord Axelsson contando a verdade? Estaria exagerando? Estaria escondendo alguma coisa?

Passou pela escola secundária, pela igreja e pela loja de departamentos Åhléns, e estava fora do centro da cidade antes mesmo de saber que havia entrado nele.

Não estava dourando os feitos de sua mulher, pensou Annika, nem dava desculpas por ela. Ao contrário, tinha afirmado sobriamente que ela colocara fogo no combustível de aviação e provocara a explosão do aparelho. Não tentara sequer apresentar aquilo como um acidente.

Se quisesse mentir, teria feito isso naquele momento.

As Bestas, ela pensou. O Dragão Amarelo, ah, que ideia estúpida, que monte de merda. O Leão da Liberdade, a Cachorra que Late, a Loba Vermelha, o Pantera Negra, o Tigre Branco.

Onde estão vocês agora?, pensou enquanto entrava de novo na via expressa deserta, a caminho de Luleå.

O Dragão Amarelo, Göran Nilsson, tornando-se assassino profissional. A Cachorra que Late, Margit Axelsson, professora de creche, assassinada. A Loba Vermelha, Karina Björnlund, ministra da Cultura, fazendo mudanças, sob pânico, em propostas governamentais.

E o resto do grupo? Três suecos de meia-idade, onde vocês se esconderam? Quanto haviam esquecido?

Passou pela saída de Norrfjärden, sentindo o frio rodopiando aos seus pés. A temperatura tinha caído para 29 graus negativos; o sol já se punha, espalhando uma luz amarela pálida no horizonte. Era apenas uma e meia da tarde.

O dedo de uma criança, pensou. Aquilo teria realmente acontecido?

Engoliu em seco, teve de abrir a janela alguns segundos para pegar um pouco de ar fresco. Thord não contara o que a advertência que acompanhava o dedo dizia, mas ninguém traía segredos das Bestas, nunca.

Ela acreditava que o dedo realmente existira.

O ataque em si, três pessoas envolvidas, Margit, Göran e outro homem. Aquilo fazia sentido?

Margit calçava o mesmo número das pegadas encontradas no local. A história de Thord Axelsson incluiu detalhes suficientes para fazê-la acreditar na cadeia básica de acontecimentos, ainda que ela tivesse de checar as possibilidades teóricas com o oficial de imprensa da base. Por que ela duvidaria do número de pessoas envolvidas?

Karina Björnlund não estava lá.

Era inocente, pelo menos no que concernia ao ato em si. Claro, poderia estar envolvida no planejamento, talvez até ajudasse de outras maneiras. Mas, além de qualquer outra coisa, ela devia saber a respeito.

Como você pode estar segura disso?, Annika perguntou a si mesma. Se Thord está dizendo a verdade, ela podia muito bem ignorar o ataque. Tinha rompido com Göran e queria sair do grupo.

Mas, se fosse o caso, como estaria suscetível a chantagem? Por que estava deixando que Herman Wennergren a assustasse e fizesse ela mudar a legislação do governo?

E por que colocara um anúncio de casamento no jornal local se tinha rompido com ele?

Talvez a própria Karina não tivesse colocado o anúncio, ela pensou de repente.

Talvez o anúncio fosse parte da estratégia do homem rejeitado para criar problema ou para reconquistá-la.

Annika esfregou a testa, sentindo subitamente sede, os lábios secos. Passou por Ersnäs e voltou à imensa via expressa.

Um punhado de casas congeladas dos anos 1930 se aconchegava no crepúsculo, rolos de fumaça subindo reto das chaminés; o vento tinha desistido. O frio estava claro como vidro.

Preciso falar com Karina Björnlund, pensou. Preciso esclarecer as coisas de modo que ela não escape. Ela não vai se desvencilhar disso, mentindo e se protegendo a qualquer custo.

Pegou o celular da sacola, mas descobriu que não tinha sinal. Não podia se dar ao luxo de irritar-se, simplesmente seguiu para Luleå, ansiosa por estar de volta à civilização.

Na entrada para Gäddvik pegou o celular de novo, fechou os olhos e forçou a mente.

A nota de Post-it na tela de computador do registro público, o número do telefone celular da ministra da Cultura, puxando por sua memória.

Duas vezes o número da besta e então um zero.

Teclou 070-666 66 60, olhou para o número na tela por um momento e então percebeu com um susto que estava quase ignorando uma entrada à direita.

O que ia dizer?

Karina Björnlund vai ouvir, pensou. Era apenas uma questão de chegar a ela.

Apertou o botão de chamada, sentindo o calor do celular em sua mão, prendeu bem o fone auricular enquanto diminuía a velocidade do carro.

— Alô?

Annika freou repentinamente; o primeiro toque do telefone mal soara quando uma voz de mulher respondeu:

— Karina Björnlund? — disse ela, parando num acostamento da estrada e enfiando ainda mais o fone no ouvido; havia um ruído, um zumbido ao fundo.

— Sim?

— Meu nome é Annika Bengtzon; trabalho para o *Evening Post*...

— Como conseguiu esse número?

Annika olhou para a parede pintada de vermelho de uma casa de fazenda de Norrbotten e adotou um tom de voz neutro.

— Eu estava me perguntando se a Loba Vermelha encontrou o Dragão Amarelo recentemente — disse ela e ouviu atentamente o ruído na linha, vozes falando, um fragor metálico ao fundo, um sistema de alto-falantes público anunciando algo; então, um segundo depois, a linha emudeceu.

Annika olhou para o mostrador. Apertou o redial, recebeu o serviço de uma secretária eletrônica impessoal e terminou a chamada sem falar.

Onde estava Karina Björnlund quando recebeu a chamada?

O que dizia a voz metálica falando através do sistema de som ao fundo?

Fechou os olhos e apertou as pontas dos dedos sobre as têmporas.

Última chamada para o SK009 para Estocolmo, portão 5?

Um anúncio de voo, isso era certo.

Mas SK? Não significava um voo da SAS?

Chamou o serviço de informações e pediu para ser transferida para a SAS, o Sistema de Passagens Aéreas Escandinavo, passageiros executivos.

Esperou na fila trinta segundos até que atenderam a chamada.

— SK009 é o voo da tarde de Kallax para Arlanda — disse a assistente de vendas da SAS.

Annika sentiu a adrenalina bombeando.

Karina Björnlund estava no aeroporto a apenas cinco quilômetros dali, ou estava voltando para Estocolmo ou então tinha acabado de chegar e apanhava sua bagagem.

Pensou em reservar seu voo de volta para Estocolmo, mas decidiu esperar, agradeceu e encerrou a chamada.

Então dirigiu até a rotatória, virou à direita, e rodou ao longo das estradas congeladas até o aeroporto de Kallax.

Por causa da greve dos táxis, todo mundo que não tinha carro foi forçado a pegar o ônibus do aeroporto para Luleå. Annika podia ver a fila estendendo-se do lado de fora do terminal, figuras encolhidas lutando contra o frio e sua própria bagagem. Ia passar pelo ônibus do aeroporto até o estacionamento da locadora de carros quando avistou Karina Björnlund.

A ministra estava no fim da fila, pacientemente esperando sua vez.

Pensamentos ricochetearam pela cabeça de Annika.

O que Björnlund fazia aqui?

Encostou ao meio-fio, colocando o carro em ponto morto e puxando o freio de mão, olhou para a ministra e pegou seu celular de novo. Discou para o departamento e pediu para falar com a secretária de imprensa da ministra.

Disseram-lhe que Karina Björnlund tinha tirado o dia de folga.

— Tenho uma pergunta sobre a apresentação da proposta amanhã — disse Annika, seus olhos colados na mulher no final da fila. — Preciso falar com ela hoje.

— Receio que isso não seja possível — disse a secretária de imprensa amistosamente. — Karina está fora e só voltará mais tarde esta noite.

— Não é um tanto estranho uma ministra tirar um dia de folga um dia antes da apresentação de uma proposta ao Parlamento? — disse Annika pausadamente, olhando para o casaco de pele escuro de Karina Björnlund.

A secretária de imprensa hesitou.

— É uma questão particular — disse em voz baixa. — Karina foi chamada para um encontro urgente que não podia ser adiado. A ocasião é muito infeliz, devo concordar. Karina ficou muito perturbada, não pôde deixar de ir.

— Mas ela vai estar de volta esta noite?

— É o que ela espera.

Que tipo de encontro faria uma ministra abandonar o seu trabalho? Um parente ou uma criança doente?

Um encontro em Luleå, algo que ela não podia evitar, algo que tinha prioridade sobre tudo o mais.

A Loba Vermelha.

O encontro para celebrar a volta do Dragão.

Os dedos de Annika começaram a coçar e o suor a escorrer por suas costas.

— Obrigada — disse, e encerrou a chamada.

Passou pelo ônibus com seu carro e viu pelo retrovisor enquanto a ministra embarcava, deixou o ônibus passar à sua frente e ficou uns cem metros atrás dele.

Pouco antes da ponte Bergnäs decidiu que era hora de se aproximar.

Você está sentada aí, pensou Annika, olhando para a janela traseira suja do veículo. Você está a caminho de algum lugar onde não quer ser vista, mas eu estou aqui.

E os anjos começaram a cantar suavemente para ela, lenta e pesarosamente, *mês de inverno cristais de gelo...*

— Calem-se, por favor! — gritou Annika, e bateu na cabeça com a palma da mão com tanta força que viu estrelas, e as vozes desapareceram.

Seguiu o ônibus através da ponte e entrou na cidade gelada, passando por casas de madeira e montes de neve e carros congelados. Virou à esquerda numa junção perto de um posto de gasolina.

O ônibus do aeroporto parou bem do outro lado da fachada pesada do City Hotel; ela freou e inclinou-se para a frente a fim de ver os passageiros descerem. Seu bafo embaçou o vidro do para-brisa e ela o limpou com a manga da jaqueta térmica.

Karina Björnlund foi a penúltima a desembarcar. A ministra da Cultura desceu cuidadosamente do ônibus carregando uma mala de couro preta; Annika podia sentir-se à beira de hiperventilar.

Uma mala dentro da qual respirar, pensou, percebendo que ela não tinha uma.

Em vez disso, prendeu o fôlego e contou até dez três vezes e seu pulso diminuiu.

Escurecia, mas o pôr do sol foi tão lento e gradual como fora o amanhecer, e ela observou Karina Björnlund parada e congelando no ponto de ônibus, uma mulher morena e atarracada num casaco de pele e sem chapéu.

A Loba Vermelha, pensou Annika, tentando compor suas feições nas sombras, e imaginou que podia ver um par de olhos ansiosos e tristes.

O que você está fazendo aqui?

Sua mãe mora em Storgatan, pensou. Talvez esteja a caminho de lá.

Então se deu conta: aqui é Storgatan. Por que ela estaria num ponto de ônibus para ir a outro lugar?

Não viera ver a mãe.

Subitamente, sua janela traseira foi varrida pelos faróis de um dos ônibus locais. Engrenou a marcha e rolou alguns metros para deixar o ônibus encostar, passando o pequeno aglomerado de pessoas que esperavam na fila e observou pelo retrovisor Karina Björnlund pegar sua mala e embarcar.

Vou seguir o ônibus e ver onde ela desce, pensou Annika, e rodou um pouco mais até notar que estava indo para uma rua de pedestres. As pessoas caminhavam lentamente à frente do carro, desafiando-a com seus olhares; ela avistou uma placa indicando que todos os veículos exceto os de transporte público eram proibidos. Sentiu que começava a entrar em pânico de novo, debateu-se com a caixa de câmbio para encontrar a ré, e viu o ônibus deslizando lentamente em sua direção. Girou o volante tão forte quanto podia e executou uma manobra evasiva sobre pneus que guincharam.

O ônibus passou e ela sentiu o suor colando suas pernas ao assento. Estava para perder de vista a ministra e não tinha ideia da direção que ela tomaria.

O ônibus número 1, pensou, o ônibus que Linus Gustafsson geralmente pegava.

Svartöstaden.

Leste, na direção da siderúrgica sueca.

E dirigiu para o porto, virando à direita na siderúrgica.

No viaduto sobre os trilhos da ferrovia, ela encostou ao lado e esperou; se estava certa, o ônibus teria de passar por ali.

Quatro minutos depois, o ônibus deslizou por ela e seguiu para Malmudden.

Teve apenas o tempo de gravar o nome da rua, Lövskatan, quando o ônibus virou à direita; não era ali que morava Margit Axelsson? Outra placa, Föreningsgatan, e o ônibus continuou ao longo da margem de um confuso e desolado complexo industrial, encolhido à sombra de uma enorme montanha negra de minério de ferro. À esquerda, havia uma fileira de blocos de apartamentos idênticos de dois andares dos anos 1940 e, mais adiante, avolumava-se um edifício industrial imenso e abandonado que parecia ter crescido na encosta da montanha de minério de ferro. Janelas escuras mandavam avisos no crepúsculo, gritos gelados na escuridão. Ela seguiu o ônibus enquanto a estrada subia e virava à esquerda, correndo ao longo de uma linha de trem. Um imenso tubo de aço se elevava bem alto e, abaixo, uma fileira de unidades industriais pichadas e caindo aos pedaços, cercada por canos, vigas de aço, pneus e palhetas. Podia ver trailers enferrujados e uma casa pré-fabricada surrada, alguns contêineres transbordando, passando por fragmentos de lâminas de aço, pedaços de canos e um bote de madeira debaixo de uma lona. Nenhum sinal de vida em lugar algum.

O ônibus sinalizou e parou num ponto. Annika freou e encostou atrás de um carro abandonado vinte metros adiante morro abaixo.

Karina desceu, agarrando sua mala de couro; Annika abaixou-se em seu assento e olhou para ela.

O ônibus deu o sinal de partida e afastou-se. A ministra da Cultura foi deixada olhando para os trilhos da ferrovia, seu bafo rolando como nuvens ao redor dela. Pareceu hesitar.

Annika desligou o motor e tirou a chave, esperando no interior aquecido do carro sem tirar os olhos da mulher.

Então Karina subitamente se virou e começou a caminhar para o alto do morro, afastando-se das unidades industriais.

Annika retesou-se, brincou com a chave na ignição, mordendo o interior da bochecha.

Deveria sair do carro e seguir a ministra?

Dirigir até ela e oferecer uma carona?

Esperar e ver se ela voltava?

Esfregou os olhos por um momento.

Aonde quer que Karina fosse, ela evidentemente não queria companhia.

Annika abriu a porta do carro, pegando o gorro e as luvas de esqui da sacola, fechou a porta e trancou o carro. Tomou fôlego, cambaleando com o frio — como era possível viver num clima como esse?

Piscou algumas vezes; o frio tornava o ar incrivelmente seco, machucando seus olhos.

A luz do dia estava cinza-escura agora, quase desaparecera. O céu estava distante, claro e inteiramente incolor, algumas estrelas brilhavam sobre o monte de minério. Dois postes de luz adiante na rua espalhavam uma luz fraca num pequeno círculo ao redor de seus pés. Karina Björnlund tinha desaparecido no alto do morro e não havia outro sinal de vida em lugar algum. O ronco da siderúrgica era carregado através do frio ao longo dos trilhos do trem, alcançando-a como uma vibração surda.

Caminhando cuidadosamente, ela começou a subir o morro, olhando com atenção para cada arbusto e sombra.

No alto do morro, a rua virava acentuadamente para a esquerda e levava de volta ao conjunto habitacional. Bem à frente havia uma trilha estreita, toleravelmente limpa de neve e gelo e com uma placa que proibia o trânsito de veículos.

Annika estreitou os olhos e espiou ao seu redor, incapaz de ver a ministra em qualquer lugar. Deu alguns passos ao longo da trilha privada, correndo o mais rápido que ousava no gelo e no cascalho ao longo de uma superfície que parecia consistir em terra e macadame granulado. Passou por um feixe de cabos que iam para os trilhos da ferrovia e passavam por um edifício de tijolos com uma placa que dizia SKANSKA, num estacionamento vazio, e então a trilha emergia de novo ao lado da linha ferroviária. A distância a siderúrgica, os fornos de coque e os altos-fornos estavam plantados meditando sombriamente contra o céu de inverno, milhões de toneladas de minério de ferro transformadas num tapete ondulante de aço. À esquerda, nada havia além de pasta de cimento e neve. A lua cheia se elevara detrás das montanhas de minério, seu brilho azul se misturando com as luzes amarelas que iluminavam a ferrovia de minério.

Ela correu durante vários minutos até que foi forçada a parar e retomar o fôlego, tossindo secamente e bem baixo em sua luva, piscando umidade para fora dos olhos e procurando ao redor por Karina Björnlund.

A trilha parecia ser usada raramente; ela podia ver apenas algumas pegadas, alguns rastros deixados por cachorros e uma bicicleta, mas nada da ministra.

Luz do sol querida, os anjos subitamente irromperam, *inverno gélido anseio eterno...*

Bateu na nuca com tanta força que as vozes silenciaram. Fechou os olhos e respirou por alguns segundos, ouvindo o vazio na sua cabeça, e no eco do silêncio subitamente ouviu outras vozes, vozes humanas, vindo do fundo da floresta acima. Não podia distinguir as palavras, podia apenas ouvir uma voz masculina e outra feminina falando bem baixinho.

Passou debaixo de um viaduto, uma estrada ou ferrovia, Annika não podia dizer: não sabia mais onde estava. As vozes ficaram mais altas e à luz da lua junto aos trilhos da ferrovia subitamente viu pegadas levando a uma abertura nos arbustos.

Parou, espiando por entre as árvores baixas, mas só pôde divisar sombras, espíritos.

— Pois bem, estou aqui agora — dizia Karina Björnlund. — Não me machuque.

Uma voz áspera de homem com sotaque finlandês respondeu:

— Karina, não tenha medo. Nunca quis fazer nenhum mal a você.

— Acredite em mim, Göran, ninguém me fez tanto mal quanto você. Diga o que quer e... me deixe ir embora.

Annika prendeu a respiração, seu estômago dando cambalhotas, a boca seca como lixa. Deu um passo cauteloso na primeira das pegadas já ali na neve, depois outro, e outro.

Ao luar ela viu o bosque se abrir numa clareira e em seu centro havia um pequeno prédio de tijolos com um telhado de metal laminado e janelas lacradas.

No meio da clareira estava a ministra da Cultura em seu grosso casaco de pele e um homem grisalho magro num capote longo e boné de couro, com uma sacola escura ao seu lado.

Göran Nilsson, o soberano com poder divino, o Dragão Amarelo.

Annika olhou para ele com olhos penosamente secos.

Terrorista, assassino em massa, o mal personificado — era aquela a sua aparência, encurvado, pálido e ligeiramente trêmulo?

Tinha de chamar a polícia.

Então se deu conta.

Seu telefone celular estava na sacola, no banco do carona do Volvo, ao lado do carro abandonado.

— Como pode pensar que algum dia eu quis lhe fazer mal? — disse o homem, sua voz viajando pelo ar parado. — A minha vida inteira você foi a pessoa mais importante para mim.

A mulher arrastou os pés nervosamente.

— Recebi suas mensagens — disse ela, e Annika percebeu imediatamente por que ela estava tão apavorada.

Ela recebera os mesmos avisos que Margit.

O homem, o Dragão Amarelo, baixou a cabeça por alguns segundos. Então ergueu o olhar de novo e Annika pôde ver seus olhos. Na estranha luz, eles brilhavam vermelhos e vazios.

— Tive uma razão para vir até aqui e vocês todos vão ficar sabendo — disse ele, a voz fria como o vento. — Vocês podem ter vindo de longe, mas eu vim de mais longe ainda.

A mulher tremia debaixo do seu casaco de pele, a voz apavorada, e estava à beira das lágrimas.

— Não me machuque.

O homem caminhou em direção a ela; Annika pôde vê-lo puxar algo do bolso do casaco, preto, luzidio.

Uma arma. Um revólver.

— Não vou perturbá-la de novo — disse ele em voz baixa. — Esta é a última vez. Você vai ter de esperar no ponto de encontro. Tem algo que eu preciso resolver primeiro.

O vento investiu, dobrando os galhos dos pinheiros.

— Por favor — disse a mulher —, me solte.

— Para dentro — disse ele bruscamente. — Agora.

Karina pegou a mala do chão e, com o revólver apontado para suas costas, entrou na pequena edificação de tijolos. Göran Nilsson não se mexeu, observou-a entrar, colocou a arma no bolso de novo, virou-se e caminhou até a sacola encostada contra a parede do edifício.

Annika respirou fundo; ouvira mais do que o suficiente. Moveu-se devagar e cuidadosamente ao longo da sequência de pegadas e emergiu na trilha, dando uma última olhada para as árvores a fim de que pudesse descrever o local adequadamente à polícia.

Alguém se mexia, alguém vinha em sua direção.

Sua respiração era difícil e profunda; olhou ao seu redor em pânico.

Uns dez metros atrás de onde estava, havia uma caixa de metal com uma massa de cabos grossos saindo dela como cobras e, além da caixa, um grupo de pinheiros jovens.

Annika correu para eles, seus pés mal tocando a superfície de cascalhos da trilha, voou para os galhos pontudos separando-os com as duas mãos e então deu uma espiada para trás.

O homem cinzento emergiu à luz fraca dos trilhos da ferrovia, carregando a sacola atrás de si; ela era evidentemente muito pesada.

Ele parou na trilha gelada por alguns segundos, depois colocou a mão no estômago e curvou-se, a respiração saindo pela boca em espasmos. Annika esticou o pescoço para ver melhor; parecia que o homem ia cair de cara no chão.

Então sua respiração acalmou-se; ele endireitou as costas e deu alguns passos incertos à frente.

Subitamente ele olhou para Annika.

Horrorizada, largou o galho que segurava e colocou a mão sobre a boca para abafar o som e impedir o bafo condensado. Ficou imóvel na escuridão enquanto o homem caminhava lentamente em sua direção. Sua respiração ofegante e os passos arrastados cresceram na cabeça dela, chegando cada vez mais perto até que ela achou que ia gritar. Fechou os olhos e o ouviu parar a um metro de suas costas, do outro lado dos pinheirinhos.

Houve um ruído de raspagem. Ela abriu os olhos.

Metal raspando metal. Ela prendeu o fôlego e escutou.

O homem fazia algo com a caixa. Abria as portas do gabinete que continha todos os cabos. Podia ouvi-lo ofegar e percebeu que ela mesma precisava tomar fôlego, inalando rápida e silenciosamente, apenas para sentir um desejo imenso e instantâneo de vomitar.

O homem fedia. Um cheiro de podridão filtrado pelos galhos e que a fez colocar a mão sobre a boca de novo.

Ele arfava e se debatia com algo do outro lado das árvores; os sons de raspagem continuaram, depois cessaram. Houve um guincho e depois um clique.

Dez segundos de respiração mais calma, depois mais alguns passos, afastando-se.

Annika virou-se e empurrou o galho para o lado a fim de dar outra espiada.

O homem estava caminhando de volta para os arbustos. A sacola tinha desaparecido.

Ele a colocou na caixa, pensou ela.

O matagal o engoliu, apagando sua presença na luz fraca.

Annika levantou-se e voou rapidamente ao longo da trilha, só parando na beira do bosque.

Virou-se e correu tão silenciosamente quanto podia, debaixo do viaduto e de volta ao edifício Skanska, passando pelo estacionamento vazio. Alguém vinha em sua direção.

Parou instantaneamente, olhou ao seu redor com a adrenalina correndo pelas veias, jogou-se no chão da floresta e afundou até o queixo na neve.

Era um homem. Estava sem chapéu, vestia jeans e uma jaqueta acolchoada fina. De sua ginga cambaleante leu os sinais de sério e prolongado abuso alcoólico, um bêbado.

Poucos segundos depois ele sumiu atrás do edifício Skanska e ela pôde sair para a trilha de novo, correndo sem tentar escovar a neve de suas roupas.

De repente não conseguia ver o carro alugado e teve um momento de pânico, antes de enxergá-lo atrás do veículo abandonado. Clicou a trava com o controle remoto e jogou-se no assento do motorista, tirando as luvas e manuseando desajeitadamente o celular, seus dedos tremendo tanto que teve problemas para discar o número direto do inspetor Suup.

— Karlsson, Controle Central.

Tinha conectado com a mesa.

— Suup — disse ela. — Estou tentando falar com o inspetor Suup.

— Ele já encerrou o dia — disse Karlsson.

Seu cérebro acelerou, ela fechou os olhos e esfregou uma palma suada sobre a testa.

— Forsberg — disse ela. — Forsberg está aí?

— Qual deles? Nós temos três.

— Da criminalística.

— Fique na linha, vou transferi-la.

A linha silenciou e ela entrou num vago ciberespaço sem som ou cor.

Depois de três minutos ela desistiu e ligou de novo.

— Estou tentando entrar em contato com alguém ligado à investigação dos assassinatos de Benny Ekland e de Linus Gustafsson — disse ela num tom de pânico quando Karlsson respondeu de novo.

— A respeito de quê? — disse o jovem, desinteressado.

Ela obrigou-se a respirar normalmente.

— Meu nome é Annika Bengtzon, sou repórter do *Evening Post* e eu...

— Suup está encarregado da imprensa — interrompeu Karlsson. — Terá de ligar para ele amanhã.

— Me escute! — berrou ela. — Ragnwald está aqui, Göran Nilsson, o Dragão Amarelo. Sei onde ele está: está num pequeno prédio de tijolos ao lado da ferrovia do minério com Karina Björnlund, vocês têm de vir e prendê-lo, agora!

— Björnlund? — disse Karlsson. — A ministra da Cultura?

— Sim! — gritou Annika. — Göran Nilsson de Sattajärvi está com ela num pequeno prédio abaixo da siderúrgica, não posso explicar exatamente onde é, fica perto de um viaduto...

— Escute — perguntou Karlsson —, tem certeza de que está bem?

Ela parou e percebeu que soava como uma lunática; limpou a garganta e se esforçou para falar calma e coerentemente.

— Sei que isso pode parecer meio maluco — disse ela, tentando sorrir através da linha. — Estou ligando de um lugar chamado Lövskatan; não fica longe da siderúrgica, os trilhos da ferrovia passam bem ao lado...

— Sim, Lövskatan, sabemos onde fica Lövskatan — disse o policial, e ela podia sentir que sua paciência estava se esgotando.

— Um homem que vocês estão procurando há anos voltou a Luleå — disse Annika —, soando quase normal. — Seu nome é Göran Nilsson e, desde que voltou à Suécia, cometeu pelo menos quatro assassinatos, os assassinatos Mao, você sabe. E exatamente agora ele está naquele prédio, ou pelo menos estava recentemente, um prédio de tijolos com um telhado de zinco perto do bosque, debaixo de um viaduto...

O agente Karlsson suspirou audivelmente do outro lado da linha.

— O agente de plantão está fichando alguém — disse ele —, mas passarei sua mensagem assim que ele voltar.

— Não! — gritou Annika. — Vocês precisam vir agora. Não sei quanto tempo ele vai ficar aqui.

— Escute aqui — disse o agente com firmeza. — Acalme-se. Já lhe disse: vou falar com o agente de plantão.

— Muito bem — disse Annika, respirando pesadamente —, muito bem. Vou esperar aqui junto do ponto do ônibus até que vocês venham para que possa lhes mostrar o caminho. Estou estacionada aqui; estou num Volvo prateado.

— OK — disse o policial. — Espere aí.

E desligou.

Annika olhou para o mostrador do seu telefone, um retângulo verde luminoso na escuridão.

Enfiou bem o fone de ouvido e ligou para o número direto de Jansson na redação.

— Pode ser que eu tenha de ficar em Luleå esta noite — disse ela. — Só queria saber se posso me hospedar no City Hotel se for preciso.

— Por quê? — perguntou Jansson.

— Pode ter alguma coisa acontecendo por aqui — disse ela.

— Nada de terrorismo — disse Jansson. — Já levei uma bronca esta manhã por ter deixado você viajar para Norrbotten de novo.

— OK — disse Annika.

— Está me ouvindo? — disse Jansson. — Nem uma única linha sobre outro desgraçado terrorista, está claro?

Ela esperou um segundo antes de responder.

— Claro — disse. — Entendi. Prometo.

— Fique no City — disse o editor, falando mais próximo do bocal com uma voz consideravelmente mais calma e amistosa. — Ligue para o serviço de quarto. Peça TV a cabo e veja filmes pornô; eu assino tudo. Eu sei como é: todos nós temos que dar uma escapada às vezes.

— OK — disse ela vivamente e encerrou a chamada. Discou para 118 118, pediu à telefonista para transferi-la para o City

Hotel de Luleå e reservou um quarto de classe executiva no último andar.

Depois disso ficou sentada no carro e olhou pelo para-brisa. Seu hálito atingiu as janelas e elas logo ficaram congeladas de novo.

Não podia fazer mais nada. Tudo o que podia fazer era ficar sentada e esperar pela polícia.

Logo tudo vai acabar, pensou, sentindo seu pulso desacelerar.

Viu o rosto cinzento de Thord Axelsson à sua frente, os olhos inchados e o cardigã cor de vinho de Gunnel Sandström, os cabelos ouriçados com gel e os olhos vigilantes de Linus Gustafsson e foi consumida por uma fúria ardente.

Você está acabado, seu desgraçado.

Percebeu que estava congelando. Pensou em ligar o motor do carro para aquecê-lo, mas em vez disso abriu a porta e saiu, inquieta demais para ficar sentada. Verificou se o celular estava no bolso, fechou a porta e caminhou para o alto do morro.

A noite ártica tinha lançado sua garra de ferro sobre a paisagem, tão dura e impiedosa quanto o aço produzido nos altos-fornos na costa. O bafo de Annika dançava ao seu redor, leves véus de calor congelado.

É bonito, pensou ela, seus olhos seguindo os trilhos e terminando nas estrelas.

Então ouviu um veículo roncando atrás de si e virou-se, esperando que fosse a polícia.

Era um ônibus local de Luleå, o número 1.

Veio na sua direção e parou, ela se deu conta de que estava no ponto do ônibus e deu alguns passos para o lado a fim de indicar que não estava à sua espera.

Mas o ônibus parou a alguns metros dela, sua porta traseira se abriu e um homem atarracado desceu para a rua, deslocando-se lenta e pesadamente.

Ela olhou para ele e deu um passo mais à frente.

— Hans! — disse ela. — Hans, olá, sou eu, Annika.

Hans Blomberg, o arquivista do *Norrland News*, virou-se para ela e a encarou.

— O que você está fazendo aqui? — perguntou Annika.

— Eu moro aqui — disse o homem jovialmente. — Em Torsgatan.

Fez um gesto para trás na direção da série de casas.

— É mesmo? — perguntou Annika, enquanto o ônibus se afastava. Deu um passo adiante e examinou seus olhos. Naquele momento, algo lhe veio à cabeça; repentinamente, recordou onde vira o desenho do Dragão Amarelo antes. Agora, sabia onde ele estava. Pensara então se tratar de um desenho de criança, um dinossauro amarelo, pendurado no quadro de avisos de Blomberg na seção de arquivo do *Norrland News*. Involuntariamente, Annika deu uns passos para trás.

— Acho que a pergunta certa é — disse Blomberg — o que você faz aqui?

O ônibus desapareceu do outro lado da colina e o homem caminhou em sua direção, com as mãos nos bolsos. Parou diante dela e, sob a luz da lua, seus olhos eram quase transparentes.

Ela sorriu, nervosa.

— Estou cobrindo uma história e me perdi — disse. — Onde fica mesmo Föreningsgatan?

— Está exatamente nela — respondeu o arquivista, sorrindo. — Será que ninguém em Estocolmo tem senso de direção?

— Se depender de mim, não — disse ela, sabendo que em breve não poderia mais falar.

— Quem vai encontrar?

Ela deu de ombros.

— Já perdi o prazo mesmo — respondeu.

— Nesse caso, por que não vem comigo e se aquece um pouco? — disse ele. — Gostaria de uma xícara de chá?

Desesperada, tentou pensar numa desculpa; o homem ignorou sua hesitação e segurou seu braço com firmeza, começando a caminhar.

— Moro num apartamentozinho de dois cômodos no térreo — disse ele. — Não é muito, mas o que fazer quando não se possui mais espaço na sociedade de consumo?

Annika tentou livrar o braço, mas Blomberg o apertava com força.

— Não é sempre que um cara como eu recebe a visita de uma pessoa tão charmosa — disse ele. — Uma jovem adorável vinda direto da capital.

Sorriu cordialmente para ela, que tentou retribuir.

— Qual deles é você? — disse Annika. — O Pantera, o Tigre ou o Leão?

Blomberg continuou olhando para a frente. Fingiu não ouvir a pergunta, mas apertou ainda mais seu braço. As casas desapareciam atrás deles; aproximaram-se da placa de PROIBIDO VEÍCULOS. Annika lançou um olhar para a esquerda, além das linhas de energia, na direção da mata.

— Mora aqui na floresta?

Ele não respondeu e, no instante seguinte, Annika sentiu como se estivesse de volta ao túnel; sentiu a terra tremer, ouviu alguém respirando alto, arfando, e percebeu que era ela; tinha a boca bem aberta.

— Não — disse ela. — Eu não quero. Por favor.

Suas pernas bambolearam; Blomberg a segurou com um sorriso no rosto.

— Você é uma repórter — disse ele. — Uma verdadeira e curiosa reporterzinha. Claro que está em busca de uma boa história, não está?

Podia ver os tubos no teto do túnel sobre sua cabeça e começou a chorar.

— Me solta!

Ela apoiou os pés no gelo e se debateu, sendo recompensada com uma sonora pancada na cabeça. Viu estrelas. Sven estava ali, gritando com ela, que se abaixou, deitando no chão com as mãos na cabeça.

— Não me bata!

O mundo girou mais lentamente e parou, o chão parou de tremer e Annika conseguiu ouvir sua respiração acelerada. Desconfiada, olhou para cima e viu Blomberg balançando a cabeça para ela.

— Por Deus, que maneira de lidar com as coisas — disse ele. — Levante-se. O líder está esperando.

Ela cambaleou sob o luar. As luzes sobre os trilhos oscilavam distantes, à sua esquerda. Os anjos estavam em absoluto silêncio. No lugar de suas vozes angustiantes, agora havia apenas um vazio obscuro.

Passaram pelo edifício Skanska, completamente apagado.

— Estamos indo para aquele barracão de tijolos, não estamos? Aquele do outro lado do viaduto?

— Ah, então já encontrou nosso quartel-general — disse o arquivista, com sua voz jovial. — Estava nos espiando dos arbustos? Que talento! Então posso muito bem lhe dizer o que esperar. O Dragão nos convocou novamente. Não acho que todos aparecerão, já que recentemente sofremos uma espécie de baixa em nosso quadro de membros, mas Karina certamente estará lá, e Yngve, obviamente. Ele nunca perde uma boa festa.

O arquivista riu alegremente, enquanto Annika lutava contra um enjoo.

— Pobre Yngve — prosseguiu o homem. — Göran pediu-me para tomar conta dele, mas o que eu poderia fazer? Para ajudar um viciado é preciso mudar todo o mecanismo de opressão, o que não fui capaz de fazer. Infelizmente, tenho de admitir que Yngve não possui mais qualquer relacionamento com a realidade; é de fato trágico. Fracassei em minha missão...

No instante seguinte, Annika ouviu algo pesado e ritmado movendo-se atrás dela. Olhou por sobre o ombro e se deparou com o farol de uma imensa locomotiva a diesel percorrendo a linha férrea.

— Em frente — disse Blomberg.

Ela obedeceu, observando com o canto dos olhos a enorme máquina que lentamente se dirigia à siderúrgica, carregando atrás de si infinitos vagões cheios de minério de ferro.

Seu coração batia forte; tentou enxergar a si mesma sob o ponto de vista do maquinista: estava vestida de preto diante da mata escura, iluminada apenas pelo luar frio.

Forçou seu coração a desacelerar. Tentou estimar quão longo era o trem sem girar a cabeça, mas não conseguia ver onde terminava.

Atravessaram por baixo do viaduto, enquanto a locomotiva seguia sua jornada, *tu-dum, tu-dum, tu-dum, tu-dum*, vagões e mais vagões e mais vagões, projetando sombras negras vindas da linha férrea.

Até que a última delas desapareceu, o final de uma longa cauda a caminho da incandescência do alto-forno.

Annika engoliu em seco e percebeu que suas mãos tremiam.

Chegaram à caixa de força onde Göran Nilsson escondera a sacola; lançando-lhe um olhar furtivo, viu que estava trancada.

— Agora à esquerda — disse Blomberg, empurrando-a na direção de uma abertura no matagal.

Annika escorregou e quase despencou encosta abaixo, mas conseguiu agarrar-se a alguns galhos e manteve-se de pé.

— Vá com calma — disse ela, com a voz fraca, enquanto caminhavam rumo à construção.

O lugar tinha as janelas lacradas com persianas de metal; um lance de escadas semideteriorado levava à porta, que estava entreaberta. Annika parou, mas Blomberg lhe deu um empurrão.

— Vamos lá, entre. É só um barracão de compressão de ar.

Annika segurou a porta e abriu-a, notando que o fecho consistia em dois ganchos de metal fundidos, com um cadeado enferrujado preso a um deles.

O mesmo cheiro fétido que sentira na floresta saía porta afora.

Ragnwald estava ali.

Entrou em meio à escuridão, piscando e ouvindo o ruído de respirações. O ar estava gélido no interior; paradoxalmente, parecia fazer mais frio lá dentro que do lado de fora.

— Quem é você? — perguntou Karina Björnlund, do canto mais longe à esquerda.

— Temos uma convidada importante — disse Blomberg, empurrando Annika para o meio do recinto, seguindo-a e fechando a porta atrás de si.

A ministra da Cultura acendeu um isqueiro; uma luz fraca iluminou o barracão e as sombras projetadas sobre seu nariz e seus olhos lhe deram uma aparência monstruosa. Yngve, o alcoólatra, estava ao seu lado. Göran Nilsson estava apoiado na parede à direita. Ao seu lado, um pôster do presidente Mao.

Annika sentiu o pânico crescer diante da visão do assassino, causando-lhe uma característica coceira nos dedos, vertigem e torpor.

Acalme-se, pensou ela. Nada de hiperventilar. Mantenha a respiração estável.

Karina abaixou-se e acendeu uma pequena vela a seus pés. Deixou o isqueiro no chão e levantou com a vela na mão.

— O que significa isso? — perguntou ela, olhando para Blomberg. — Por que a trouxe aqui?

Colocou a vela sobre uma velha máquina enferrujada que poderia ter sido o compressor. Suas respirações pairavam como nuvens diante de cada um deles.

Não estou sozinha, pensou Annika. Não é como o túnel.

— Gostaria de apresentar-lhes — disse Blomberg — a senhorita Annika Bengtzon, repórter bisbilhoteira do *Evening Post.*

Karina deu um passo para trás.

— Está louco? — perguntou, levantando a voz. — Trazer uma jornalista bem aqui? Não sabe a que está me expondo?

Göran Nilsson os observava com os olhos cansados e embaçados.

— Este não é um encontro aberto a estranhos — disse ele, surpreendentemente ríspido. — Pantera, em que diabos estava pensando?

Blomberg, codinome Pantera Negra, fechou bem a porta atrás de si e sorriu.

— A senhorita Bengtzon já sabe tudo sobre nós — disse ele. — Ela estava do lado de fora, então não pude deixá-la escapar e contar a todo mundo.

Karina aproximou-se de Blomberg.

— Está tudo arruinado agora — disse ela, num tom estridente. — Tudo pelo que trabalhei por todos esses anos. Danem-se vocês todos.

Pegou a bolsa e virou-se em direção à porta, quando Göran Nilsson parou em meio ao pequeno círculo de luz. Annika não viu sinal algum de arma. O rosto do homem estava chupado e deformado; parecia fraco e doente.

Mesmo assim, Karina não seguiu adiante, assustada e desconfiada.

— Espere — disse Nilsson à ministra, virando-se depois para Blomberg. — Você aceita assumir a responsabilidade por ela? Garante a segurança do grupo?

Annika olhou fixamente para o assassino, notando sua aparência lamentável e o modo de falar pausado, como se tivesse de procurar pelas palavras antes de usá-las.

— Sem problema — respondeu com entusiasmo o arquivista. — Cuidarei dela depois.

Annika sentiu seus pés pesarem como chumbo e o peso do corpo aumentar. Ouvia dentro de si um som suplicante e lamentoso, que aumentava, mas não alcançava sua garganta.

O Dragão Amarelo olhou direto para Annika; ela não ousou nem mesmo respirar.

— Fique ali no canto — disse ele, apontando.

— Não podemos manter uma repórter aqui, é claro que pode compreender — disse Karina, agitada. — Não concordo com isto.

O Dragão ergueu a mão.

— Agora basta — disse ele. — A responsabilidade é de nosso comandante de grupo.

Colocou a mão no bolso.

A arma, pensou Annika.

— Faz muito frio hoje — disse ele. — Serei breve.

Yngve, o alcoólatra, deu um passo adiante.

— Ótimo — disse ele —, mas será que alguém trouxe algo para beber?

Blomberg abriu o botão de cima do casaco, e do bolso interno sacou uma garrafa de Absolut. Os olhos de Yngve brilharam, os lábios se abriram de desejo. Tomou a garrafa em suas mãos com o cuidado de quem carrega um bebê.

— Pensei que pudéssemos celebrar a ocasião — disse Blomberg, encorajando-o com a cabeça.

Yngve abriu a tampa com lágrimas nos olhos. Annika abaixou a cabeça e mexeu os dedos dos pés para evitar que congelassem.

O que fariam com ela?

Não é como o túnel, não é como o túnel.

Karina colocou a bolsa no chão novamente.

— Não entendo o que estamos fazendo aqui — disse ela.

— O poder a tornou impaciente — disse Göran Nilsson, virando-se para a ministra com seus olhos de dragão e fazendo uma pausa até ter a atenção plena de todos. Em seguida, ergueu a cabeça e olhou para o teto.

— Sei que vocês ficaram surpresos com minha convocação — disse ele. — Faz bastante tempo desde a última vez que os reuni assim e fico contente que isso tenha suscitado sentimentos diversos. Mas não há razão para ficarem assustados.

Olhou diretamente para a ministra da Cultura.

— Não estou aqui para prejudicá-los — disse ele. — Estou aqui para agradecer-lhes. Vocês se tornaram a única família que tenho, e digo isso sem qualquer tipo de sentimentalidade.

— Então por que assassinou Margit? — perguntou Karina, com a voz tomada de medo.

Göran Nilsson balançou a cabeça, a cabeça do Dragão Amarelo, a cabeça divina e fedorenta do governante supremo.

— Não está prestando atenção — disse ele. — Está apenas falando. Não era assim antigamente. O poder realmente a mudou.

Blomberg deu um passo à frente, aparentemente cansado da conversa.

— Diga-me o que fazer — pediu a seu líder. — Estou pronto para a luta armada.

Göran Nilsson virou-se para ele, com tristeza nos olhos.

— Pantera — disse ele —, não haverá luta armada. Voltei para casa para morrer.

O arquivista abriu bem os olhos e uma expressão de imbecilidade tomou seu rosto.

— Mas agora está de volta — rebateu. — Está entre nós outra vez, nosso líder, por quem esperamos todos esses anos. A revolução está próxima.

— A revolução está morta — disse o Dragão, rispidamente. — A sociedade capitalista, que trata seres humanos como gado, venceu, e com ela todas as falsas ideologias: democracia, liberdade de expressão, justiça antes da lei, direitos das mulheres.

Blomberg ouvia com devoção, Karina Björnlund parecia se encolher a cada palavra e o alcoólatra fora completamente absorvido por sua garrafa de felicidade recém-encontrada.

— A classe operária foi reduzida a uma horda de consumidores cretinos que passam por lavagens cerebrais — continuou. — Não há mais desejo de melhorar as coisas. As falsas autoridades guiam os rebanhos diretamente para o moedor de carne sem que uma palavra sequer de protesto seja ouvida.

Fixou o olhar em Karina.

— As autoridades usam as pessoas, tanto no presente como faziam no passado — prosseguiu, com a voz clara e firme. — Elas nos torcem como panos de prato e em seguida nos descartam. Sempre foi assim, mas hoje em dia são governos eleitos pelo povo que permitem aos compradores de mão de obra nos explorar até o fim de nossas forças. Aceitei a situação como ela é e lutei contra ela à minha própria maneira. Revolução?

Balançou a cabeça.

— Nunca haverá uma revolução. A humanidade a trocou por Coca-Cola e TV a cabo.

Blomberg o fitou intensamente, com os olhos vazios e atordoados.

— Mas — disse ele —, isso não é verdade. Você está de volta, depois de tanta espera. Treinei todos esses anos, como me disse para fazer, e estou pronto. Não é tarde demais.

Göran Nilsson ergueu a mão.

— Tenho muito pouco tempo de vida — disse ele. — Aceitei minha condição pessoal e a condição de que estamos todos juntos nisso. Fundamentalmente, não existe diferença entre mim e as mentiras da burguesia. Viverei através de meus filhos e, em troca, deixo a eles minha herança.

Cambaleou, agarrando a barriga.

— Ninguém mais poderá explorá-los — disse ele. — Seus dias correndo numa rodinha de hamster estão contados.

— O que está dizendo? — perguntou Karina, aparentemente mais tranquila.

— Ele vai nos dar presentes — disse Hans, com a voz surpresa ecoando no recinto. — É Natal para todo mundo! Ou talvez uma espécie de café pós-funeral? A revolução está morta, não ouviram?

— Pare com isso, Hasse — disse Karina, segurando-lhe o braço. — Mao também está morto e a própria China agora é capitalista.

— Você também acreditava em nossas ideias — disse Hans. — Também era uma revolucionária.

— Mas, meu bom homem — disse ela —, éramos apenas crianças. Todos acreditavam na revolução. As coisas eram assim naquela época, mas tudo acabou faz tempo.

— Não para mim! — gritou Hans Blomberg, e Göran Nilsson deu um passo desequilibrado em sua direção.

— Pantera — disse ele. — Você me compreendeu mal.

— Não! — berrou o arquivista, com os olhos vermelhos e marejados. — Não podem fazer isso comigo. A revolução é a única coisa que importa.

— Controle-se — disse Karina Björnlund, sacudindo o braço do homem, irritada. Com um puxão vigoroso, Blomberg se desvencilhou da ministra da Cultura. Um momento depois, ergueu o punho direito fechado e a atingiu bem no rosto.

Alguém soltou um grito; talvez fosse a ministra, o alcoólatra ou a própria Annika; e então o furioso arquivista virou-se para encarar Göran Nilsson e o empurrou com toda a força contra a parede onde estava o pôster de Mao. O Dragão Amarelo caiu no chão de concreto e ouviu-se claramente o barulho de osso sendo quebrado e o som sibilante do ar escapando de seus pulmões.

— Malditos traidores!

A voz de Blomberg era chorosa. Retomou o controle e partiu com pressa em direção à porta, abrindo-a violentamente e batendo-a atrás de si com a mesma força.

A chama da vela tremulou, mas não cedeu; as sombras lentamente pararam de bailar.

— Estou sangrando — gritou a ministra, do chão, atrás do compressor. — Ajudem-me!

O silêncio se tornou ainda mais pesado e o frio, mais lancinante. Annika ouvia o arquivista blasfemar do outro lado da parede de tijolos enquanto desaparecia pela linha férrea. Aproximou-se de Göran Nilsson; estava junto à parede, inconsciente, com o pé torcido de maneira não natural. A perna direita parecia um pouco mais curta do que a esquerda. Yngve, o alcoólatra, observava com um olhar bêbado e cambaleante seu líder, deitado ali no chão, com o rosto praticamente sem cor e rangendo os dentes. Karina conseguiu levantar-se com algum esforço, cobrindo o rosto com a mão; o sangue escorria por entre seus dedos, respingado no casaco de pele.

— Ele quebrou meu nariz — berrou. — Tenho de ir ao hospital.

Começou a chorar, parando em seguida por causa da dor que lhe provocava.

Annika aproximou-se da ministra, colocando a mão de leve em seu braço.

— Está tudo bem — disse Annika, examinando o rosto da mulher por trás de sua mão. — Logo estará curada.

— Mas e se ficar torto?

Annika deu-lhe as costas e voltou ao homem caído no chão. Seu cheiro era inacreditavelmente fétido, um fedor de algo gravemente doente.

— Göran — disse ela, em voz alta. — Göran Nilsson, consegue me ouvir?

Sem esperar pela resposta, agachou-se, tirou as luvas e sacou a arma, pesada e fria, do bolso do homem. De costas para os outros, colocou-a furtivamente num dos bolsos externos de seu casaco; nada sabia sobre revólveres e tentou convencer a si própria de que a trava de segurança estava ativada.

O Dragão Amarelo gemeu alto. Suas pálpebras pálidas tremulavam. Annika colocou a mão sobre o chão congelado de cimento para verificar o quanto estava frio e o suor fez com que seus dedos ficassem grudados de imediato. Chocada, recolheu-os apressadamente.

— Não pode ficar deitado aqui — disse ao homem —, tem de se levantar. Consegue se apoiar numa perna?

Annika olhou para Karina.

— Temos que sair daqui — disse ela. — Está mais frio que dentro de um congelador. Pode me ajudar a carregá-lo?

— Mas estou ferida — disse a ministra da Cultura. — E por que deveria ajudá-lo, depois de tudo o que me fez? Yngve não pode carregá-lo?

O alcoólatra sentara-se no chão, agarrado à garrafa, já pela metade.

— Não pode adormecer — disse Annika a Yngve, sentindo se afastar da realidade. O recinto gélido ameaçava sufocá-la.

— Se soubesse quanto sofri por todos esses anos — disse Karina, ao lado do compressor. — Sempre com medo de que alguém descobrisse que eu conhecia esses idiotas. Mas isso é o que acontece quando se é jovem, certo? Você tem um monte de ideias loucas, mistura-se às pessoas erradas.

Göran Nilsson tentou levantar-se, mas deixou escapar um gemido e desabou outra vez no chão de concreto.

— Há algo quebrado em meu quadril — sussurrou. Annika recordou que sua avó quebrara o quadril naquele inverno em que tanto nevara.

— Vou buscar ajuda — disse Annika, mas no instante seguinte o homem a segurou fortemente pelo pulso.

— Onde está Karina? — balbuciou, com os olhos perdidos.

— Está bem aqui — respondeu ela em voz baixa, desvencilhando-se, aterrorizada. Levantou-se e virou para a ministra. — Ele quer falar com você.

— Sobre o quê? Não temos coisa alguma a dizer um para o outro.

As vias aéreas superiores de Karina tinham congelado, fazendo sua voz soar fina e anasalada. Deu alguns passos, cautelosa, na direção do homem, e Annika pôde perceber que suas narinas sangravam bastante. O rosto estava ferido e inchado, dos lábios até os olhos. Annika encontrou seu olhar, lendo nele toda a desorientação que ela mesma sentia. Dentro de si, uma luzinha se acendeu: não estava só, não estava só.

— Faça companhia a ele — disse Annika. A ministra aproximou-se do terrorista com hesitação, mas, ao se inclinar sobre ele, ouviu-o gritar.

— Sangue, não! — arfou. — Mantenha esse sangue longe de mim.

A cabeça de Annika sofreu um curto-circuito. Ali estava aquele homem, um assassino em massa, um mercenário profissional, um terrorista em tempo integral, gritando como um bebê chorão. Correu até ele e o agarrou pelo casaco.

— Então não suporta ver sangue, seu cretino? Mas não teve qualquer problema para matar todas aquelas pessoas, teve?

A cabeça do homem caiu para trás e ele fechou os olhos.

— Sou um soldado — respondeu, sem expressar qualquer emoção. — Nem de longe carrego a mesma culpa que os líderes do mundo livre.

Annika sentiu as lágrimas assomarem aos olhos.

— Por que matou Margit? — perguntou ela. — Por que o garoto?

Ele balançou a cabeça.

— Não fui eu — sussurrou.

Annika virou-se para Karina, que estava parada no meio do recinto, com um olhar de surpresa nos olhos.

— Está mentindo — disse ela. — É claro que foi ele.

— Ataco apenas os inimigos — disse Göran Nilsson, sem emoção. — Nunca amigos ou inocentes.

Annika fitou o rosto do homem, apático, tomado pela dor, e percebeu imediatamente que falava a verdade.

Não foi ele a assassiná-los. Não tinha motivos para matar Benny Ekland, Linus Gustafsson, Kurt Sandström ou Margit Axelsson.

Então, quem teria sido?

Annika tremia. Levantou-se, com as pernas dormentes, e cambaleou até a porta.

Estava trancada. Completamente imóvel.

Lembrou do cadeado no lado de fora e foi como se sofresse um golpe.

Hans Blomberg os havia trancado no barracão.

Estava presa num congelador com outras três pessoas; fazia 30 graus negativos, duas delas estavam feridas e a terceira completamente bêbada.

Hans Blomberg, pensou ela. Seria aquilo possível, mesmo que remotamente?

No instante seguinte, estava de volta ao túnel, com a tubulação a se espalhar pelo teto; sentia o peso da dinamite em suas costas e, a distância, ouvia uma mulher chorar, bufar e urrar de dor e desespero. Percebeu que era Karina Björnlund e que não estava só. Não estava só.

Esqueceu do túnel e prendeu-se à realidade. Não podia se descontrolar; se o fizesse, morreria.

Está tão frio, pensou. Quanto tempo será possível sobreviver sob essa temperatura?

Sua respiração se acalmou.

Ela própria não estava em perigo imediato. Com sua jaqueta polar, poderia passar a noite inteira ali, se fosse o caso. A ministra tinha um casaco de pele, mas os homens não estavam tão bem-protegidos.

As pálpebras do bêbado já estavam desabando; não duraria por mais uma hora. O terrorista tinha roupas mais quentes, mas estava deitado diretamente sobre o chão de cimento, que era como um bloco de gelo.

Temos de sair daqui. Agora. Mas como?

Seu celular!

Deixou escapar uma pequena manifestação de triunfo enquanto tateava o bolso e sacava o telefone.

Sem sinal.

Aproximou o aparelho da chama da vela, tentando em todos os cantos do recinto.

Nem traço de sinal, que merda de operadora era a Tele2.

Digitou 112 novamente. Nada aconteceu.

Não entre em pânico.

Pense.

A ministra tinha um celular. Annika telefonara para ela apenas poucas horas antes.

— Seu número começa com seis — disse à ministra. — Quer dizer que sua operadora é a Telia. Veja se consegue algum sinal.

— O quê?

— Seu telefone! Está com um celular, eu liguei para você, não liguei?

— Ah, sim.

A ministra procurou cuidadosamente em sua bolsa de couro negra, sacou o celular e o ligou, digitando alguns códigos e bufando alto. Em seguida, o ergueu no ar.

— Não há sinal algum — disse ela, surpresa.

Annika colocou a mão sobre o rosto, sentindo o frio dilacerar sua pele.

Está tudo bem, pensou. Já chamei a polícia, devem chegar a qualquer instante.

Estudou a ministra; a mulher estava ferida e atordoada. Olhou para o alcoólatra: sob a luz bruxuleante da vela, seus lábios pareciam azulados. Tremia de frio debaixo de sua jaqueta leve.

— Tudo bem — disse Annika, forçando o cérebro a pensar racionalmente. — Estamos aqui neste lugar. Será que existe algum tipo de coberta por aqui? Uma lona ou qualquer material isolante?

— Aonde foi o Hasse? — disse Yngve.

— Foi ele quem trancou a porta? — perguntou Karina.

Tremendo, Annika vasculhou a pequena edificação poeirenta; algumas latas enferrujadas, um monte de terra e o esqueleto de um rato.

— Não pode ter trancado a porta — disse a ministra da Cultura, tentando abri-la. — Göran tem a chave.

— É só usar um cadeado — disse Annika. — Afinal, que tipo de lugar é este?

Tateou as paredes, viu que as janelas foram cobertas por tábuas baratas de madeira pregadas do lado de dentro e lembrou das persianas de metal lá fora.

— Está abandonado há quarenta anos — disse Karina. — Meu pai era ferroviário, sempre me trazia aqui quando eu era criança.

— Para que serve?

— Era uma sala de compressão; limpavam a neve e o gelo das junções dos trilhos com ar pressurizado. Construíram uma nova quando refizeram a rota da via férrea. Como vamos sair daqui?

— Tem ferramentas por aqui? — perguntou Annika.

— Estamos presos — disse Karina Björnlund, agora com olhos tão inchados que estavam quase fechados. — Por Deus, como vamos sair daqui?

Não encontraria nenhuma ferramenta deixada para trás, percebeu Annika; teriam sido levadas há anos. As paredes eram de concreto sólido e não conseguiriam derrubar a porta.

— Temos que continuar nos mexendo — disse ela. — Precisamos nos manter aquecidos.

Engoliu em seco, sentindo o pânico tomar conta de si.

E se a polícia não aparecesse?

E se Karlsson, do Controle Central, tivesse se esquecido dela?

Tentou afastar aquele pensamento e foi até o homem fedorento sob o pôster de Mao. Sua respiração era curta e irregular; um fio de saliva caía da boca.

— Göran — disse Annika, agachando-se a seu lado e lutando contra o fedor. — Göran Nilsson, consegue me ouvir?

Ela sacudiu o ombro dele e o homem se virou para ela com olhos vazios e o lábio inferior tremendo de frio.

— *J'ai très froid* — sussurrou ele.

— *Je comprends* — respondeu Annika, com a voz baixa, virando-se para a ministra. — Karina, venha aqui e sente-se ao lado de Göran. Coloque os braços em volta dele e o envolva com seu casaco de pele.

A ministra da Cultura se afastou até chegar ao canto atrás do compressor.

— Nunca — respondeu ela. — Nem em um milhão de anos. Ele me fez muito mal.

Annika olhou para o homem ao seu lado, sua pele pálida como cera, as mãos tremendo.

Talvez devesse deixá-lo morrer.

Não era isso o que merecia?

Deixou Göran Nilsson e foi até o homem se apoiando na parede.

— Yngve — disse ela. — Seu nome é Yngve?

O homem assentiu com a cabeça, tendo colocado as mãos sob as axilas de modo a mantê-las aquecidas.

— Venha aqui — disse ela, abrindo sua jaqueta polar. — Fique aqui ao meu lado. Vamos dar uma caminhada.

Ele balançou a cabeça firmemente e apertou a garrafa quase vazia.

— Tudo bem, então fique aí — disse Annika, fechando a jaqueta e olhando para a ministra.

— Ele está armado — disse Karina Björnlund. — Podemos atirar contra a porta.

Annika balançou a cabeça.

— É feita de aço. As balas podem ricochetear e matar a nós todos. Além disso, teríamos que acertar o cadeado do lado de fora para conseguir abri-la.

— E quanto às janelas?

— A mesma coisa.

Deveria dizer que chamara a polícia?

Como reagiriam?

— Sabia que acabaria assim — disse Karina, soltando um gemido. — Toda essa história de Bestas foi um pesadelo desde o início. Nunca deveria ter me aliado a eles depois que deixaram o Partido Comunista.

A ministra da Cultura escavou em sua bolsa e sacou um pedaço de pano negro, talvez uma camiseta, que levou ao nariz.

— Por que não? — perguntou Annika, observando a sombra do rosto da ministra dançar pela parede enquanto se movia atrás da vela.

— Provavelmente você não era nem nascida nos anos 1960 — disse Karina, olhando de relance para Annika. — Não é fácil para a sua geração compreender como foi aquela época, mas era algo realmente fantástico.

Annika acenou com a cabeça, lentamente.

— Posso imaginar — disse ela. — Vocês eram jovens. Göran era o líder.

A ministra assentiu com a cabeça, vigorosamente.

— Ele era tão forte e inteligente — disse ela. — Conseguia convencer qualquer um a segui-lo. Todas as garotas o desejavam e os garotos o idolatravam. Mas deveria ter me afastado quando foi expulso. Foi estúpido embarcar naquela sua ideia das Bestas.

Karina Björnlund perdeu-se em suas memórias por alguns instantes; Annika a observou com mais clareza.

— Como nunca foi pega? — perguntou Annika.

A ministra ergueu o olhar.

— Bem — disse ela —, na verdade, nunca fiz coisa alguma, e Göran era bem meticuloso. Toda comunicação era feita por símbolos, usando uma antiga linguagem esquecida e compreensível por todos, independentemente de fronteiras, raças e culturas.

— Isso quer dizer: nada de atas de reuniões?

— Nem mesmo cartas ou ligações telefônicas — disse Karina Björnlund. — Éramos convocados para reuniões por meio do desenho de um dragão amarelo. Em um dia ou dois, recebíamos uma combinação de números dizendo a data e a hora de encontro. Por exemplo, 23-11-17 significava 23 de novembro, às cinco da tarde. Agora, em outras palavras.

— Cada um de vocês tinha um símbolo?

A mulher acenou com a cabeça cautelosamente, ainda pressionando a camiseta contra o nariz.

— Mas só o Dragão podia convocar uma reunião.

— E no final de outubro você recebeu o chamado novamente, por meio de uma carta anônima ao departamento?

Uma centelha de medo passou pelos olhos da ministra.

— Levei alguns segundos até entender para o que estava olhando. Quando compreendi, tive de ir ao banheiro para vomitar.

— Ainda assim decidiu comparecer — disse Annika.

— Você não entende — rebateu a ministra. — Tive medo por todos esses anos. Depois do episódio na F21, quando Göran desapareceu, recebi um aviso pelo correio...

Escondeu o rosto na camiseta.

— Um dedo de criança — disse Annika, fazendo a ministra voltar o olhar para ela, tomada de surpresa.

— Como sabe?

— Conversei com o marido de Margit Axelsson, Thord. O simbolismo era claro como cristal.

Karina assentiu.

— Se não ficasse em silêncio, não apenas morreria, como o mesmo aconteceria com os filhos que pudesse ter no futuro e com aqueles próximos a mim.

Göran Nilsson gemeu no chão, movendo a perna esquerda, agitado.

Annika e a ministra da Cultura o observaram com olhos vazios.

— Ele vinha me perseguindo — disse Karina. — Certa noite, o vi parado diante de minha casa em Knivsta. No dia seguinte, estava atrás de um cartaz de rua em Åhléns, em Uppsala. Na sexta-feira, recebi outra carta.

— Outro aviso?

A ministra fechou os olhos por alguns instantes.

— O desenho de um cão — disse ela — e, em seguida, uma cruz. Tinha uma ideia do que se tratava, mas não ousava pensar naquela possibilidade.

— De que Margit estivesse morta?

Karina assentiu.

— Não tínhamos mais nenhum tipo de contato, obviamente, mas passei a noite inteira pensando. Na manhã seguinte, liguei para Thord. Ele me contou que Margit fora assassinada e compreendi a mensagem. Ou vinha até aqui, ou também acabaria morta. Então decidi vir.

Ela olhou para Annika, afastando a camisa do nariz.

— Se soubesse quanto medo senti — disse ela. — Quanto sofri. Ficava apavorada em pensar que alguém pudesse descobrir essa história. Envenenou toda a minha vida.

Annika olhou para ela, aquela mulher poderosa em seu casaco de pele; a garota que andava com a prima — primeiro esportes, depois a política —, que saiu com o líder do grupo, forte e carismático, mas depois acabou com ele quando este perdeu seu poder.

— Fechar a TV da Escandinávia para varrer tudo para debaixo do tapete foi um equívoco tremendo — disse ela.

Karina Björnlund olhou para ela como se não tivesse entendido o que acabara de escutar.

— O que quer dizer?

— Li o e-mail que Herman Wennergren lhe enviou; sei por que mudou a proposta cultural.

A ministra da Cultura levantou-se e deu três passos rápidos na direção de Annika, apertando os olhos inchados.

— Ora, sua reporterzinha de merda — disse ela, com o rosto ensanguentado bem próximo ao de Annika. — Quem diabos pensa que é?

Annika não se intimidou, fitando diretamente seus olhos avermelhados.

— Não sabe? — perguntou ela. — Já nos falamos antes. Faz bastante tempo, quase dez anos.

— Não me recordo.

— Entrei em contato com você em busca de um comentário sobre a viagem de Christer Lundgren a Talinn na noite em que Josefin Liljeberg foi assassinada. Contei-lhe o que acontecera ao arquivo perdido na IB. Contei que o governo estava sendo chantageado a conduzir exportações ilegais de armas e lhe pedi que passasse minhas perguntas ao ministro do Comércio, mas você não o procurou. Foi direto ao primeiro-ministro, não foi?

Karina ficou pálida ao escutar Annika, encarando-a como se tivesse visto um fantasma.

— Aquela era você? — perguntou ela.

— Usou a informação para conseguir um posto no gabinete, não foi?

A ministra da Cultura arfou em bom som, subitamente recuperando a cor.

— Como ousa? — gritou. — Vou processá-la por isto.

— Só uma pergunta — disse Annika. — Por que está ficando tão irritada?

— Você acha que pode vir aqui e fazer insinuações terríveis como estas? Dizer que eu teria ligado para o primeiro-ministro na Harpsund e forçado minha contratação para um cargo ministerial?

— Ah — disse Annika. — Então foi na Harpsund que o encontrou? Como ele reagiu? Ficou nervoso? Ou de fato é pragmático e racional como dizem?

Karina Björnlund calou-se, com os olhos inchados.

Um instante depois, o silêncio foi quebrado pelo som da garrafa vazia de Yngve atingindo o chão de cimento e se estilhaçando em mil pedaços. O alcoólatra deslizou pela parede, inconsciente, desabando no chão.

Annika parou de se concentrar na ministra e correu até Yngve.

— Ei! — gritou ela, dando-lhe tapinhas leves na bochecha com sua luva. — Levante-se!

O homem piscou os olhos.

— O quê? — disse ele.

Ela abriu bem o casaco, segurou o homem pelas axilas e o colocou de pé.

— Apoie-se em mim — disse ela, cobrindo-o com a jaqueta polar ao mesmo tempo que passava os braços por suas costas. A respiração do homem em sua nuca era quente e úmida; ele era tão magro que Annika quase conseguia abotoar o casaco às suas costas.

— Consegue mexer os pés? Precisamos continuar nos movendo.

— Não vai se safar dessa — disse a ministra da Cultura, mas Annika não lhe deu atenção, concentrando todos os seus esforços para fazer com que o bêbado se arrastasse, numa dança gélida e macabra.

— Quem é você? — perguntou Annika a Yngve em voz baixa. — O Leão ou o Tigre?

— O Leão da Liberdade — respondeu o homem, batendo os dentes.

— E onde está o Tigre?

— Não sei — balbuciou o bêbado, quase dormindo.

— Ele teve o bom senso de não aparecer — disse Karina. — Sempre foi o mais esperto de todos nós.

Subitamente, ao lado da parede, Göran Nilsson se moveu, tentando se levantar, chutando com a perna boa. Tinha os olhos fixos enquanto tentava tirar o casaco.

— *C'est très chaud* — disse ele, deitando-se novamente.

— Coloque o casaco — disse Annika, lutando para ir em sua direção, mas o alcoólatra a agarrava e não a deixava se desvencilhar.

— Ouça-me, Göran, vista já seu casaco.

No entanto, o homem desabou sob o pôster de Mao. As pernas sacudiam em espasmos, mas foram se acalmando à medida que ele adormecia. O peito palpitava levemente sob a camisa de linho cor de mármore.

— Precisa ajudá-lo — disse Annika a Karina. — Pelo menos faça com que vista o casaco novamente.

A mulher balançou a cabeça e naquele momento a vela se apagou.

— Acenda-a — disse Annika, ouvindo o medo na própria voz.

— Está completamente queimada — respondeu Karina. — Não sobrou nada do pavio.

Com a escuridão veio o silêncio; o frio aumentava e se tornava mais seco.

Annika abriu bem os olhos, mas não conseguia enxergar coisa alguma. Estava girando em torno de um espaço gélido e vazio e foi tomada por uma sensação imensa e total de solidão. Certamente, nada no mundo poderia ser pior que aquilo. Nada além de isolamento.

— Temos de continuar nos movendo — disse Annika. — Karina, não fique parada.

Mas Annika ouviu a ministra se afundar no chão e um ataque incontrolável e abafado de choro veio de um dos cantos.

A mulher chorava, gemia e babava, enquanto Annika e Yngve se moviam cada vez mais lentamente pelo congelador. Ela segurou o homem, que tremia, sentindo seus braços cada vez mais pesados, sua respiração mais fatigada, e o abraçou mais forte.

Responsabilidade pelos outros, pensou ela, encarando a escuridão. Nada sem o outro.

Os rostos de Ellen e Kalle apareceram à sua frente; podia sentir seu afeto caloroso e seus doces perfumes.

Muito em breve, pensou. Muito em breve estarei novamente com vocês.

A ministra da Cultura foi se acalmando pouco a pouco, seus soluços cada vez mais escassos.

O silêncio agora era ainda mais profundo.

Annika demorou alguns segundos para perceber o porquê.

Göran Nilsson parara de respirar.

O pensamento provocou faíscas em sua mente; seus dedos coçaram insanamente; um som emergiu: *pânico*.

No instante seguinte, Yngve desabou em seus braços. As pernas do homem não aguentaram e sua cabeça caiu sobre o ombro da repórter.

— Merda! — gritou ela em seu ouvido. — Não morra. Ajudem-nos, por favor, ajudem-nos!

Não tinha forças para manter o homem em pé; ele foi deslizando até chegar a seus pés e a escuridão absoluta atingiu Annika.

— Socorro! — gritou ela a plenos pulmões. — Socorro, por favor!

— Não há socorro — disse Karina.

— Socorro! — berrou Annika, tateando na direção em que pensava estar a porta e indo parar onde estava o compressor. Bateu os joelhos contra o metal. — Socorro!

Ouviu vozes abafadas atrás de si e por um momento temeu que estivesse prestes a sofrer uma nova investida dos anjos. Conversas, gritos, as vozes definitivamente eram humanas; logo em seguida veio o barulho de pancadas.

— Olá? — gritou uma voz masculina do outro lado da parede. — Tem alguém aí?

Ela se virou e olhou para a escuridão, na direção de onde vinha a voz.

— Sim — gritou, tropeçando em Yngve. — Sim! Estamos aqui, trancados. Ajude-nos!

— Teremos de serrar o cadeado — disse o homem. — Pode levar um certo tempo. Quantas pessoas estão aí dentro?

— Quatro — disse Annika —, mas acho que um homem está morto. Outro está a ponto de adormecer; não consigo mantê-lo acordado. Rápido!

— Vou buscar as ferramentas — disse a voz. Então Karina Björnlund retomou os sentidos.

— Não! — gritou a ministra. — Não me deixem! Tenho de sair daqui, agora!

Annika conseguiu encontrar o lugar onde Yngve estava deitado, no chão, com a respiração fraca. Ela passou a mão por seu cabelo áspero, apertando a mandíbula, e então se deitou no solo e puxou o homem para cima de si, cobrindo a ambos com a jaqueta polar.

— Não morra — sussurrou ela, o embalando como se fosse uma criança.

Ficou daquele jeito até ouvir o maçarico romper o cadeado e a porta ser aberta. Uma lanterna atingiu seus olhos em cheio.

— Leve-o primeiro — disse Annika. — Acho que está a ponto de perder as forças.

Logo em seguida o homem foi erguido, colocado numa maca e carregado para fora de seu campo de visão numa questão de segundos.

— E quanto a você? Consegue caminhar?

Ela olhou para a luz e nada conseguiu enxergar além da silhueta de um policial.

— Estou bem — disse ela, levantando-se.

O inspetor Forsberg olhou para ela, curioso.

— Terá de ir ao hospital para ser examinada — disse ele. — Quando se sentir melhor, gostaria de conversar com você na delegacia.

Annika acenou com a cabeça, subitamente muda. Em vez de falar, apontou para Göran Nilsson, percebendo que sua mão tremia.

— Está sentindo tanto frio que está chacoalhando — disse Forsberg.

— Acho que está morto — murmurou.

Os paramédicos voltaram e foram até Göran Nilsson, checando pulso e respiração.

— Acho que quebrou a perna — disse Annika. — E está doente; disse que morreria em breve.

Colocaram-no sobre a maca e o retiraram rapidamente dali.

Karina emergiu das sombras, apoiando-se num paramédico. Tinha o rosto dissolvido por lágrimas e o nariz que ainda sangrava.

Annika absorveu o impacto de sua aparência inchada e nada disse.

Karina parou bem ao lado dela e sussurrou algo com a voz tão baixa que ninguém mais conseguiu escutar.

— Eu mesma vou revelar tudo — disse ela. — Pode dar adeus à sua exclusiva.

E assim a ministra partiu na direção dos refletores, carros de polícia e ambulâncias.

O inspetor Forsberg tinha um escritório apertado e bagunçado no segundo andar da monstruosidade amarelo-amarronzada que era a delegacia de polícia. Annika cochilava numa das cadeiras, mas tomou um susto e se ajeitou quando a porta abriu de supetão.

— Desculpe-me por tê-la feito esperar. Nada de leite ou açúcar — disse o policial, colocando um copo plástico fumegante sobre a mesa, diante dela. Em seguida, sentou-se em sua poltrona giratória.

Annika pegou o copo, queimando as mãos enquanto assoprava a bebida. Deu um gole, cautelosa.

Café de máquina, o pior tipo possível.

— Isto é um interrogatório? — perguntou ela, colocando o copo sobre a mesa.

Forsberg examinou sua gaveta, sem responder.

— Chamemos de interrogatório de testemunha. Onde será que o coloquei? Aqui está!

Sacou um gravadorzinho e um emaranhado de fios, endireitou-se, fitou os olhos de Annika e sorriu.

— Diga-me, não está congelando? — perguntou, continuando a fitá-la.

Ela desviou o olhar.

— Sim, estou — respondeu. — Mas aprendi a me vestir apropriadamente da maneira mais difícil. Como estão os outros?

— Ragnwald está morto, como imaginara. Yngve Gustafsson está sob terapia intensiva, seu corpo atingiu 28 graus. Vai sobreviver. Sabia que ele era pai de Linus, o garoto que foi assassinado?

Annika olhou para o policial. Sentiu um caroço na garganta, balançando a cabeça.

— E Karina Björnlund? — perguntou ela.

— Estão costurando seu rosto e tem algumas queimaduras nos pés causadas pelo frio. Então, o que aconteceu?

Ele se inclinou e ligou o gravador.

— Tudo bem — disse Annika —, quer a história completa?

— Interrogatório da testemunha Annika Bengtzon, residente à Hantverkargatan 32, em Estocolmo; local: escritório do interrogador. O relato tem início...

Olhou para o relógio.

— ... às dez e quinze da noite. Como a senhora veio a terminar num barracão de compressão de ar próximo à siderúrgica sueca em Luleå na noite de hoje?

Annika limpou a garganta na direção do microfone, colocado sobre um memorando do Comissário de Polícia Nacional.

— Queria entrevistar a ministra da Cultura, Karina Björnlund. Quando a vi no aeroporto Kallax, resolvi segui-la.

O inspetor olhou para ela e sorriu.

— Entrevistá-la? — disse ele. — Sobre o quê?

Ela tentou retribuir o sorriso, mas descobriu que estava cansada demais.

— A implementação das novas regulamentações de bibliotecas — respondeu ela.

Ele permaneceu em silêncio, ponderando sobre a resposta de Annika por alguns segundos, e então se inclinou e desligou o gravador.

— Melhor agora? — perguntou ele, dando uma piscadinha de olho.

Ela acenou com a cabeça e pegou o café de plástico, pronta para lhe oferecer uma nova chance.

— O que aconteceu? — perguntou ele.

— Deixemos tudo claro desde o princípio — disse ela, dando outro gole na bebida e reprimindo uma careta, antes de colocar o copo novamente sobre a mesa, agora pela última vez. — Sou uma jornalista. Todas as minhas fontes são protegidas por lei. O senhor representa uma autoridade oficial e estaria quebrando a lei se fizesse qualquer tentativa de descobrir o que sei e de quem adquiri estas informações.

Ele parou de sorrir.

— E eu tenho um caso a resolver. Poderia me dizer o que veio fazer em Luleå, em primeiro lugar?

— Estava aqui a trabalho — respondeu ela. — Tinha em mente ligar para a ministra da Cultura e questioná-la sobre sua ligação com Ragnwald. Ouvi dizer que ela estava no aeroporto Kallax, então fui até lá para encontrá-la.

— Por quê?

— Ela não queria falar sobre o assunto por telefone, se posso dizer assim.

Ele acenou com a cabeça e fez uma anotação rápida.

— E depois a ministra da Cultura foi passear pela floresta próxima à linha férrea e a senhora a seguiu?

Annika assentiu.

— Dirigi até Lövskatan, o carro que aluguei ainda está lá.

Forsberg pegou uma folha de papel e a leu, com as sobrancelhas franzidas.

— Tenho aqui um relatório — disse ele — informando que uma pessoa com seu nome telefonou para o Comando Central às cinco e doze da tarde e disse que alguém por quem estávamos procurando se encontrava num prédio de tijolos, localização desconhecida, próximo a um viaduto. Isto lhe diz algo?

— O cara no telefone não era exatamente um Einstein — respondeu Annika, percebendo que seu corpo inteiro ainda estava frio, apesar dos cuidados da equipe médica. — Tentei explicar tudo a ele da melhor maneira possível, mas o tico e o teco não funcionaram.

O inspetor examinou o relatório.

— A pessoa que fez a ligação, em outras palavras, a senhora, foi descrita como incoerente e histérica.

Annika olhou para as mãos, secas, rachadas e vermelhas, e não respondeu.

— Como foi capaz de identificar Göran Nilsson?

Ela deu de ombros levemente, sem levantar o olhar.

— Karina o chamava de Göran e eu sabia que tiveram uma história muito tempo atrás.

— E quanto ao revólver que nos entregou? Ele o entregou à senhora por vontade própria?

— Tirei do seu bolso quando ele caiu no chão...

Repentinamente, Annika ficou cansada daquela situação e se levantou, caminhando de maneira nervosa pela sala.

— Vinha investigando essa história por algumas semanas; tudo se encaixava. Encontraram Hans Blomberg?

Ela parou diante de Forsberg com as mãos na cintura. O policial ficou imóvel por alguns instantes antes de se virar.

— Não — respondeu.

— Foi Blomberg quem nos trancou ali.

— Ouvi dizer — prosseguiu Forsberg. — Assim como as histórias sobre as Bestas e a explosão da aeronave na F21.

— Posso ir agora? Estou acabada.

— Precisamos conversar mais detalhadamente sobre o que foi dito e o que aconteceu exatamente naquele barracão.

Olhou para o policial como se estivesse do outro lado de um longo túnel.

— Não me recordo de mais nada — disse ela.

— Besteira — disse ele. — Irá me contar o que sabe antes de ir embora.

— Estou sendo presa? — perguntou Annika. — Sou suspeita de algum crime?

— Claro que não.

— Tudo bem, então — disse Annika. — Estou de saída.

— Mas eu estou ordenando que fique.

— Então me prenda — disse Annika, dando-lhe as costas.

Tomou um táxi até Lövskatan para pegar seu carro e pagou com o cartão de crédito do jornal, uma das poucas vantagens que conseguira manter, já que voluntariamente deixara o cargo de editora.

Ficou ali parada, enquanto o táxi se afastava, com o espaço infinito sobre sua cabeça, ouvindo o estrondo da siderúrgica.

Mal pensara em Thomas durante todo o dia. Uma das enfermeiras telefonara para informá-lo de que Annika estava sob observação no Hospital de Luleå, o que não era bem verdade: apenas foi examinada e liberada, mas não estava reclamando. Não faria mal algum a Thomas pensar que ela estava doente.

Annika respirou fundo. O ar crepitou em sua garganta como uma lixa.

A luz ao seu redor mudara; ela levantou o rosto e observou um véu passar pela lua. No instante seguinte, o céu foi tomado por fogos de artifício, de um tipo que nunca vira antes.

De um horizonte a outro, um arco de luz azul se estendeu por todo o céu, movendo-se em amplas ondulações e dividindo-se em cascatas de cores luminosas pelo firmamento. Ficou ali parada, estupefata diante do espetáculo.

Rosa, branco, girando e rodopiando, cores, luzes e estrelas esbarrando umas nas outras, tornando-se mais brilhantes e depois se dissolvendo.

A aurora boreal, pensou ela, e um segundo depois o céu começou a crepitar.

Arfou e deu alguns passos para trás, cercada pelo espaço cintilante.

Uma listra roxa se fundiu com um semicírculo verde, um jogando com o outro, vibrantes e soltando faíscas.

Que estranho este mundo aqui no norte, pensou ela. Quando a terra está congelada, o céu começa a cantar e a dançar.

Sorriu em silêncio, um som sutil e pouco familiar.

Fora um dia bastante peculiar.

Abriu a porta, entrou no carro e colocou a chave na ignição. O motor protestou, mas decidiu colaborar. Annika encontrou um raspador de gelo no porta-luvas, saiu e limpou as janelas. Entrou no carro novamente e acendeu os faróis no máximo.

Havia um brilho no topo da colina onde Karina Björnlund desaparecera mais cedo. No horizonte, viu um laço de luz rosa bruxulear e se apagar, lembrando-se repentinamente da caixa de força e da sacola.

Menos de um quilômetro, pensou ela.

Engatou a primeira marcha e dirigiu lentamente pela estrada, ouvindo o protesto dos rolamentos de suas rodas. Passou pela placa de "Proibido Veículos", sob as linhas de energia, pelo edifício Skanska e pelo estacionamento vazio. O caminho foi se estreitando e o carro continuou rastejando, enquanto os faróis iluminavam arbustos e montes de neve rochosos.

Colocou o carro em ponto morto e puxou o freio de mão logo depois do viaduto. Saiu do veículo e caminhou até a caixa de força.

Havia uma alça e uma tranca de correr. Hesitantemente, tocou o metal congelado, girou e puxou.

A porta se abriu e a sacola caiu a seus pés.

Era pesada, mas não tão difícil de ser carregada como fez parecer Göran Nilsson quando a arrastou.

Annika olhou ao redor, sentindo-se como uma ladra na calada da noite. Nada além de estrelas e da aurora boreal. Sua respiração pairava, branca, a seu redor, dificultando a visão ao se agachar.

O que quer que isto seja, era o legado de Ragnwald a seus filhos. Ele os havia reunido para ler seu testamento. Annika prendeu a respiração e desfez o grande laço que fechava a sacola, levantando-se.

Deu uma espiada, com o coração batendo forte, e nada viu. Esticou a mão dentro da sacola e encontrou uma caixa de remédios da Espanha. Colocou-a cuidadosamente no chão e tateou novamente.

Um frasco com grandes pílulas amarelas.

Göran Nilsson estivera sob forte medicação próximo ao fim.

Um pacote de supositórios.

Uma caixa com cápsulas vermelhas e brancas.

Soltou um suspiro e encontrou uma última coisa.

Um bolo de notas com altura de cinco centímetros.

Parou e olhou fixamente para o dinheiro, enquanto uma brisa soprava assustadoramente entre as árvores.

Euros. Notas de cem euros.

Olhou ao redor. O céu ardia em chamas e a fornalha número dois da siderúrgica rugia alto.

Quanto?

Tirou as luvas e passou o dedo pelas notas, novas, nunca usadas, pelo menos uma centena delas.

Cem notas de cem euros.

Dez mil euros, quase cem mil coroas suecas.

Vestiu novamente as luvas, inclinou-se e sacou outros dois bolos.

Dobrou as laterais da sacola e ficou perplexa diante de seu conteúdo.

Nada além de bolos de dinheiro, algumas dezenas.

Apertou a sacola, tentando estimar quantas camadas havia ali dentro.

Um monte. Um número absurdo.

Annika sentiu-se enjoada.

O legado tingido de sangue do assassino a seus filhos.

Sem mais pensar, recolheu a sacola e a jogou no porta-malas do carro.

As portas internas de vidro do City Hotel se abriram com um certo ruído. Annika adentrou o espaço iluminado por candelabros e piscou diante da luz.

— Acho que acabou de entrar — disse a recepcionista num telefone atrás do balcão. — Annika Bengtzon?

Annika olhou para a moça.

— A senhora é Annika Bengtzon, não é? Do *Evening Post*? Nós nos falamos quando a senhora esteve aqui duas semanas atrás. Estou com seu chefe ao telefone.

— Qual deles?

A mulher ouviu.

— Anders Schyman — gritou do outro lado do saguão.

Annika pendurou a bolsa no ombro e caminhou até o balcão.

— Diga a ele que ligo de volta em cinco minutos, antes preciso fazer o check-in.

Dez segundos de silêncio.

— Ele diz que quer falar com a senhora agora.

Annika pegou o telefone.

— O que você quer?

O editor-chefe hesitou, e Annika retesou-se quando ele começou a falar.

— A agência do jornal acabou de divulgar uma notícia-relâmpago dizendo que a polícia de Luleå desmantelou uma célula terrorista que já durava 31 anos. Disseram que o ataque à aeronave Draken na F21 foi esclarecido, que um mercenário internacional foi encontrado morto e que um suposto terrorista ainda estaria à solta.

Annika percebeu os ouvidos curiosos da recepcionista, virou-se e esticou o fio do telefone o mais distante possível.

— Meu Deus — disse ela.

— Dizem que você estava lá quando o mercenário morreu. Que ficou trancada com alguns dos terroristas. Que a ministra da Cultura, Karina Björnlund, era uma das integrantes. Que você alertou a polícia e assim foram presos.

Annika transferiu o peso de um pé para o outro.

— Opa — disse ela.

— Quais são seus planos para amanhã?

Ela olhou sobre o ombro para a recepcionista e descobriu em seu crachá dourado que se chamava Linda.

Linda estava organizando alguns papéis, passando de uma pilha para outra, tentando da melhor maneira fingir que não estava escutando.

— Nenhum, é claro — respondeu Annika. — Estou proibida de escrever sobre terrorismo. Foi uma ordem direta. Eu obedeço a ordens.

— Sim, sim — disse o editor-chefe. — Mas o que vai escrever? Já retiramos todos os textos, abrimos espaço até a página central.

Ela comprimiu a mandíbula.

— Nem mesmo uma linha. Não para o *Evening Post*. Tenho uma infinidade de material, mas, já que você me proibiu de fazer investigações, obviamente não poderei utilizá-lo.

Um breve e perplexo instante de silêncio.

— Agora está agindo de maneira infantil — disse ele, finalmente. — Isso seria um grande erro de sua parte.

— Com licença — disse ela —, mas quem foi mesmo que se enganou em toda essa história?

O silêncio ecoou pela linha. Annika sabia que o editor-chefe estava lutando contra um instinto justificável de lhe mandar ao inferno e bater o telefone em sua cara, o que resultaria numa seção de notícias completamente vazia, à qual não poderia se permitir.

— Estou indo dormir — disse ela. — Posso ajudá-lo com mais alguma coisa?

Anders Schyman começou a dizer algo, mas mudou de ideia; Annika podia ouvir sua respiração do outro lado da linha.

— Hoje tive boas notícias — disse ele, tentando soar conciliatório.

Ela engoliu seu sentimento de escárnio.

— É mesmo?

— Serei o novo presidente da Associação de Editores de Jornais.

— Meus parabéns.

— Sabia que ficaria contente — disse ele. — A propósito, por que não vem atendendo seu celular?

— Não há cobertura por aqui. Boa-noite.

Devolveu o telefone à recepcionista.

— Poderia fazer o check-in agora, por favor?

A porta do elevador era pesada e Annika teve de forçar para que se abrisse. Saiu, cambaleante, no quarto andar. O carpete grosso engolia seus passos.

Casa, pensou ela. Finalmente em casa.

Seu quarto executivo ficava à esquerda; foi em sua direção. O corredor do hotel se inclinava levemente de um lado para outro e Annika teve de se apoiar na parede duas vezes para se endireitar.

Achou o quarto, inseriu o cartão e esperou pelo bipe e a luz verde.

Foi recepcionada por um ruído suave e feixes prateados de luz vazando por trás das cortinas cerradas, seu porto seguro em terra.

Fechou a porta atrás de si; nada se ouviu além do clique das dobradiças bem lubrificadas. Deixou que a bolsa escorregasse até o chão e acendeu a luz principal.

Hans Blomberg estava sentado em sua cama.

Ficou petrificada. Seu corpo estava completamente rígido; não conseguia respirar.

— Boa-noite, minha jovem — disse o arquivista, apontando uma pistola em sua direção.

Ela olhou para o homem, com seu cardigã cinza e seu rosto amigável, e tentou fazer seu cérebro funcionar.

— Como você demorou! Estou esperando há horas.

Annika moveu as pernas e deu um passo para trás, tateando às suas costas em busca da maçaneta.

Blomberg se levantou.

— Nem pense nisto, minha cara — disse ele. — Estou com o dedo coçando hoje.

Annika parou e deixou o braço cair.

— Posso acreditar — disse ela, com a voz alta e bastante aguda. — Até hoje nunca hesitou.

Ele deu um sorrisinho.

— Isso é verdade — respondeu ele. — Onde está o dinheiro?

Annika se apoiou na parede para não cair.

— O quê?

— O dinheiro? O legado do Dragão?

Seu cérebro começou a agir; os pensamentos fluíam rapidamente. Viu o dia passar por meio de imagens, emoções e conclusões.

— Por que acha que há dinheiro envolvido e por que eu deveria saber onde está?

— Pequena Annika, a detetive amadora que rasteja pelos arbustos. Se tem alguém que sabe, esse alguém é você.

O homem se aproximou com um sorriso insinuante; ela o encarou.

— Por quê? — perguntou ela. — Por que matou aquelas pessoas?

Ele parou, inclinando a cabeça para o lado.

— Mas isso é uma guerra — disse ele. — Você é uma jornalista, ainda não se deu conta? É a guerra contra o terror. Isso significa luta armada de ambas as partes, não concorda?

Ele sorriu, contente.

— Não foi ideia minha — disse ele —, mas de repente se tornou legítimo eliminar ditadores e falsas autoridades. Há um monte deles pelo mundo; estão por todo lugar.

Ele olhou para ela e sorriu.

— Annika, em sua condição de jornalista — prosseguiu ele —, deve conhecer o velho provérbio "escave onde põe os pés". Há histórias em todo lugar, por que atravessar o rio para buscar água? O mesmo se aplica a falsas autoridades: por que procurar mais do que o necessário?

— E Benny Ekland era uma delas?

Blomberg deu alguns passos para trás e sentou-se novamente na cama, balançando a pistola para indicar que Annika devia sentar à mesa. Ela obedeceu, deslocando-se pelo ar, sólido como cimento, e largou sua jaqueta polar ao lado da cadeira.

— Você não entendeu bem — disse o arquivista. — Hans Blomberg é apenas um nome falso. Na verdade sou o Pantera Negra, nunca fui outra pessoa.

Ele acenou com a cabeça para enfatizar suas palavras, enquanto Annika buscava desesperadamente por um fio solto, algo que o fizesse falar.

— Isso não é completamente verdade — disse ela. — Tentou levar uma vida como Blomberg, não é verdade? Todos aqueles artigos sobre o conselho do condado que sempre eram publicados na parte de baixo da página 22... não era isso?

Um lampejo de fúria atravessou seu rosto.

— Apenas um modo de manter meu disfarce até o retorno do Dragão.

Então, sorriu novamente.

— Benny se certificou de que eu terminasse trabalhando no arquivo. Não que eu seja uma pessoa amarga, já que, no fim, eu venci.

Annika reprimiu uma sensação de náusea.

— Mas por que o garoto?

Blomberg balançou a cabeça, pesaroso.

— Foi uma pena que tivesse de ser dispensado, mas uma guerra requer muitas baixas civis.

— Porque ele o reconheceu? Você costumava visitar a família, não é verdade?

Blomberg não respondeu, apenas sorriu amigavelmente.

— Kurt Sandström? — perguntou Annika. O medo atingiu seu diafragma, pressionando sua bexiga.

— Falsa autoridade — respondeu ele. — Um traidor.

— Como o conheceu?

— Em Nyland — disse Blomberg. — Era o rapagão da fazenda vizinha; um ano mais velho que eu. Estávamos juntos em Uppsala e nos unimos ao movimento no mesmo período. Mas a fé de Kurt era fraca e ele se deixou levar para o lado do capitalismo e da exploração, para o movimento dos agricultores. Dei-lhe uma chance de mudar de ideia, mas acabou escolhendo seu próprio destino.

Annika se apoiava na mesa.

— E quanto a Margit Axelsson?

Blomberg soltou um suspiro, ajeitando o cabelo.

— A pequena Margit — disse ele —, sempre dócil, querendo fazer do mundo um lugar melhor. Sempre teve ótimas intenções. Uma pena que fosse tão faladora e obstinada.

— E foi por isso que a estrangulou?

— Ela desertou.

Annika se moveu na cadeira e sentiu que teria de fazer xixi em breve.

— Então diga-me... — prosseguiu ela — por que explodiu a aeronave?

O homem deu de ombros.

— Na verdade, era apenas um teste — respondeu ele — para a lealdade da Cachorra que Late.

— E ela seguiu as ordens?

A lembrança o fez abrir um sorriso.

— Estava tão furiosa pela partida da Loba que teria feito qualquer coisa. A Cachorra estava decepcionada, mas você sabe como são as mulheres. A pequena e popular Karina estava apenas interessada em foder com quem quer que fosse que as outras desejassem.

— Mas — disse Annika — por que estavam prestes a se casar, se era esta a situação?

O arquivista gargalhou alto.

— Você realmente caiu nessa? — perguntou ele. — O anúncio do casamento? Inventei tudo ali na hora, queria lhe dar algo para lhe abrir o apetite. E você ficou faminta, não ficou?

Ele se acalmou e acenou com a cabeça, pensativo. Annika se levantou.

— Tenho de ir ao banheiro — disse ela.

Blomberg ficou de pé com a mesma velocidade que ela vira quando ele atacou a ministra da Cultura no barracão de compressão de ar.

— Sem chance.

— Então vou fazer nas calças.

O homem deu um passo para trás, mas acertou a cama.

— Vá em frente, então, mas nada de truques. Deixe a porta aberta.

Ela fez como prometera. Foi ao banheiro, abaixou a calça e a calcinha e fez xixi tão forte que chegou a respingar.

Fitou seu reflexo no espelho e em seus olhos pôde ver o que tinha de fazer.

Se permanecesse no quarto, morreria. Tinha de sair dali, mesmo se aquilo significasse levar Blomberg consigo.

— Quem é o Tigre? — perguntou ela ao voltar ao quarto, disfarçando suas intenções com olhos embotados.

Um quê de desejo e lascívia se acendeu nos olhos do arquivista; olhava fixamente na direção das partes íntimas dela.

— Kenneth Uusitalo — disse ele. — Gerente departamental da siderúrgica sueca. Um cara espetacular, com voz ativa na Associação de Fabricantes; negocia contratos de escravos com o Terceiro Mundo. Infelizmente, anda sumido há algum tempo.

Lambeu os lábios.

Annika foi até a mesa novamente e se inclinou sobre ela.

— Na verdade — disse ela —, você não é muito melhor que os outros. Está apenas atrás do dinheiro de Göran.

Ele voou como uma flecha, correndo até o outro lado do quarto e apertando a pistola contra a testa de Annika.

— Isto é por seu sarcasmo — disse ele, puxando a trava de segurança. Ela sentiu sua bexiga se afrouxar de medo e deixou escapar algumas gotas que ainda estavam lá dentro.

— Boa sorte com sua caça ao tesouro — resmungou ela, com a boca completamente seca.

Ele a fitou por alguns segundos e então afastou a arma de sua cabeça, apontando para o teto.

— O que você sabe?

— Não estou bem certa — disse ela —, mas vi Göran Nilsson colocar uma sacola dentro de uma caixa de força próximo à linha de trem. Poderia ser isto?

Ela engoliu em seco perceptivelmente; o homem levantou as sobrancelhas.

— Ah — disse ele —, então de repente chegou a hora de dizer a verdade, não é?

— Posso me sentar?

Ele se moveu de modo a mantê-la na linha de fogo enquanto os joelhos de Annika gratamente flexionavam-se para depositá-la sobre a cadeira.

— Onde exatamente está localizada essa caixa de força?

— Não muito longe do viaduto — disse ela. — Há um pequeno amontoado de pinheiros ali perto.

— E como descobriu isso?

— Estava seguindo Karina, escondida, e vi Göran colocar a sacola no armário.

O arquivista caminhou até ela, colocou as mãos em seu pescoço, respirando bem em sua cara e olhando fixamente em seus olhos.

— Tudo bem — disse ele. — Acredito que está dizendo a verdade. Vista seu casaco.

Blomberg foi em direção à porta.

— Vou manter a pistola dentro do bolso o tempo todo. Se tentar alguma coisa, não será a única a sofrer as consequências; vai levar a garota da recepção junto a você para o inferno. Entendido?

Annika assentiu, vestindo sua jaqueta polar.

Saíram do quarto. O corredor se inclinava e balançava. No elevador, o arquivista ficou próximo a Annika; ela podia sentir o peito dele contra seus seios.

— Como sabia onde eu estava hospedada?

— Seu chefe encantador me contou. Acho que seu nome é Jansson, certo?

O elevador parou com um solavanco.

— Estarei bem atrás de você — disse o arquivista. — Se for uma boa menina, a mocinha na recepção terá uma chance de crescer.

Ele se aproximou ainda mais, escorregando as mãos nos bolsos do casaco de Annika em direção à sua genitália.

Ela chutou a porta para abri-la.

Ele rapidamente retraiu as mãos e numa delas estava o celular de Annika.

— Bem quietinha agora — sussurrou.

Entraram no saguão. Linda, a recepcionista, veio da cozinha, falando ao telefone, e sorriu amigavelmente na direção dos dois.

Chame a polícia, Annika tentou lhe dizer telepaticamente, virando em sua direção com fogo no olhar, chame a polícia! Chame a polícia!

Mas a moça apenas acenou para eles e voltou à cozinha atrás da recepção com o telefone na mão.

— E lá vamos nós — sussurrou Blomberg.

O frio dilacerou sua pele e ela sentiu novamente a pistola em suas costas.

— À direita — disse o arquivista. Ela virou e seguiu, sem muita firmeza, pela calçada; passaram pelo carro alugado de Annika com os milhões de Ragnwald no porta-malas. Blomberg a tomou pelo braço e a guiou rumo a um Passat estacionado em frente a uma livraria.

— Está aberto — disse ele. — Entre.

Annika obedeceu à ordem; o banco do carro estava gelado; o homem foi até o outro lado e sentou-se no banco do motorista.

— Onde o roubou?

— Porsön — respondeu Blomberg, dando a partida na ignição.

Partiram em direção à água e viraram para seguir os trilhos. Pela terceira vez naquele dia, Annika passava pelo complexo de desenvolvimento industrial em Lövskatan.

— Como entrou no meu quarto? — perguntou ela, olhando para o retrovisor. Atrás deles, bem distante, conseguiu vislumbrar um ponto crescente de luz.

O arquivista deu uma risadinha.

— É um pequeno hobby que tenho — disse ele. — Consigo entrar onde bem quiser. Há algo mais que gostaria de saber?

Ela pensou, fechou os olhos e engoliu em seco.

— Por que mudou o método como matava de uma pessoa para outra?

Ele deu de ombros, freou diante da pequena trilha com a placa de PROIBIDO VEÍCULOS, ergueu o pescoço e espiou pelo painel.

— Queria experimentar certas coisas — disse ele. — Durante nosso treinamento em Melderstein, no verão de 1969, o Dragão me nomeou como seu comandante supremo. Seria eu a liderar a luta armada; treinamos várias formas de ataque, diversas maneiras de tirar uma vida, por todo o verão. Ao longo dos anos, mantive este interesse e o meu aprendizado. Quanto mais temos de dirigir?

— Até o viaduto — respondeu Annika, olhando novamente para o espelho. A luz estava mais perto. — Margit Axelsson recebeu um aviso depois que o Dragão desapareceu. Você também o recebeu?

O arquivista riu, dessa vez mais alto.

— Mas, minha cara — disse ele —, fui eu quem os enviei. Todos receberam um aviso.

— De quem eram os dedos?

— De um garotinho que morreu num acidente de carro — disse Blomberg. — Invadi o necrotério e os cortei. Não se preocupe, não fez nenhuma falta a ele.

Ela olhou pela janela até conseguir recuperar a fala.

— Mas por que começar a assassiná-los agora? — perguntou, olhando para ele. — Por que esperou tanto tempo?

Ele devolveu o olhar e sorriu.

— Não está prestando atenção — respondeu. — A revolução está aqui. Começaria com o retorno do Dragão. Foi o que prometeu antes de partir. Agora está de volta.

— Göran Nilsson está morto.

Blomberg deu de ombros.

Encostou, colocou em ponto morto e puxou o freio de mão, deixando o carro roubado ligado. Virou-se para Annika, com uma expressão repentinamente séria e pensativa.

— O Dragão prometeu que retornaria e eu sabia que era verdade. Esperei por todos esses anos. Claro que tive meus momentos de dúvida, mas no final o vencedor sou eu.

— Realmente acredita nisso? — perguntou Annika.

Blomberg deu-lhe um tapa no rosto com a palma da mão.

— Agora vamos encontrar a tal caixa de força — disse ele, esticando-se para abrir a porta do lado do carona, deixando a mão sobre a barriga de Annika por alguns instantes.

Ela se desvencilhou e deu uma olhada rápida para trás.

Ainda não era o momento.

Virou-se para a caixa de força e apontou.

— Ali.

— Abra.

Ela caminhou lentamente, como se tivesse chumbo nos pés.

Não vai dar certo, pensou ela. Não vou conseguir.

Ouvia os ruídos atrás de si, pensando que logo escutaria o ronco enfadonho. Ainda não era a hora, mas em breve.

Segurou a alça, tentou girá-la, puxou-a, usou ambas as mãos, puxou ainda com mais força, escorou os pés no chão e soltou um gemido alto.

— Não consigo abri-la — disse ela, desistindo.

A luz estava mais perto agora, o som do apito era bastante claro, se misturando ao estrondo distante da siderúrgica. Em pouco, pouco, pouco tempo.

Blomberg se aproximou, irritado.

— Saia da frente.

Segurando a pistola com a mão direita, agarrou a alça com a esquerda e puxou. A porta abriu de imediato. Os olhos do homem se escancararam quando ele se inclinou para examinar a escuridão. Annika livrou-se de sua pesada jaqueta e correu.

Jogou-se nos trilhos, escorregando nos pedaços de madeira, correndo com pesos de chumbo amarrados nos tornozelos, gritando sem se ouvir.

Uma bala passou perto de sua orelha esquerda, depois outra, e então foi banhada pelo brilho intenso dos faróis da locomotiva a diesel; o maquinista acionou o apito, mas era tarde demais; ela já estava diante dele. Annika caiu do outro lado e o trem passou a toda com sua carga infinita de vagões de minério atrás de vagões de minério atrás de vagões de minério, formando uma barreira de um quilômetro entre ela e Hans Blomberg.

Levantou-se e correu sem parar na direção do barulho, na direção dos brilhantes olhos vermelhos no topo do alto-forno número 2. Subiu por uma encosta íngreme e sobre uma montanha de carvão, sentindo facas dilacerarem seus pulmões, e lá embaixo avistou o retorno. A distância, a placa: Ponto de Controle Oeste.

TERÇA-FEIRA, 24 DE NOVEMBRO

Thomas colocou os jornais vespertinos sobre a mesa antes de tirar o casaco e pendurá-lo num cabide. Deu uma olhada rápida sobre o ombro na direção da mesa enquanto pendurava a roupa no gancho atrás da porta. O rosto solene de Annika estampado na primeira página do *Evening Post* o encarava, o novo crédito de matéria com foto adotado depois do episódio com o Bombardeiro, que a fazia parecer mais velha e triste.

"JORNALISTA DO *EVENING POST* DESMANTELA GRUPO TERRORISTA", gritava a manchete. Sentou-se e passou a mão sobre a fotografia, sentindo sua pulsação acelerar.

Sua mulher, a mãe de seus filhos, era uma pessoa única, e não somente a seus olhos.

Abriu o jornal: artigos sobre como as investigações de Annika desmantelaram a célula terrorista de Norrbotten ocupavam metade do periódico.

Na primeira página dupla, a 6 e a 7, via-se uma foto noturna tirada de um avião, mostrando o golfo de Bótnia e uma pessoa que corria dentro de um círculo de luz, com a seguinte legenda: *Caça a terrorista no mar hoje à noite — serial killer perseguido por helicópteros com câmeras térmicas.*

Um artigo longo descrevia como um único homem de Luleå assassinara pelo menos quatro pessoas nas últimas semanas.

A jornalista Annika Bengtzon soara o alarme no Posto de Controle Oeste da siderúrgica sueca; a polícia isolara o distrito de Lövskatan, forçando o homem a sair em meio ao gelo. Felizmente, os helicópteros eram dotados de câmeras térmicas, já que no ano anterior procuraram uma criança de três anos desaparecida. Deu uma olhada rápida no artigo e depois seguiu em frente.

A página dupla seguinte descrevia como trancaram Annika num barracão de compressão de ar abandonado, ao lado da estrada de ferro de Luleå, junto a integrantes da célula terrorista conhecida como as Bestas, explicando como conseguira alertar a polícia antes de ser capturada e como salvara a vida do aposentado Yngve Gustafsson, aquecendo-o com o calor de seu próprio corpo.

Thomas sentiu uma descarga atingir sua região genital diante daquela frase e engoliu em seco. Parou de ler e olhou para as fotografias.

Uma bela foto de Annika na redação.

Abaixo se via uma fotografia, tirada com flash, de um prediozinho de tijolos vermelhos.

Sua mulher podia ter morrido ali.

Passou a mão pelos cabelos e afrouxou a gravata. Annika escapara do assassino jogando-se na frente de um trem de minério de ferro e correu por um quilômetro até a siderúrgica sueca onde soou o alarme no Posto de Controle Oeste. O texto fora escrito por um repórter, Patrick Nilsson; Annika foi entrevistada e disse apenas que estava bem e contente por tudo ter acabado.

Respirou forte. Ela estava louca; o que diabos estava pensando? Como podia se colocar numa situação de perigo como aquela quando tinha a ele e as crianças?

Precisavam conversar; não poderia continuar daquele jeito.

As páginas seguintes contavam a história de como a ministra da Cultura, Karina Björnlund, fora seduzida a se juntar às Bestas, um grupo maoista de Luleå no final dos anos 1960. Depois de sua saída, o bando se perdeu e passou a recorrer à violência, algo de que ela se arrependia profundamente. A ministra tentou descrever o espírito da época, um desejo por justiça e liberdade que fugiu ao controle. O primeiro-ministro apreciou sua honestidade e estava lhe dando total apoio.

A verdade sobre o ataque à base F21 preencheu as duas páginas seguintes: o serial killer agora em custódia arremessara um sinalizador do próprio exército num dos recipientes de combustível excedente e, com isso, causou a explosão.

Pulou o artigo depois de ler a introdução e as legendas.

As duas páginas seguintes falavam do mercenário Ragnwald, um dos terroristas mais impiedosos do ETA, que escapara da polícia e das agências de segurança de todo o mundo por três décadas. Morreu congelado no barracão de compressão diante de Annika e dos outros, que nada puderam fazer para ajudar.

Olhou para a foto granulada de um jovem, magro e de pele escura, com feições que não despertavam atenção.

Depois, mais Annika. Um resumo breve de sua carreira e feitos, não muito diferente daquele publicado após o Bombardeiro, mas agora incluindo a noite no túnel como parte do passado.

Thomas colocou a palma da mão sobre o rosto e fechou os olhos.

Estranhamente, achou que encontraria conforto no jornal.

Um instante depois, o telefone tocou. Atendeu com um sorriso.

— Preciso vê-lo — disse Sophia Grenborg, soluçando alto. — Algo terrível aconteceu. Estou a caminho.

Por um momento, Thomas foi contaminado pelo pânico de Sophia. Sua garganta fechou; terroristas, mercenários, pessoas congeladas até a morte.

Depois, tudo se encaixou. As coisas terríveis de Sophia não eram as mesmas de Annika. Limpou a garganta e olhou as horas, tentando pensar numa desculpa para não vê-la.

— Tenho uma reunião em 15 minutos — disse ele, ruborizando diante da mentira.

— Chegarei em cinco.

Ela desligou e ele ficou ali sentado, com uma canção de verão indeterminada na cabeça.

Na sexta-feira ela estava feliz da vida, pois apareceria num artigo na *County Council World*. Perguntaram-lhe o que queria de presente de Natal.

— Respondi que queria você — sussurrou ela, beijando-lhe a orelha.

Ele olhou para a primeira página do *Evening Post*, um dos maiores jornais da Escandinávia, e viu sua mulher, de aparência séria, desmantelando um grupo terrorista. Ela estava mudando a realidade, enquanto ele e seus colegas tentavam domá-la e administrá-la; ela vinha fazendo diferença, enquanto ele apenas erguia cortinas de fumaça.

O telefone tocou novamente; era uma chamada interna vinda da recepção.

— Tem uma pessoa aqui para vê-lo.

Thomas levantou-se e olhou fixamente para o adro lá embaixo, completamente congelado. Sacudiu os ombros, numa maneira de tentar se livrar de sua inquietude, sua apreensão, dos sentimentos de relutância e obrigação.

Poucos segundos depois, Sophia Grenborg chegou, trôpega, em sua sala, os olhos injetados e cheios de lágrimas, o nariz vermelho e inchado. Ele se aproximou e a ajudou a retirar o casaco.

— Não entendo o que aconteceu — disse, com o nariz escorrendo, enquanto buscava um lenço em sua bolsa. — Não sei o que deu neles.

Thomas acariciou seu rosto e tentou sorrir.

— O que aconteceu?

Sophia afundou na cadeira, segurando o lenço próximo à boca.

— A direção quer me mudar de posto — disse ela, arfando. — Querem que trabalhe no departamento de segurança de tráfego.

Ela abaixou a cabeça e seus ombros começaram a tremer. Balançou os pés algumas vezes, aturdida, e então se reclinou, fazendo uma pausa.

— Sophia — disse ele. — Ah, minha cara, venha aqui...

Ela parou e olhou para ele, num estado de legítima confusão.

— Depois de tudo o que fiz — disse ela. — Dei o máximo por esse trabalho durante cinco anos. Como podem me rebaixar assim?

— Tem certeza de que não se trata de uma promoção? — perguntou ele, sentando-se sobre a mesa e colocando a mão nas costas de Sophia.

— Promoção? — rebateu ela. — Vou perder meu bônus por gestão de projeto e terei de esvaziar minha sala e me mudar para um escritório coletivo em Kista, onde não terei nem mesmo minha própria mesa.

Thomas massageou seus ombros, olhando para ela e sentindo a fragrância de maçãs.

— Você sabe por que eles estão fazendo isso?

Sophia começou a chorar outra vez. Ele se levantou e fechou a porta completamente.

— Força, querida — disse ele, agachando e tirando-lhe os cabelos do rosto. — Diga-me o que aconteceu.

Ela retomou o controle e assoou o nariz.

— Vamos dar um jeito nisso — disse ele. — Conte-me.

— Fui chamada para uma reunião — disse ela. — Fiquei bastante animada. Pensei que seria convidada para fazer parte do grupo do congresso ou de um dos comitês, mas não foi o que aconteceu.

— Mas — prosseguiu Thomas — por quê?

Ela balançou a cabeça.

— Disseram que era parte da reorganização antes da fusão com vocês e em seguida me dispensaram. Thomas, eu não entendo. O que está acontecendo?

Ele a beijou na testa, acariciou seus cabelos e olhou para o relógio.

— Querida — disse ele —, tenho de ir à reunião. Além disso, não tenho contatos na Federação...

As palavras ficaram suspensas no ar; ela o observou, com os olhos bem abertos.

— Não pode mexer alguns pauzinhos?

Deu-lhe um tapinha na bochecha.

— Posso tentar. Você vai ver, tudo irá se ajeitar.

— Você acha? — perguntou ela, levantando-se.

Ele a seguiu, sentindo a essência de maçã em seus cabelos.

— Tenho certeza — afirmou, pegando o casaco de Sophia.

Ela o beijou docemente antes de se virar para que ele a ajudasse a colocar o casaco.

— Não pode ir à minha casa hoje à noite? — sussurrou ela em seu ouvido. — Posso preparar um prato italiano.

Thomas sentiu o suor escorrer entre suas omoplatas.

— Esta noite, não — respondeu, rapidamente. — Minha mulher estará em casa. Não leu o jornal?

— O quê? — perguntou ela, abrindo bem os olhos encharcados. — Que jornal?

Ele se afastou, foi até a mesa e ergueu a primeira página do *Evening Post* diante dela. Os olhos escuros e vazios de Annika os contemplavam.

— Desmantela grupo terrorista — leu Sophia, com perplexidade e descrença. — O que sua mulher faz exatamente?

Thomas olhou para a esposa ao responder.

— Ela era a editora da seção policial, mas aquilo a deixava muito tempo longe da família. Hoje é uma repórter independente, investigando casos de corrupção oficial e escândalos políticos. Vinha trabalhando nessa história sobre terrorismo pelas últimas semanas.

Ele colocou o jornal na mesa, com a fotografia virada para cima, percebendo o orgulho em sua voz e em seu comportamento.

— Ela deveria ter voltado ontem, mas então aconteceu tudo isso. Pegará o voo para casa hoje à tarde.

— Tudo bem — disse Sophia. — Entendo que esteja ocupado hoje à noite.

Saiu sem dizer mais nada, e ele ficou surpreso ao ver o quanto estava aliviado com sua partida.

Annika olhava para os campos pela janela do Arlanda Express; plantações e fazendas congeladas passavam rapidamente sem que ela conseguisse de fato vê-las. Seus olhos não se moviam, era como se estivessem cheios de saibro e cascalho.

A noite desaparecera enquanto ela pesava e analisava as diferentes opções e suas consequências, juntando os fatos e formulando seus argumentos.

Agora o artigo estava em seu bloco de notas, pronto para ser impresso.

Lar, pensou ela. Não precisa ser um lugar ou uma casa, é algo completamente diferente.

Fechou bem os olhos e reexaminou suas decisões.

Um: o texto seria publicado.

Dois: ela vivera no prédio na Hantverkargatan por dez anos. Aquilo não queria dizer que aquela era sua casa. Thomas nunca gostara realmente de morar na cidade. Para ele, seria um alívio.

Você tem de vencer, pensou ela. Tem de ser forte. Não pode dar qualquer chance a seu oponente. Ela não pode ser uma alternativa. Thomas nunca escolheria uma perdedora.

Seu telefone começou a vibrar no bolso interno da jaqueta polar; sacou-o e viu que era Q, ligando de seu número privado.

— Parabéns — disse o chefe da unidade nacional de crimes.

— Por quê? — perguntou Annika.

— Ouvi dizer que conseguiu reaver seu celular.

Ela abriu um leve sorriso.

— Sim, graças a seus homens em Luleå. Estava no bolso da calça de Blomberg quando o capturaram no gelo. Diga, como posso ajudá-lo?

— Tenho uma curiosidade — disse ele. — É em relação àquele negócio do dinheiro.

— Que dinheiro? — perguntou Annika.

— O dinheiro de Ragnwald. Uma sacola cheia de euros.

Annika observou prédios industriais de painéis azuis voarem a 160 quilômetros por hora.

— Não sei do que está falando — disse ela.

— Como a encontrou?

Ela fechou os olhos, sacudindo com o balanço do trem.

— Estava apenas passeando. Tropecei numa sacola de dinheiro que alguém deve ter deixado cair. Entreguei à polícia como propriedade perdida. Algo mais que gostaria de saber?

— Eram todas as economias de Ragnwald — disse o comissário. — Assassinou pessoas em troca de dinheiro por toda sua existência e nunca usou um franco para ter uma vida melhor. Por causa disso, nunca foi pego. Juntava tudo na caixa-forte de seu médico em Bilbao e retirou todo o dinheiro um mês atrás.

Annika olhou novamente pela janela.

— Caramba — disse ela. — O que terá acontecido?

— Talvez a tenha deixado cair? Numa caixa de força, quem sabe?

— Talvez. Mas acho que nunca saberemos.

O comissário sorriu, reconhecendo a derrota.

— Sabe quanto tinha ali?

— Acho que uns 12 milhões.

— Quase 14. Cento e vinte e oito milhões de coroas suecas.

— Uau.

— Ninguém deu queixa do dinheiro como desaparecido. Se o proprietário não se manifestar dentro de seis meses, ficará com a pessoa que o encontrou.

— Mas? — perguntou Annika.

— Mas — disse Q —, uma vez que o promotor-chefe de Luleå acredita que o dinheiro resulta de atividades criminosas, está pensando em confiscá-lo.

— Que azar — disse Annika.

— Aguarde um instante, ainda não terminei. Para que você não brigue pelo dinheiro, o promotor resolveu lhe dar os dez por cento habituais como recompensa por tê-lo encontrado.

O vagão — e subitamente o mundo inteiro — ficou em completo silêncio. Annika viu um shopping center e uma loja de jardinagem passarem rapidamente.

— Sério?

— Terá de esperar seis meses. Depois é todo seu.

Fez as contas em sua mente, se atrapalhando com os zeros.

— E se alguém o reivindicar?

— Esta pessoa teria de descrever o objeto onde se encontrava o dinheiro quando foi encontrado, dizer aproximadamente onde ele foi encontrado e, naturalmente, como teria adquirido posse dele. Você tem paixão por dinheiro?

— Não particularmente — respondeu Annika. — Só é muito bom quando não se tem nenhum.

— Isso lá é verdade.

— A propósito — disse Annika, abrindo o jornal na poltrona a seu lado —, quem disse que Blomberg explodiu o avião na F21?

— Ele mesmo confessou. Por quê? Tem alguma outra informação?

Annika viu Thord Axelsson à sua frente, com o rosto acinzentado diante de segredos de uma vida.

— Não, não — respondeu rapidamente. — Queria apenas saber como tudo se encaixava...

— Hum — disse Q, desligando.

Annika ficou ali, sentada, com o telefone pesando na mão.

Doze ponto oito milhões.

Coroas suecas. Quase 13 milhões de coroas suecas.

Treze.

Milhões.

Em seis meses.

Será que alguém reivindicaria o dinheiro? Será que alguém poderia fazê-lo? Quem poderia descrever a bolsa e o local onde foi encontrada?

Ragnwald e ela. Ninguém mais.

E quem levantaria a mão para dizer "o dinheiro do serial killer é meu"?

Treze milhões de coroas suecas.

Ligou para Anne Snapphane.

— Afinal, como era o apartamento na Artillerigatan?

Anne soltou um suspiro. Acabara de acordar.

— Que horas são?

— Alguma coisa e quinze. E então, tinha estilo?

— Pornografia pura. Tive um orgasmo no momento em que entrei no prédio.

— Faça uma oferta. Posso lhe emprestar 4 milhões. Encontrei um monte de dinheiro.

— Espere um minuto, tenho de mijar...

Annika ouviu o fone bater contra a mesa de cabeceira de Anne em Lidingö enquanto via a cidade se erguer com seus edifícios de tijolos e ruas cheias de carros, a fumaça do tráfego tomando o ar e procissões de lemingues humanos.

— Este trem chegará à Estação Central de Estocolmo em três minutos — anunciou a voz metálica.

Annika ajeitou a jaqueta sobre os ombros.

— O que você disse? — perguntou Anne, de volta à linha. — Encontrou um monte de dinheiro?

— Bem, não vou exatamente espalhar isso aos quatro ventos, mas em seis meses receberei uma recompensa de alguns milhões por devolver a grana. Pode ficar com quatro para ajudar na mudança para Östermalm.

Mordeu o lábio, aguardando. Ninguém precisava saber precisamente quanto receberia.

Ouviu um ruído na linha.

— Você está louca, sabia?

O trem diminuiu a velocidade e os trilhos guincharam enquanto a estação se aproximava.

— Tudo bem — disse Annika. — Então vou comprá-lo e posso alugá-lo a você.

— Veja bem — disse Anne. — Não posso deixá-la fazer isto.

Annika se levantou, pendurando a bolsa no ombro.

— Então ainda não leu o jornal?

— Você me acordou.

— O *Evening Post* diz que Karina Björnlund não está planejando entregar o cargo. Quer continuar como ministra.

— Do que está falando?

— Estão errados — disse Annika, preparando-se para o solavanco quando o trem parasse. — Ela vai renunciar amanhã.

— O quê? Por quê?

— Tenho de ir agora...

Encerrou a chamada, desceu à plataforma e se dirigiu à saída por Kungsbron. O ar estava frio, mas ainda assim mais agradável que em Luleå; encheu os pulmões com avidez. A bolsa batia contra suas costas; o chão era sólido e liso.

Faria algumas compras, escreveria o artigo, o enviaria por e-mail para Schyman e buscaria as crianças mais cedo. Teriam tempo de cozinhar algo e assistir a um filme juntos enquanto esperavam pelo Papai. Talvez pudessem comer batatas fritas, só dessa vez, e uma garrafa grande de refrigerante. Depois fariam a refeição com um aperitivo, molho béarnaise feito em casa e uma sobremesa.

Emergiu na Kungsbron e caminhou na direção da Fleminggatan. Os anjos em sua cabeça estavam completamente em silêncio. O espaço que ocupavam agora estava vago para pensamentos de verdade, mas naquele exato momento o estava usando para dar um descanso às ideias.

Talvez tivessem partido para nunca mais voltar.

Talvez estivessem apenas se escondendo.

O mais importante era a sensação de pertencer a algum lugar, pensou ela.

Thomas saltou do ônibus em frente à porta de casa e olhou para a fachada.

Havia luzes em todas as janelas; pôde ver uma estrela de Natal e uma vela na sala de estar e sentiu um brilho caloroso e afável no peito.

Era bom tê-la em casa outra vez.

Subiu os degraus depressa, tocou a campainha animadamente antes de abrir a porta e foi recepcionado com os gritos contentes das crianças, ouvindo-as antes mesmo de entrar no apartamento.

— Papai!

Pularam em seus braços, mostraram-lhe desenhos, contaram-lhe sobre passeios e o filme que haviam acabado de ver e que era muito bom, perguntaram sobre o computador e disseram que Mamãe lhes dera batatas fritas e refrigerante e Ellen preparara a salada e Kalle o rocambole com glacê que comeriam de sobremesa.

Thomas pendurou seu casaco, deixou a pasta de lado, afrouxou a gravata e foi até a cozinha.

Annika estava fritando bife; abrira um pouco a janela para deixar sair o cheiro.

Caminhou até ela, colocou a mão sobre seus ombros, beijou-lhe a nuca e pressionou o pênis com força em seu traseiro, abraçando-a.

— Tem de ter mais cuidado — disse ele. — Não sabe o quanto é preciosa para nós?

Ela se virou, olhou em seus olhos e o beijou docemente.

— Tenho algo a lhe contar — disse ela. — Sente-se.

Ele se sentou à mesa, já pronta para o jantar, despejou água mineral no copo e procurou pelo jornal da manhã.

— Encontrei uma casa — disse ela, colocando a frigideira, ainda chiando, sobre o descanso de design moderno. — Em Djursholm. Recém-construída, apenas 6,9 milhões.

Ele olhou para ela e viu suas bochechas corarem.

— O quê? — perguntou ele.

— Com vista para o mar — prosseguiu ela —, então poderá ver o mar novamente. Vinterviksvägen, sabe onde fica? Tem um grande jardim com árvores frutíferas, piso de carvalho na casa toda e tem também uma cozinha americana integrada à sala de jantar, mosaico mediterrâneo em ambos os banheiros e quatro quartos.

Os olhos de Annika brilhavam, empolgados, mas havia algo de obscuro e misterioso pairando neles e Thomas sentiu um calafrio inexplicável descer pela espinha.

— Como poderemos pagá-la? — perguntou ele, olhando fixamente para a cesta de pão, pegando uma fatia e dando uma mordida.

— Ellen e Kalle, está pronto! — gritou ela no corredor, sentando-se de frente para Thomas. — Encontrei um monte de dinheiro; vou receber uma grande recompensa.

Ele tirou a fatia de pão da boca e olhou para ela.

— O que quer dizer com encontrou?

Ela sorriu na direção dos olhos dele, sem piscar.

— Sete milhões.

Ele parou de mastigar e franziu as sobrancelhas.

— Encontrou?

— Uma sacola cheia de dinheiro.

— Dinheiro?

Ela sorriu e acenou com a cabeça.

— Que coisa louca — disse ele, colocando o pão sobre a mesa. — Sério?

— Tenho de ir até o jornal depois do jantar — disse Annika, servindo-se de uma batata assada.

— Não importa — disse ele. — Posso sentar e esperar.

Ela se inclinou e acariciou seus cabelos e bochechas.

— Não faça isso — disse ela.

— Sete milhões — disse ele. — Onde encontrou a sacola?

As crianças entraram correndo na cozinha, brigando para decidir quem sentaria ao lado de Annika.

— Conto tudo depois — disse, por mímica.

— Teremos também um bom lucro com o apartamento — disse ele.

Ela se levantou para pegar o molho e Thomas subitamente teve uma sensação vertiginosa de uma realidade incompreensível. Ela era uma mulherzinha verde de outro planeta. Não havia coisa alguma de flexível, maleável ou negociável nela; tinha simplesmente sua essência obstinada.

O pensamento seguinte lhe veio do nada.

Não há ninguém como Annika.

Ao perceber isso, sentiu a garganta apertar, por algo que poderia muito bem ser felicidade.

* * *

Annika estava sentada do lado de fora do escritório de Anders Schyman e sentiu como se estivesse caindo. Deslizava lentamente por uma parede e há muito passara do porão. Os sons que vinham da sala de redação eram abafados e escassos; o pessoal do turno do dia já tinha ido para casa e a turma da noite ainda estava acordando; as lâmpadas embutidas dos corredores projetavam sombras irregulares, que dançavam pelo chão.

Seu local de trabalho. Um contexto ao qual pertencia.

— A senhora pode entrar agora — disse a secretária de Schyman ao emergir de sua alcova vestindo o casaco e trancando a porta.

Tremendo, Annika se levantou e se dirigiu ao escritório do editor-chefe. Fechou a porta atrás de si com firmeza.

O editor-chefe estava sentado em sua mesa, examinando uma cópia impressa. O rosto estava vermelho e o pescoço parecia suado.

Annika deu alguns passos hesitantes à frente, olhando de relance para o papel. Tratava-se de seu artigo, obviamente. Sentou-se, com as costas retas e rígidas.

— Que brincadeira é essa? — perguntou ele, sem levantar o olhar, tentando soar espirituoso, mas preocupado.

Ela olhou para o editor fixamente, ainda tendo a sensação de queda e latejando de cansaço.

— Escrevi um artigo que será publicado no jornal amanhã — respondeu, sem qualquer emoção na voz.

Schyman pegou uma caneta e começou a bater levemente no papel.

— Não é novidade para você o fato de que sou legalmente responsável por tudo que é publicado pelo jornal — disse ele. — A decisão se o artigo será publicado ou não cabe a mim.

Ela engoliu em seco.

— E?

— E estou dizendo que não — respondeu.

— Então o levarei para outro jornal.

— Não pode — disse Schyman.

— Claro que posso — respondeu ela, rapidamente. — O *Worker* não o recusaria. Eles publicaram os artigos de Vilhelm Moberg sobre corrupção no sistema legal nos anos 1950; publicariam meu artigo no ato.

— Eu proíbo.

— Liberdade de expressão — disse Annika. — Já ouviu falar? Mundo livre, democracia? Se meu empregador, neste caso, o *Evening Post*, se recusa a publicar um artigo que escrevi, tenho o direito de oferecê-lo a outra empresa.

Ela sentiu sua pulsação acelerar; o ar estava tomado de dúvida e repúdio. Seguiram-se vários segundos de silêncio.

— Tive uma conversa bastante desagradável hoje — disse ele. — Quem é Sophia Grenborg?

O chão se abriu debaixo dela. Soltou um suspiro e logo ficou pálida.

— O que quer dizer?

— Como a conhece?

— Ela é uma... colega de meu marido.

— Ah — disse Schyman, com um brilho nos olhos. — Então ela trabalhou com seu marido? Eles eram próximos?

Sua mente rodopiou, girou e bailou.

— Ela ligou para você? — perguntou Annika, percebendo o quanto soava abalada.

— Não — respondeu Schyman. — Não ela, mas sim seu chefe na Federação dos Conselhos de Condados. Sabe do que estou falando?

Ela balançou a cabeça. Tinha a boca seca.

— Disseram-me que você telefonou e fez insinuações sobre essa mulher para vários departamentos da federação. Essa informação procede?

Annika respirou fundo.

— Recebi uma informação — disse ela.

Anders Schyman acenou com a cabeça e olhou para a mesa, batucando novamente com a caneta.

— Tudo bem — disse ele. — Você recebeu a informação que essa mulher teria sonegado impostos, fora uma extremista de direita e exagerara em seus gastos?

Annika apertou os braços da cadeira; a conversa não estava evoluindo como previra.

Acenou com a cabeça.

— Quão próxima ela era de seu marido?

— Não muito; faziam parte do mesmo grupo de trabalho.

— Faziam muitas horas extras? — perguntou Schyman, inclinando-se em sua direção. — Muitos serões?

Annika esticou o pescoço.

— Alguns — respondeu.

O silêncio na sala ficou ainda mais denso e pesado; Annika engoliu em seco perceptivelmente.

— Eles sacaram qual é a sua na Federação dos Conselhos de Condados — disse lentamente o editor-chefe. — Achei que deveria saber. Perceberam que estava tentando sujar a reputação de Sophia. Ainda assim, irão se livrar dela. Sabe por quê?

Annika fitou Schyman, abalada e confusa. Estavam se livrando dela? Seria demitida? Desapareceria?

— Na primavera, haverá uma fusão com a Associação de Conselhos Locais — disse o editor-chefe, com a voz fria. — Não ousam enfrentar o risco de uma campanha de difamação no *Evening Post* neste momento. Fariam tudo para evitar que isso acontecesse, para falar a verdade. Uma crise de confiança na federação sabotaria a fusão para a qual se preparam nos últimos quatro anos.

O editor-chefe não conseguiu mais permanecer sentado e se levantou para esticar as pernas. Então, inclinou-se na direção de Annika.

— Acha que não sei o que aconteceu? Ela se aproximou demais de seu marido, não é verdade? Quão próximos? Estavam trepando na sua cama?

Annika tapou os ouvidos com as mãos e fechou os olhos.

— Pare com isso! — gritou ela.

— Como ousa? — gritou ele de volta em sua cara. — Como ousa abusar de sua posição aqui no jornal para seus próprios fins sórdidos?

Tirou as mãos dos ouvidos e abriu bem os olhos.

— Veja só quem está falando — disse ela, com a voz trêmula.

O rosto de Schyman palpitava de fúria; fitou os olhos de Annika como se buscasse uma explicação.

— Não vai a lugar algum com este artigo — disse ele, finalmente, antes de esticar os músculos e voltar à sua mesa. — No momento em que este texto deixar o prédio, a denunciarei para a polícia.

Annika sentiu seu cérebro explodir e voou em sua direção, aproximando seu rosto a dez centímetros de Schyman, que se esquivou.

— Tudo bem — disse ela, com a voz rouca. — Ficarei bem. Sabe por quê? Porque estou certa. Não tenho como perder.

Ficou estupefato.

— Entendo — disse ele. — E o que dirá a seu marido quando a polícia a prender por difamação grave e conduta arbitrária?

Como irá reagir ao descobrir por que ela foi demitida? Quem ficará com a custódia de seus filhos? E o que acha que acontecerá com seu emprego? Certamente, não imagina que continuará aqui depois de publicar seu artigo no *Worker*.

Annika sentiu a adrenalina pulsar. Desviou o olhar dele e caminhou vertiginosamente em torno da mesa, parando bem diante do editor-chefe.

— E o que acha que acontecerá com você? — disse ela, em voz baixa. — Acha que ainda estará sentado nesta cadeira depois que eu explicar como tudo aconteceu, incluindo sua ameaça de acabar comigo por causa da tentativa desesperada de salvar meu casamento? Acha que terá um só grama de credibilidade depois de rejeitar um artigo que revela o pior caso de abuso de poder da mídia nos últimos tempos? Ou quando souberem que você explorou informações não publicadas sobre a ministra, obtidas por meio do jornal, numa tentativa de chantagem para destruir um concorrente? E o que me diz da Associação dos Editores de Jornais? Acha mesmo que será presidente? Está acabado, Schyman. Pode me derrubar, mas sua queda será muito mais dura.

Ele a fitou; sentia seus olhos arderem e retribuiu a visão.

Havia algo de obscuro e insondável ali, sombras de desejo, ambição e consciência social, criando uma aliança poderosa e profana, uma consciência pura e deliberada que fora formada e deformada por tempo e experiência. Quando ideias e problemas eram despejados na mente do editor-chefe, estes não seguiam por linhas retas. Debatiam-se e retorciam-se ao longo das passagens abertas por experiências anteriores, mas o caminho ainda era lógico.

Schyman era pragmático. Faria o que fosse necessário para que ele e seu estimado projeto escapassem da maneira mais ilesa possível.

Subitamente, ela sentiu vontade de abrir um sorriso.

— E se publicarmos o texto? — perguntou ele, com a voz baixa e uma sensação de dúvida crescendo atrás de sua laringe.

Os olhos de Annika se acalmaram.

— O *Evening Post* consolidará sua posição como último defensor da liberdade de expressão — disse ela —, sufocando qualquer dúvida sobre nossos valores hoje em dia. Sozinhos, defendemos a verdade e a democracia. Sem nós, os bárbaros assumiriam o controle.

— Ótimo — disse ele.

— Tudo depende de como o apresentaremos — respondeu Annika. — As pessoas acreditarão se nós mesmos acreditarmos.

Schyman endireitou as costas e pegou uma garrafa de água mineral, bebendo um gole e estudando o rosto de Annika com um olhar intrigado.

— Está blefando — disse ele, repousando a garrafa sobre a mesa. — Nunca faria isso ao jornal.

Annika pensou por um instante.

— Não anteriormente — respondeu ela. — Mas agora não hesitaria.

— Está louca — disse Schyman.

Ela se sentou, colocou os cotovelos sobre os joelhos, juntou as mãos e inclinou-se para a frente.

— Sabe de uma coisa? — perguntou ela, calmamente. — Você pode até estar certo, mas só nós dois saberemos disso. Se tentar me impedir de publicar este artigo por pensar que estou doente da cabeça, tornará as coisas ainda piores.

Ele balançou a cabeça.

— Se eu considerasse publicar seu texto, estaria acabado. Completamente acabado — disse ele. Ela mal conseguiu ouvi-lo.

— Não vê quanto se engana? — perguntou Annika. — Se conseguirmos fazer tudo direito, permanecerá sentado nesta cadeira para sempre. Será completamente intocável.

Ele olhou para ela. Um abismo dançava dentro de si, uma batalha entre sombras.

— Pense — disse ela, apertando os olhos. — Vamos contar a história do modo que aconteceu; como descobrimos que Karina Björnlund fazia parte de um grupo terrorista, como lhe passei essa informação e você, por sua vez, a passou ao presidente do conselho; ele enviou um e-mail à ministra e exigiu uma reunião urgente; tenho o número de registro do e-mail; como ele explorou o que nós dois sabíamos para chantagear a ministra de modo a mudar uma proposta governamental referente ao fechamento de um canal de televisão que representava uma ameaça aos interesses de nossos proprietários. Mas agora estaríamos revelando a verdade, apesar dos riscos; você teve a coragem de fazê-lo; você é responsável legalmente por aquilo que publicamos, é o presidente da Associação dos Editores de Jornais e ainda assim assumiu essa responsabilidade, apesar de toda a pressão.

— Não vai funcionar — disse ele, em voz baixa.

Ela abriu um sorriso sutil.

— Sim, funcionará — respondeu ela. — E sabe por quê? Porque é a verdade.

— Não vale a pena correr esse risco — disse ele.

— Se isso não vale a pena — disse ela —, então o que vale? Por que estamos aqui? Para dar lucro aos donos da empresa ou para proteger a democracia?

— Não é assim tão simples — disse ele.

— Está enganado — disse ela. — É simples assim.

Ela se levantou, pegando a bolsa e a pendurando sobre o ombro.

— Estou indo embora.

— Mas era apenas um canal comercial americano de merda — disse ele.

— Isso não faz diferença.

Annika viu o ar de Schyman se esvair quando ele se reclinou na poltrona.

— Espere aí — disse ele, erguendo a mão. — Não vá ainda. Você não está falando sério, está?

Ela balançou um pouco.

— Sim, estou.

O silêncio se espalhou ao seu redor, amplo, pesado e sombrio. Ela ficou ali parada, a meio caminho da porta, e olhou para ele. Viu as dúvidas e diversas alternativas passando por sua mente.

— Os donos recolherão todas as cópias — disse ele.

— É verdade.

— Essa informação não pode vazar.

— De forma alguma.

— Então não podemos usar a redação.

Ela não respondeu, deixando que as vertiginosas conclusões se instalassem na mente de Schyman.

— Todo o trabalho terá de ser feito aqui — prosseguiu ele. — O que significa: você e eu. Consegue fazer o layout?

— Mais ou menos.

Ele fechou os olhos, cobrindo-os com as mãos por alguns segundos.

— De quantas páginas estamos falando?

— Quatro páginas duplas — disse ela. — Mais a primeira página e o editorial.

Schyman ficou sentado, pensando em silêncio por um minuto infinitamente longo, antes de começar a falar.

— Vou ligar para a gráfica e pedir que desloquem metade da seção de notícias.

— Páginas extras?

— Duas chapas são o suficiente — disse ele. — Oito páginas.

— Podemos confiar em alguém ali para não abrir a boca?

— Bob. Ele pode cuidar das chapas. Sabe trabalhar rápido com Quark?

Annika largou a bolsa no chão.

— Não muito.

Ela fitou seus olhos; o estado de concentração formara um véu de determinação e obstinação sobre eles. As sombras pararam de bailar e se enfileiraram, prontas para marchar.

— Será uma longa noite — disse ele.

— Eu sei — respondeu ela.

Impresso no Brasil pelo
Sistema Cameron da Divisão Gráfica da
DISTRIBUIDORA RECORD DE SERVIÇOS DE IMPRENSA S.A.
Rua Argentina 171 – Rio de Janeiro, RJ – 20921-380 – Tel.: 2585-2000